ENGLISH G

| G9 |

access 1

HANDREICHUNGEN FÜR DEN UNTERRICHT

mit Kopiervorlagen und
methodisch-didaktischem Glossar
www.englishg.de/access

Cornelsen

English G Access G9 • Band 1

Handreichungen für den Unterricht

Im Auftrag des Verlages herausgegeben von
Jörg Rademacher, Mannheim

Erarbeitet von
Till Backfisch, Hockenheim
Albert Rau, Brühl
Bärbel Schweitzer
Dr. Andreas Sedlatschek, Esslingen
Marcel Sprunkel, Köln
Birgit Trefz, Backnang
Friederike von Bremen, Hannover

sowie
Jörg Rademacher, Mannheim (Vorwort)

Redaktion
Stefan Höhne (Projektleitung);
Katrin Gütermann (verantwortliche Redakteurin);
Gareth Evans, Renata Jakovac, Dr. Hie-Jung You

Titelbild
Trevor Burrows Photography Ltd, Plymouth

Umschlaggestaltung
hawemannundmosch, Berlin

Layoutkonzept
Eric Gira, Rosendahl Berlin

Technische Umsetzung
L42 AG, Berlin
zweiband media, Berlin: Susann Wiedicke (Kopiervorlagen)

www.cornelsen.de

1. Auflage, 1. Druck 2019

Alle Drucke dieser Auflage sind inhaltlich unverändert und können im Unterricht nebeneinander verwendet werden.

Webcodes
Sie können die Transkripte der Audios und Videos aus dem Internet als pdf-Datei sowie ausgewiesene Audios im mp3-Format herunterladen. Sie finden dazu eine Buchstabenkombination als Verweis in der Randspalte des Handreichungstextes. Geben Sie diese unter www.cornelsen.de/webcodes ein.
Achten Sie bitte darauf, dass beim Ausdrucken bei Seitenanpassung „In Druckbereich einpassen" aktiviert ist, damit Sie eine DIN-A4-Seite bekommen.

Druck: H. Heenemann, Berlin

ISBN 978-3-06-036415-2

PEFC
PEFC/04-31-1156

PEFC zertifiziert
Dieses Produkt stammt aus nachhaltig bewirtschafteten Wäldern und kontrollierten Quellen.

www.pefc.de

Inhalt

1 Einleitung

English G Access G9 setzt die lange Cornelsen-Tradition bewährter Englischlehrwerke für das Gymnasium fort und ergänzt sie nun um eine Ausgabe für den neunjährigen gymnasialen Bildungsgang. Eine stärkere Betonung der fremdsprachlichen Handlungskompetenz oder auch des selbstgesteuerten Lernens geht dabei einher mit dem Auftrag, den vorliegenden Lernstoff sinnvoll auf ein weiteres Schuljahr zu verteilen und für Schülerinnen und Schüler eine nachhaltige Lernprogression zu gewährleisten.

Zudem gibt es schulpolitische Veränderungen, die weiterhin in hohem Maße die Arbeit im Englischunterricht am Gymnasium prägen:

Lernwege müssen flexibilisiert bzw. individualisiert werden, da heterogene Lerngruppen ein differenzierendes Lernangebot notwendig machen. Auch die Veränderung der Schullandschaft allgemein durch die Einrichtung neuer Schulformen, die im Mittleren Bildungsbereich eine Vielzahl alternativer Bildungswege ermöglichen, verlangen nach einer Flexibilität im Übergang zwischen den einzelnen Schularten. Die Inklusion, d.h. die Aufnahme von S mit unterschiedlichen Lernausgangslagen in Klassengemeinschaften der Regelschulen, stellt neue und hohe Anforderungen an die Lehrer und Lehrerinnen sowie an Inhalte und Lernangebote auch im Gymnasium.

Für alle diese Herausforderungen bietet *English G Access G9* Lösungswege an.

2 Die Konzeption von *English G Access G9:* Didaktisch-methodische Grundlagen

English G Access G9 hat sich dem Konzept der Kompetenzschulung in allen Bereichen der Fremdsprache im Rahmen eines ganzheitlichen Englischunterrichts verschrieben. Die dabei besonders im Vordergrund stehende interkulturelle kommunikative Handlungskompetenz wird durch einen konsequent schüler- und handlungsorientierten Unterricht angelegt. Die stärkere Berücksichtigung binnendifferenzierender Lernarrangements bildet dabei eine sinnvolle Ergänzung im Spracherwerbsprozess und wird gemeinsam mit einigen grundlegenden Gestaltungsprinzipien im Weiteren näher erläutert (s. Schaubild n. Seite).

2.1 Weiterführung des Englischunterrichts aus der Grundschule

Die Gestaltung des ersten Bandes stellt sicher, dass Schülerinnen und Schüler im Übergang aus der Primarstufe mit der notwendigen Aufmerksamkeit für ihre Bedürfnisse begleitet werden können: den Herausforderungen der neuen schulischen Umgebung wird durch eine konsequente Entlastung der Übergangs (vorgeschaltetes Kapitel „Here we go!“, *EG Access G9*, Band 1) Rechnung getragen. Stofflich entlastet kommen die ersten Seiten in einer grundschulgemäßen Anmutung daher, was Grafik, Themen, Methoden und Wortschatz betrifft. Sie ermöglichen es, für Lernende auf bereits Bekanntes und Vertrautes zurück zu greifen. Die gewonnene Sicherheit und das Zutrauen in das eigene Können in der Fremdsprache soll (und muss) auch genutzt werden, um von Beginn Routinen und Strukturen im Lernprozess anzulegen, die für Schülerinnen und Schüler in der Klasse 5 von großer Bedeutung sind: Vokabellernen (später auch der Erwerb fremdsprachlicher grammatischer Strukturen) ist eine kognitive Leistung, die Kinder aus der Grundschule nicht mitbringen. Sie erfordert zudem ein hohes Maß an Selbstkompetenz.

Der Anfangsunterricht der Klasse 5 hat somit einerseits die Aufgabe, dieses Vorwissen bewusst zu machen und zu systematisieren und Bereiche des Fremdsprachenerwerbs nachhaltig zu schulen, die aufgrund der spracherwerbstheoretischen Erfordernisse des Grundschulenglisch nicht berücksichtigt wurden: Es handelt sich hierbei um den Erwerb von strukturell-deklarativem Sprachwissen im Bereich der Grammatik, aber auch um die Schulung der Rechtschreibung und Schreibkompetenz. Die nun angelegte Sprachhandlungskompetenz sollte andererseits zunehmend autonomer werden, sodass aus der gelenkten Sprachproduktion der Grundschule selbstständige, anlass- und adressatenbezogene Sprachhandlungsfähigkeit entstehen kann.

Der Band 1 von *English G Access G9* versucht diese Prozesse durch ein schrittweises Vorgehen zu unterstützen, indem sich Wortfelder oder grammatische Strukturen

Englischunterricht mit *English G Access G9*

Kommunikative Kompetenzen
- Hörverstehen
- Hör-/Sehverstehen
- Lesen
- Sprechen (monologisch, dialogisch)
- Schreiben
- Sprachmittlung

Sprachliche Mittel
- Grammatik
- Wortschatz
- Rechtschreibung
- Aussprache

Funktionale kommunikative Kompetenz

Lern- und Arbeitstechniken
- Präsentations-kompetenz
- Umgang mit komplexen Lernaufgaben
- Projektarbeit
- Selbstgesteuertes Lernen
- Selbstreflektierendes Lernen
- Selbsteinschätzung

Personalkompetenz
- Entdeckendes Lernen
- Interkulturelle Handlungskompetenz
- Empathie

mit Hilfe von …
- Differenzierung
- Individualisierung
- Portfolio *(MyBook)*

Sprachlernkompetenz

Sozialkompetenz
- Soziales Lernen
- Kooperatives Lernen
- Perspektivenwechsel

mit Hilfe von …
- Prozessorientierung
- Handlungsorientierung
- *Partner check*

Sprachbewusstheit

Methodenkompetenz
- *Internet literacy*
- digitale Recherche
- Herstellung digitaler Texte und Medienprodukte
- Reflexion von digitalem Medieneinsatz

Textkompetenz
- analytisch-kritische Auseinandersetzung mit Texten
- Produktion ausgewählter Textsorten

Text- und Medienkompetenz

Schülerin / Schüler entwickelt im Englischunterricht Interkulturelle Kommunikative Handlungskompetenz

(soziokulturelles Wissen, Themenwissen, Verstehen, Einstellungen, Bewusstheit) sinnvoll aufeinander aufbauend über den gesamten ersten Band hinweg verteilt wiederfinden: So werden in *Here we go!* englische Wochentage wiederholt und systematisiert, um sie in Unit 1 durch den Aspekt der *timetables* zu ergänzen. Im späteren Verlauf (SB-Seite 31) erfordern die *birthday party invitations* die erneute Verwendung der Wochentage.

Die Systematisierung von bereits erworbenen sprachlichen Mitteln mit Hilfe von grundschuldidaktischen Methoden ist das Hauptanliegen von *Here we go!* Durch altersgerechte Abbildungen und Fotografien sowie die Einführung des Maskottchens Silky wird eine emotionale Bindung an die Inhalte der Einstiegsseiten gewährleistet. Die Inhalte werden durch methodische Verfahren erschlossen, die in der Grundschule weitverbreitet sind und die, ebenso wie die Materialen aus dem Bereich der Primarstufe, als bekannt vorausgesetzt werden können, z.B. Songs (SB-Seite 11), Wimmelbild (SB-Seite 14f), Sprachlernspiele (SB-Seiten 15, 17) oder *Total physical response* (SB-Seite 17). Im produktiven Umgang mit der Fremdsprache soll die unterstützende Bereitstellung sprachlicher Mittel bei den S von Beginn an Erfolgserlebnisse und eine positive Lernhaltung fördern. Pro Schülerbuchdoppelseite werden ein bis zwei Wortfelder vorgestellt und vertieft, die nach detaillierten Analysen aller Grundschullehrpläne und Lehrwerke sowie eingehender Befragungen von Grundschullehrer/innen als hochfrequent identifiziert wurden. Zu den Effekten des Wiedererkennens und der Systematisierung tritt nun auch der wichtige Aspekt des Schriftbildes, das gemeinsam mit den *lexical items* eingeführt und von den Lernern erstmals explizit geübt wird. Das Lernen von Vokabeln wird von Anfang an mitgefördert, sodass die S mit Hilfe des *Vocabulary* (SB-Seite 183ff.) sowohl Grundschul- als auch neuen Wortschatz erwerben.

Schon auf diesen ersten Schülerbuchseiten wird der Handlungsort der Bände 1 und 2 von *English G Access*, die englische Hafenstadt Plymouth, präsentiert, sodass auch im Bereich des kulturellen Lernens eine erste Orientierung stattfindet.

Nicht ungewollt enden die Seiten des *Here we go!* in der Unterrichtssituation eines Klassenzimmers an der Plymstock School („A new school", S. 16f), was dem Grundgedanken eines sanften Übergangs von den Inhalten und Konzepten der Grundschule hin zum Unterricht in der Sekundarstufe I entspricht.

Eingangsdiagnose und Dossier: Das *MyBook*

Ergänzt wird das Konzept der einführenden Lehrwerkseinheit durch das dem Workbook beigelegte *MyBook* (HRU-Seite 12), das vor allem Diagnosefunktion hat. Auf wenigen Seiten werden die S aufgefordert, Aufgaben aus allen kommunikativen Kompetenzbereichen selbstständig zu lösen und zu gegebener Zeit im Unterricht vorzulegen. Anhand der Bewältigung der einzelnen Aufgaben kann sich die Lehrkraft Einblicke in den Lernstand in einzelnen kommunikativen Kompetenzen verschaffen – und das sowohl in Bezug auf die gesamte Klasse als auch auf den individuellen Förderbedarf einzelner S. Dabei ist bewusst von einer Bewertung bzw. Benotung abzusehen, um dem Wesen der Lerneingangsdiagnose gerecht zu werden. Neben der genannten Diagnosefunktion erstellen die S hier zu einem sehr frühen Zeitpunkt erste fremdsprachliche Produkte, die im Sinne des europäischen Sprachenportfoliokonzepts die Aufgaben des Dossiers erfüllen. In dessen Rahmen sammeln die S gut gelungene Sprachprodukte, die den Prozess des Spracherwerbs und der Sprachaneignung authentisch widerspiegeln.

2.2 Umgang mit Heterogenität, Differenzierung und Individualisierung

Als eine der größten Herausforderungen an Unterricht allgemein, und damit auch an den gymnasialen (Fremdsprachen-) Unterricht, gilt die zunehmende Heterogenität von Lerngruppen ab Klasse 5. Während das Vorgängerlehrwerk von einem mittleren Schwierigkeitsniveau mit entsprechenden Anpassungen an unterschiedliche Vorkenntnisse und Lerntempi ausging, integriert *English G Access G9* von Beginn an Möglichkeiten der Differenzierung.

Differenzierung wird in *English G Access G9* zuallererst als Binnen- oder innere Differenzierung verstanden, die sich sowohl auf die Leistungs- als auch die Neigungsdifferenzierung erstreckt. Die unterrichtliche Individualisierung von Lernprozessen ist im Regelunterricht angesichts von noch immer großen Lerngruppen problematisch. Durch die zunehmende Einrichtung von Ganztagsschulen und Förderstunden bzw. -unterricht erscheint aber die Realisation von Individualisierung nicht mehr unmöglich. *English G Access G9* schafft mit einer engen Verzahnung zwischen Schülerbuch (HRU-Seite 14ff), Workbook (HRU-Seite 17), Vorschlägen zur Leistungsmessung (HRU-Seite 17) und völlig neu konzipierten Förder- und Fordermaterialien (HRU-Seite 17) Grundlagen, Individualisierung im Kontext von ergänzendem Englischunterricht zu ermöglichen.

2.2.1 Differenzierende Übungsformate

Im Rahmen des Schülerbuchs werden immer dort Angebote zur differenzierten Behandlung von Unterrichtsstoff gemacht, wo zusätzliche Unterstützung im Lernprozess helfen könnte oder unterschiedliche Neigungen und Interessen Berücksichtigung finden sollen:

More help zeigt Aufgaben an, zu denen es Hilfsangebote (*Scaffolding*) gibt. Parallel zur Aufgabe innerhalb der Units findet sich die gleiche Aufgabe, mit einer vereinfachten Aufgabenstellung, mehr grammatischer Hilfe oder durch Redemittel bzw. Wortschatz ergänzt, noch einmal im

Anhang des Schülerbuchs. Die Aufgabe mit Hilfestellung ist dabei stets im Anhang zu finden, um allen S zuerst die Möglichkeit zu geben, die Aufgabe ohne Hilfe zu lösen.

Der Hinweis *Early finisher* ist an solche Lerner gerichtet, die vorzeitig eine Aufgabe beendet haben und nun nach weiterer Herausforderung suchen. Für sie ist jeweils eine anspruchsvollere Anschlussaufgabe vorgesehen. Zuweilen finden diese Lerner im Anhang des Schülerbuchs aber auch Aufgaben, die Kombinatorik und Sprachgeschick auf spielerische Weise schulen, um der Wahrnehmung vorzubeugen, dass leistungsstarke S stets weitere Aufgaben, und damit mehr Übungspensum, bewältigen müssen.

Übungen mit der Bezeichnung *You choose* bieten die Möglichkeit zur Neigungsdifferenzierung. Im Rahmen des ersten Bandes von *English G Access G9* wird dieser Aufgabentyp vornehmlich in der Textauswertung eingesetzt. Die S können zwischen verschiedenen Aufgabenstellungen der (kreativen) Auseinandersetzung mit Textinhalten wählen.

Aus der vorhergehenden Lehrwerkreihe wurde das Label *EXTRA* beibehalten. Die so ausgezeichneten Aufgaben, Übungen und Materialien gehören nicht zum Pflichtpensum und können weggelassen werden. Dies erscheint auch weiterhin nötig, da schulpolitische Rahmenbedingungen für unterschiedliche Wochenstundenzahlen sorgen und sichergestellt werden muss, dass die verbindlichen Inhalte des Lehrwerks sowohl in vier als auch in fünf Wochenstunden erreicht werden können.

2.2.2 Die Übungssequenz

Im Rahmen einer leistungsdifferenzierenden Übungssequenz sollen alle S befähigt werden, durch die Nutzung individueller Hilfs- und Förderangebote zu einer abschließenden, kommunikationsorientiert angelegten Übung zu gelangen, in der sie die erworbene Struktur erneut üben.

Die Übungssequenzen sind folgendermaßen angelegt: In einer gemeinsamen Eingangsphase werden zunächst formbezogene Übungen in geschlossenen und halboffenen Übungsformen angeboten. Im nächsten Schritt bearbeiten die S funktionsbezogene Übungen in halboffenen Übungsformen mit entsprechenden Hilfsangeboten (vgl. 2.2.1). In einem letzten Schritt lösen die S in offenen Unterrichtsformen anwendungsbezogene Übungen im Klassenverband. Dies hat für die durchführende Lehrkraft den Vorteil, dass eine Überprüfung des Lernfortschritts mit wenig Aufwand über die gesamte Lerngruppe hinweg stattfinden kann.

Die S entscheiden selbst, ob sie Unterstützungsangebote bei der Bearbeitung der Übungssequenz nutzen. Damit wird das in allen Bildungsplänen angestrebte selbstreflexive Lernen und Üben in ersten Schritten geschult und gefördert. Eine auffällige Markierung des bereits erreichten Lernfortschritts innerhalb der Übungssequenz soll den S dabei die Orientierung und die Entscheidung erleichtern.

Flankierend können zur Vertiefung und weiteren Differenzierung die Materialen aus dem Workbook (HRU-Seite 17), den interaktiven Übungen zum Workbook (HRU-Seite 17) bzw. den Förder- und Fordermaterialien (HRU-Seite 17) eingesetzt werden, sodass der Lehrkraft ein umfangreicher Aufgabenpool zur differenzierenden Unterrichtsgestaltung zur Verfügung steht.

2.3 Kompetenzerwerb

Die kommunikative Handlungsfähigkeit, die bereits im Gemeinsamen Europäischen Referenzrahmen, den nationalen Bildungsstandards von 2003 und den danach adaptierten (Kern- und Rahmen-) Lehrplänen bzw. Bildungsplänen und -standards angelegt wurde, hat in den letzten Jahren zu einer noch größeren Bedeutung der kommunikativen Kompetenzen im Englischunterricht geführt. Das übergeordnete Ziel der „Lernkompetenz“ muss im Sinne eines lebenslangen Lernens als ebenso wichtig betrachtet werden. Konsequenzen für den Unterricht könnten für die S in folgenden Bereichen liegen: höhere Selbstständigkeit/ Selbsttätigkeit, Reflexion über Arbeitsschritte und -prozesse, Teamarbeit und soziales Lernen und höhere Eigenaktivität in quasi-authentischen Handlungssituationen. Die damit verbundenen methodischen und sozialen Kompetenzen sind ebenfalls integraler Bestandteil der Lehrwerkskonzeption von *English G Access G9*.

2.3.1 Kommunikative Kompetenzen

Die kommunikativen Kompetenzen werden im Rahmen von *English G Access G9* umfangreich geschult und erweitert. In jeder Unit werden Anwendungssituationen in Form von motivierenden Lernarrangements angeboten. Dabei wurde auf eine gleichmäßige Verteilung auf alle kommunikativen Kompetenzen geachtet. Die jeweils geübte kommunikative Kompetenz ist durch ein Symbol in der Titelzeile der betreffenden Aufgabe gekennzeichnet:

Listening · Reading · Speaking · Writing · Mediation EN DE

2.3.1.1 Das *Course*-Konzept

In jedem Band von *English G Access G9* wird eine kommunikative Kompetenz besonders intensiv geschult werden. Auf einer speziell dafür vorgesehenen Seite werden pro Unit unterschiedliche Aspekte geübt und gefördert. Es wurde dabei auf eine Progression von weniger komplexen zu anspruchsvolleren Teilkompetenzen geachtet. In Band 1 ist dies ein *Spelling course* (z. B. Unit 1, SB-Seite 37), der im engeren Sinn nur eine Teilkompetenz des *Writing* in den Mittelpunkt stellt. Da die Rechtschreibkompetenz noch nicht verankert ist, führt dieses Vorgehen zu einer grundlegenden Entlastung im späteren Umgang mit Aufgaben zur eigentlichen Schreibkompetenz.

2.3.1.2 Der Kommunikative Kompetenzschwerpunkt

Neben dem eben beschriebenen *Course*-Konzept wird es möglich sein, innerhalb jeder Unit eine weitere kommunikative Kompetenz schwerpunktartig zu schulen. Die HRU wird dazu entsprechende Hinweise in der Randspalte zum Unit-Kommentar und eine Übersicht zu Beginn jeder Unit geben (z. B. HRU-Seite 19). Oftmals genügt die Zusammenführung einzelner Aufgaben, um intensiv an einer Fertigkeit arbeiten zu können. Trotzdem wird es möglich sein, auch weitere Aufgaben im Sinne der Schwerpunktsetzung umzugestalten. Auch hierfür werden entsprechende Hinweise in der HRU gegeben.

Kompetenzschwerpunkte in Band 1:

Here we go! – Listening • Unit 1 – Listening • Unit 2 – Speaking • Unit 3 – Writing • Unit 4 – Mediation

Hör- und Hör-/Sehverstehen

Von den *five basic language skills* kann das Hörverstehen als die im Fremdsprachenunterricht der Grundschule am intensivsten geschulte Kompetenz verstanden werden. *English G Access G9* berücksichtigt diese Tatsache durch umfangreiche Aufgaben und Materialien.

Lehrkräfte finden dieses Symbol mit Angabe der Tracknummer in der Lehrerfassung zum Schülerbuch und in der Handreichung für den Unterricht. Wie schon im Vorgängerlehrwerk wird dabei von Beginn an Wert auf die Präsentation handlungstragender Texte über die Audio-CD gelegt, ohne dass die S den Text im Schülerbuch mitlesen können. Die dazu gehörenden Auswertungsfragen sind dabei den Methoden der Grundschule angepasst, z. B. *Listen ... and point to ...* oder *Listen ... and match*.

Daneben sind Material- und Unit-Texte aus dem Schülerbuch auf der Audio-CD enthalten, sodass die Lehrkraft entscheiden kann, ob diese Texte zur Schulung des Lese- oder des Hörverstehens genutzt werden sollen.

Im Sinne des selbstgesteuerten Lernens finden die S Texte als Audiodateien im mp3-Format unter dem Webcode *mobipa*. So können sie sich zu jeder Zeit mit der gesprochenen Sprache vertraut machen.

Die Fertigkeit des Hör-/Sehverstehens wurde bei der Entwicklung von *English G Access G9* in noch größerem Umfang berücksichtigt, als dies bei *English G 21* der Fall war. Der Einsatz der das Schülerbuch begleitenden DVD ist nun integraler Bestandteil des Aufgabenapparates jeder Unit. Dabei wurde bewusst auf die unterrichtliche Praxis Rücksicht genommen: Die Aufgaben zum *Viewing* sind auf einer Schülerbuchseite versammelt. Unter der Überschrift *The world behind the picture* werden pro Unit Aufgaben angeboten, die zwei unterschiedliche Funktionen erfüllen: Zum einen werden den S soziokulturelle Aspekte des Zielsprachenlandes England durch das audio-visuelle Medium nähergebracht. In der Reaktion auf kleine Episoden mit gleichaltrigen Kindern aus Plymouth wird ebenfalls die interkulturelle Wahrnehmung intensiv geschult.

Zum anderen werden unter der Überschrift *Everyday English* alltägliche Sprechhandlungen in kleinen Spielszenen präsentiert, die den Lernern als Vorlage zur eigenen Sprachproduktion dienen sollen. Das audio-visuelle Medium hat den entscheidenden Vorteil, auch nichtsprachliche Aspekte sprachlichen Handelns in authentischem Kontext abbilden zu können.

Der Erwerb von Wortschatz und Kommunikationsstrategien im alltäglichen Sprachgebrauch ist von großer Bedeutung im Fremdsprachenerwerb. Deshalb sind die Aufgaben so gestaltet, dass sie, je nach technischer Ausstattung und Verfügbarkeit vor Ort, mit der DVD (audio-visueller Text), der Audio-CD (auditiver Text) oder auch ohne Medieneinsatz unterrichtet werden können. In letzterem Fall müssten dann die ersten Teilaufgaben zum Hör-/Sehverstehen ausgelassen werden.

Leseverstehen

Als zweite rezeptive Sprachkompetenz knüpft das Leseverstehen an in der Primarstufe angelegte Aufgabenstellungen und Textsorten an. Im Verlauf des ersten Bandes von *English G Access G9* wird an zunehmend komplexeren Texten gearbeitet. Die Leseschulung legt mehrere Schwerpunkte fest. Während sich die Texte der Materialseiten vor allem zum Mitlesen und (dialogischen) Vorlesen eignen, werden in den Unit-Texten erste Formen der rezeptiven und produktiven Auswertung des Textinhaltes angeboten. Dieses *Working with the text* bahnt in späteren Schuljahren das analytische Lesen an.

English G Access G9 verfolgt aber mit der so genannten *Access story: My home, the zoo*, die nach Unit 4 im Schülerbuch zu finden ist, ein weiteres Element der Leseschulung: das des *extensive reading*, das sowohl am Ende des Schuljahres, als auch an geeigneter Stelle während des Schuljahres vorgesehen werden kann.

Die zwei Episoden sind lose miteinander verbunden und können in unterschiedlichen Lernarrangements in den Unterricht eingebunden werden. Allerdings ist vornehmlich an eine selbstständige Lektüre der S gedacht, um eine Leseerfahrung jenseits der geleiteten Lektüre im Unterricht zu ermöglichen. Durch den Umfang der beiden Episoden haben die S nach wenigen Monaten Gelegenheit, eine altersgerechte und ungewöhnliche Geschichte kursorisch lesend zu erschließen. Auf einen Aufgabenapparat im Schülerbuch wurde verzichtet, weil Lesefreude und Neugier im Mittelpunkt stehen sollen. Ein didaktischer

Kommentar zur Behandlung im Unterricht ist in dieser Handreichung zu finden.

Zur Unterstützung der verschiedenen Formen der Leseschulung wird im *Skills and Media Competence File* des Schülerbuchs das Erschließen unbekannter Vokabeln vermittelt (SB-Seite 148).

Sprechen

Die wichtigste Kompetenz eines kommunikationsorientierten Englischunterrichts ist das Sprechen. Schon in der Grundschule beginnen viele S mit der Verwendung englischer Aussage- und Fragesätze – zum Teil werden diese Äußerungen noch durch sprachliche (Teil-)Impulse der Lehrkraft gelenkt. Auf dieser Sprechbereitschaft aufbauend versucht *English G Access*, mit Hilfe vielfältiger Methoden und Sozialformen, die Kommunikationsfähigkeit zu fördern. Um dabei möglichst rasch freies Sprechen zu üben, wird zunächst im Rahmen von Partner- und Gruppenarbeit das dialogische, angeleitete Sprechen geübt. Wo dazu Redemittel notwendig sind, werden diese im Rahmen von *More help* oder auch durch die Material-Texte selbst bereitgestellt.

Das monologische Sprechen, dass zunehmend durch (Abschluss-) Prüfungen oder Prüfungsteile große Wichtigkeit erfährt, wird durch zahlreiche Präsentationsaufgaben geschult, die sich konsequent in Umfang und Medieneinsatz erweitern.

Zum Sprechen gehört auch die Ausspracheschulung. Hierzu werden *Pronunciation*-Übungen auf den Practice-Seiten des gesamten Schülerbuchs angeboten (z. B. SB-Seite 45).

Die Aufgabenform *You say, you write* des *Spelling course* erfüllt eine weitere Funktion: Die oftmals schwierige Übertragung bestimmter englischer Phoneme in ihr jeweiliges Schriftbild schult ebenfalls eine sichere Aussprache (SB-Seite 79).

Schreiben

Die Schreibkompetenz, und die Rechtschreibung als eine Teilkompetenz, sind beim Übergang von der Grundschule zum Gymnasium besonders wichtig. Da das freie Schreiben wie auch die Rechtschreibung im Spracherwerbsprozess der Primarstufe weniger Berücksichtigung finden, muss dieser kommunikativen Kompetenz besonderes Augenmerk gewidmet werden. Der Übergang sollte dabei behutsam gestaltet sein. Aufgabentypen und Übungen, die im Bereich der Grundschule Vorrang hatten (allen voran der Arbeitsauftrag *Copy* … – das Abschreiben von Wörtern und Sätzen), sind deswegen in *Here we go!* und den ersten Units von *English G Access G9* Band 1 prominent vertreten (SB-Seite 13 f).

Erste zusammenhängende *Me*-Texte werden im Rahmen des *MyBook* (HRU-Seite 7) verfasst, die die Funktion des Dossiers, wie sie im Europäischen Fremdsprachenportfolio definiert wird, erfüllen.

Schreibschulung bedeutet immer auch, das Schreiben bzw. den Schreibprozess vorzubereiten – hier stellt das *Skills and Media Competence File* (z. B. SB-Seite 146, 152) methodische Hilfen für S zu Verfügung.

Begleitend zu einer allmählichen Ausbildung des zusammenhängenden Schreibens schult der *Spelling course* durch den gesamten ersten Band hinweg die Teilkompetenz der Rechtschreibung.

Sprachmittlung/Mediation

Die Sprachmittlung in genuinen, zweisprachigen Kontexten ist für S der Klasse 5 eine große Herausforderung, verlangt sie doch das sinngemäße Zusammenfassen gehörter oder gelesener Inhalte in der Mutter- bzw. der Fremdsprache.

English G Access G9 bietet im ersten Band erste, einfach gehaltene Übungen an, die den S einerseits Vertrautheit mit den Anforderungen der Sprachmittlung verschaffen und andererseits interkulturelle Sensibilität ausbilden sollen. Die Aufgaben beschränken sich zu Beginn auf schriftliche Impulse und verlangen zum überwiegenden Teil eine Übertragung in die Muttersprache.

2.3.2 Lernkompetenz

2.3.2.1 Methodenkompetenz

Lern- und Arbeitstechniken sind notwendig, um autonomes Lernen, so wie es die Bildungsstandards seit ihrer Einführung von einer gymnasialen Ausbildung fordern, zu ermöglichen. In Lernarrangements, in denen oftmals auch Aspekte des sozialen Lernens berücksichtigt sind, sollen S befähigt werden, im Rahmen ihrer späteren Aufgaben in Studium und Beruf erfolgreich Inhalte zu erschließen, sie zu strukturieren und die Ergebnisse ihrer Arbeit zu präsentieren.

Dabei sollte die Anschaulichkeit und auch die Funktion von Methoden stets transparent gehalten werden. Um dieser Forderung gerecht zu werden, bietet *English G Access G9* einen spiralcurricular angelegten Erwerbsprozess: Auf der Grundlage anschaulicher Vermittlung schließt immer auch eine Anwendung in authentischen Kontexten an. Die so entstandenen Aufgaben mit dem Label *Study skills* zielen bewusst auf universell zu vermittelnde Lern- und Arbeitstechniken ab, die sich im ersten Band vor allem mit dem Erwerb neuer Lexik und der Strukturierung (Mindmap, Tabelle) und Darbietung von Inhalten (Buchseite, Poster) beschäftigen. Auf den *Study-skills*-Seiten befindet sich immer auch eine Aufgabe, in der die S die neuen Arbeitsmethoden anwenden können.

Durch die Initiative der KMK zur Integration digitaler Medien in das Unterrichtsgeschehen („Bildung in der digitalen Welt: Initiative der Kultusministerkonferenz, 2017) wird Medienkompetenz als integraler Bestandteil vieler Curricula verstanden. Sie wird im Bereich der *Skills and Media Competence* abgebildet und ist im Lehrwerk mit einem neuen Symbol versehen (s. Kapitel 2.3.5)

Eine Übersicht mit umfassenden Definitionen bzw. Funktionsbeschreibungen der zu erwerbenden Methoden befindet sich im *Skills and Media Competence File*, das im Anhang des Schülerbuchs zu finden ist und auf Deutsch formuliert ist (SB-Seiten 144–153). Da das *Skills and Media Competence File* kumulativ angelegt ist, entsteht so innerhalb eines Bandes, aber auch über die gesamte Lehrwerksreihe hinweg, ein anschauliches Kompendium, das als Nachschlagewerk eingesetzt werden kann.

Wenn man die Methodenkompetenz als den Erwerb von Strategien begreift, die das Verstehen und Behalten sinnvoll unterstützen, dann müssen sie an dieser Stelle im Zusammenhang mit den kommunikativen Kompetenzen betrachtet werden. Eine klare Funktionsbeschreibung (gerade für junge Lerner) ist dabei notwendig. Zum Beispiel sind Techniken wie das Erstellen einer Mindmap einerseits als Mnemotechnik für den Erwerb neuer Lexik erfolgreich einsetzbar, andererseits aber auch für die inhaltliche Strukturierung eines Themas. Das *Skills and Media Competence File* definiert daher, wo möglich, mehrere Einsatzbereiche für dieselbe Methode.

2.3.2.2 Soziales Lernen

Lernen im Englischunterricht wird zunehmend als Lernen in der Gruppe bzw. im Austausch mit anderen verstanden. Die Vorteile liegen auf der Hand, wenn es um die Ausbildung sozialer Kompetenzen geht. Aber auch die Kommunikationsförderung durch Erhöhung der individuellen Sprechzeit ist einer der vielen positiven Aspekte.

English G Access G9 hat sich daher einer konsequenten Anwendung abwechslungsreicher Sozialformen verschrieben, die Kooperation, Kommunikation und Konfliktfähigkeit in gleicher Weise schulen. So kommt regelmäßig die kooperative Lernform *Partner check* vor, die durch das eigene Symbol die S dazu auffordert, mit einem selbst gewählten Partner die Ergebnisse ihrer eigenen Arbeit zu kontrollieren und sich gegenseitig eine Rückmeldung auf das Erarbeitete zu geben.

Kooperatives Lernen

Seit einigen Jahren haben sich die Verfahren des kooperativen Lernens, wie sie u. a. von Norm und Kathy Green entwickelt wurden, im Englischunterricht bewährt. In zunehmend heterogenen Lerngruppen gewinnen diese Verfahren dadurch an Bedeutung, dass sie in leicht herzustellenden Interaktionsformen sowohl die Sozial- als auch die Selbstkompetenz ausbilden. Die S sind durch die oftmals arbeitsteilige Aufgabenstellung in der Lage, sich mit ihren individuellen Stärken und Interessen in die gemeinsam zu bewältigende Aufgabe einzubringen. Hierin liegt ein Element der Binnendifferenzierung, das nicht durch eine unterschiedliche Aufgabenstellung gekennzeichnet ist und dadurch nicht als Stigmatisierung einzelner S wahrgenommen werden kann.

Die Ergebnissicherung ist darüber hinaus zumeist sehr klar gesteuert, schnell auswertbar und in den weiteren Verlauf des Unterrichtsgeschehens leicht zu integrieren. Diese komplexeren kooperativen Lernformen werden im gesamten ersten Band von *English G Access G9* angeboten und sind mit dem Symbol gekennzeichnet. Im ►Didaktisch-methodischen Glossar finden sich zudem Erläuterungen zur Funktion und Durchführung der einzelnen kooperativen Lernformen.

Formen des offenen Unterrichts: Projektarbeit

Als Vorstufe zu späterer Projektarbeit werden im Rahmen der Unit 4 bereits einige der wichtigsten Aspekte der Projektarbeit thematisiert: selbständige Themenwahl, Recherche und Aufbereitung von Inhalten, Präsentation der Arbeitsergebnisse und Evaluation des Handlungsprodukts. Die S arbeiten im Verlauf der Unit an einer Aufgabenstellung und stellen ein Handlungsprodukt her: *Poster about your favourite character* (SB-Seite 100). Dabei werden enge formale Vorgaben gemacht, um die sprachliche Komplexität und den Umfang altersgerecht zu gestalten. Redemittel und Hinweise im *Skills and Media Competence File* (z. B. SB-Seite 150) ergänzen die Hilfestellungen. Die Auswertung im Rahmen einer *Peer evaluation* bereitet dabei einen für höhere Klassenstufen wichtigen Aspekt der Projektarbeit vor.

2.3.2.3 Entdeckendes Lernen

Eines der Grundprinzipien der Lehrwerkentwicklungen von *English G 2000* und *English G 21* bestand in der Ausbildung von *Language awareness* durch den Einsatz von induktiven Verfahren in der Grammatikvermittlung. In den unteren Klassen wird dabei Lehrersteuerung notwendig sein, um den Prozess des eigenständigen Erschließens von grammatischen Regularitäten sinnvoll anzuleiten. Der Behaltenseffekt dieser Art der Grammatikvermittlung ist dennoch unbestritten.

English G Access G9 reiht sich in diese Tradition ein und verstärkt den Erwerbsprozess durch eine klarere Betonung des vorbewussten, produktiven Umgangs mit der neu zu kognitivierenden Struktur. Die Übungsform *Have a go* regt dazu an, in der inhaltlichen Auswertung eines Material-Textes die neue grammatische Struktur anzuwenden, bevor sie in der darauffolgenden *Looking-at-language*-Box kognitiviert wird. Die dabei bereits erfolgte rezeptive wie produktive Sensibilisierung für die Funktion der grammatischen Struktur hilft den S bei der Formulierung von funktionsbezogenen Regeln sowie dem Erkennen formbezogener Regelmäßigkeiten.

Die sich anschließende Übungssequenz bietet dann ein breites, binnendifferenzierendes Übungsangebot.

Abgeschlossen wird der induktive Erwerb durch eine umfassende Definition der einzelnen Strukturen im *Grammar and Practice File* (SB-Seite 154 ff.) bzw. durch den Einsatz von *Language Action Sheets* (im Anhang der HRU) die die selbstständige Erarbeitung erleichtern und das lange Abschreiben in ein Grammatikheft unnötig machen.

2.3.2.4 Aufgabenorientiertes Lernen

Als Variante des *Task-Based Language Learning* (TBLL) kann seit einigen Jahren die Lernaufgabe gelten, die sich vieler Elemente des TBLL bedient, gerade aber im Hinblick auf den Erwerb sprachlicher Strukturen eine Modifikation darstellt. In einem motivierenden, lebensweltlich orientierten Lernkontext werden vielfältige interkulturelle und kommunikative Kompetenzen geschult. In einem weiteren Schritt wird die bereits vorhandene Sprachkompetenz (selbst oder durch *peers*) evaluiert, und es werden individuelle Hinweise zur weiteren Ausbildung von Lernkompetenzen gegeben.

Diesen Weg beschreitet *English G Access G9* im Rahmen einer die Units begleitenden Lernaufgabe (*Your task*). Im Lead-in von Unit 2 erhalten die S zum ersten Mal einen Hinweis, was sie am Ende der Unit im Rahmen einer klar definierten Aufgabe sprachlich leisten können werden. Sie bekommen einen ersten *sense of direction*, was die funktionale Verknüpfung mehrerer Aspekte der Unit betrifft. *Your task* bedient sich einerseits einer motivierenden Aufgabenstellung aus dem unmittelbaren inhaltlichen Zusammenhang der Unit, andererseits ist die Aufgabe aber auch in einen lebensweltlichen und interkulturellen Kontext eingebettet. Zur Bewältigung der Aufgabe werden den S immer wieder Hinweise auf bereits erworbene Kenntnisse aus verschiedenen Kompetenzbereichen gegeben. Dies soll der Unterstützung dienen, gleichzeitig aber auch verdeutlichen, dass und wie die einzelnen sprachlichen und inhaltlichen Elemente zusammenwirken, d.h. eine Transparenz der Lerninhalte herstellen.

Am Ende der *Your task* steht oft ein Handlungsprodukt, das in unterschiedlichen Sozialformen entsteht. Diese Produktorientierung fördert die Möglichkeit, den individuellen S ausgewählte Aspekte seiner Sprachkompetenz evaluieren zu lassen. Die damit angestrebte Individualisierung des Spracherwerbsprozesses wird durch eine konsequente Verbindung von Selbsteinschätzung und dem Angebot von Übungs- und Wiederholungsaufgaben unterschiedlicher Kompetenzbereiche realisiert, indem an die Lernaufgabe (z. B. SB-Seite 82) stets eine Selbsteinschätzungsseite („Wie gut warst du?") mit Tipps zum Wiederholen und Üben („Wie kannst du besser werden?") anschließt. Diese Nähe von Sprachproduktion und Sprachreflexion schafft dabei die notwendige Unmittelbarkeit, die für eine sinnvolle Reflexion notwendig ist.

Die konsequente Selbstreflexion wird im Workbook fortgesetzt. Gemeinsam mit den *Me*-Texten und Schülerprodukten des *MyBook* sind somit zwei wesentliche Elemente zur Dokumentation des Sprachlernprozesses des Europäischen Fremdsprachenportfolios fest in die Konzeption von *English G Access G9* integriert: das Dossier und die Sprachenbiografie in Form der Angebote zur Selbstreflexion.

2.3.3 Kulturelle Kompetenz

Mit bundeslandspezifischen terminologischen Abweichungen fassen die meisten Bildungspläne unter dem Begriff des kulturellen Lernens die Teilbereiche interkulturelle Kompetenz und soziokulturelles Wissen zusammen. Beide Teilbereiche sind notwendig, um eine interkulturelle kommunikative Handlungskompetenz anzubahnen, wie sie als übergeordnetes, zentrales Ziel im Gemeinsamen Europäischen Referenzrahmen definiert ist.

Die Vermittlung soziokulturellen Wissens ist in Klasse 5 noch sehr rudimentär und altersgerecht gestaltet. Das *Background file* übernimmt die explizite Vermittlung soziokultureller Inhalte, z. B. die Tradition der Schuluniformen an britischen Schulen (SB-Seite 21), Besonderheiten englischer Teegewohnheiten (SB-Seite 53) oder Detailinformationen zum *Plymouth Aquarium* (SB-Seite 93). Daneben fließen in viele Materialtexte des Schülerbuchs soziokulturelle Informationen ein, z. B. zum englischen Schulsystem oder zu englischen Häusern und Wohnungen.

Die komplexere Lernhaltung des interkulturellen Lernens wird durch die Schaffung immer neuer Vergleichssituationen zwischen der eigenen und der zielsprachlichen Kultur gefördert. In zahlreichen Aufgabenstellungen werden die S deshalb aufgefordert, Vorgefundenes mit der eigenen Lebenswelt zu vergleichen: Schulkleidung, Stundenplan und Schulfächer, Freizeitgewohnheiten und Wohnsituationen sind nur einige Beispiele.

Um in diesem Zusammenhang eine Sensibilität für Sprache (im Sinne einer kulturadäquaten Sprachbewusstheit) und Sprechhandlungen bei S zu wecken, wurden neu konzipierte Seiten („*Access to Cultures*") in den Band integriert, die kulturelle Informationen mit dem reflektierten Einsatz der Fremdsprache verbinden, um in konkreten Situationen (z. B. *Talking at meal times*, SB-Seite 63) eine interkulturelle, kommunikative Handlungskompetenz anzulegen (SB-Seiten 62f, 108f).

Interessante interkulturelle Lernaspekte ergeben sich auch immer wieder aus den Aufgabenstellungen der *Mediation*-Aufgaben (vgl. z.B. SB-Seite 95) oder den Sequenzen der das Schülerbuch begleitenden DVD.

Nicht zuletzt die Lernaufgabe fordert die S immer wieder zu einer Perspektivübernahme auf oder versetzt sie in eine vorgestellte interkulturelle Begegnungssituation, z.B. wenn sie sich auf gemeinsame Unternehmungen mit einem Besucher aus Plymouth verständigen sollen (*Your task*, SB-Seite 74).

Für die Klassen 5 und 6 wurde bewusst auf Aufgabenstellungen verzichtet, die Elemente der Transkulturalität in den S bzw. im Miteinander verschiedener Kulturen thematisieren würden. Ausgehend vom kognitiven Vermögen von 9–11-Jährigen erschien es angemessen, mit einer zuerst notwendigen Kontrastierung zu arbeiten, um zu einem späteren Zeitpunkt Elemente anderer Kulturen in der eigenen Identität identifizieren zu können.

2.3.4 Erwerb sprachlicher Mittel

Neben dem Erwerb kommunikativer Kompetenzen und kultureller Einsichten ist es wichtig, Sprachmittel systematisch und sinnvoll strukturiert einzuführen. Dies nimmt besonders in der Sekundarstufe I einen wichtigen Platz ein.

Der grammatische und lexikalische Lerngang von *English G Access G9* basiert auf der Grundannahme, dass eine saubere Progression im Grammatikerwerb und die Kombination aus induktivem Grammatikerwerb, versehen mit deutlich mehr kommunikationsorientierter Übungszeit, zu einer nachhaltigen Beherrschung grundständiger sprachlicher Strukturen führen.

Die englischen Zeitformen, die in *English G Access G9*, Band 1 eingeführt werden, wurden auf die einfache Form der Gegenwart (das *Simple present*) und im Anschluss die Verlaufsform der Gegenwart (das *Present progressive*) reduziert. Die gewählte Abfolge entlastet die Erwerbprogression deutlich und erlaubt eine vertiefte Behandlung beider Strukturen. Selbsttätigkeit beim Grammatikerwerb und induktives Lernen werden zeitlich ermöglicht und gefördert, wenn die S z.B. bei der Sprachbetrachtung (*Looking at language*) Gemeinsamkeiten zwischen den Zeitformen selbständig entdecken oder im Anschluss individualisiert üben.

Dieses individualisierte Vorgehen wird durch das neu gestaltete *Grammar and Practice File* unterstützt, in dem es zu jedem grammatischen Phänomen zusätzliche einfache Übungen anbietet, die von den S autonom bearbeitet werden können (Lösungen kostenfrei online verfügbar, Webcode *dujibu*; mehr zu den Webcodes unten).

English G Access G9 verfolgt drei unterschiedliche Behandlungstiefen bei der Einführung von Grammatik:

1. Die induktive Erarbeitungsweise (*Looking at language*) wird immer eingesetzt, wenn grundständige grammatische Strukturen erworben werden sollen.
2. Weniger komplexe grammatische Strukturen werden deduktiv eingeführt und geübt (*Language help*).
3. Die S erhalten viele Lerntipps und Hinweise, die sie beim Lernen und Üben berücksichtigen sollten (*TIP*).

Der Erwerb von Wortschatz reagiert in Band 1 auf Vorkenntnisse aus dem Bereich des Grundschulenglisch. Bereits erlernter Wortschatz wird kontinuierlich systematisiert und ergänzt. Neuer Wortschatz wird durch umfangreiches Bildmaterial unterstützt und in vielfältigen Übungen angewendet. Das Arbeiten in semantischen Feldern (vgl. *Here we go!*, SB-Seiten 8–17) bzw. in Mindmaps/Clustern (vgl. *Wordbanks*, SB-Seiten 138–143) unterstützt die S dabei im Lernprozess und bei der Sprachproduktion. Nicht zuletzt garantiert die Einführung verschiedener Techniken für das Lernen von Vokabeln einen nachhaltigen Lernerfolg (SB-Seite 144f; SMC 1).

2.3.5 Medienkompetenz

Der Erwerb von Kompetenzen für eine digitale Welt ist eines der Zukunftsprojekte der Kultusministerkonferenz. Konsequent bildet *EG Access G9* die digital gestützte Gestaltung von Lehr- und vor allem Lernprozessen ab. Ziel ist es hierbei, die S in der Transformation analoger Anforderungen in digitale zu begleiten und ihnen Angebote im Rahmen des Lerngangs zu machen, die sie befähigen, kritisch-reflexiv mit den Möglichkeiten, Angeboten und Risiken der digitalen Welt umzugehen.

Mit den Kompetenzbereichen „Suchen, Verarbeiten und Aufbewahren", „Kommunizieren und Kooperieren" bzw. „Produzieren und Präsentieren" wurden Inhalte und Kompetenzen aus den KMK-Anforderungen identifiziert, die sich sinnvoll in den Lernprozess des kommunikationsorientierten Englischunterrichts integrieren lassen.

Bei der Erstellung der Aufgaben wurden das altersgemäße Medienverhalten der S, die Einsatzorte digitaler Medien als auch die kritische Reflexion auf den Einsatz berücksichtigt. In der Anwendung und der Erstellung eigener digitaler Produkte sollen Anlässe geliefert werden, in Phasen der Reflexion über die Differenzqualität digitaler Medien nachzudenken und S zu einem reflektierten Einsatz zu befähigen.

Dies gilt unter anderem für den Bereich des Lexikerwerbs: als eine Möglichkeit des Vokabellernens bietet bereits Unit 1 (SB-Seite 27) digitale Vokabel-Apps als eine Möglichkeit des Lernens von Vokabeln an. Wichtig ist hierbei, das digitale Angebot als eines unter vielen zu verstehen und eine genaue Prüfung der Angebote durch die S zu schaffen, damit individuelle (auch digital unterstütze) Lernangebote entwickelt werden können. Aufgaben zur kritischen Betrachtung des jeweiligen Angebots werden dabei durch das *Skills and Media Competence File* ergänzt (SB-Seiten 144f).

Weitere Einsatzmöglichkeiten beinhalten in Band 1 u.a. das Sammeln und Strukturieren von Inhalten (SB-Seite 70), das Nachschlagen unbekannter Lexik in einem online-Wörterbuch (SB-Seite 81) oder die digitale Gestaltung von Seiten bzw. Präsentationsfolien (SB-Seite 100).

3 Das Schülerbuch

Das Schülerbuch besteht aus folgenden Teilen (vgl. SB-Seite 3):

Here we go!
- Anknüpfen an die Vorkenntnisse aus der Grundschule
- Systematisierung des bereits bis Klasse 4 Gelernten
- Einführung des Handlungsortes Plymouth und des Maskottchens Silky
- Schaffung einer positiven Lernmotivation

Vier Units
- Detaildiskussion der einzelnen Aspekte einer Unit ab HRU-Seite 15

Drei Lernaufgaben (Your task)
- Unit-bezogene Lernaufgabe mit motivierender Aufgabenstellung
- Anwendungskontext für erworbene Kompetenzen
- interkulturelles Lernen
- Lernstandsdiagnose und passendes Übungs- bzw. Wiederholungsangebot

Access story *(in zwei Teilen, nach Unit 4)*
- kursorisches Lesen/*extensive reading*
- Lesemotivation
- Erstbegegnung mit literarischen Textgestaltungsmerkmalen im Englischunterricht

More help-*Seiten*
- Hilfestellung im Rahmen von differenzierenden Aufgaben (niedrigeres Anspruchsniveau)

Book rally
- das Schülerbuch kennen- und nutzen lernen

Skills and Media Competence File
- Methoden- und Medienkompetenzkompendium
- detaillierte Beschreibung der eingeführten Lern- und Arbeitstechniken
- Anleitungen zum reflektierten Umgang bei der Arbeit mit digitalen Medien

Grammar and Practice File
- Übersicht über Form und Funktion der zentralen grammatischen Strukturen in der Reihenfolge ihrer Einführung im Schülerbuch und zugeordneter Übungen
- ausführliche Erklärung erworbener Strukturen
- Möglichkeit zur selbständigen Arbeit durch Anordnung im Aufschlagsprinzip: auf der linken Seite vorgefundene grammatische Regeln werden auf der rechten Seite jeden Ausschlags durch Übungen ergänzt
- Ergänzung der *Looking-at-language-*, *Language-help-* und *TIP*-Boxen im Practice-Teil (enge Verbindung durch Verweissystem)

Wordbanks
- zusätzlicher Themenwortschatz in Mindmaps/Clustern zur Unterstützung von selbständiger Sprachproduktion

Vocabulary
- chronologisch organisierter Lernwortschatz im bewährten Dreispaltensystem; das mehrkanalige Lernen wird durch Beispielsätze („3. Spalte") und Illustrationen unterstützt
- Einführung und Erläuterung englischer Laute sowie der Lautschrift
- *Blue boxes* systematisieren lexikalische Phänomene, wie z. B. Kollokationen

Dictionary
- englisch-deutsches Wörterbuch: alphabetisch sortierte Wortliste des gesamten Wortschatzes (Lernwortschatz wird mit Fundstelle angegeben); Hilfestellung bei Texterschließung
- deutsch-englisches Wörterbuch: alphabetisch sortierte Wortliste des Lernwortschatzes; Hilfestellung bei selbständiger Sprachproduktion

4 Beschreibung der Teile einer Unit und ihrer Funktion

English G Access G9 folgt einem linearen Aufbau. Die Seiten können dabei nacheinander bearbeitet werden. Diese Struktur soll einerseits die Orientierung innerhalb des Schülerbuchs erleichtern, andererseits kann dadurch intensiver an einzelnen Kompetenzen gearbeitet werden. Bei der Gestaltung der einzelnen Schülerbuch-Seiten wurde Wert darauf gelegt, dass jeweils ein abwechslungsreiches methodisches und kommunikatives Angebot gemacht wird.

Jede der so gestalteten vier Units umfasst ca. 20 Seiten sowie zwei Seiten, auf denen die Lernaufgabe (*Your task*) erläutert und evaluiert wird.

Lead-in:	die erste Doppelseite in den Units
Materialseiten pro Part (3–4 Parts):	1 bis 2 Seiten
Practice-Seiten pro Part (3–4 Parts):	2 bis 4 Seiten
Unit-Text:	2 Seiten
Your task:	2 Seiten (Arbeitsschritte und Selbsteinschätzung)

4.1 Lead-in

Die erste Doppelseite jeder Unit bietet einen motivierenden und altersgerechten Einstieg in das Thema der jeweiligen Unit. Vornehmlich über Hörverstehenstexte und über Bildimpulse werden die S eingeladen, sich mit ihrem Vorwissen einzubringen und neue Details zu entdecken. Der dazu benötigte Wortschatz wird über erste kleine Aufgaben eingeführt bzw. systematisiert. Im Verlauf der weiteren Unit wird der vorhandene Vokabelbestand ergänzt. Neue grammatische Strukturen werden auf diesen ersten zwei Seiten nicht eingeführt.

Neben der Beschreibung des Gesehenen bzw. Gehörten nimmt auch der interkulturelle Vergleich einen prominenten Platz ein. Die Schülerinnen und Schüler werden aufgefordert, Informationen über das Zielland mit der eigenen Lebenswirklichkeit zu vergleichen und Beobachtungen zu Gemeinsamkeiten und Unterschieden zu formulieren. Damit ist eine erste Sensibilisierung für Fragestellungen des interkulturellen Kompetenzerwerbs angelegt, der im Verlauf der weiteren Unit intensiviert wird.

4.2 Material-Seiten

In *English G Access G9* hat die Darbietung von zusammenhängenden (Lese-)Texten einen hohen Stellenwert. Im Regelfall besteht jede Unit aus mindestens drei Materialseiten.

Bei der Konzeption dieser Seiten wurde dabei bewusst ein erweiterter Textbegriff zugrunde gelegt, sodass eine Fülle unterschiedlicher, altersgerechter Texte und Textsorten zum Einsatz kommt. Neben der inhaltlichen Verbindung zum kulturellen Schwerpunkt der Unit beinhalten diese Seiten auch neu einzuführende Lexik, Grammatik und Redemittel. Diese werden im jeweiligen inhaltlich-thematischen Kontext präsentiert.

Die Erlebnisse der Lehrwerkskinder verbinden die einzelnen Parts auf den Materialseiten. Diese thematische Verbindung und ein Handlungsbogen (*Storyline*) halten die einzelnen Teile der Unit für die S besser zusammen und geben Orientierung.

Der Aufgabenapparat auf den Materialseiten dient in erster Linie der inhaltlichen Auswertung der Texte und macht die *Storyline* bzw. die thematischen Verbindungen transparent. Von Beginn an wird somit auch Leseverstehen intensiv geschult.

Zusätzlich wurde der Aufgabentypus *Have a go* auf den Material-Seiten aufgenommen, der neben den inhaltlichen Aspekten auch die neu einzuführende grammatische Struktur des jeweiligen Parts vorbewusst produktiv schult. *Have a go* bildet somit den Übergang zwischen Material- und Practice-Seiten.

4.3 Practice-Seiten

Die Practice-Seiten erfüllen eine Reihe von Funktionen:

- Kognitivierung und (differenzierende) Übung neuer grammatischer Strukturen („Looking at language", Übungssequenz, HRU-Seite 8)
- Systematisierung und Festigung von Wortschatz (*WORDS*)
- Vermittlung kultureller Aspekte des Ziellandes (*Background file*)
- Schulung aller kommunikativen Kompetenzen (Symbol-Legende, SB-Seite 3)
- systematische Schulung der englischen Rechtschreibung über den kompletten Band hinweg (*Spelling course*)
- Intensive Schulung der methodischen Kompetenzen (*„Study Skills"*) durch Bewusstmachung, Anwendung und vertiefende Wiederholung
- Förderung des sozialen Lernens durch vielfältige Lernarrangements (Auszeichnung über Symbole: Partner- und Gruppenarbeit, kooperative Lernformen und *Partner check*; Symbol-Legende, SB-Seite 3)

4.4 Unit-Text

Am Ende jeder Lehrwerkeinheit steht weiterhin der Haupttext, der umfangreicher ist als die Texte der Materialseiten. Er soll auf dem Plateau des Erreichten eine motivierende und spannende, lustige oder lehrreiche Geschichte erzählen. Der Unit-Text bildet oft den Höhepunkt und Abschluss der vorher in der Unit entwickelten *Storyline*. Da das Lesevergnügen vorrangig ist, wurde bewusst auf unbekannte grammatische Strukturen verzichtet.

In der Begegnung mit den Texten und auch in deren Auswertung werden nochmals Aufgabenformate herangezogen, die kommunikative und methodische Kompetenzen vielfältig üben. Verständnissicherung und Textauswertung finden im Rahmen zahlreicher Aufgaben statt, die auch Formen der Neigungsdifferenzierung ermöglichen: Das Label *You choose* signalisiert den S, dass sie in der produktionsorientierten Auswertung des Haupttextes unterschiedliche Wege gehen können (vgl. z. B. SB-Seite 71).

4.5 Lernaufgabe *(Your task)*

Zum Abschluss jeder Unit (im ersten Band wurde die Unit 1 ausgespart, um den S zunächst Zeit zur Eingewöhnung in die Erarbeitung einer Unit zu geben) wird eine umfangreiche Lernaufgabe (*Your task*, HRU-Seite 12) angeboten, die den S nochmals erlaubt, ihr in der Unit erworbenes Wissen in einem motivierenden und interkulturell ausgerichteten Kontext anzuwenden. Mit der Bearbeitung der Lernaufgabe ist somit auch eine Vertiefungsfunktion verknüpft, die einzelne sprachliche Phänomene in einen funktional-thematischen Kontext einbettet. Auf der zweiten Seite können die S im Rahmen einer klar angeleiteten Selbsteinschätzung ihren Lernfortschritt reflektieren. Sie bekommen hier auch Hinweise auf Wiederholungs- und weitere Übungsmöglichkeiten innerhalb des Schülerbuchs sowie des Workbook.

4.6 Access to Cultures

Zwischen den einzelnen Units wird die Möglichkeit geboten, im Bereich der interkulturellen kommunikativen Kompetenz nochmals intensiv und schülerorientiert zu arbeiten: durch eine zielkulturelle Einbettung wird ein kommunikativer Handlungsrahmen gesetzt, innerhalb dessen S Sprechakte analysieren und auf ihre kulturspezifischen Besonderheiten hin untersuchen sollen. Oftmals vorhandene Konventionen werden so bewusst gemacht und in einem weiteren Schritt im Rahmen offener Lernarrangements (z. B. Rollenspiele oder Dialoge) erprobt.

5 Die Begleitmedien

Im Lehrwerkverbund *English G Access G9* gibt es neben dem Schülerbuch folgende Medien:

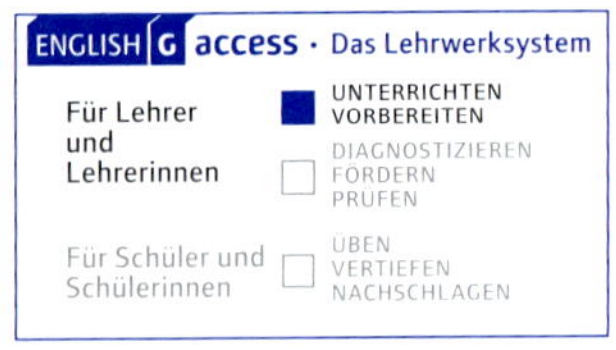

5.1 Unterrichten, vorbereiten

Schülerbuch-Lehrerfassung

Neuer Wortschatz und Grammatik sind markiert, Lösungen eingetragen und die Audio-Tracks angegeben. Außerdem gibt es Verweise auf sämtliche jeweils passenden Begleitmedien sowie kleine methodische Hinweise.

Handreichung für den Unterricht (HRU)

Didaktisch-methodische Erläuterungen und Hinweise zu den Units im Schülerbuch mit Tafelbildern und Kopiervorlagen sowie einem Glossar. Eine übersichtliche Randspalte enthält Verweise zu den Begleitmedien sowie weitere Differenzierungsvorschläge. Die *Vocabulary and Language Action Sheets* sind ebenfalls enthalten: das sind Kopiervorlagen, mit deren Hilfe sich grammatische Strukturen und Wortschatz erarbeiten und vertiefen lassen. Die *Vocabulary Action Sheets* lassen sich auch gut anstelle eines Vokabelheftes einsetzen.

Workbook-Lehrerfassung

Workbook mit Lösungen. Die Lehrerfassung bietet zudem Zugang zu den interaktiven Übungen und den Audios, die online verfügbar sind. Die Audios befinden sich zusätzlich noch einmal auf CD in der Workbook-Lehrefassung. Beigelegt ist das *MyBook*. Die Transkripte zu den Audios können online unter dem Webcode *bosapa* heruntergeladen werden.

Audio-CDs

Alle Audio-Tracks des Schülerbuchs auf CD. Die Transkripte können online unter dem Webcode *bofanu* heruntergeladen werden.

Video DVD

Alle Video-Materialien, die Sie für die Seite *The world behind the picture* im Schülerbuch benötigen, finden Sie auf der DVD. Die Transkripte können online unter dem Webcode *xibuki* heruntergeladen werden. Die DVD enthält außerdem Clips, die im Rahmen der Leistungsmessung eingesetzt werden können.

Lektüren

Auch zu *English G Access G9* wird es in den ersten Lernjahren passende Lektüren geben (Niveau A2).

5.2 Diagnostizieren, fördern, prüfen

Vorschläge zur Leistungsmessung

Als editierbare Word-Dateien steht mit den Vorschlägen zur Leistungsmessung ein umfangreicher Aufgabenpool zur Verfügung. Jede schriftliche Klassenarbeit muss eine *Writing*- sowie eine weitere kompetenzorientierte Aufgabe aus den Bereichen *Reading, Listening/Viewing, Mediation* enthalten. Aufgaben aus den Bereichen *Words* oder *Language* können ergänzt werden. Achten Sie bei der Zusammenstellung der Klassenarbeiten darauf, dass mindestens eine Klassenarbeit pro Schuljahr eine Aufgabe aus den Bereichen *Reading, Listening/Viewing* und *Mediation* anbietet.

Empfehlenswert ist es, pro Unit einige Schülerinnen und Schüler zusätzlich in einer mündlichen Klassenarbeit zu überprüfen, sodass sie sich an die Prüfungssituation gewöhnen. Dadurch wird Ihre Klasse frühzeitig in der Kompetenz *Speaking* geschult.

Alle Aufgaben sind eng mit den Materialien im Fördern & Fordern-Ordner verschränkt, sodass Schülerinnen und Schüler im Vorfeld oder im Anschluss an eine Klassenarbeit individuell passendes Material zur Wiederholung und Vertiefung bearbeiten können.

Fördern & Fordern

In einem Ordner haben wir für Sie eine Fülle von Materialien zusammengestellt, die auf drei Niveaus differenziert sind. Die *Lernlandkarten* helfen Lehrer/innen und Schüler/innen, die Lernfelder in jeder Unit im Blick zu behalten. Die Ergebnisse auf diesen Selbsteinschätzungsbögen oder die Resultate der Klassenarbeiten führen durch ein klares Verweissystem zu individuell passenden Aufgaben.

Unterrichtsmanager

Der Unterrichtsmanager ist ein digitales Werkzeug für die Vorbereitung zu Hause und den Einsatz im Unterricht. Es enthält alle oben aufgeführten Lehrwerks-Bestandteile. Das Schülerbuch (Schüler- und Lehrerfassung) dient als Navigationsoberfläche. Von dort aus erreichen Sie per Klick die verschiedenen Begleitmedien, die jeweils passgenau zugeordnet sind. Der Unterrichtsmanager enthält die Handreichungen für den Unterricht mit Kopiervorlagen, *Vocabulary Action Sheets* und *Language Action Sheets*, das Workbook in der Lehrerfassung, die Vorschläge zur Leistungsmessung, das vollständige Förder- und Fordern-Material sowie sämtliche Audio- und Videodateien sowie deren Transkripte zum ersten Band. Die meisten Kopiervorlagen und Arbeitsblätter sind zudem editierbar. Zusätzlich stehen pro Unit ca. zwei Folien zur Verfügung.

Speaking - Materialien zum Üben und Testen der Sprechkompetenz

Materialien zur Vorbereitung und Durchführung von mündlichen Leistungsüberprüfungen

5.3 Für Schüler/innen: Üben, vertiefen, nachschlagen

Hörtexte aus dem SB

Schüler/innen finden eine Auswahl der Hörtexte zum Anhören oder zum Download unter dem Webcode *mobipa*.

Workbook

Das Arbeitsheft zum Vertiefen und Wiederholen. Die Aufgaben decken systematisch alle Kompetenzen, Strukturen und Wortschatz ab. Die Audio-Tracks zu den Höraufgaben finden sich online und in der Lehrerfassung zusätzlich auf der beiliegenden CD.

Interaktive Übungen zum Workbook

Das Workbook gibt es auch in der Variante mit interaktiven Übungen. Die interaktiven Übungen sind online verfügbar und enthalten weiterführende Übungen, die auf drei Niveaus differenziert sind.

Grammarmaster

Vertiefende Übungen zu grammatischen Themen zum selbständigen Lernen.

Klassenarbeitstrainer

Zur selbständigen Vorbereitung auf Klassenarbeiten. Die Hörtexte und Lösungen sind für die S online verfügbar.

Wordmaster

Vertiefende Wiederholung des Wortschatzes. Die Vokabeln werden in unterschiedlichen Kontexten, auch spielerisch, präsentiert.

Vokabeltaschenbuch

Ein chronologischer Vokabelteil aus dem Schülerbuch im Mini-Taschenbuchformat.

https://www.cornelsen.de/webcodes

Über Webcodes stehen zusätzliche Informationen und Materialien für Lehrer/innen und Schüler/innen zur Verfügung:

- Webcode *mobipa* (Schüler): Schülerbuch-Audios (im Buch mit Lautsprechern markiert) zum Herunterladen oder zum Hören online.
- Webcode *dujibu* (Schüler): Die *Grammar and Practice*-Seiten aus dem Schülerbuch mit Lösungen.
- Webcodes *bofanu, xibuki, bosapa* (Lehrer): Die Transkripte der Audio-CDs, der Video-DVD und der Workbook-Audiotracks.

6 Exemplarische Stoffverteilung *English G Access G9*, Band 1

6.1 Übersicht über das Schuljahr

Ein Schuljahr umfasst ca. 38 Unterrichtswochen. Daraus ergeben sich bei

	4 Wochenstunden	5 Wochenstunden
	152 Stunden	190 Stunden
abzüglich 10 % mutmaßliche Ausfälle	15 Stunden	19 Stunden
verbleiben	137 Stunden	171 Stunden

6.2 Beispiel für eine Stoffgrobplanung

	4 Wochenstunden	5 Wochenstunden
Für Here we go! und vier Units	106 Stunden	123 Stunden
Für sechs Klassenarbeiten (inkl. Besprechung)	12 Stunden	12 Stunden
Zur freien Verfügung (z. B. Lektüre der *Access Story, Access to Cultures,* Ganzschrift, Vertiefung und Übung)	19 Stunden	36 Stunden
ergeben	137 Stunden	171 Stunden

6.3 Empfohlene Stundenzahl

Here we go!	10 Stunden	15 Stunden
Für Unit 1	24 Stunden	27 Stunden
Für Unit 2	24 Stunden	27 Stunden
Für Unit 3	24 Stunden	27 Stunden
Für Unit 4	24 Stunden	27 Stunden
ergeben	106 Stunden	123 Stunden

Anmerkungen zu dieser Planung

Die Stundenverteilung basiert auf einer zügigen Unterrichtsdurchführung. Zusätzlich eingeschobene Konsolidierungsphasen werden nicht mit veranschlagt. Fakultative Teile des SB sowie Begleitmedien werden ebenso wenig einbezogen wie Phasen der Freiarbeit oder der Projektarbeit außerhalb des SB.

6.4 Vorschlag für einen Verlaufsplan *English G Access G9*, Unit 3 (4 Wochenstunden):

Diesem Verlaufsplan liegt ein Vorgehen zugrunde, das genau die Abfolge im SB nachvollzieht. Die vorgeschlagene Stundenverteilung ist nicht als Norm anzusehen.

Stunden	Part A–C, S.	Practice	EXTRA	Grammar File/ Skills and Media Competence File/ *MyBook*
1./2.	S. 64/65			
3.	Part A, 66			*MyBook*
4.	Part A, 67	4–5		WOB (S. 37, 3–4)
5.	Part A, 67–68	HaG, P1-2		GF (S. 170)
6.	Part A, 69	LaL, P3–5		WOB (S. 39, 8)
7./8.	Part A, 70	Study Skills	Wordbank S. 142 f	WOB (S. 40, 9)
9.	Part A, 71	TWBTP		
10.	Part B, 72	1–2		
11.	Part B, 72–73	HaG, P1–3		GF (S. 170) WOB (S. 40, 10)
12.	Part B, 74	P4–5		WOB (S. 41, 11)
13./14.	Part B, 75	P6		WOB (S. 41 f, 12–14)
15.	Part C, 76	1–2		
16.	Part C, 77	3	BF	WOB (S. 42, 15)
17.	Part C, 78	P1–2		WOB (S. 43 f, 17–18)
18.	Part C, 79	*Spelling course*		WOB (S. 44, 19–15)
19.–22.	Text		WOB Checkpoint	WOB (S. 45, 20)
23.	*Your task*			*Task & Homework*
24.	*Your task*			*Evaluation*

Here we go!

Storyline	Die Lehrwerkskinder Justin, Lucy, Maya, Sam und Abby stellen sich jeweils auf einer Seite des *Here we go* vor. Justin regt die S durch Fragen dazu an, sich ebenfalls vorzustellen. Lucy und Maya präsentieren die Sehenswürdigkeiten Plymouths und damit einige Schauplätze der Handlung. Sam berichtet über Tiere, die gute Haustiere sind. Zuletzt nimmt Abby die S mit in die Plymstock School. Auch das Lehrwerksmaskottchen Silky erzählt auf jeder Seite kurz etwas über sich und ihre Heimat. Es werden Tiernamen und Farben geübt sowie die Grundschulthemen Schulutensilien und Zahlen wiederholt.
Kommunikativer Kompetenzschwerpunkt	**Listening:** *Here we go!* nimmt Bezug auf Aufgabentypen und Methoden der Hörverständnisschulung aus der Grundschule. Die Kompetenz Hören wird durch Bilder, eingängige Reime und Songs geschult. Die Aufgaben zielen dabei sowohl auf das Global- als auch auf das Detailverstehen ab. Die S können … verstehen, was in einem Lied gesungen wird und den Text mitsingen (SB-Seiten 11, 3) • einfachen Hörtexten die Hauptinformationen entnehmen und Orte auf einer Karte zeigen (SB-Seite 10, 1; 12, 1a)) • Abbildungen einer Landkarte zuordnen (SB-Seite 10,1; 12, 2) • ein Gedicht verstehen und fehlende Verse zuordnen (SB-Seite 13, 4) • einfachen Hörtexten die Hauptinformationen entnehmen und Tiere in einem Wimmelbild zeigen (SB-Seite 14, 1a)) • das Wesentliche von kurzen, klaren und einfachen Mitteilungen erfassen und Schulutensilien identifizieren und auspacken (SB-Seite 17, 3, 4)
Sprechabsichten	sich selbst mit Name, Alter und Wohnort kurz vorstellen und andere danach fragen • etwas über das eigene Klassenzimmer erzählen
Schreibanlässe	**Themen:** Wochentage • Tiere • Farben • Schulutensilien • Zahlen bis 11 **Methoden:** *Listen and point* (SB-Seiten 10, 12, 14) • *Point and tell* (SB-Seite 14) • Sprechen kleiner gestützter Dialoge mit einem Partner (SB-Seiten 8, 9, 10, 12, 13, 14, 16, 17) • Unterstützung des Hörverstehens bei unbekannten Songs und Gedichten durch *Total physical response* (SB-Seiten 11, 13) • Sprachspiele (SB-Seiten 15, 17)
Language skills	**Wortfelder:** *sights of Plymouth* • *days of the week* • *animals* • *colours* • *the classroom* • *numbers*
Study skills	**TIP – The Vocabulary:** Neue Wörter lernen anhand des *Vocabulary* (SB-Seiten 10, 183)
Kooperative Lernformen	*Milling around activity* (SB-Seite 8) • *Partner check* (SB-Seite 15)

KOMMUNIKATIVE KOMPETENZEN

Die S können …

Sprechen: in einem Dialog einfache persönliche Fragen stellen, beantworten und sich vorstellen (Name, Alter, Geschlecht, Wohnort) (SB-Seite 8, 1–2) • über Farben und Zahlen sprechen (Sb-Seite 9, 3)

Schreiben: über sich selbst schreiben und einen kurzen Grußtext an Justin verfassen (SB-Seite 9, 3)

METHODISCHE KOMPETENZEN

sich mit dem Partner/der Partnerin in der Fremdsprache verständigen (SB-Seite 8, 1) • eine *Milling around activity* durchführen (SB-Seite 8, 2)

S. 8–9

NEUER WORTSCHATZ

Here we go. • **Hello.** • **My name is** Justin. • **I'm from** Plymouth. • **in England** • I'm **twelve years old.** +**Box "Numbers"**, *Voc.*, SB-Seite 184 • I like … • **the** • colour • red • **What about you?** • what?

EINSTIEG

SB geschlossen. L stellt sich der Klasse vor.

L: Hello! My name is Ms/Mr ….. What's your name? L wartet entweder auf S-Meldungen oder geht zu einzelnen S hin. Bei Unsicherheiten kann L die Antwort „My name is …" den S auch leise vorsagen. L erweitert die Dialoge sukzessive.

Musterdialoge:

1 L stellt sich der Klasse vor: Hello! My name is Ms Rath. I'm 30 years old. I'm from Rheinsberg in Germany. I like the colour green.

2 L simuliert ein Gespräch z.B. mit Justin: L: Hello. What's your name? Justin: My name is Justin. L: How old are you? Justin: I'm twelve years old. L: Where are you from? Justin: I'm from Plymouth in England.

3 L spricht einen S direkt an: What's your name? My name is Ms/Mr …. S: My name is …. L: How old are you? I'm … years old. S: I'm twelve years old. L: I'm from Rheinsberg in Germany. What about you?

Alternative

SB geschlossen. L zeichnet ein fröhliches Strichgesicht (evtl. mit angedeutetem Hemdkragen und angedeuteter Krawatte) und einer leeren Sprechblase an die Tafel und stellt Justin vor.
Dabei führt L kleine Dialoge mit Justin vor, der über sich erzählt und L Fragen stellt. (siehe Musterdialoge) Anschließend stellt L die Fragen an die S.

Weitere Differenzierung

L gibt die Redemittel aus dem SB an der Tafel vor.
Einige S können mehr über sich erzählen oder Justins Rolle übernehmen.

Silky, die Kegelrobbe

Das *English-G-Access*-Maskottchen **Silky** ist eine weibliche Kegelrobbe. Sie ist zwei Jahre alt und hat ihren Lebensraum an der Küste von Plymouth.
Kegelrobben (*grey seals***)** sind Säugetiere, die hauptsächlich in den nördlichen Meeren Europas leben. Sie gehen nur selten an Land und mögen Felsküsten und Klippen lieber als Sandstrände. Ihr deutscher Name leitet sich von ihrer kegelförmigen Kopfform ab.
Diese Wasserraubtiere können bis zu 70 m tief tauchen, um nach Fischen zu jagen, von denen eine ausgewachsene Kegelrobbe etwa zehn Kilogramm pro Tag verspeist. Mit einer Länge von ca. 2,30 m und einem Gewicht von bis zu 300 kg sind Kegelrobben deutlich größer als Seehunde (*common seals* oder *harbour seals*), die sich außerdem durch ihre rundliche Kopfform von den Kegelrobben unterscheiden. Kegelrobben werden bis zu 35 Jahre alt. Die männlichen Tiere sind wesentlich größer als die weiblichen und unterscheiden sich von diesen auch in ihrer Fellfärbung: Männchen sind auf dunkelgrauem Grund hell gefleckt, Weibchen dagegen haben dunkelgraue Flecken auf silbergrauem Grund. Kegelrobben werden mit vier bis sieben Jahren geschlechtsreif, sind aber erst mit zehn Jahren ausgewachsen.

1 Justin's questions

NEUER WORTSCHATZ
Justin's questions · What's your name? · your · How old are you …? · Are you …? · Where are you from? · where? · °now

ERARBEITUNG
a)/b) **SB geöffnet.** L: Now you are Justin. Ask your partner the questions. Die S stellen ihrem Partner die Fragen, die in Justins Sprechblase auf SB-Seite 8 stehen, wobei der Partner die persönlich passende Antwort geben soll. Anschließend tauschen sie ihre Rollen.
Damit alle S wissen, wie die Übung geht, führt L einen exemplarischen Dialog vor, inklusive des Rollenwechsels für Aufgabenteil **b)**.
Der Wechsel zwischen den Aufgabenteilen **a)** und **b)** kann frei (sobald ein S-Paar mit **a)** fertig ist) oder gemeinsam und von L durch ein akustisches Signal (▶ *akustischer Phasenwechsel*) koordiniert erfolgen.
Hinweis: Die S sollten an dieser Stelle v. a. ihren Wohnort, also ihre Stadt, ihr Viertel oder ihr Dorf, nennen. Das Herkunftsland ist zweitrangig.
Falls die S die englischen Bezeichnungen ihrer Herkunftsländer nicht kennen, gibt L diese an der Tafel vor.

➜ FöFo HWG.1
➜ Interaktive Übungen zum Workbook HWG.1

2 Meet your classmates

NEUER WORTSCHATZ
Meet your classmates. · **classmate** · °(to) talk to · °different (from) · my **favourite** colour

ERARBEITUNG
L: Now talk to different partners. Tell your classmates about you and ask them questions.
Der im SB abgedruckte Dialog dient für diese ▶ *Milling around activity* als Muster. Für ein sicheres Gelingen können einige S zunächst ein bis zwei Musterdialoge in der Klasse vorführen. Danach gehen die S im Klassenraum umher und erzählen verschiedenen Mit-S in kleinen Dialogen von sich selbst, um die in **1** eingeübten Sprachmuster zu festigen. Die S können sich während der Dialoge Notizen in einer Tabelle (TB oder AB) machen und danach über ihre Mit-S berichten.

Meet your classmates

questions	student 1	student 2
What's your name?		
How old are you?		
Where are you from?		
What's your favourite colour?		

Alternative
Variante als Ratespiel: Die S lesen ihre Notizen über eine/n S vor, die anderen raten, um wen es sich handelt.
➜ FöFo HWG.1

3 Colours and numbers

NEUER WORTSCHATZ
and · **Yes, that's right.** · +**No, that's wrong** · +**Box "Colours"**, *Voc.*, SB-Seite 185

EINSTIEG
SB geschlossen. L: Red is my favourite colour. Can you see the colour red in the classroom?
Der S, der etwas Schwarzes im Klassenraum entdeckt hat, darf den Zettel mit der Nummer 1 gut sichtbar dort ankleben, also z. B. an der Tafel.
L: Red is number one. Ella, what's your favourite colour?
Die entsprechende Farbe, z. B. orange, wird im Klassenraum gesucht und mit der Nummer 8 versehen.
vL: Orange is number eight. Evtl. kann der Satz auch bereits vom entsprechenden S übernommen werden.
Es wird fortgefahren, bis alle elf Zettel im Klassenraum hängen und die Nummern für alle S sichtbar sind.
Anschließend geht L mit Hilfe der im Raum verteilten Klebezettel noch einmal alle Farben und Nummern mit den S durch. L: Let's talk about the colours and numbers. Black is number ...? S: Black is number four. L: Yes, that's right. (L kann die Aussage durch Mimik und mit „Daumen hoch" unterstützen.). And what number is yellow?
Auf diese Weise werden alle Farben und Zahlen bis elf geübt. Dabei übernehmen die S sukzessive auch den Satz „Yes, that's right." und leiten zu einer neuen Farbe über.
Den Satz „No, that's wrong." kann L einführen, indem sie bewusst einen Fehler macht und den Satz dazu verwendet.

➜ L hält elf kleine Zettel und Klebestreifen oder elf Klebezettel, die von 1 bis 11 nummeriert sind, bereit.

ERARBEITUNG
SB geöffnet. L: Get together in pairs. Talk about the colours and numbers.
Vorgehen gemäß SB. Ergebnissicherung im Plenum.

LÖSUNG
Red is number one. · White is number two. · Blue is number three. · Black is number four. · Grey is number five. · Brown is number six. · Pink is number seven. · Orange is number eight. · Green is number nine. · Yellow is number ten. · Purple is number eleven.

4 A card to Justin

NEUER WORTSCHATZ
A card (to) · °(to) write

ERARBEITUNG
L: Write a card to Justin and tell him about yourself. Choose a nice postcard and write your text on it. You can draw pictures on your postcard too.
Nachdem die S in **1** und **2** mündlich geübt haben, sich vorzustellen und Fragen zu stellen, vertiefen sie nun ihr Wissen schriftlich. **4** ist als HA geeignet: Die S schreiben ihren Text an Justin auf eine schön gestaltete Karte oder dekorieren diese mit Bildern und farbiger Schrift. Die fertigen Karten werden im Klassenraum aufgehängt; die S gehen herum, um sich die Postkarten anzusehen und durchzulesen (▶ Gallery walk).

➜ Workbook 1–4 (p. 2–3)
➜ FöFo HWG.1

Silkys Sprechblase(n)

NEUER WORTSCHATZ
seal · **Let's go.** · (to) **go**

Einsatz der Silky-Sprechblasen und -Zeichnungen im Unterricht

Die Robbe **Silky** führt durch das *Here we go!*, indem sie auf jeder Doppelseite mit einer Einladung in das nächste Thema zum Umblättern und Weiterarbeiten ermuntert. In ihren **Sprechblasen** befindet sich Lernwortschatz, der die Erarbeitung des nächsten Themas vorbereitet. Der Einsatz von Silkys Sprechblasen im Unterricht kann flexibel erfolgen, wobei diese – neben der vorbereitenden Wortschatzarbeit – v. a. die Möglichkeit geben, das Vorwissen der S zu dem jeweils folgenden Thema zu sammeln, zu überprüfen und ggf. zu erweitern.

Vorschläge für den **Einsatz im Unterricht:**

1. Ritual zum Stundenbeginn: Die S lernen jeweils die Sätze von Silky auswendig und sprechen sie gemeinsam. Hierbei kann auch ein S die Rolle von Silky (z. B. mit der Handpuppe) übernehmen.
2. Überleitung in die nächste Lerneinheit: Silkys Äußerung wird gemeinsam gelesen. Danach sammeln die S zunächst ihr Vorwissen zum folgenden Thema, bevor die Seite umgeblättert wird (z. B. SB-Seite 11: Is it Monday, Tuesday, …? (…) – L: Tell me the names of the days of the week. What's your favourite day? …).
3. Ausblick auf die nächste Stunde: Lesen der Sprechblase. L: Next lesson we will find out more about this.

KOMMUNIKATIVE KOMPETENZEN
Die S können …
Hör-/Seh-verstehen: einfachen Hörtexten die Hauptinformationen entnehmen und Orte und Dinge auf einer Landkarte korrekt zuordnen (SB-Seite 10, 1) • die Grundaussagen eines Lieds verstehen und mitsingen (SB-Seite 11, 3)
Sprechen: sich mit einfachen Wendungen über Orte und Dinge auf einer Landkarte unterhalten (SB-Seite 10, 1)

METHODISCHE KOMPETENZEN
Matching words and pictures

S. 10–11

EINSTIEG
SB geschlossen. Semantisierung von *hometown*, indem L über die eigene Heimatstadt spricht und die S nach ihrer Heimatstadt fragt. L: I'm from Düsseldorf in Germany. So, my hometown is Düsseldorf. In my hometown I can see a river, a pool and a school. And I can see trees and lots of people and a tower in my hometown. I like my hometown a lot. What's your hometown? S: My hometown is … .
Reaktivierung von Grundschulwortschatz: S mit fundierter Grundschulvorbildung können Beschreibungen ihrer Heimatstadt hinzufügen, z. B.: In my hometown I can see the school, a shopping centre, the beach, the zoo, a castle, a mountain, …
SB geöffnet. L: Now let's find Plymouth on the map in your English book. (L zeigt auf zweite Umschlagseite im SB.) Die S suchen Plymouth auf der Landkarte. Anschließend beschreiben sie die Landkarte auf Deutsch (▸ *Verwendung der Muttersprache im Fremdsprachenunterricht*). Mögliche S-Äußerungen: Plymouth liegt direkt am Meer an der Südküste von England. London ist die Hauptstadt von Großbritannien. *The United Kingdom* besteht aus: *England*, *Wales*, *Scotland* und *Northern Ireland*.
Ggf. erklärt L: *(The Republic of) Ireland* ist ein eigenständiger Staat. *Loch Ness* ist in Schottland. Angeblich soll Nessie darin leben. …

Alternative
KV 1: The British Isles.
Die S schneiden die Landesteile der britischen Inseln aus, kleben sie richtig angeordnet auf und ergänzen wichtige Städte und Orte in ihrer Landkarte. Die Landkarte im SB (zweite Umschlagseite) dient als Kontrollseite. (Auch als vorbereitende HA geeignet.) Anschließend beschreiben die S ihre Landkarte auf Deutsch. Dabei wird auch Plymouth gesucht. Danach ggf. Fragerunde zur *hometown* der S, falls nicht im Einstieg erfolgt.

ÜBERLEITUNG
L: Now let's meet Lucy. She's eleven and she's Justin's friend. Let's find out more about her hometown Plymouth. Please open your books at page 10.

1 On the map

NEUER WORTSCHATZ
Welcome to Plymouth. • **to** • (to) **look at** • **map** • **of** • **hometown +town** • **too** • **on the map** • °(to) match sth. (to sth.) • °word • °picture • **boy** • **girl** • **sea** • **river** • **harbour** • **boat** • **castle** • **tower** • **(swimmg) pool** • **big wheel** • **big** • (to) **see** • **can** • **picture**

➜ FöFo HWG.2
➜ FöFo HWG.3
➜ Interaktive Übungen zum Workbook HWG.2

ERARBEITUNG
Die S ordnen in PA die im Kasten angegebenen Wörter den entsprechenden nummerierten Bildern auf der Karte mündlich zu.
L: First, find out about things you can see in a town. Look at the pictures (zeigt auf die Bilder auf SB-Seite 10-11) and match them to the words in the box (zeigt auf den Wortkasten). Ein Beispiel wird vorab im Plenum gezeigt. L: What's number 7? (Zeigt auf das Bild.) S: Number 7 is a boat. L: Now work with your partner and match the other words to the pictures. Anschließend folgt die Sicherung der Ergebnisse im Plenum.

Alternative
Die S malen ihren Heimatort / eine Stadt und beschriften diese. Benötigen die S Vokabelhilfen, so verweist L auf das *Dictionary* auf den SB-Seiten 214 (E > D) bzw. 226 (D > E) oder schreibt und zeichnet die benötigten Vokabeln und deren Bedeutung an die Tafel.

LÖSUNG
1 harbour • 2 castle • 3 big wheel • 4 pool • 5 tower • 6 sea • 7 boat • 8 river • 9 boy • 10 girl

Alternative/Zusatz
Die S festigen ihr Vokabelwissen, indem sie sagen, was sie auf der Landkarte auf SB-Seiten 10–11 sehen und gleichzeitig darauf zeigen.
L führt über einen Beispielsatz in die Übung ein: I can see a girl on the map. (Hält SB hoch und zeigt für alle sichtbar auf das Mädchen.) What about you? Ein S macht das nächste Beispiel vor. L: Now talk to your partner. Tell your partner what you see on the map and point to it.

TIP

NEUER WORTSCHATZ
tip

ERARBEITUNG
Die S lesen den *TIP*. Danach schlagen sie SB-Seite 183 auf und beschreiben das dort beginnende *Vocabulary* auf Deutsch. Ggf. stellt L Fragen und gibt Erklärungen.
Mögliche S-Äußerungen: Das *Vocabulary* ist in drei Spalten aufgeteilt. Erst kommt das englische Wort, dann die deutsche Übersetzung. Es gibt eine dritte Spalte mit Erklärungen oder Beispielsätzen. Hinter dem englischen Wort stehen Zeichen in eckigen Klammern. Dies ist die Lautschrift, mit der gezeigt wird, wie das Wort ausgesprochen wird. Ganz außen am linken Rand ist immer wieder ein kleines *p.* mit einer Zahl zu finden, z. B. *p 9*. Dies gibt die Seite im SB an, auf der die Vokabeln zum ersten Mal vorkommen. Das *p.* steht für *page*.
Nun suchen die gefragten Vokabeln *boy, girl, boat, castle* und *tower*. S: Diese Wörter stehen auf SB-Seite 185.
Anschließend bietet es sich an, mit den S den Umgang mit dem Lernvokabular und die Anzahl der Lernwörter zu vereinbaren, sodass das Vokabellernen von Beginn an systematisch erfolgt (▶ *Umgang mit Vokabeln*). Das *Vocabulary* und das SF 1 (SB-Seiten 144–145) werden auch in Unit 1 (SB-Seite 27) behandelt.

➜ Vocabulary (pp. 183ff.)
➜ SF 1: Learning Vocabulary (pp. 148 –149)
➜ MK Vokabellern-Apps: Cornelsen Vokabeltrainer, Phase-6
➜ MK Weitere Information zu nützlichen digitalen Tools unter dem Webcode *moboxo*

2 Lucy's favourite places

NEUER WORTSCHATZ
place • °(to) listen (to) • °(to) talk about

ERARBEITUNG
SB geöffnet. L: Lucy is going to tell you more about her hometown. She's going to tell you about her favourite places in Plymouth.
1. Hören (Globalverstehen): Während des Hörens schauen die S die Landkarte auf SB-Seiten 10–11 an, um nachzuvollziehen, von welchen Orten Lucy spricht. L: Listen to what Lucy says about her hometown Plymouth and look at the places on the map. When you listen, point to the places. L illustriert den Arbeitsauftrag gestisch, indem sie mit dem Finger gut sichtbar auf einige Orte auf der Landkarte zeigt.
2. Hören (Detailverstehen): L: Now listen again and find out about her three favourite places in Plymouth.

➜ 1 01 Transkript online unter dem Webcode *bofanu*
Alternative
Nach dem **1. Hören** werden alle von Lucy genannten Plätze an der Tafel gesammelt. Nach dem 2. Hören arbeiten die S in PA entsprechend den beiden Sprechblasen, um die drei Lieblingsplätze festzuhalten.

Zur Verdeutlichung zeichnet L eine Mindmap an die Tafel.

Nach dem Hören fragt L: What's Lucy's favourite place number one? S: Place number one is Plymouth Sound. L: Is that right? S: Yes, that's right.

Die Lieblingsorte werden an der Tafel festgehalten.
Sollten S die anderen erwähnten Orte als Lieblingsorte aufzählen, können diese unter „other good places" ebenfalls in der Mindmap festgehalten werden. Andernfalls fragt L gezielt nach anderen Orten in Plymouth.
In leistungsstärkeren Gruppen können zusätzlich die Beschreibungen der Plätze festgehalten werden. L: What can you see at Plymouth Sound? S: You can see lots of boats. L: What can you say about the pool? S: It's big and blue. L: And what about the harbour? S: You can see lots of boats.
Auch mit den anderen Orten kann so verfahren werden. Die Mindmap wird entsprechend vervollständigt.
Hinweis: Es kann **ggf. ein 3. Hören** erfolgen, damit die S noch mehr Details verstehen.

MUSTERLÖSUNG

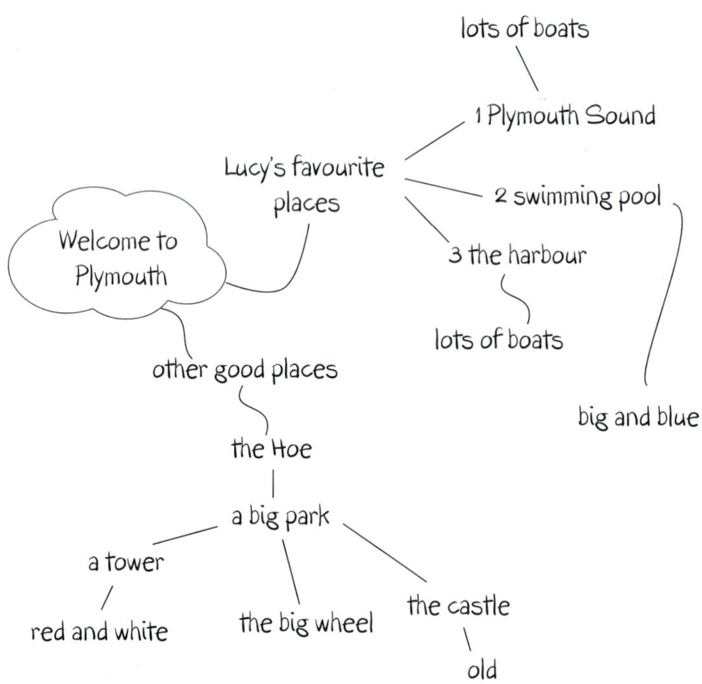

S1: Place number one is Plymouth Sound.
S2 (Silky): Yes, that's right. And place number two is the pool.
S1: Yes, that's right. And place number three is the harbour.
Anschließend Kontrolle im Plenum und Kennzeichnen der Lieblingsplätze an der Tafel.

➜ FöFo HWG.2
➜ Die S verwenden ein digitales *mindmapping tool* wie z.B. simplemind, MindMeister, Popplet (iOS)
➜ Weitere Information zu nützlichen digitalen Tools unter dem Webcode *moboxo*
➜ Workbook 5 (p. 4)

Plymouth
Die Hafenstadt **Plymouth** [ˈplɪməθ] liegt am *Plymouth Sound* in der Grafschaft Devon (Südwestengland). Sie ist mit etwa 256.000 Einwohnern die drittgrößte Stadt Südenglands.
Plymouth wurde 1211 erstmals urkundlich erwähnt und erhielt 1245 Stadtrecht. Seit dem 16. Jahrhundert war Plymouth der Ausgangspunkt bedeutender britischer Übersee-Expeditionen, wie der Gründung der englischen Kolonie Virginia in Amerika durch Sir Walter Raleigh im Jahr 1585. Sir Francis Drake umsegelte von Plymouth aus als erster Engländer die Erde und besiegte 1588 von hier aus die spanische Armada. 1620 startete die *Mayflower*, das legendäre Segelschiff mit den Pilgervätern, von hier aus Richtung Massachusetts und zog eine Welle von Auswanderern in die Neue Welt nach sich. James Cook unternahm von Plymouth aus seine drei Weltreisen (1768–1780), die ihn zum ersten Europäer in Australien werden ließen.
In der jüngeren Vergangenheit liefen von hier aus die Kriegsschiffe der *Royal Navy* in den Falklandkrieg, den Golfkrieg und den Irakkrieg aus. Als Standort der königlich-britischen Marinewerft und des Marinestützpunktes Devonport im Westen der Stadt, dem größten Marinehafen Westeuropas und wichtigsten Arbeitgeber in Plymouth, ist die Stadt auch heute noch stark von der Seefahrt geprägt. Plymouth ist durch Fähren mit Frankreich und Spanien verbunden. Mit 30.000 Studierenden beherbergt Plymouth die neuntgrößte Universität Englands.
Als *Plymouth Sound* (deutsch: Plymouth Sund) wird die etwa sechs Kilometer lange Bucht vor Plymouth bezeichnet (▶ *Places in Plymouth*, HRU-Seite 29).

3 Silky's song

NEUER WORTSCHATZ
Silky's **song** · °along: sing along · °chorus · °let me show you … · °sound · °it's … · °by the sea · °there's · °blue · °water · °warm · °kid · °cool · °white · °lots of … · °stripe · °tall · °bright · **who?**

ÜBERLEITUNG
L: Silky has her own song about her hometown. Let's learn Silky's song.

ERARBEITUNG
a) Die S lernen *Silky's song* und verinnerlichen wichtige Sprachstrukturen, indem sie das Lied zuerst hörend und lesend mitverfolgen und danach mitsingen.
1. Hören: L: First, listen to *Silky's song* and read the text. Die S hören den Song und lesen mit.
2./mehrmaliges Hören: L: Now, sing with Silky. Die S singen zur CD mit. Wenn die S den Song gut beherrschen, können sie ihn zum instrumentalen Playback singen.

➜ 1 02 Transkript online unter dem Webcode *bofanu*
➜ 1 03 (Playback)
➜ Audio online unter dem Webcode *mobipa*

Zusatz
Die S singen den Song (gemeinsam) und erstellen dazu einen eigenen Audiotrack oder ein Musikvideo, z.B. mit Hilfe der Aufnahme- oder Videofunktion ihres Smartphones.

ERARBEITUNG
b) Im Anschluss an das Singen von *Silky's song* wird das Textverständnis der S mit den Fragen 1–6 überprüft. Dies kann mündlich oder schriftlich (auch als HA) erfolgen. L: Please answer the questions.

LÖSUNG
1 a seal · 2 Plymouth · 3 a swimming pool · 4 the water · 5 the kids · 6 the tower on the Hoe

Silkys Sprechblase

NEUER WORTSCHATZ
Is it Monday? +**Box "The days of the week"**, *Voc.*, SB-Seite 186 · **every** day/colour/boat · **great** · **for** · **kid**
Hinweis: Zum Einsatz im Unterricht s. HRU-Seite 23 unten.

KOMMUNIKATIVE KOMPETENZEN

Die S können …

Hören: die Grundaussagen eines Gedichts verstehen und Zeilen vervollständigen (SB-Seite 13, 4)

Sprechen: ein einfaches Gespräch mit einem Partner führen und über die Wochentage sprechen (SB-Seite 13, 3) • eigene Reaktionen auf Fotos altersgemäß äußern (SB-Seite 12, 1) • Fotos Sehenswürdigkeiten auf der Landkarte zuordnen (SB-Seite 12, 2) • ein Gedicht vortragen (SB-Seite 13, 4)

METHODISCHE KOMPETENZEN

Partnerkontrolle (SB-Seiten 12, 1+2; 13, 3) • *Matching pictures* (SB-Seiten 12–13)

S. 12–13

EINSTIEG

SB geschlossen. L schreibt ein „J" und ein „L" an die Tafel sowie zwei große Sprechblasen und erfragt durch Mimik mehr Information zu den beiden Buchstaben (ggf. auch durch ein großes Fragezeichen). L: What about the „J" and the „L"? Any ideas? S: That's Justin and Lucy.

L vervollständigt die beiden Namen an der Tafel und erfragt mehr Informationen zu den beiden Kindern, indem sie auf die Sprechblasen an der Tafel deutet. L: What can Justin and Lucy say? Die S zählen alles auf, was die beiden bereits über sich berichtet haben.

Dann schreibt L den Buchstaben „M" sowei eine weitere Sprechblase an die Tafel. L: The "M" stands for Maya. Let's meet Maya now. Open your books at page 12, please.

Weitere Differenzierung

L zeichnet die beiden Sprechblasen bereits mit Inhalt an (siehe TB). Im Anschluss kommt die dritte Sprechblase dazu.

Hinweis: Die Sprechblasen können als Basis oder Ergänzung für die Steckbriefe der Lehrwerkskinder genutzt werden (▶ SB-Seite 19).

ÜBERLEITUNG

SB geöffnet. L: Now Maya is going to show us photos of her hometown Plymouth. Let's look at the photos and listen to Maya.

1 My favourite photo

NEUER WORTSCHATZ

photo • Here's … (= Here is …) / Here are … • here • it's

ERARBEITUNG

a) SB geöffnet. L: Listen to Maya and point to the photos, please.

1. Hören *(listen and point)*: Die S zeigen auf die Fotos der Orte, die Maya nennt.

Ggf. 2. Hören: Um die Orte für die Aufgabenteile **b)+c)** einzuüben, sprechen die S sie mit, immer wenn Maya die Nummer eines Fotos nennt.

ERARBEITUNG

b)+c) **SB geöffnet.** Um Diskussionen zu vermeiden legt L fest, wer zuerst Mayas Rolle übernimmt. L: Work with a partner. The pupil on the right (L zeigt die Seite) is Maya. Look at 1b) in your book.Talk like this. Anschließend werden die Rollen getauscht.

Weitere Differenzierung

Für leistungsschwächere Lerngruppen werden die Ortsbezeichnungen an die Tafel geschrieben und durch ▶ Chorsprechen geübt. Dabei wischt L immer mehr Buchstaben der Orte weg, sodass am Schluss nur noch die Anfangsbuchstaben an der Tafel stehen.

➜ 1 04 Transkript online unter dem Webcode *bofanu*

➜ FöFo HWG.2 und 3

Places in Plymouth

Plymouth Hoe [ˌplɪməθ ˈhəʊ] heißt der hinter den Kalksteinklippen an der Küstenlinie von Plymouth gelegene Hügel, der im regionalen Sprachgebrauch auch **The Hoe** genannt wird. Von hier aus eröffnet sich die Aussicht über die gesamte Bucht **Plymouth Sound** mit ihren Sehenswürdigkeiten:

The Old Barbican [ˈbɑːbɪkən], das alte Hafenviertel von Plymouth, erinnert mit seinen Fachwerkhäusern und engen Gassen an das elisabethanische Zeitalter. Lange Zeit lag hier der Fischmarkt, der inzwischen auf der anderen Hafenseite seinen Platz gefunden hat. Heute gibt es hier vor allem Kneipen, Galerien, kleinere Geschäfte und Lokale.

Das **Tinside Lido** [ˈlaɪdəʊ, ˈliːdəʊ] ist ein 1935 erbautes, halbkreisförmiges Meerwasserschwimmbad mit 55 Metern Durchmesser und mehreren Fontänen. Es liegt direkt an der Küste.

Das **National Marine Aquarium** [əˈkweəriəm] am Hafen ist das größte Aquarium von Großbritannien und das tiefste von Europa.

The Citadel [ˈsɪtədəl], die königliche Zitadelle, ist eine Festung, die King Charles II. im 17. Jahrhundert erbauen ließ, um die Hafenstadt vor Angriffen der Holländer zu schützen und um die zeitweilig rebellische Stadt besser kontrollieren zu können. Noch heute wird sie vom britischen Militär genutzt.

Smeaton's Tower [ˌsmiːtnz ˈtaʊə]**:** Der frühere Leuchtturm war ursprünglich von 1759 bis 1877 auf dem *Eddystone Reef* in Betrieb. Doch aufgrund der zunehmenden Erosion des Riffs wurde der obere Teil des Leuchtturms abgebaut und 1884 auf dem Hoe als Denkmal für seinen Erbauer John Smeaton, einen Pionier der Konstruktion von Leuchttürmen, errichtet.

Das fast 60 Meter hohe **Big Wheel** (Wheel of Plymouth) stand von 2011 bis 2012 im Hafenviertel von Plymouth und galt als eine der großen Touristenattraktionen. Bis zu sechs Erwachsene und zwei Kinder konnten in jeder der 42 geschlossenen und klimatisierten Gondeln aus Glas mitfahren und Plymouth aus der Vogelperspektive betrachten.

2 On the map

NEUER WORTSCHATZ
it's … (= it is)

ERARBEITUNG

Die S ordnen die in den Fotos auf SB-Seiten 12–13 dargestellten Sehenswürdigkeiten von Plymouth den entsprechenden Stellen auf der Landkarte auf SB-Seiten 10–11 zu.

Dabei arbeiten sie mit ihrem Partner zusammen und korrigieren sich gegenseitig (▸ *Partner check*). Beide Schulbücher liegen so aufgeschlagen vor den S, dass die SB-Seiten 10–11 und 12–13 direkt nebeneinander liegen und die S sie vergleichen können.

L: Let's have a look at the places Maya talks about. Look at exercise **2** on page 12. Work with your partner. Open one book at pages 10–11 and one book at pages 12–13. (L hält zwei SB mit den entsprechenden Seiten geöffnet hoch.) Then match the photos to the places on the map. (L zeigt abwechselnd auf die Fotos auf SB-Seiten 12–13 und auf die Landkarte auf SB-Seiten 10–11.)

L: Look at the dialogue in exercise **2** and talk like this. Ein Beispieldialog kann vorgemacht werden, dann arbeiten die S in PA weiter.

➔ FöFo HWG.2

Zusatz

Als zusätzliches Projekt, das über mehrere Wochen durchgeführt werden kann, nehmen die S selbst Fotos ihrer Lieblingsorte auf und erstellen eine Karte oder Collage, der die Bilder zugeordnet werden können. Leistungsstärkere S können zu ihren drei Lieblingsorten/-fotos ein Audio aufnehmen, in dem sie die Orte beschreiben, ohne deren Namen zu nennen. In einem Klassenquiz erraten die Mit-S, um welche Orte bzw. Fotos es sich handelt. Alternativ kann eine virtuelle Schnitzeljagd erstellt werden.

Die Fotos/Collagen können in einem ▸ Gallery walk ausgestellt werden. Zudem kann ein Ranking der beliebtesten Orte erstellt werden.

Digitale Tools
➔ Collagen erstellen: z.B. Paper by WeTransfer (iOS)
➔ Interaktive Projektarbeit: Explain Everything
➔ Rankings und Umfragen: Answer Garden (Word Cloud), Kahoot
➔ Schnitzeljagd und Quizzes: Actionbound

TIP

L kann an dieser Stelle auf die Liste der häufigen Arbeitsanweisungen und ihre deutschen Entsprechungen hinweisen (hinten im Buchdeckel).

3 Silky's week in Plymouth

NEUER WORTSCHATZ
on Monday/Tuesday/ … · **she's** … (= she is) · **at** · **near**

ERARBEITUNG
SB geöffnet. Die Partner fragen sich gegenseitig nach den Orten, an denen sich Silky an den einzelnen Wochentagen befindet, und beantworten die Fragen mit Hilfe von Silkys Terminkalender auf SB-Seite 13.
Zur Einführung initiiert L einen knappen Beispieldialog mit den S.
L: Let's talk about Silky's week. Look at number 3 on page 13. Where is Silky on Monday? S1: She's at the Hoe. L: Ask the next question and pick somebody. S1: Where is Silky on Tuesday, S2? S2: She's at Sutton Harbour. L: Now talk to your partner like this about Silky's week. The example in the book can help you.

Alternative
Durchführung als Spiel im Plenum: Nach jeder Frage werfen die S einen Ball. Wer den Ball fängt, antwortet und stellt die nächste Frage. Zuerst fragen die S nach den Wochentagen in der korrekten Reihenfolge, dann dürfen sie querbeet fragen.

LÖSUNG
A: Where is Silky on Monday? – B: She's at the Hoe. Where is Silky on Tuesday? – A: She's at Sutton Harbour. Where is Silky on Wednesday? – B: She's at the Lido. Where is Silky on Thursday? – A: She's in Plymouth Sound. Where is Silky on Friday? – B: She's near the Big Wheel. Where is Silky on Saturday? – A: She's at the Aquarium. Where is Silky on Sunday? – B: She's at the Citadel.

4 Rhyme: The days of the week

NEUER WORTSCHATZ
rhyme · °(to) copy · °(to) add to · °(to) say · °in class · °school · °for · °work · °they're (= they are) · °so cool · °with · °group · °partner · °too · °over: school is over · °(to) say goodbye

ERARBEITUNG
Die S kennen aus der Grundschule den ▸ *Umgang mit Reimen*, an den L hier methodisch anknüpft.
L: Let's learn a rhyme about the days of the week. Look at number **4** on page 13. Copy the black lines and leave some space after each line. (L zeigt mit Gesten und SB, welche Zeilen abzuschreiben sind.) Die S schreiben die in schwarz vorgegebenen Zeilen des Reims aus dem SB ab. L weist darauf hin, dass nach jeder Zeile Platz gelassen werden muss, damit danach die jeweils passende grüne Reimzeile eingefügt werden kann.

➔ 1 05 Transkript online unter dem Webcode *bofanu*
➔ pro S ein schwarzer und ein grüner Stift

Alternative
L teilt den Text zu *The days of the week* als Kopie aus. Die S schneiden die grün gedruckten Verse aus, schieben sie hin und her und

1. Lesen/Hören: L: Now read the green lines. Listen to the CD. Then write the green lines in the right places. Die S hören den Reim und ergänzen jeweils die grüne Verszeile in ihren Aufzeichnungen.
2. Lesen/Hören: L: Listen to the rhyme again. Check your text. Are the green lines in the right places? Die S hören den Reim zur Kontrolle ein zweites Mal.

kleben ihre mit der CD kontrollierte Lösung auf.

➔ FöFo HWG.4

FESTIGUNG
L: Let's say the rhyme together. Schließlich wird der Reim rhythmisiert in der Klasse gesprochen, wobei Textverständnis und Ausdruck durch Bewegungen unterstützt werden können (▶ *Total physical response*).

MUSTERLÖSUNG
Monday, Tuesday, school for you, Work with a group (mit Armen auf die gesamte Gruppe zeigen) and a partner (mit beiden Händen auf den Partner weisen) too. / Wednesday, Thursday, can you see (Hand über die Augen halten, als ob man in die Ferne guckt) Seals in a boat (Ruderbewegungen), one, two, three (mit Fingern 1, 2, 3 anzeigen)? / Friday, Friday. Hello! Hi! School is over (mit der Hand imaginären Schweiß von der Stirn wischen). Say goodbye (winken). / Saturday, Sunday, they're so cool – You and your friends at the swimming pool (Schwimmbewegungen).

Weitere Differenzierung
Die S lernen den Reim auswendig, tragen ihn in GA vor und gestalten ihn mit eigener Gestik und Rhythmik.

MK **Zusatz**
Die S nehmen sich gegenseitig auf und überprüfen damit Rhythmus und Aussprache. Sie nutzen dafür z.B. die Aufnahmefunktion ihres Smartphones oder etwa folgende Apps, mit denen sie die Audios auch bearbeiten können: Smart Recorder, Audio MP3 Cutter, Auphonic.
MK Weitere Information zu nützlichen digitalen Tools unter dem Webcode *moboxo*

➔ Workbook 7 (p. 5)

Silky's Sprechblase

NEUER WORTSCHATZ
There are … +There's … · lots of … / a lot of · animal · Follow me.
Hinweis: Zum Einsatz im Unterricht s. HRU-Seite 23 unten.

➔ HRU-Seite 23 unten

KOMMUNIKATIVE KOMPETENZEN

Die S können …

Hören: einfachen Hörtexten die Hauptinformationen entnehmen und dabei Tiere in einem Wimmelbild identifizieren und zeigen (SB-Seite 14, 1a))

Sprechen: im Partnerdialog Tiere benennen und danach fragen (SB-Seite 14, 1a)+b); 2a)+b)) · sich mit einfachen Wendungen über Farben äußern und ein Farbspiel in der Kleingruppe spielen (SB-Seite 15, 4a)+b)) · über Lieblingszootiere sprechen und andere danach fragen (SB-Seite 14, 1b)

Schreiben: über das Abschreiben vorgegebenen Sprachmaterials zum Verfassen korrekter eigener Sprachäußerungen gelangen und Tiernamen richtig buchstabieren (SB-Seiten 15, 3)

METHODISCHE KOMPETENZEN

Listen and point (SB-Seite 14, 1a)) · *Draw and name things* (SB-Seite 15, 4b))

S. 14–15

EINSTIEG

SB geschlossen. Die S wiederholen und erweitern den ihnen aus der Grundschule bekannten Wortschatz zum Thema „Tiere", indem sie die ihnen bekannten Tierbezeichnungen zusammentragen und anschließend in einem Quiz schauspielerisch darstellen und erraten.

L: Let's talk about animals today. I love dogs. I think dogs are the best animals in the world, so my favourite animal is a dog. (L schreibt *dog* an die Tafel.) What about you? Die S nennen ihre Lieblingstiere, L schreibt diese an die Tafel. L: What other animals do you know?

> Animals
> elephant rabbit mouse lion
> hamster fish bird cat dog
> cow horse (…)

Die S nennen weitere aus der Grundschule bekannte Tierbezeichnungen und L schreibt diese an die Tafel.

L: Let's play a game: You choose an animal from the board and act it out. The others guess the animal and ask: Is it a lion? Is it a bird?

L schreibt die Frage und die Kurzantworten als Redemittel an die Tafel.

> Is it a(n) …?
> Yes, it is. / No, it isn't.

Ablauf: S1 kommt nach vorn und stellt ein Tier schauspielerisch dar. Die Mit-S raten, welches Tier dargestellt wird. Wer das Tier richtig errät, darf das nächste Tier vormachen.

Alternative

KV 2: Animal game. Tierquiz. Die S bekommen Karten mit darauf abgebildeten Tieren bzw. den englischen Tierbezeichnungen und stellen dann verschiedene Tiere schauspielerisch dar. Die anderen S erraten, um welches Tier es sich handelt. Die nötigen Redemittel werden an der Tafel gegeben.

> Is it a(n) …?
> Yes, it is. / No, it isn't.

ÜBERLEITUNG

L: Now let's meet another kid from Plymouth. Sam likes animals and will tell us more about them. Open your books at page 14, please.

Die S lesen zunächst Sams Sprechblase und ergänzen eine Sprechblase mit seinen Angaben in ihrem Heft (siehe HRU-Seite 23), bevor sie Aufgabe **1** bearbeiten.

1 Zoo animals

NEUER WORTSCHATZ
zoo · **bear** · **elephant** · **giraffe** · **lion** · **monkey** · **pig** · **snake** · **whale**

ERARBEITUNG
a) SB geöffnet. L: Let's listen to the zoo animals and say the names. When you say the name, point to the animal.
L spielt das Audio ab und die S arbeiten gemäß SB. Nach dem Hören versuchen die S, die acht Zootiere noch einmal auswendig aufzuzählen. Dabei können sie gleich den unbestimmten Artikel mit einüben.

ERARBEITUNG
b) SB geschlossen. Die Übung kann als ▶ Kettenübung mit einem Ball durchgeführt werden: S1: What's your favourite zoo animal, X? S1 wirft den Ball zu X. X: My favourite zoo animal is an elephant. What's your favourite zoo animal, Y? X wirft den Ball zu Y usw.

ÜBERLEITUNG
L: My favourite zoo animal is an elephant. But an elephant is not a good pet. Listen to Sam's ideas about good pets.

➜ 1 06 Transkript online unter dem Webcode *bofanu*

Weitere Differenzierung
KV 2: Animal game. Die S, die die Tiernamen noch nicht beherrschen, können diese zunächst mit KV 2 als Dominospiel einüben. Zur S-Selbstkontrolle wird KV 2 zweimal benötigt.

Weitere Differenzierung
Anstatt die Tiere alle auf einmal auswendig aufzuzählen, kann auch nach folgendem Schema vorgegangen werden:
S1: a bear
S2: a bear and an elephant
S3: a bear, an elephant and a giraffe
usw.

➜ FöFo HWG.5
➜ Interaktive Übungen zum Workbook HWG.3

2 A good pet

NEUER WORTSCHATZ
good · **pet** · **ant** · **bird** · **butterfly,** *pl* **butterflies** · **cat** · **dog** · **frog** · **guinea pig** · **horse** · **rabbit** · **rat** · (to) **think** · **or** · **but** · **isn't** a good pet (= **is not**)

ERARBEITUNG
a) SB geschlossen. An der Tafel erstellt L eine Tabelle (siehe TB), die die S in ihr Heft übertragen. Nach dem Hören werden die Tiere und ihre jeweilige Eignung als Haustier dort von den S-Paaren eingetragen.
1. Hören (Globalverständnis): L: Let's listen to Sam. Which animals does he talk about? Nach dem Hören halten die S die aufgezählten Tiere in der Tabelle fest.
2. Hören (Detailverständnis): L: Listen again. Which animals are good pets? Which animals are not good pets? Im Anschluss an das 2. Hören vervollständigen die S die Tabelle. Ein Vergleich der Ergebnisse findet im Plenum statt, indem die Tabelle an der Tafel gemeinsam befüllt wird.

➜ 1 07 Transkript online unter dem Webcode *bofanu*

Weitere Differenzierung
SB geöffnet. Leistungsschwächere S zeigen auf die Tiere im SB, wenn Sam über sie spricht.

Alternative
Die S schreiben die Tabelle in ihr Heft und füllen sie zunächst in EA aus. Anschließend gleichen sie ihre Ergebnisse in PA ab.

	good pets	not good pets
ant		x
bird	x	
butterfly		x
cat	x	
dog	x	
frog		x
guinea pig	x	
horse		x
rabbit	x	
rat		x

ERARBEITUNG

b) SB geöffnet. L: Now talk to your partner about good pets and not good pets. Look at page 14. Talk like that with your partner. Bevor die S die Übung in PA beginnen, wird der Beispieldialog aus dem SB gelesen. Dabei verwendet L je ein Beispiel mit den unbestimmten Artikeln „a“ und „an“, um die Verwendung noch einmal zu verdeutlichen.

Im Anschluss gehen die S im Klassenzimmer umher. Auf ein akustisches Signal bleiben sie stehen und sprechen mit der ihnen am nächsten stehenden Person.

Weitere Differenzierung
In leistungsstärkeren Gruppen kann der Dialog auch noch etwas erweitert werden.

Alternative
Der Dialog kann auch als HA aufgegeben werden. Dazu malen oder kleben die S zwei Kinderköpfe, die sie aus der Zeitung, einer Illustrierten etc. ausgeschnitten haben, in ihr Heft und schreiben einen Dialog dazu. In der nächsten Unterrichtsstunde werden einige Dialoge beispielhaft vom jeweiligen Verfasser und einem Partner vorgetragen.

➜ FöFo HWG 5
➜ Interaktive Übungen zum Workbook HWG.3

Silkys Sprechblase

NEUER WORTSCHATZ
an elephant

➜ Wordbank 1 (p. 138)

3 Strange animals?

NEUER WORTSCHATZ
strange

ERARBEITUNG
a)/b) Die S üben die Schreibweise der Tiernamen, indem sie die gegebenen Buchstaben so anordnen, dass daraus richtige Tiernamen entstehen. Sie ergänzen zudem den jeweils korrekten unbestimmten Artikel. Die Tiernamen in den Boxen bei **1** und **2** auf SB-Seite 14 dienen dabei als Kontroll-

Weitere Differenzierung
Für schnellere S: Make your own strange animal names and swap them with a partner. Can she/he find the real animal?

hilfe. Anschließend vergleichen die S ihre Ergebnisse mit ihrem Partner und korrigieren sich gegenseitig.
L: Look at number **3**. These are very strange animal names! Somebody has mixed the letters! Write the letters in the right order. Check with the animal names in **1** and **2** on page 14 (darauf zeigen) for help. Then check with your partner.

LÖSUNG
a giraffe • an elephant • a lion • a horse • a guinea pig • a rabbit

➜ FöFo HWG.5

4 GAME Say a colour

NEUER WORTSCHATZ
game • (to) **say**

EINSTIEG
SB geschlossen. Wiederholung der Farben: L hält verschiedene Gegenstände hoch und nennt deren Farbe.
L: This is blue/red/green/yellow/white/… .
Anschließend fragt L nach der Farbe einzelner Gegenstände: What colour is this? S: It's yellow/red/blue/ … . Die S übernehmen und präsentieren eigene Gegenstände oder zeigen auf diese und nennen deren Farbe.

➜ Realia in verschiedenen Farben

Alternative
L hält farbige Karten mit der jeweiligen Farbbezeichnung auf der Rückseite hoch. Wenn die S die Farbe richtig nennen, dreht L die Karte um und heftet sie an die Tafel. S lesen die Farbkarten vor. Danach dreht L die Karten wieder um und zeigt immer schneller auf einzelne Karten; die S sagen dazu die Namen der Farben im Chor.

ERARBEITUNG
a) Die S sprechen in Gruppen à 3 S über Farben, indem sie zu einer Farbe jeweils ein Tier im SB nennen.
Dabei gibt A eine Farbe vor, B und C nennen ein gleichfarbiges Tier im SB. Anschließend wird gewechselt, B nennt eine Farbe usw.
Bevor die S in den Gruppen anfangen, sollte mindestens eine Spielrunde als Beispiel in der Klasse vorgeführt werden.
L: Let's play a game. Make groups of three. L bestimmt mit Gesten drei S (▸ *Gruppenbildung*) und verweist auf den Musterdialog in **4a)**.

Alternative
Wettbewerb: Die Klasse wird in zwei bis vier Gruppen aufgeteilt. Je ein S aus jeder Gruppe tritt pro Frage an und muss ein Tier in der Farbe nennen, die ein Quizmaster vorgibt. Die Gruppe, deren Spieler am schnellsten antwortet, bekommt einen Punkt für die Runde. Die Gruppe mit den meisten Punkten gewinnt.

ERARBEITUNG
b) Die S fertigen eine Zeichnung eines Tieres an. Diese Aufgabe eignet sich auch als ▸ *Hausaufgabe* (HA). Anschließend errät ihr Partner, um welches Tier es sich handelt. Dann tauschen die S die Rollen.
In der Wordbank 1, SB-Seite 138 finden die S mehr Tiere mit Fotos und deutschen Entsprechungen.
Die Ergebnisse können für alle S in einem ▸ *Gallery walk* ausgestellt werden.
L: Now get together in pairs. Think of an animal and draw it. Your partner has to guess which animal it is. Look at **4b)** in your book. Talk like this.

➜ Wordbank 1 (p. 138)
➜ Workbook 8 (p. 5)

Weitere Differenzierung
Die Aufgabe kann etwas schwerer gestaltet werden, indem die S das Tier in ihrer Lieblingsfarbe malen. Der ratende S nennt neben dem Tier noch die richtige Farbe.

➜ FöFo HWG.6

KOMMUNIKATIVE KOMPETENZEN

Die S können …

Hören: das Wesentliche von kurzen, klaren und einfachen Durchsagen und Mitteilungen erfassen, indem sie Schulutensilien identifizieren und deren Namen nachsprechen (SB-Seite 17, 3a)) • einfachen Aufforderungen folgen (SB-Seite 17, 4a))

Sprechen: sich mit einfachen Wendungen über Dinge äußern und mit dem Partner über Schulutensilien sprechen (SB-Seite 16, 1b) und 2b), SB-Seite 17, 3b)) • einfache Aufforderungen formulieren (SB-Seite 17, 4b))

Schreiben: über das Abschreiben vorgegebenen Sprachmaterials zum Verfassen korrekter eigener Sprachäußerungen gelangen (SB-Seite 16, 2a))

METHODISCHE KOMPETENZEN

Point and tell (SB-Seite 17, 3b)) • auf Anweisungen handelnd reagieren (SB-Seite 17, 4)

S. 16–17

1 My new school

NEUER WORTSCHATZ

new • **school** • **class** • **Let me show you …** • **me** • (to) **show** • **our** • **classroom**

EINSTIEG

SB geschlossen. L schreibt Plymouth mit vertauschten Buchstaben an die Tafel, z. B. „hyuPoltm".

L: Can you find the correct word? Ein S schreibt Plymouth richtig an die Tafel. L: What are the names of the kids from Plymouth? S: Justin, Lucy, Maya and Sam.

SB geöffnet. L: Let's look at the map in our book again and find Plymouth. L weist auf den Ort Wembury hin, der ganz in der Nähe von Plymouth liegt. L: Can you see Wembury? It's near Plymouth. It's very nice. Now let's see who lives in Wembury. Please open your books at page 16.

L stellt Abby vor: My name is Abby. I'm twelve. I'm from Wembury, near Plymouth. My new school is in Plymouth. It's Plymstock School. Um die Bedeutung von „new" zu klären fragt L: X, your old school was … School in …. What's your new school? S: It's this school. / It's …. School in … L: That's right. And now let me show you (L macht eine ausladende Geste mit dem Arm, um etwas zu präsentieren) your new class (L zeigt auf die Klasse). Now let's talk about your new school with Abby.

Alternative

SB geöffnet. Die S finden gleich zu Beginn Plymouth auf der Landkarte hinten im SB. L weist auf den Ort Wembury hin und erklärt: Let's meet a new Plymouth kid now. Abby is twelve and she's from Wembury. Open your books on page 16, please.

ERARBEITUNG

a)+b) **SB geöffnet.** Bevor der Dialog einmal von zwei S im Plenum gelesen wird, sichert L ggf. noch einmal die Aussprache der neuen Wörter durch Chorsprechen.

Anschließend wird die Übung in PA bearbeitet. Die S tauschen nach dem ersten Durchgang die Rollen.

2 What's in your classroom?

NEUER WORTSCHATZ

board • **cupboard** • **chair** • **clock** +**watch** • **door** • **desk** • **window** • **This is …**

EINSTIEG

SB geschlossen. Reaktivierung/Semantisierung von Wortschatz zu Schulutensilien und *Classroom words*. Die S erhalten Karten (gelbe Klebezettel) mit einzelnen Vokabeln und kleben diese an die entsprechenden Gegenstände im Klassenraum. L: I have some new words. Please help me to put them in the right places. L macht ein Beispiel vor, gibt dann an S ab. Unbekannter Wortschatz wird gemeinsam geklärt und zugeordnet. Die Sicherung der Aussprache erfolgt, indem L auf einen Gegenstand zeigt, das Wort sagt und S dieses nachsprechen.

Alternative

L zeichnet Bestandteile eines Klassenzimmers sowie Schulutensilien an die Tafel. S benennen diese – L schreibt die englische Bezeichnung an. Nachdem die korrekte Aussprache des Vokabulars abgesichert wurde, wird mit diesen Wörtern das Spiel „Ich packe meinen Koffer" in der Klasse gespielt. L: Let's play a game. I say: I put a pen into my bag. Then you say: I put a pen and a ruler into my bag. Now you go on. S1: I put a pen, a ruler and a pencil into my bag. S2: I put a pen, a ruler, a pencil and a book into my bag. S3: …

ERARBEITUNG

a) SB geöffnet. Die S üben das Schriftbild, indem sie die Schulbegriffe aus dem Kasten abschreiben. Zur Vorbereitung auf die PA in Teilaufgabe **b)** schreiben sie jeweils eine Farbe daneben, z. B. board – black. L: If you don't know a word, the *Vocabulary* pages in your book can help you.

b) Die S üben die neuen Vokabeln sprechend ein, indem sie ihrem Partner die Farbe der jeweiligen Gegenstände sagen. Dazu nutzen sie ihre Aufzeichnungen aus Teilfaufgabe **a)**. L: Now, talk about the classroom things and their colours. Talk to your partner like this:

A: Board. – B: This is the board. It's black/green/…

B: Chair. – A: This is a chair. It's …

Weitere Differenzierung

Schnellere S suchen bei **a)** mehr *Classroom words* aus dem *Vocabulary* und notieren sie, um sie zusätzlich bei **b)** zu nennen.

Alternative

KV 3: School things in my room. Schulutensilien in einem Wimmelbild finden, ausmalen, zählen und beschriften.

Silkys Sprechblase

NEUER WORTSCHATZ

(to) **come** · **English** · **lesson**

3 What's in your school bag?

NEUER WORTSCHATZ

school bag · °(to) put · **book** · **exercise book** · **ruler** · **pen** · **pencil** · **pencil case** · **glue stick** · **glue** · **rubber** · **sharpener** · °finger · **Let me show you …** · (to) **show** · **now**

ERARBEITUNG

a) 1. Hören: Die S lesen die Wörter im Kasten mit und ordnen Klang und Schriftbild der Wörter einander zu. L: Look at the words in the box in number 2 (zeigt auf den Wortkasten) and listen. Anschließend legen die S die Schulsachen, die sie gehört haben, auf ihre Tische.

2. Hören: L: Listen again. When you hear a word, put your finger on the thing and say the word. Die S zeigen auf die Gegenstände, die sie hören, und sprechen deren Namen im Chor nach.

→ 1 08 Transkript online unter dem Webcode *bofanu*

Weitere Differenzierung

Im Wortfeld „Schulutensilien" sichere Lerngruppen lassen das SB zu. **1. Hören:** Die S legen die Schulsachen aus dem Gedächtnis auf den Tisch. **2. Hören:** Die S überprüfen ihre Wahl.

ERARBEITUNG

b) In einem freieren Dialog sprechen die S mit ihrem Partner über die Dinge, die vor ihnen auf dem Tisch liegen und benennen deren Farbe. L: Now talk to your partner about the things on your table. Talk like this (geht zu einem Tisch): Let me show you what's on my desk (nimmt ein Lineal in die Hand). This is my ruler. It's white/blue/… . – Now you.

Alternative

Die S fertigen eine bebilderte Liste ihrer Schulsachen an (als HA geeignet): Make a list of things that are in your school bag. Draw the things and label them.

➜ FöFo HWG.7
➜ Interaktive Übungen zum Workbook HWG.4

4 GAME Simon says

NEUER WORTSCHATZ

Simon **says …** · °(to) do · °only · (to) **put** · (to) **talk (to)** · **teacher** · (to) **open** · (to) **touch** · (to) **give**

ERARBEITUNG

a)/b) Die S hören bei dem Spiel *Simon says* aufmerksam auf Aufforderungen, die sie nur dann umsetzen (nach der Methode des ▸ *Total physical response*), wenn vor der Aufforderung die Einleitung *Simon says …* gesprochen wird. L: Let's play a game. Listen to me. When I say 'Simon says: point to the door!' you point to the door (zeigt auf die Tür). – When I say 'Point to the door!' you do nothing (bleibt starr stehen). You do only what Simon says!

L: Simon says: show me your pencil case. – Die S zeigen ihre Federmappen. – L: Show me your books. – Die S bewegen sich nicht. Nach ein paar Durchläufen gibt L die Sprecherrolle an S ab.

➜ Workbook 10–12 (pp. 6–7)
➜ FöFo HWG.7
➜ FöFo HWG.8
➜ VAS HWG.1, HWG.2
➜ LM HWG

The first day at school

Storyline	Für Justin, Lucy, Maya und Sam beginnt der erste Schultag an ihren neuen Schulen in Plymouth, zu dem sie ihre neuen Schuluniformen anziehen dürfen. An der Plymstock School beginnt die neue Lehrerin Miss Bell ihren Unterricht mit einem Kennenlernspiel und einem *Discovery quiz* quer durch die Schule.
Kommunikativer Kompetenzschwerpunkt	**Listening:** Unit 1 bietet viele Übungen, die in unterschiedliche Kompetenzen des Hörverstehens einführen, aufbauend auf dem Vorwissen aus der Grundschule. So zielen die Aufgaben sowohl auf das Globalverstehen anhand von Zuordnungsaufgaben als auch auf das Detailverstehen der S. Um eine ganzheitliche Kompetenzschulung durchzuführen, eignet sich KV 4, die unterstützend eingesetzt werden kann. Die S können … verstehen, was in einem Lied gesungen wird und den Text mitsingen (SB-Seite 19, 3a)), wesentliche Merkmale einfacher Geschichten und Spielszenen verstehen, Bilder oder Texte korrekt zuordnen (SB-Seiten 18, 1; 20, 2, 3; 26, 2) • einfachen Hörtexten die Hauptinformationen entnehmen, diese wiedergeben (SB-Seite 20, 2) • Aussagen richtig/falsch auswerten (SB-Seite 32, 2) • Falschaussagen zur Handlung korrigieren (SB-Seiten 32, 3a); 39, 1)
Sprechabsichten	Jemanden treffen und begrüßen • nach persönlichen Informationen fragen und selbst Auskunft geben • nach der Uhrzeit fragen und diese nennen • über den Schultag sprechen • Dinge im Klassenzimmer benennen
Vorwissen aus der Grundschule	**Themen:** Begrüßung und Verabschiedung • Auskunft über sich selbst geben • Kleidung, Schule, Schulutensilien **Methoden:** Einen Song darstellend singen (SB-Seite 19)
Schreibanlässe	Einen eigenen Steckbrief (*profile*) auf einem Poster anlegen (SB-Seite 24)
Language skills	**Grammatische Strukturen:** *(to) be* • *personal pronouns* • *imperatives* • *there is/are* • *can/can't* • *articles* • *prepositions* **Wortfelder:** *school (subjects, timetable)* • *dates and months* • *time* • *ordinal numbers* **EXTRA Spelling course:** *The alphabet song* • *name and address* • *German letters* • *apostrophes* (SB-Seite 37)
Study skills	**Discovering the book.** Das SB nutzen lernen in einer *Book rally* (SB-Seiten 118–119) • **Study skills:** *Learning* ***vocabulary.*** Neue Wörter lernen (SB-Seite 27)
Kooperative Lernformen	*Milling around activity* (SB-Seite 21) • *Appointment* (SB-Seite 24) • *Think-Pair-Share* (SB-Seite 33)
Hör-/Sehverstehen:	**The Plymstock School Discovery Quiz.** Das Quiz als Film. (SB-Seite 33) **Everyday English: Classroom English.** Eine Beispielszene aus einem englischen Klassenzimmer. (SB-Seite 33)
Portfolioarbeit: MyBook	Steckbriefe (*profiles*) der Lehrwerkskinder anlegen (SB-Seite 19) • einen eigenen Steckbrief verfassen (SB-Seite 24) • den eigenen Stundenplan ins Englische übertragen (SB-Seite 30) • einen Brief über den eigenen Schulalltag und Stundenplan schreiben (SB-Seite 36)

KOMMUNIKATIVE KOMPETENZEN

Die S können …

Hören/Lesen: wesentliche Merkmale einfacher Geschichten und Spielszenen (Figuren und Handlungsablauf) verstehen und Bilder und Texte korrekt zuordnen (SB-Seite 18, 1) · einfachen Hörtexten die Hauptinformationen entnehmen und diese wiedergeben (SB-Seite 19, 3)

Sprechen: verstehen, was in einem Lied gesungen wird und den Text mitsingen (SB-Seite 19, 3a)) · der Klasse ein Lied präsentieren oder eigene Liedzeilen schreiben (SB-Seite 19, *You choose*)

Schreiben: Steckbriefe (*profiles*) über die Lehrwerksfiguren verfassen (SB-Seite 19, 2)

S. 18

1 Before school

NEUER WORTSCHATZ

the first day · **at school** · **before** school/lessons · **her best friend** · **they're …** **(= they are)** · **flat** · **their** first day · **uniform** · **nice** · (to) **know** · **brother** · **sister** · °year · **student** · **he/she/it isn't …** **(= he/she/it is not)** · **his** mum · **mum** · **mother** · **dad** · **father** · **navy** · **dark** · **Thank you.** · +Box **"Numbers"**, *Voc.*, SB-Seite 190 · **with** **+without** · **please** · **You're late.** · (to) **wait (for)** · **minute** · **What time is it?** **+time** · **See you.**

Hinweis: L kann nun die bis hier als Lernwortschatz eingeführten Possessivbegleiter systematisieren anhand der zusammenfassenden Box im Vocabulary. Das in diesem Paradigma noch fehlende *its* wird im Haupttext zur Unit 2, SB-Seiten 58–59 eingeführt.

➜ Vocabulary, (p. 190)
➜ FöFo 1.2

EINSTIEG

SB geschlossen. Die in *Here we go!* wiederholten sprachlichen Strukturen und der Wortschatz werden nun verwendet. Bereits gesammeltes Wissen über die Lehrwerkskinder wird wiederholt und ergänzt.

L: Let's talk about the kids from Plymouth again. L macht Aussagen zu den vier Kindern. Die S sagen, auf wen die jeweilige Aussage zutrifft. L sollte dabei darauf achten, dass die S in ganzen Sätzen antworten.

L: He's twelve years old. S: It's Justin. / L: She's eleven years old. S: Maya and Lucy are eleven years old. / L: Who is from Wembury near Plymouth? S: It's Abby. / L: He likes animals. S: Sam likes animals. …

L: Now we are going to learn more about the Plymouth kids. Please open your books at page 18.

Alternative

Nach zwei Sätzen der L können die S diese Aufgabe als ▸ *Kettenübung* fortführen.

ERARBEITUNG

SB geöffnet. Bildbeschreibung. In dieser Phase sollte L darauf achten, das neue Vokabular wie school uniform oder navy einzuführen (▸ *Semantisierung*).

L: For Justin, Lucy, Maya and Sam it's the first day at their new schools. One of them is at Coombe Dean, the others all go to Plymstock. Look at the pictures. Who or what can you see? S: Justin and his mother. / I can see Lucy and Maya. / …

1. Lesen/Hören (Globalverstehen): Die S lesen die Texte A-C in EA still durch. L fordert die S auf, die Bilder **1–3** den drei Kurzdialogen **A– C** zuzuordnen.

Danach werten die S ihre Ergebnisse im ▸ *Partner check* aus.

Weitere Differenzierung

L gibt leistungsschwächeren S Hilfen an die Hand, ggf. als kleine Karteikarten: I can see … Justin and his mother / Lucy and Maya / a man and Sam / a computer/laptop.

Alternative

KV 4: The first day at school. SB geschlossen. Die S verwenden nur die Informationen, die sie hören. **1. Hören** (Global-verstehen): **a)** Die S ordnen die Bilder zu. **2. Hören** (Detailverstehen): Die S bearbeiten **b)–c)** und werten diese im ▸ *Partner check* aus.

➜ 1 09–11 Transkript online unter dem Webcode *bofanu*

LÖSUNG
A2 · B3 · C1

➔ FöFo 1.1
➔ Interaktive Übungen zum Workbook 1.1

2. Hören/Lesen: Nun spielt L Text A erneut ab. L kündigt an, dass die S anschließend selbst in verteilten Rollen lesen werden und sich daher genau auf die Aussprache konzentrieren sollen. Zwei bis drei S-Paare lesen Text A laut vor, dann Text B und Text C.

Alternative
Die S wählen nach erneutem Hören aller drei Texte einen Text aus und üben diesen mit einem Partner ein. Schließlich werden alle drei Texte im Plenum präsentiert.

INFO-BOX
Plymstock: Plymstock School ist eine staatliche *comprehensive school*. Sie wurde 1961 eröffnet und liegt in Plymstock, einem beliebten südöstlichen Vorort von Plymouth. Die Schule hat einen ausgewiesenen Sportschwerpunkt (*Specialist Sports College*) und wird von ca. 1.600 Schülerinnen und Schülern besucht.
Coombe Dean: Diese *comprehensive school* wurde 1976 gegründet und hat ihren Schwerpunkt in Mathematik und EDV. Etwa 1.100 Schülerinnen und Schüler besuchen Coombe Dean School. Sie liegt ebenfalls südöstlich der Innenstadt von Plymouth und somit in der Nähe der Plymstock School.
Schuluniformen: Das Tragen von Schuluniformen ist in Großbritannien fast überall Pflicht. Das gilt für alle schulpflichtigen Kinder; in der Regel sind lediglich die S der *sixth form* (die zwei letzten Abschlussklassen) von dieser Pflicht befreit. Die Farbe und Art der Kleidungsstücke der Schuluniform wird von jeder Schule einzeln bestimmt, z. B. Blazer, Strickjacke oder Sweatshirt mit dem Schullogo, Krawatte und Hosen. Zusätzlich gibt es Vorschriften zu Schuhen und Schmuck. Schuluniformen müssen geschlechtsneutral und kostengünstig sein und religiöse Kleidungsvorschriften respektieren; z. B. dürfen Sikhs Turbane tragen und muslimische Schülerinnen Kopftücher.
Die Kleidungsvorschrift soll soziale Unterschiede entschärfen. Allerdings ist der Kauf neuer Schuluniformen besonders für einkommensschwache Elternhäuser eine große finanzielle Belastung. Viele Familien kaufen und verkaufen deshalb die Schuluniformen *second-hand*.

S. 19

2 Profiles

NEUER WORTSCHATZ
profile · °start · °get · °information about/on · °as · °(to) work · °through

REAKTIVIERUNG VON VORWISSEN
Die S reaktivieren (ggf. zu Beginn der nächsten Stunde) ihr Vorwissen über die Lehrwerkskinder, indem sie die Sprechblasen auf den Seiten des *Here we go* noch einmal lesen sowie die Texte A-C auf SB-Seite 18 noch einmal **hören**.
L: Listen to texts A-C again. Then talk about the children.
S: Lucy and Maya are at Maya's house. / Maya's uniform is black/nice. / Justin is on Skype with his father. / Mrs Skinner is Justin's mum. / Sam is from London. / Mr Bennett is Sam's father/in the navy.

➔ 1 09–11 Transkript online unter dem Webcode *bofanu*

Weitere Differenzierung
In leistungsstärkeren Klassen kann das Vorwissen über die Lehrwerkskinder direkt reaktiviert werden, ohne dass die Texte erneut gelesen oder vorgespielt werden.

TRANSFER
Die S schreiben Profile der Lehrwerkskinder in ihr *MyBook* (HRU-Seite 7). Sie legen pro Figur eine Seite an, damit sie weitere Informationen im Verlauf der Units ergänzen können.

➔ My Book

MUSTERLÖSUNG

Name: Lucy Pascoe
Hometown: Plymouth
School: Plymstock School
Brothers/Sisters: Holly, in Year 9 at Plymstock
(Age: 11
Best friend: Maya
Uniform: dark blue and grey)

Name: Justin Skinner
Hometown: Plymouth
School: Plymstock School
Brothers/Sisters: -
(Age: 12
Best friend: his dad in Boston
Uniform: dark blue and grey)

Name: Maya Sen
Hometown: Plymouth
School: Coombe Dean
Brothers/Sisters: Mukesh, in Year 9 at Plymstock
(Age: 11
Best friend: Lucy
Uniform: black)

Name: Sam Bennett
Hometown: London
School: Plymstock School
Brothers/Sisters: -
(Age: 11
Best friend: ...
Uniform: dark blue and grey)

ÜBERLEITUNG
L: So Lucy, Sam, Maya and Justin all go to new schools in Plymouth. Let's take a look at someone who lives at school!

3 Meet Morph

NEUER WORTSCHATZ
library · **home** · **+Box "home"**, *Voc.*, SB-Seite 190 · °small · °really · °sometimes · °all (the colours) · °head · °change · °shape · °(to) be · °shape · °(to) find · °Just have a look. · °shelf · °always · °in: come in · °(to) act out

EINSTIEG
SB geöffnet. Gemeinsame Bildbetrachtung und Semantisierung. L: Look at the picture: there are lots of books. What can you see behind the books? S: An animal, a funny thing ... L: This is Morph: he lives where the books are! He's at home in the library at Plymstock School, it's his house.

ERARBEITUNG
a) 🔈 **1. Hören:** Das Lied wird ohne weitere Aufgaben zum ersten Mal präsentiert, so können sich die S zunächst nur auf die Melodie und das Lied an sich konzentrieren.
2. Hören: Während des Hörens heben die S Stifte in blau und rot und Bücher hoch, wenn diese Begriffe im Lied vorkommen.
3./mehrmaliges Hören: Die S singen mit. L begleitet das Lied mit ausgeprägter Gestik und Mimik: Buchstaben tanzen, sich strecken *(big)*, in die Hocke gehen *(small)*, Mimik *(really cool)*. Die S beginnen im Laufe des Liedes, die Bewegungen mitzumachen. Wenn die S das Lied sicher beherrschen, können sie es zur Instrumental-Version singen.

→ 1 12 Audio online unter dem Webcode *mobipa*
→ Material: blaue und rote Stifte, Bücher
→ 1 13 (Instrumental)
→ FöFo 1.1

ERARBEITUNG You choose
Die S präsentieren das Lied in Kleingruppen und verwenden Gestik und Mimik, um den Inhalt darzustellen und zu verdeutlichen. Alternativ schreiben Sie vier weitere Verse zu *Morph's song*.

ERARBEITUNG
b) 1. Hören: Hörauftrag gemäß SB. Die S vertiefen ihr Wissen zu den Lehrwerksfiguren und Inhalten des SB anhand einer *Book rally*. So üben sie spielerisch den Umgang mit dem neuen Englischbuch.

➔ 1 14 Transkript online unter dem Webcode *bofanu*

Hinweis: Die *Book rally* kann auch am Ende der Unit 1 gelöst werden. Die S bearbeiten SB-Seiten 118–119 allein oder in PA.

➔ Book rally (pp. 118–119)

SICHERUNG
Zur S-Selbstkontrolle legt L an ▸ Kontrollpunkten im Klassenraum Lösungsbögen aus.

LÖSUNG BOOK RALLY
1 4 (mit *Here we go!* = 5) • 2 Unit 3: Old Plymouth – the Barbican (SB-Seite 77); Unit 4: The aquarium in Plymouth (SB-Seite 93) • 3 Grammar & Practice (SB-Seiten 155–181) • 4 grün (SB-Seite 50) • 5 eine Seite *(Spelling course)* • 6 *Vocabulary* Unit 1 (SB-Seiten 189–196) • 7 Skills and Media Competence (SB-Seiten 144–153) • 8 4 o'clock. / Vier Uhr. (SB-Seite 59) • 9 Text • 10 The world behind the picture (Unit 1, SB-Seite 33) • 11 My home, the zoo (Part 1 und 2, SB-Seiten 110–117)) • 12 Unit 2 (Let's make scones, SB-Seite 53) • 13 Arbeitsanweisungen • 14 Your task

KOMMUNIKATIVE KOMPETENZEN

Die S können …

Hören/Lesen: einfach gehaltene Erzähltexte inhaltlich erfassen und Personenbeschreibungen zuordnen (SB-Seite 20, 2)

Hören: einfachen Hörtexten die Hauptinformationen entnehmen und Zitate Personen und thematisch zuordnen (SB-Seite 20, 3)

Lesen: einfach gehaltene Lesetexte inhaltlich erfassen und Verständnisfragen beantworten (SB-Seite 21, 4, BF)

Sprechen: ein kurzes Kontaktgespräch führen und dabei alltägliche Höflichkeitsformeln verwenden, um jemanden zu grüßen und anzusprechen (SB-Seite 21, 5)

Schreiben: über das Abschreiben vorgegebenen Sprachmaterials zum Verfassen korrekter eigener Sprachäußerungen gelangen und Redemittel zu Stimmungsäußerungen zuordnen (SB-Seite 20, 3)

METHODISCHE KOMPETENZEN

eine ▸ *Milling around activity* durchführen, indem sie in der Klasse nach Gesprächspartnern suchen und mit diesen Kontaktgespräche führen (SB-Seite 21, 5)

S. 20

1 On the way to school

NEUER WORTSCHATZ

on the way to … · you aren't … (= you are not) · there · sad · Don't go. · °Give me a hug · **Bye. · Watch out! · (I'm) sorry. · So?** · Nice **to** meet you +**Box "English 'to' – German 'zu'"**, *Voc.*, SB-Seite 191 · (to) **hurry up**

EINSTIEG

SB geschlossen. L: Tell me something about your way to school. Are you alone or is there somebody with you? Is he/she at your school too? S: I go to school alone. / I go to school with Luca. / I go to school with a friend. She is at Büchner Realschule.

SB geöffnet. Bildbeschreibung. L: Let's have a look at the pictures. Who can you see in the picture? S: Maya, Lucy and Sam / their school uniforms / They are on the way to school.

➜ FöFo 1.2

ERARBEITUNG

1. Hören/Lesen (Globalverstehen): Die S finden heraus, wo die beiden Dialoge stattfinden. (on the way to school)

2. Hören/**Lesen:** Die S lesen zu dritt den Dialog laut vor. Der Text sollte dreimal laut gelesen werden, sodass jede/r S jeweils einmal jede Rolle gelesen hat. Dann wird die Szene im Plenum präsentiert. Die Rollen können hierbei ausgelost werden.

➜ 1 15 Audio online unter dem Webcode *mobipa*

Weitere Differenzierung
In leistungsstärkeren Lerngruppen kann beim **2. Hören** direkt **2** bearbeitet werden.

2 Who are they?

NEUER WORTSCHATZ

°sentence

ERARBEITUNG

Die S lesen die Beschreibungen in **2** und ordnen diese den Lehrwerkskindern zu. Anschließend gleichen sie ihre Ergebnisse mit dem Sitznachbarn ab.

Weitere Differenzierung
Die S formulieren Sätze über andere Lehrwerkskinder oder Mit-S. Die Klasse muss raten, wer gemeint ist.

LÖSUNG
1 Lucy · 2 Sam · 3 Maya

➜ FöFo 1.1

3 Friendly or not?

NEUER WORTSCHATZ
friendly · °phrase · °list ·

ERARBEITUNG
Die S versuchen, die Phrasen in der Box im Text zu finden, und entscheiden dann, ob diese freundlich oder unfreundlich gemeint sind.
L: Let's read the text again: Who is friendly and who is not friendly?
Die S notieren ihre Ergebnisse. Wenn sie fertig sind, spielt L die Lösungen vor. Die S korrigieren dabei ihre Antworten.

➜ 1 16 Transkript online unter dem Webcode *bofanu*
Weitere Differenzierung
Die S lesen den Dialog laut und achten dabei besonders darauf, dass sie die Phrasen (un-)freundlich vortragen.

LÖSUNG

➜ FöFo 1.7

friendly	not friendly
Give me a hug.	Hey, watch out!
Hey, that's cool!	Is it?
Nice to meet you.	So?

S. 21

4 At school

NEUER WORTSCHATZ
shoe · **trainer** · (to) **forget** · (to) **wear** · **British** · **different** · (to) **have**

EINSTIEG
SB geschlossen. L wählt mehrere S aus, die Turnschuhe tragen, und semantisiert den neuen Wortschatz: Look at Lukas's shoes and Marie's shoes. They are trainers. Lukas and Marie, you wear trainers. Are Bastian's shoes trainers too? S: Yes, they are. / No they aren't.

ÜBERLEITUNG
L: It's Justin's first day at Plymstock and his shoes are trainers too.

ERARBEITUNG
SB geöffnet. 1. Lesen/Hören mit Leseauftrag: What are Justin's problems on his first day at Plymstock School? Die S lesen die Fotostory und finden heraus, was Justins Probleme sind: His shoes are trainers and trainers aren't school shoes. / He's late. L fragt, warum Justin zu spät ist, um an die Vorgeschichte anzuknüpfen: L: Why is Justin late? S: Justin is on Skype with his father before school and so he is late.

➜ 1 17 Transkript online unter dem Webcode bofanu
➜ Audio online unter dem Webcode *mobipa*

Alternative
SB geschlossen. 1. Hören (Globalverstehen): Die S beschreiben Justins Probleme.
2. Hören (Detailverstehen): In what class is he? (7EB) In what room is his class? (HU9)

Background file

NEUER WORTSCHATZ
I don't like green.

ERARBEITUNG
SB geöffnet. Die S betrachten zunächst die vier Kinder und ordnen gemäß der ersten Frage die beiden ihnen bekannten Mädchen (Lucy, oben rechts / Maya, unten links) den beiden Schulen zu.
Danach lenkt L die Aufmerksamkeit auf Morph, der die notwendigen Sprachmittel für die zweite Teilaufgabe liefert.
L: Look at the blue Morph. Is he happy and friendly? S: Yes, he is. Die S lesen die Sprechblase auf freundliche Art vor.
L: What about the green Morph? Is he happy? S: He isn't happy. / He's sad. / He's not friendly. Die S lesen die zweite Sprechblase auf unfreundliche Art vor.
Nachdem nun die notwendigen Sprachmittel vorliegen, sind die S an der Reihe und sagen, welche Uniform sie mögen. L sollte sie dazu animieren, zwei Sätze zu sagen.

Alternative
KV 5: Design your school uniform. Die S erstellen ihre eigene Schuluniform, indem sie die Kleidungsstücke bunt anmalen. Dann präsentieren sie in GA ihre Vorschläge. Leistungsschwächere S können die Sprachmittel nutzen. Die KV wird weiter verwendet in **8**, SB-Seite 24.

LÖSUNG
Lucy is at Plymstock School. Maya is at Coombe Dean School.
I like the dark blue/green uniform. It is nice/cool/good.

5 Have a go

NEUER WORTSCHATZ
Have a go. • °(to) walk around • °(to) change • role

ANWENDUNG
Die in *Part A* erarbeiteten Redemittel werden nun in einer ▸ *Milling around activity* vorbewusst angewendet. Die S suchen sich jeweils zwei Gesprächspartner und führen zu dritt ein kurzes Begrüßungsgespräch, in dem sie sich grüßen und höflich einander vorstellen. Danach werden die Rollen gewechselt.
Hinweis: Die ▸ *Milling around activity* eignet sich ebenfalls als Einstieg in *Part A Practice*.

Introducing people in GB and the US
In Großbritannien und den USA werden traditionell Gesprächspartner oder Gäste einander durch einen gemeinsamen Bekannten vorgestellt. Meist geschieht dies mit dem Vornamen.

S. 22

Looking at language

NEUER WORTSCHATZ
language · °(to) finish · °table · °second · °negative · **form (of)** · **of** · **long** · **short**

EINSTIEG
L schreibt Sätze links an Tafel oder Whiteboard. L: Look at the sentences. You can see long forms (Gestik und Beispiel). When we talk, we often take the short forms. What are the short forms?

I am Jan.	I'm Jan.
He is from Germany.	He's from Germany.
They are students at Plymstock School.	They're students at Plymstock School.

Weitere Differenzierung
In leistungsstarken Klassen können die S direkt beginnen, aus SB-Seiten 20–21 die Informationen zu entnehmen.

ERARBEITUNG
a) Die S schlagen auf SB-Seiten 20–21 nach und tragen die entsprechenden Kurzformen von *to be* in die Tabelle ein. L notiert die vollständigen Sätze als Tabelle (s. Lösung).
L weist darauf hin, dass im Text überwiegend Kurzformen zu finden sind, weil es sich um gesprochene Sprache handelt. In der geschriebenen, formellen Sprache verwendet man dagegen die Langformen. Die S überlegen (ggf. anhand der Illustration von Morph), welcher Buchstabe durch ein Apostroph ersetzt wird.

➔ GAP 1: Personal pronouns (p. 156)
➔ GAP 2.1: (to) be: statements (p. 158)
➔ LAS 1.1, 1.2

LÖSUNG

Personal pronouns and the forms of the verb ***be***

Singular		Plural	
long	short	long	short
I am	I'm	we are	we're
you are	you're	you are	you're
he is	he's	they are	they're
she is	she's		
it is	it's		

ERARBEITUNG
b) Die S erstellen analog zu **a)** eine zweite Tabelle und ergänzen diese erneut mit dem Sprachmaterial auf SB-Seiten 20–21.
Die S vergleichen abschließend ihre Ergebnisse mit GF 2 und korrigieren sich untereinander. L notiert die vollständige Tabelle an der Tafel.
Hinweis: In den Texten auf SB-Seiten 20–21 fehlen die negativen Formen von *he/she/is*. Diese müssen entweder durch die S selbst erschlossen oder dem GF entnommen werden.
Abschließend sprechen die S darüber, wie die verneinte Form von *to be* gebildet wird. An ihr Vorwissen anknüpfend, erkennen sie, dass sich die Formen aus einer Form von *to be* und *not* (Kurzform *n't*) zusammensetzen.

Weitere Differenzierung
In leistungsschwächeren Klassen kann L erneut vorab zwei Mustersätze nutzen, um kleinschrittiger ins Phänomen einzuführen (I'm not Jan, I'm … . / I'm not from Germany, I'm from … . / They aren't students at Plymstock School, they are students at … .)

LÖSUNG

Negative forms of the verb *be*

Singular		Plural	
long	short	long	short
I am not	I'm not	we are not	we aren't
you are not	you aren't	you are not	you aren't
he is not	he isn't	they are not	they aren't
she is not	she isn't		
it is not	it isn't		

TIPPS FÜR IHRE PLANUNG

In den nächsten beiden Übungen werden die Personalpronomina geübt und gefestigt. Dies beginnt mit einer spielerischen Übung und mündet anschließend in eine klassische Zuordnungsübung der Pronomina. **1** und **2** gehören dabei zu einer Übungssequenz mit Differenzierungsmöglichkeiten in **4** und **5**.

1 *He, she or it?* (Personal pronouns)

NEUER WORTSCHATZ

°(to) spy

EINSTIEG

SB geschlossen. L stellt Vorgehen der Aufgabe exemplarisch und gestikulierend dar: I spy an *it*. Hierbei sollte die Bedeutung von °*spy* deutlich werden, z. B. indem Zeige- und Mittelfinger den Blick nachzeichnen.

L fragt nach: What is it? Die S spekulieren: The pen? The rubber? The blackboard? L: No, it isn't. / Yes, that's right.

ERARBEITUNG

SB geöffnet. Die S erstellen nun mit Hilfe der Bilder abwechselnd eigene Sätze und spekulieren, welches Bild der Partner meint.

Anschließend wählen die S Gegenstände/Personen aus dem Klassenzimmer und führen das Spiel fort.

MUSTERLÖSUNG

A: I spy an *it*. – B: The book? • A: No, it isn't. – B: The telephone? • A: That's right. – B: I spy a *he*. • A: Harry Potter? – B: Yes, that's right. • A: I spy a *she*. – B: …

DIFFERENZIERUNG Early finisher

Schnellere S finden auf SB-Seite 128 vier Worträtsel.

LÖSUNG

1 seal • 2 (school)bag • 3 chair • 4 clock

S. 23

TIPPS FÜR IHRE PLANUNG
Nachdem die Personalpronomina gefestigt wurden (**1** und **2**), liegt der Fokus auf den positiven und negativen Verbformen von *to be*. Diese werden zunächst getrennt voneinander geübt (**3**, **4**) und abschließend in der kontrastierenden Aufgabe **5** bearbeitet.

2 Plymouth people and things (Personal pronouns)

NEUER WORTSCHATZ
people • thing

ERARBEITUNG
Die S ergänzen in EA die Sätze mit dem entsprechenden Personalpronomen und überprüfen diese selbstständig mit einer Lösungsschablone. L kopiert hierfür ein paar Exemplare der Lösungen.

LÖSUNG
1 Where's Plymouth? – It's in England. • 2 Lucy and Maya are eleven. They're friends. • 3 Maya: "I like you, Lucy. You're great!" • 4 Sam is eleven too. He's new in Plymouth. • 5 Sam: "I'm in Year 7. What about you?" • 6 Maya isn't at Plymstock School. She's at Coombe Dean. • 7 Lucy: "Maya and I are best friends. But we're at different schools." • 8 That's the Plymstock uniform: It's dark blue.

➜ Workbook 2 (p. 9)

3 I'm Maya (*be*: positive)

NEUER WORTSCHATZ
°about yourself • °(to) use

EINSTIEG
SB geschlossen. Zunächst rufen die S sich die Formen von *to be* durch eine kurze ▸ *Kettenübung* zurück ins Gedächtnis. Dies geschieht, indem ein S auf einen oder mehrere andere Mit-S zeigt und dadurch die Klasse auffordert, die entsprechenden Namen zu nennen. L beginnt und zeigt auf S1: I'm … . You're … • S2: She's/He's … . (zeigt auf S3) S3: We're … . (zeigt auf sich und S4) S4: You're … . • (zeigt auf S4 und S5) S5: They're … . • (zeigt auf S6 und S7)

ERARBEITUNG
a) Anschließend bearbeiten die S in EA den Lückentext und vergleichen ihre Ergebnisse an ▸ *Kontrollpunkten*.

LÖSUNG
1 I'm from Plymstock in Plymouth. • 2 Plymouth? – It's a town in England. • 3 I have a big brother. He's OK. • 4 My best friend is Lucy. She's great! • 5 We're sad – we're at different schools. • 6 But I like my new classmates. They're cool. • 7 And you? Oh, you're from Germany!

ERARBEITUNG
b) Die S schreiben nach dem Muster in **a)** Sätze über sich selbst und überprüfen ihre Ergebnisse mit einem Partner.

➜ FöFo 1.1

4 Silly sentences (*be*: negative)

NEUER WORTSCHATZ
silly · **sentence** · °correct · °(to) give

ERARBEITUNG
Die S betrachten Satz 1 gemeinsam und berichtigen dann die Quatschsätze, indem sie die korrekte Information nennen.

DIFFERENZIERUNG Early finisher
Leistungsschnellere S erfinden weitere Quatschsätze und berichtigen sie.

SICHERUNG
Die Überprüfung der Sätze 1–6 und der eigenen Sätze der *Early finishers* erfolgt im Plenum, damit alle S die Aufgabe gemeinsam beenden.

LÖSUNG
2 Sam is at Coombe Dean School. – No, he isn't at Coombe Dean School. He's at Plymstock School. · 3 Justin and Sam are in Year 8. – No, they aren't in Year 8. They're in Year 9. · 4 Plymouth is a town in Germany. – No, it isn't a town in Germany. It's a town in England. · 5 The sea at Plymouth is red. – No, the sea at Plymouth isn't red. It's blue. · 6 And you? You're in a German lesson now. – No, I'm not in a German lesson now. I'm in an English lesson.

➜ Workbook 3 (p. 9)

5 Who's in the photo?

NEUER WORTSCHATZ
°guess

➜ FöFo 1.1

ERARBEITUNG
▸ *Information gap activity*: A SB-Seite 213, B SB-Seite 136

MUSTERLÖSUNG
Partner A: The boy in my photo isn't from Plymouth. He's from London. His dad is in the navy. (Sam) · Partner B: The girl in my photo is from Plymouth. She's at Plymouth School. Her sister Holly is in year 9 at Plymouth School. (Lucy)

S. 24

6 People's profiles

NEUER WORTSCHATZ
speaker +(to) **speak** · °together · °pair

EINSTIEG
SB geöffnet. Bildbeschreibung. L: Let's have a look at the pictures. Who can we see in the pictures? S: In picture A we can see Justin. / In picture B it's … L: Let's listen to the CD and find out more about them.

ERARBEITUNG
a) 1. Hören (Globalverstehen): Die S ordnen den Sprechern 1–5 die entsprechenden Fotos und Namen zu.
Hinweis: Im Rahmen der Kompetenzschulung zum Hörverstehen baut diese Übung auf SB-Seite 20, CD-Track 1.15 auf: Die S üben erneut, Informationen aus einem Hörtext zuzuordnen.

➜ 1 18 Transkript online unter dem Webcode *bofanu*
➜ FöFo ➜ 1.2

LÖSUNG
1 = Maya · 2 = Sam · 3 = Silky · 4 = Justin (Lucy kommt nicht vor.)

ERARBEITUNG
b) 2. Hören (Detailverstehen): Die S wählen einen Sprecher aus. Sie versuchen, die in der Box angegebenen Informationen über ihren Sprecher im Hörtext zu ermitteln und in der Tabelle in Stichworten zu notieren.

Weitere Differenzierung
Leistungsstarke S können sich zu mehreren Sprechern Notizen machen oder Lucys Profil vervollständigen.

LÖSUNG
1 – Maya: hometown Plymouth, school Coombe Dean, best friend Lucy, eleven years old
2 – Sam: hometown London, school Plymstock School, best friend Jack, eleven years old
3 – Silky: hometown Plymouth, best friend Sammy, two years old
4 – Justin: hometown Plymouth, best friend his dad, school Plymstock School, twelve years old

ERARBEITUNG EXTRA
c) Die S schreiben nun einen Steckbrief des Lehrwerkskinds, zu dem sie sich nähere Notizen gemacht haben. Anschließend tauschen sie ihren Steckbrief mit einem anderen Paar und kontrollieren dessen Text (▸ *Partnerkontrolle*).

➜ SMC 7: Listening (p. 151)
➜ Workbook 4 (p. 10)

MUSTERLÖSUNG
This is Maya's profile. She is from Plymouth in England. She is eleven years old. She is at Coombe Dean school. Her best friend is Lucy.

7 About me

NEUER WORTSCHATZ
about me/you/… · **at 1 o'clock** · **appointment** · °(to) meet

ERARBEITUNG
a) Mit Hilfe der vorgegebenen Redemittel überlegen die S sich nun einen eigenen Steckbrief (zunächst mündlich). Dazu ergänzen sie die Sätze und suchen weitere Ideen in den Steckbriefen der Lehrwerkskinder in **6**. In einer ▸ *Murmelphase* üben die S zunächst in EA ihren Steckbrief mündlich ein.

MUSTERLÖSUNG
My name is Sila. I'm eleven years old. I'm from Hamburg in Germany. My mum and dad are from Turkey. I have two brothers. My favourite day is Saturday. I like school.

VERTIEFUNG
b) Vorgehen nach der kooperativen Lernform ▸ *Appointment*. Die S stellen sich vor, indem sie ihre Texte mit drei verschiedenen Partnern durchsprechen.

➜ Workbook 5 (p. 10)

8 My profile

NEUER WORTSCHATZ
°him/her · °mini poster · °(to) hang sth. up · °into

ANWENDUNG
a) Nachdem die S genügend Informationen über sich gesammelt, diese sprachlich bereits umgesetzt und eingeübt haben, werden die Steckbriefe nun verschriftlicht.
L kann die S erneut auf die Redemittel in **7a)** hinweisen.

Alternative
KV 5: Design your school uniform. Die S ergänzen KV 5, indem sie ein Passfoto einkleben und um die nun personalisierte Figur ihre Steckbriefe schreiben.

ERARBEITUNG
b) Die S lesen den Steckbrief eines Partners, ggf. eines ▶ *Appointment*-Partners aus 7**b)**, und korrigieren diesen bzw. ergänzen ihn um weitere Informationen.

Alternative
Die S notieren in **a)** eine Entwurfsfassung, die sie in **b)** in PA überarbeiten. Erst danach schreiben sie ihren Steckbrief in Reinschrift.

ERARBEITUNG EXTRA
Die S präsentieren sich auf Minipostern und machen eine Ausstellung. Später legen sie ihre Steckbriefe im *MyBook* ab.

➜ My Book
➜ Workbook 6 (p. 10)
➜ FöFo 1.2

DIFFERENZIERUNG Early finisher
Leistungsschnellere S finden auf SB-Seite 128 einen Steckbrief mit falschen Buchstaben, die sie finden und korrigieren.

S. 25

TIPPS FÜR IHRE PLANUNG
In **9–11** dreht sich alles um Zahlen. Zunächst diktieren die S in **9** einander Zahlenreihen 0 bis 10, die ihnen aus der Grundschule bekannt sein sollten. In den folgenden Aufgaben **10** und **11** üben sie mit Hilfe von Audios zunächst die Zahlen bis 19 und schließlich von 20 bis 100 ein. In **11b)** lernen S zudem englische Adressangaben kennen.

➜ Interaktive Übungen zum Workbook 1.2
➜ FöFo 1.3

9 Numbers: 0–9

NEUER WORTSCHATZ
when · **telephone** (*kurz auch*: **phone**) · **zero** · **o** · **double**

EINSTIEG
SB geschlossen. Da den S die Zahlen von 0 bis 9 bereits aus der Grundschule bekannt sind, erfolgt hier nur eine kurze Wiederholung. Dazu verteilt L 10 kleine Zettel mit jeweils einer Zahl von 0–9 an die S. Beginnend mit 0 steht der jeweilige S auf und sagt seine Zahl. Die S geben dann die Zettel an einen S in der Nachbarschaft weiter und es wird nochmals von 9 bis 0 rückwärts gezählt.

Alternative
L schreibt die Ziffern 0–9 durcheinander an, deutet jeweils auf eine Zahl und die S sagen die Zahl gemeinsam im Chor.

ERARBEITUNG
a) **Zunächst liest der linke Partner Nr. 1 und 2 vor, der rechte Partner schreibt. Anschließend werden die Rollen getauscht und die Ergebnisse kontrolliert.**
Hinweis: Das Festlegen der Rollen erleichtert einen schnellen Beginn ohne Diskussionen und die Kontrolle durch den L.

➜ FöFo 1.3
➜ Interaktive Übungen zum Workbook 1.2

DIFFERENZIERUNG Early finisher
Leistungsschnellere S bearbeiten die Übung Hidden numbers auf S. 128. Dort lesen sie Zahlen dem Klang nach aus geschriebenen Wörtern heraus.

LÖSUNG
a) 1 = 8 · 2 = 2 · 3 = 1 · 4 = 4
b) 8 + 2 + 8 + 2 + 4 = 24

ERARBEITUNG

b) Zunächst schreibt L eine Fantasietelefonnummer an in der mindestens eine Null [əʊ] sowie eine doppelte Zahl vorkommt, z. B. 9-0-2-1-8-8-3-5 [ˌdʌbl'eɪt]. L liest die Telefonnummer vor. Die S erkennen, dass Ziffern, die zweimal hintereinander vorkommen, als *double* ... (Ziffer) bezeichnet werden, und dass eine Null wie ein „o" [əʊ] ausgesprochen wird. L fragt einen S: What's your number? Der S diktiert die Telefonnummer. L oder ein S schreibt die Nummer an die Tafel.

Anschließend fragen die S ihren Partner nach der Telefonnummer und diktieren sich gegenseitig ihre Nummern. Sie vergleichen, was sie aufgeschrieben haben, und korrigieren sich gegenseitig.

10 Numbers 10–19

ERARBEITUNG

Wenn die Zahlen den meisten S aus der Grundschule bekannt sind, brauchen die Zahlen bis 19 nur wiederholt werden.

a) SB geschlossen. L: Let's listen to the CD and say the numbers.

→ 1 19

ERARBEITUNG

b) SB geöffnet. L: Now it's time for some mathematics. What's 7 plus 6? S: That's 13.

Die S stellen sich die Rechenaufgaben aus dem SB und schreiben ihre Ergebnisse mit. Anschließend wird die Übung im Plenum kontrolliert.

→ FöFo 1.3
→ Interaktive Übungen zum Workbook 1.2

11 Numbers: 20–100

NEUER WORTSCHATZ
street

ERARBEITUNG

a) SB geöffnet. Die S hören die Zahlen von 20–100 und wiederholen sie. Anschließend schreibt L einige Zahlen im Bereich von 20–100 durcheinander an die Tafel und deutet jeweils auf eine Zahl. Der zweite Schritt erfolgt in PA: S flüstern dem rechts sitzenden Partner die Zahl leise ins Ohr. Im dritten Schritt erfolgt die Kontrolle im Plenum.

→ 1 20

Alternative
Nach dem Hören:
L gibt soviele Blätter mit den Zahlen 0–9 aus wie S in der Klasse sind. Dann finden sich S in Paaren zusammen, die eine Zahl zwischen 20 und 100 bilden können. Reihum werden nun die gebildeten Zahlen genannt. Es können sich wiederholt Paare finden, um neue Zahlen zu bilden.

ERARBEITUNG

b) SB geöffnet. L: You need the numbers to say an address. Look at the English addresses. Let's read them. Die S lesen sich die englischen Adressen gegenseitig vor.

Anschließend versuchen sie, den Unterschied zwischen englischen und deutschen Adressangaben zu erklären. Die S können versuchen, die Frage auf Englisch zu beantworten. Gelingt es nicht, können sie auf Deutsch ausweichen.

→ FöFo 1.3
→ Interaktive Übungen zum Workbook 1.2
→ Workbook 7–9 (p. 11)

LÖSUNG

Im Englischen wird zuerst die Hausnummer genannt und dann die Straße. Im Deutschen ist es umgekehrt.

S. 26

12 Wait … don't go (Imperatives)

NEUER WORTSCHATZ
help · +(to) **help** · **in English / in German**

EINSTIEG
L fordert einen S auf das Fenster zu schließen oder zu öffnen: Luca, open/shut the window, please. Ein weiterer S wird z. B. aufgefordert, seine Schirmmütze abzulegen: Don't wear a cap, Micha. L unterstreicht diese Aufforderungen mimisch und besteht darauf, dass sie ausgeführt werden.

ERARBEITUNG Language help
SB geschlossen. L schreibt die Sätze aus dem Einstieg an die Tafel.
L: Look at the sentences, they are imperatives. They can be positive or negative. Let's change the positive imperative into a negative imperative.

Imperatives

positive (+)	negative (–)
Open/Shut the window, please.	Don't open/shut the window.
Wear a cap, please.	Don't wear a cap.

SB geöffnet. L: Let's have a look at the four pictures. Can you translate them?

Alternative
Zur Erarbeitung kann hier erneut das Spiel *Simon says* durchgeführt werden. (SB-Seite 16)

➔ Workbook 10 (p. 12)
➔ GAP 3: Imperatives (p. 160)

ERARBEITUNG
a) Die S ordnen die vorgegebenen Wörter zu Imperativsätzen an. Die Ergebnisse werden im Plenum verglichen.

LÖSUNG
2 Talk to me in English, please. · 3 Meet me at 12 o'clock, please. · 4 Don't wear red shoes, please. · 5 Wait in the library, please. · 6 Don't forget your exercise books, please. · 7 Put the pencil in the pencil case, please.

ERARBEITUNG
b) Die S verfassen anhand der Bildimpulse und Verbvorgaben sechs Sätze im Imperativ und vergleichen diese dann in PA.

DIFFERENZIERUNG More help
Leistungsschwächere S erhalten auf SB-Seite 120 zusätzlich die jeweiligen Satzenden.

LÖSUNG
1 Don't touch the picture. · 2 Give me the pen, please. · 3 Don't put the rat in the bag. · 4 Don't open the window. · 5 Don't forget your bag. · 6 Don't talk in the library.

Language Awareness
Im Englischen wird hinter Imperativen im Gegensatz zum Deutschen kein Ausrufezeichen verwendet.

S. 27

EINSTIEG
SB geöffnet. L zeigt S das *Vocabulary* im Schülerbuch und weist darauf hin, dass sie hier immer die neuen Wörter einer Unit und viele Tipps finden. L: Have a look. Here you find the new words of a unit and some tips too.
Hinweis: Weiter sollte die Einführung des *Vocabulary* an dieser Stelle nicht gehen, sodass die S sich den Vokabelteil anhand der nun folgenden Aufgaben selbstständig erschließen können.

➜ Vocabulary, (pp. 183–212)
➜ SMC 1: Learning vocabulary (pp. 144–145)
➜ FöFo 1.11
➜ Workbook 11 (p. 12)

ERARBEITUNG
a)+b) Die S erarbeiten die Aufgaben selbstständig und überprüfen anschließend im ▸ *Partner check* ihre Ergebnisse.

LÖSUNG
a) 1b) · 2a) · 3a) · 4b)
b) Beispielsätze stehen in Spalte 3 sowie Hinweise zu Fehlerquellen und Aussprache oder Schreibweise. In Spalte 1 steht das Lernvokabular mit Lautschrift, in Spalte 2 die deutsche(n) Übersetzung(en).

ERARBEITUNG
c) Nachdem in **a)+b)** die Grundlagen des *Vocabulary* aufgezeigt wurden, gehen die S nun einen Schritt weiter und probieren ihr Wissen aus. Sie erstellen selbstständig dreispaltige Einträge zu drei bereits gelernten Vokabeln aus Unit 1 (SB-Seiten 21, 22 und 24) in ihrem eigenen Vokabelheft. Die Lösungen werden anschließend im Plenum verglichen.

➜ FöFo 1.11
Weitere Differenzierung
Leistungsschwächere S schlagen die drei Wörter im *Vocabulary* auf SB-Seite 191 nach und übertragen die Angaben in ihre Vokabelhefte.

DIFFERENZIERUNG More help
Leistungsschwächere S erhalten auf SB-Seite 120 tabellarische Hilfe sowie eine Box mit Beispielsätzen, aus der sie den jeweils passenden Satz auswählen können.

LÖSUNG

English	German	Beispiel
different [ˈdɪfrənt]	verschieden; anders	Maya and Lucy are at different schools. The Coombe Dean uniform is different.
language [ˈlaŋgwɪdʒ]	Sprache	Is German an easy language? Dad can speak lots of languages.
(to) speak [spiːk]	sprechen	Can you speak English?

ERARBEITUNG
d)+e) In EA ordnen die S in **d)** gängige App-Symbole zu und probieren verschiedene Vokabelapps aus, um eine für sie am besten geeignete zu finden. Als vorbereitende HA geeignet. Auswertung im Unterricht zunächst in PA. Die Ergebnisse können anschließend im Plenum gesammelt und z. B. als Linksammlung für die ganze Klasse erstellt werden.

Alternative
Die S arbeiten in PA an ihren Smartphones/Tablets/Laptops und präsentieren ihre Ergebnisse anschließend im Plenum.
➜ Vokabellern-Apps: Cornelsen Vokabeltrainer, Phase-6, Memorion, Quizlet. Eine Übersicht nützlicher digitaler Tools findet sich unter dem Webcode *moboxo*

LÖSUNG
d) 1B · 2E · 3D · 4C · 5A
e) Beliebte Apps sind z. B. Quizlet, Memorion und LEO.

KOMMUNIKATIVE KOMPETENZEN
Die S können …
Lesen/Hören: einfache Dialoge im *classroom discourse* verstehen und Zitate Personen zuordnen (SB-Seite 28, 1–2)
Sprechen: einfache persönliche Fragen stellen und beantworten und einen Dialog mit Mit-S führen (SB-Seite 28, 3)

METHODISCHE KOMPETENZEN
EXTRA Ein Vorstellungsspiel mit einem Ball spielen (SB-Seite 28, 3)

S. 28

1 A game with Miss Bell

NEUER WORTSCHATZ
Miss Bell · **Good morning.** · **so** · (to) **come in** · (to) **start** · **ball** · (to) **throw** · (to) **ask** · (to) **catch** · (to) **answer** +**answer** (n.) · about **yourself** · **birthday** · **September** · (to) **do** · (to) **live** · **then** · **again** · **timetable**

EINSTIEG
SB geschlossen. L reaktiviert zusammen mit den S das Vorwissen aus *Part A* mit Hilfe von Fragen, z. B. What are the names of the two schools? (Plymstock School, Coombe Dean) Who is new at Plymstock School? (Lucy, Sam and Justin) Who is late? (Justin is late.)
SB geöffnet. L: Let's have a look at the pictures. Where are we? (At (Plymstock School) What can you say about the students? (They play a game. / They play with a ball.) L: It's their first day at Plymstock School. Let's listen to their first lesson.

ERARBEITUNG
1. Hören/Lesen (Globalverstehen): Die S zählen, wie oft der Ball geworfen wird. *(three times)*
2. Hören/Lesen (Detailverstehen) mit Hörauftrag: Who can throw the ball in the game? (Miss Bell, Sam and Justin)

→ 1 21 Audio online unter dem Webcode *mobipa*

Alternative
KV 6: A game with Miss Bell. SB geschlossen. Die S identifizieren Figuren, die den Ball werfen und ordnen Zitate Personen zu. Bei Bearbeitung der KV entfällt **2** im SB.

SICHERUNG
L stellt zur inhaltlichen Sicherung anschließend einige Vertiefungsfragen, z. B. Who is Miss Bell? (She's the class teacher.) Why do they play a game? (They want to know more about / to meet the other students.)

2 Who is it?

NEUER WORTSCHATZ
°dialogue · °the others · °example · °mobile phone

ERARBEITUNG
Als ▸ *Kettenübung* lesen die S in Kleingruppen reihum einen Satz des Textes vor, und die übrigen Gruppenmitglieder nennen die entsprechende Person im Text.
3. Hören/Lesen: Die S üben, die Szene mit verteilten Rollen laut zu lesen. Einige Gruppen präsentieren dies anschließend im Plenum.

3 Have a go

ERARBEITUNG

Die S üben in PA die Entscheidungsfragen mit *to be* ein, indem sie sich gegenseitig Fragen stellen und darauf die Kurzantworten geben, wie im Beispiel angezeigt.

Um dies kurzweiliger zu gestalten, kann dies auf Zeit geschehen: Jeder S hat drei ▸ *Appointments*. Es gilt, sich als Zweierteam gegenseitig so viele Fragen wie möglich in zwei Minuten zu stellen, bis das nächste *Appointment* dran ist.

ERARBEITUNG EXTRA

Die S spielen das Spiel aus dem SB nach: GA à 6–8 S, jede Gruppe erhält einen Ball. Die Gruppen stellen sich im Kreis auf. Der älteste S beginnt, den Ball zu werfen, und stellt die erste Frage. Fängt ein S den Ball, muss er mit einer Kurzantwort antworten.

➜ Realia: 4–5 Bälle

MUSTERLÖSUNG

Are you in class 5b / in a football team / from London / from Berlin? – Yes I am. / No, I'm not. • Is your brother / sister at our school too? – Yes/ no, he/she is/isn't. • Is your dad from Germany? – …

S. 29

TIPPS FÜR IHRE PLANUNG
Zunächst sammeln die S aus dem Text *A game with Miss Bell* die positiven und negativen Kurzantworten, um diese dann in **1** in einer mehrteiligen Partneraufgabe einzuüben.

➜ Interaktive Übungen zum Workbook 1.3, 1.4., 1.6
➜ FöFo 1.4
➜ LAS 1.3

Looking at language

EINSTIEG
Der Einstieg kann sowohl über SB-Seite 28, **3** als auch durch eine kurze Reaktivierung dieser Fragerunde im Plenum erfolgen.

ERARBEITUNG
a)+b) Die S übertragen die Tabelle in ihr Heft, suchen im ersten Schritt die positiven Formen in **1** und tragen sie in die Tabelle ein. Sie vergleichen die Antworten mit einem Partner und wiederholen diesen Vorgang entsprechend für die negativen Formen.

➜ LAS 1.3
➜ Interaktive Übungen zum Workbook 1.3, 1.6

LÖSUNG
a)+b)

Are you ...?	Yes, I am.	No, I'm not.
Is he ...?	Yes, he is.	No, he isn't.
Is she ...?	Yes, she is.	No, she isn't.
Is it...?	Yes, it is.	No, it isn't.
Are you ...?	Yes, we are.	No, we aren't.
Are they ...?	Yes, they are.	No, they aren't.

1 Yes, I am (be: questions and short answers)

ERARBEITUNG
a) Die S üben paarweise die Kurzantworten ein. Partner A beginnt, Partner B die Fragen in der Aufgabe zu stellen, dann wird getauscht.

Alternative
L erstellt eine Tandemübung aus den Lösungen. Die S korrigieren sich gegenseitig im ▸ Partner check.

LÖSUNG

Partner A	Partner B
1 Yes, I am.	6 No, I'm not. / Yes, I am.
2 Yes, he is.	7 Yes, they are.
3 No, we aren't.	8 Yes, it is. / No, it isn't.
4 No, they aren't.	9 No, she isn't.
5 Yes, he/she is. / No, he/she isn't.	10 Yes, they are. / No, they aren't.

ERARBEITUNG
b) Die S formulieren eigene Fragen an ihre Mit-S. Um die Aufgabe spielerischer zu gestalten, formulieren sie die Fragen vorab auf Zetteln oder kleinen Kärtchen, die dann verdeckt und gemischt werden. Die Karten dienen als Joker oder als Zufallsgenerator.

➜ GAP 2.2–2.3: (to) be: questions and short answers (p. 158)
➜ Workbook 12 (p. 12)
➜ Interaktive Übungen zum Workbook 1.3, 1.6

DIFFERENZIERUNG More help
Leistungsschwächere S bilden die Fragen mit Hilfe einer *Substitution table* auf SB-Seite 120.

MUSTERLÖSUNG
Is your mum from Berlin? · Is your dog friendly? · Is your dad British? · Are your friends in year 5? · Are you sad/happy?

2 WORDS What time is it?

NEUER WORTSCHATZ
word · **quarter past** ten · **half past** ten · **quarter to** eleven

EINSTIEG
Die Uhrzeiten sollten vielen S schon aus der Grundschule bekannt sein. Es bietet sich eine klassische Einführung durch Realia an. L bringt eine große Uhr mit und variiert die Ziffernblätter. Angefangen wird mit den Vierteleinteilungen (*o'clock/quarter past/half past/quarter to*). L verstellt die Uhr und fordert die S auf, die Uhr zu lesen. Führt dies schnell zu richtigen Ergebnissen, wird der Schwierigkeitsgrad erhöht und es folgen kompliziertere Uhrzeiten (*five to/ten past/...*).
L leitet folgenden Dialogansatz ein, der später auch in den Übungen benötigt wird: L: What's the time? S: It's ... L: Thank you. L malt eine Digitaluhr und eine analoge Uhr an und weist darauf hin, dass die Zeit hier etwas anders gelesen werden kann (z. B. *ten twenty* statt *twenty past ten*).

➜ große Uhr
➜ Workbook 13 (p. 13)
➜ FöFo 1.4
➜ Interaktive Übungen zum Workbook 1.4.

ERARBEITUNG
a) Die S üben nun mit Hilfe der Aufgabe die Uhrzeiten und korrigieren sich untereinander.

Alternative
Sollte das Thema neu für (fast) alle sein, so wird die Übung im Plenum ausgewertet.

LÖSUNG
clocks: ten o'clock · quarter past ten · twenty past ten · half past ten · quarter to eleven · five to eleven
mobile phones: ten o'clock · ten fifteen · ten twenty · ten thirty · ten forty-five · ten fifty-five

ERARBEITUNG
b) Die S zeichnen fünf Digitaluhrzeiten, tauschen ggf. ihre Zeichnungen und fragen ihre Partner nach der Uhrzeit. Um die Übungsphase zu verlängern, kann diese Aufgabe mit zwei bis drei ▸ *Appointments* durchgeführt werden.

Alternative
S1 sagt laut eine Zahl und zählt still, bis S2 "What time is it, please?" sagt. Nun nennt S1 eine Uhrzeit, die zu der Zahl passt, bei der er gerade ist (und ergänzt dabei die Minutenangabe). S2 schreibt. Wechsel.

DIFFERENZIERUNG Early finisher
Leistungsschnellere S finden auf SB-Seite 128 ein kniffeliges Uhrzeiten-Rätsel.

LÖSUNG
It is 8:35.

3 WORDS School subjects

NEUER WORTSCHATZ
(school) subject · **+Box "School subjects"**, *Voc.*, SB-Seite 193 · °(to) understand · °communications · °Technology ·

ERARBEITUNG
a) Die S spekulieren, welche Fächer sich hinter den englischen Bezeichnungen verstecken. Hierbei sollte L verdeutlichen, wie viele Wörter man sich aus dem Deutschen ableiten kann.
Ausnahmen sind: *Art* (You paint pictures in Art lessons.), *ICT* (Information and communication technology. You work with computers in ICT lessons.), *PE* (Physical education. You do sports and play games like basketball, football or volleyball in PE lessons.)

➜ Workbook 14 (p. 13)

ÜBERLEITUNG
L: I like Geography but English is my favourite subject. What are your favourite subjects? S: I like Maths and PE. / English and German are my favourite subjects.

ERARBEITUNG
b) L zeichnet eine Tabelle an (s. TB) und spielt dann den Hörtext vor. S beantworten die Fragen im SB, indem sie die Lösungen in die Tabelle eintragen. Im Anschluss nennen die S ihre eigenen Lieblingsfächer (**c)**) und finden heraus, ob es dabei Überschneidungen mit Maya und Lucy gibt.

➜ 1 22 Transkript online unter dem Webcode *bofanu*

LÖSUNG

	Lucy	Maya
Favourite subjects	Design and Technology	ICT
They like ...	Geography, History	Maths, Science, German, Religion

DIFFERENZIERUNG Early finisher
Leistungsschnellere S finden auf SB-Seite 128 Sätze mit rückwärts geschriebenen Wörtern, die sie richtig stellen.

LÖSUNG
1 My English book is in my school bag.
2 Is your mum from the United States?
3 Lucy is my best friend.
4 My sister is six years old.
5 I have my German class at nine o'clock.
6 I don't like geography.

S. 30

TIPPS FÜR IHRE PLANUNG
4–5 thematisieren Stundenpläne und führen über die Auseinandersetzung mit Lucys Stundenplan zur Erstellung eines eigenen Stundenplans. Dieser dient zum Abschluss als Schreibanlass für einen Brief an Lucy.

➜ FöFo 1.5

4 WORDS Lucy's timetable (The school day)

NEUER WORTSCHATZ
°below · **hour** · **lunch** · **break** · (to) **learn**

EINSTIEG
Die S betrachten Lucys Stundenplan. L semantisiert die drei Begriffe in der Box, z. B. You often have short breaks between your lessons where you relax or change the room.

Weitere Differenzierung
In leistungsstärkeren Klassen bearbeiten die S die Aufgabe ohne semantische Vorentlastung.

ERARBEITUNG
a) Anschließend vervollständigen die S den Lückentext über Plymstock School.

➜ FöFo 1.5

LÖSUNG
At Plymstock School, there are five lessons every day. Lessons are one hour long. The first lesson is at 9 o'clock. There's a short break at 11:00. The lunch break is at 1:20. It's 35 minutes long. It's time to go home at 2:55.

ERARBEITUNG
b) Die S stellen sich nun gegenseitig Fragen über Lucys Stundenplan. Hier kann L relativ schnell eine ▸ *Information gap activity* erstellen. L erstellt zwei Versionen von Lucys Stundenplan mit jeweils unterschiedlichen Lücken an verschiedenen Stellen. So können die S sinnvolle Fragen über die Lücken stellen und gemeinsam den Stundenplan vervollständigen.

Weitere Differenzierung
Leistungsschwächere Klassen können zunächst einige Fragen im Plenum zusammen beantworten.

MUSTERLÖSUNG
A: What is lesson 3 on Thursday? – B: Lesson 3 on Thursday is German.
A: Yes, that's right. – B: What is lesson 2 on Friday? – A: Lesson 2 on Friday is Design and Technology.

➜ Workbook 15 (p. 14)

DIFFERENZIERUNG Early finisher
Leistungsschnellere S finden auf SB-Seite 129 sechs Sätze, in die sie das richtige Wort einfügen. Dieses lesen sie jeweils aus einem längeren Wort, das das gesuchte Wort beinhaltet, heraus.

LÖSUNG
1 My father is in New York now.
2 Can I speak Japanese? No.
3 I get up at seven o'clock.
4 I don't go to school on Saturday.
5 I like rap music.
6 This profile is about me.

5 My timetable

NEUER WORTSCHATZ
°letter

ANWENDUNG
a) Die S erstellen nun ihren eigenen Stundenplan auf Englisch, ggf. unter dem Motto "In my dream school …". Wordbank 2 liefert nützliche Vokabeln. Lucys Stundenplan in **4** kann hier als Muster dienen. Anschließend legen die S ihren Studenplan im *MyBook* ab.

➜ *Wordbank 2* (p. 138)
➜ MyBook

VERTIEFUNG

b) Die S beantworten die Fragen über ihren Stundenplan zunächst in EA und lassen ihre Ergebnisse anschließend von einem Partner überprüfen, indem sie ihre Antworten und Stundenpläne austauschen.

c) Die S stellen weitere Falschbehauptungen über ihren Stundenplan auf; der Partner korrigiert sie anhand des vorher getauschten Stundenplans.

6 School subjects in sentences

NEUER WORTSCHATZ

when? · **Mr** Brown +**Mrs** Brown · **letter** · **only**

ERARBEITUNG

Die S lesen zunächst den *TIP*, der Ihnen beim Lösen der Aufgabe hilft, und vervollständigen dann in EA die Aufgabe. Als HA geeignet.

Alternative
Die Sätze können auch gemeinsam im Plenum ergänzt werden.

LÖSUNG

1 I like German and art.
2 Jo's favourite subjects are music and geography.
3 When is our French lesson?
4 Mr Brown is our science and maths teacher.
5 We have English at 12:20.

DIFFERENZIERUNG Early finisher

Leistungsschnellere S korrigieren auf SB-Seite 129 Sätze zum Thema Schule.

LÖSUNG

1 I have music at nine o'clock on Monday.
2 We have English first lesson on Tuesday.
3 My favourite lesson is design and technology.
4 We have break at eleven o'clock. It's ten minutes long.
5 Mrs Mahmoud is our science teacher.

S. 31

TIPPS FÜR IHRE PLANUNG

In **7–8** lernen die S die Aussprache von Datumsangaben. Dies wird anhand von diversen kurzen Hörverstehensübungen trainiert.

➔ Interaktive Übungen zum Workbook 1.5, 1.6
➔ FöFo 1.6, 1.8

7 WORDS My birthday is in … (The months)

NEUER WORTSCHATZ

month · **+Box "The months"**, *Voc.*, SB-Seite 194

EINSTIEG

SB geschlossen. Reaktivierung von Grundschulwortschatz: L fragt die Monatsnamen ab, um den notwendigen Wortschatz aus dem Themenfeld *months* zu wiederholen. L: What's month number 5 in a year? (May)

SB geöffnet. L verweist auf die Box und die S lesen reihum die Monate vor. Jeder S liest reihum einen Monat laut vor. Diese Aufgabe kann variiert und erschwert werden, indem S1 einen Monat nennt und S2 den darauffolgenden Monat nennen muss. Dann nennt S2 einen Monat und S3 muss den darauffolgenden nennen.

S1: May, S2: June, S2: December, S3: January …

Alternative
Sollten die Monatsnamen den S bisher unbekannt sein, liest L diese zunächst vor und die S sprechen im ▸ *Chor* nach.
➔ Workbook 16 (p. 14)
➔ FöFo 1.6

ERARBEITUNG
a)/b) S notieren nun ihren Geburtsmonat auf einer Karte und **hören** die Auflistung der Monate. Wenn ihr Monat dran ist, halten sie ihre Karte hoch und sagen: My birthday is in … .

➔ Realia: Karten, dicke Stifte
➔ 1 23 Transkript online unter dem Webcode *bofanu*

Alternative nach a)
Die S basteln einen Geburtstagskalender: Sie illustrieren ihre Karten aus **a)** und hängen sie nach Monaten sortiert auf.

8 WORDS My birthday is on … (Ordinal numbers)

NEUER WORTSCHATZ
°Put up your hand. · **second** · **third** · **+Box**, "Numbers", *Voc.*, SB-Seite 194 · **+Box "Birthdays"**, *Voc.*, SB-Seite 194 · **date**

ERARBEITUNG
a) Nachdem die Monate wiederholt wurden, führt L die Ordnungszahlen ein: Die S **hören** die Zahlen und sprechen sie im ▸ *Chor* nach. Während des **Hörens** lesen sie die Zahlen im SB mit. Dabei müssen sie zwischen *15th–19th* und *24th–29th* besonders genau zuhören, da diese Zahlen nur gehört werden. Wenn ihr eigenes Geburtsdatum genannt wird, heben die S die Hand.

➔ 1 24–25 Transkript online unter dem Webcode *bofanu*

ERARBEITUNG
b) In Form einer ▸ *Milling around activity* tauschen die S sich über ihr Geburtsdatum aus.

ERARBEITUNG
c) L: Have a look at the speech bubble. Who can write (Gestik) the date on the board? Ein S wird gebeten, das Datum anzuschreiben. L ergänzt das TB mit der Datumsangabe in Zahlen. Zur Vertiefung werden drei weitere Geburtstage von S in ähnlicher Form angeschrieben.

On the ninth of July 9th July
On the seventeenth of May 17th May
…

LÖSUNG

Name	Date
Will	13th March
Zoe	15th October
Harry	22nd May
Grace	13th April

➔ Workbook 17 (p. 14)
➔ FöFo 1.6

DIFFERENZIERUNG Early finisher
Leistungsschnellere S finden auf SB-Seite 129 ein Buchstabenrätsel.

LÖSUNG
uniform

9 a [ə] or *an* [ən]

ERARBEITUNG
Die S ordnen die Geschenkideen aus der Vorgabebox in die Tabelle ein. L spielt dazu die Aufnahme zweimal vor. Anschließend erschließen die S die Regel für *a/an*.
Hinweis: L sollte deutlich darauf aufmerksam machen, dass die Regel sich auf der phonologischen Ebene befindet und nicht ausschließlich am Schriftbild zu erkennen ist. Beispiele: uniform [ˈjuːnɪf ɔːm], MP3 player [ˌem piːˈ θriː ˌpleɪə].

➔ 1 26 Transkript online unter dem Webcode *bofanu*

LÖSUNG

name	a	an
Will	football	English book
Zoe	DVD	orange pen
Harry	giraffe	elephant
Grace	uniform for Teddy	MP3 player

➔ Workbook 18 (p. 15)
➔ Interaktive Übungen zum Workbook 1.6

10 Come to my party! (Prepositions)

NEUER WORTSCHATZ
°invitation · °preposition · (to) **write** · **hill**

ERARBEITUNG
a) Die S wählen selbst die Sozialform, in der sie diese Aufgabe bearbeiten möchten: EA oder PA. Sie übertragen die Einladung ins Heft, tragen die korrekten Präpositionen ein und vergleichen die Ergebnisse anschließend untereinander.

➔ FöFo 1.8

LÖSUNG

Come to my party!
It's in Plymouth,
at 19 Hill Street,
on Saturday, 13th March,
at 3 o'clock.

ERARBEITUNG
b) Die S nutzen die Einladung im SB als Muster und verfassen (und gestalten) eine eigene Einladung. Als HA geeignet.

DIFFERENZIERUNG Early finisher
Lernschnellere S lösen auf SB-Seite 129 ein kniffeliges Buchstabenrätsel, dessen Lösungswort einen Ort ergibt.

➔ MK geeignete Apps für die Kartengestaltung sind z. B. Paper by WeTransfer und easel.ly
➔ MK Eine Übersicht nützlicher digitaler Tools findet sich unter dem Webcode *moboxo*

LÖSUNG
Coombe Dean School

KOMMUNIKATIVE KOMPETENZEN
Die S können …

Lesen/Hören: wesentliche Merkmale einfacher Spiel- und Handlungsszenen verstehen und Aussagen richtig/falsch zuordnen (SB-Seite 32, 1–2)

Hören: einfachen Hörtexten die Hauptinformationen entnehmen und Falschaussagen korrigieren (SB-Seite 32, 3)

METHODISCHE KOMPETENZEN
Partner check

S. 32

1 Where's Justin?

NEUER WORTSCHATZ
°discovery · (to) **find** · **Are there any …?** · (to) **spell** · (to) **work** · (to) **read** · (to) **watch** +Box **"look** · **see** · **watch"**, *Voc.*, SB-Seite 194 · (to) **fall asleep** · **place** · **this** place/break/subject · **I don't know.** · (to) **eat** · **What** colour is/are …**?** · **canteen** · **gym** · **We're finished.** · **back** · we **can't** · (to) **win** · **him**

EINSTIEG
SB geschlossen. L verweist auf die Stundenpläne der S aus **5** (SB-Seite 30) und fragt, in welchen Räumen die Fächer stattfinden:
L: Look at your timetables. Where are your English/geography/PE/ITC lessons …? S: They are in our classroom/in the geography room/gym/computer room/… . L semantisiert ggf. die Orte, die die S noch nicht kennen: z. B. Your PE lessons are in the gym.

ERARBEITUNG
SB geöffnet. L: Our students are new at Plymstock School. There is a discovery quiz, so they know where all the rooms are.
Bildbeschreibung und Spekulieren über den Text: L lenkt anhand von *Right/wrong-statements* die Aufmerksamkeit der S auf die Figur Justin und darauf, dass Justin sich von Lucy und Sam unterscheidet. L: Look at the picture. Am I right or wrong? Sam talks to Lucy. S: Yes. L: He has a pencil in his hand. S: No, Lucy has a pencil in her hand. L: Justin talks to Lucy. S: Yes./No. / He goes out of the door. Die S erkennen, dass Justin sich entfernt, auch wenn sie dies noch nicht perfekt versprachlichen können.
1. Lesen/Hören mit Leseauftrag: Die S lesen den Text still und zählen dabei, in wie vielen Räumen das Quiz stattfindet. L: Count the rooms. (Four rooms: geography room, computer room, library, canteen)

→ 1 27 Audio online unter dem Webcode *mobipa*

2 Right or wrong?

ERARBEITUNG
2. Lesen/Hören: Die S lesen den Text erneut still und entscheiden, ob die Aussagen richtig oder falsch sind.
Die Ergebnisse vergleichen sie mit einem Partner.
Nun üben die S in Gruppen à 3 S den Text mit verteilten Rollen zu lesen. Einführend sollte L hierbei auf wichtige Aspekte des Vorlesens aufmerksam machen, z. B. das Verbinden von Vokalen und Konsonanten an Wortgrenzen. Ggf. kann L ein Beispiel herausgreifen:

Are there any maps?

Abschließend lesen – je nach Zeitbedarf – einige Gruppen vor.

→ 1 27

LÖSUNG

1 Right. • 2 Wrong. Justin is with them in the computer room. • 3 Right. • 4 Wrong. They can't go back to the classroom without Justin.

3 The winners are …

NEUER WORTSCHATZ

winner

EINSTIEG

Die S spekulieren, ob Sam, Lucy und Justin noch gewinnen können. L: Can Team 3 win? – Can they be winners? S: Yes, they can. Lucy and Sam can find Justin. / No, they can't. Justin isn't there. They are late.

ERARBEITUNG

a)/b) 1. Hören: Die S hören das Ende der Geschichte. L fordert die S auf, die vier Sätze in EA zu korrigieren. Anschließend tauschen die S mit einem Partner ihre Lösungen.

2. Hören: Die Partner kontrollieren gegenseitig ihre Antworten während des Hörens.

→ 1 28 Transkript online unter dem Webcode *bofanu*

LÖSUNG

2 No, he isn't. Justin is at the geography room.
3 No, there isn't. There's a map of England in the geography room.
4 No, they aren't. Team 3 are the winners.

Weitere Differenzierung

Leistungsstärkere Lerngruppen gestalten schließlich ein *Discovery Quiz* zur eigenen Schule, das von S einer anderen Gruppe gelöst wird.

S. 33

1 The Plymstock School Dicovery Quiz

NEUER WORTSCHATZ
°film • °Stop! • °the same

EINSTIEG
SB geöffnet. L: Who can we see in the picture? S: Two boys and a girl. They are at school. They have school uniforms. L: Do we know the students? What are their names? S: We don't know them. L: You can see these students in films. There are films for every unit of your English book. So let's watch the film for this unit and find out the children's names.

ERARBEITUNG
a) 1. Sehen (Globalverstehen): Die S sehen den Film so lange, bis sie die Namen der Figuren kennen. Wer als erstes die Namen weiß, ruft „Stop!" und wiederholt die Namen für alle.

➔ DVD
➔ Transkript zur DVD online unter dem Webcode *xibuki*

LÖSUNG
Jack, Ruby, Oliver (bei ca. 0:40 Sekunden)

ÜBERLEITUNG
L: Where are the kids? S: Jack, Ruby and Oliver are at Plymstock School. L: They are also in a team for the School Discovery Quiz. L: Let's watch the film again and find out more about the places they visit.

ERARBEITUNG
b) 2. Sehen (Detailverstehen): Bearbeitung gemäß SB. L kann hierzu vorbereitend die im Film erwähnten Orte auf Whiteboard, Folie oder als kleine Notizzettel anbieten (vgl. Lösung), damit anschließend die Zuordnung für alle als Unterstützung zur Versprachlichung der Ergebnisse erfolgen kann.

➔ DVD
➔ Transkript zur DVD online unter dem Webcode *xibuki*

ERARBEITUNG
c) Die S nummerieren die Orte in ihren Notizen in der Reihenfolge ihres Auftretens und überprüfen ihre Ergebnisse in PA, indem sie ihre Notizen nach dem Muster im SB vorlesen. Abschließend zeigt L den Film ein weiteres Mal; die S korrigieren ggf. ihre Ergebnisse..

LÖSUNG

A the canteen	2 (chairs = red + yellow)
B classroom HU3	4 (4 maps)
C classroom HU6	1
D a computer room	5 (11 computers)
E the library	3 (Open Mon-Thur 8.30 am - 4 pm, Fri 10 am - 3.50 pm)

Weitere Differenzierung
3. Sehen oder ***Early finisher*:** Die S notieren die Lösungen der Fragen aus dem *Discovery Quiz* von Jack, Ruby und Oliver (vgl. Lösung in Klammern).

ERARBEITUNG
d)/e) Die S werten aus, was sie in einer englischen Schule gesehen haben. L: Think about Plymstock School again. What rooms or things are in the film? Which things do you like? Which things don't you like? L kann die S-Äußerungen durch Redemittel an der Tafel sprachlich unterstützen.

I (don't) like the food/... at Plymstock School.

👥 / 👥👥 Die S legen eine Tabelle nach dem Muster im SB an und listen die Dinge, die ihnen besonders (oder nicht) gefallen, auf. Anschließend vergleichen die S die Ergebnisse mit einem anderen Paar und verabschieden eine gemeinsame Liste (▶ *Think-Pair-Share*).

2 EVERYDAY ENGLISH Classroom English

NEUER WORTSCHATZ
everyday · **workbook** · **page** · °What page are we on? · **toilet** · **What's for homework?** · **homework** · °(to) compare · °ladder

ÜBERLEITUNG
L: Let's take a look at another classroom.

ERARBEITUNG
a) 1. Sehen/Hören (Globalverstehen) mit Seh-/Hörauftrag: L: Who says these sentences – a student or their teacher? L kann die Sätze 1–10 auf Folie zeigen, die S ordnen die Personen den Zitaten zu: 1, 2, 7 teacher; 3–6, 8–10 a student.
2. Sehen/Hören: Die S ergänzen die Sätze schriftlich.

➜ Transkript zu DVD online unter dem Webcode *xibuki*
➜ Audio online unter dem Webcode *mobipa*
➜ FöFo 1.9

DIFFERENZIERUNG More help
Lernschwächere S finden auf SB-Seite 121 eine Box mit fehlenden Begriffen.

LÖSUNG
1 open · 2 work · 3 Sorry · 4 page · 5 window · 6 do · 7 can · 8 go · 9 What's · 10 spell

ERARBEITUNG
b) 👥✓ Die S vergleichen und korrigieren die Ergebnisse mit einem Partner.

ERARBEITUNG
c) 3. Sehen/Hören: Die S sehen den Film abschließend ein drittes Mal und korrigieren ihre Aufzeichnungen selbst.

ERARBEITUNG
d) 👥👥 Die S übertragen ihre Ergebnisse auf zwei verschieden farbigen Karteikarten und machen einen Klassenraumaushang nach dem Muster im SB. Die *Classroom ladders* können innerhalb der kommenden Wochen erweitert werden.

➜ Zwei Farben Karteikarten im Klassensatz
➜ MK Digitale Karteikarten lassen sich z. B. mit den Apps Buffl, Padlet oder Quizlet erstellen
➜ MK Eine Übersicht nützlicher digitaler Tools findet sich unter dem Webcode *moboxo*.

S. 34

TIPPS FÜR IHRE PLANUNG
In **1–2** lernen die S *there is / there are* in positiven und negativen Aussagesätzen anzuwenden, in **3** wird die Anwendung auf Fragen und Kurzantworten erweitert.

➔ Interaktive Übungen zum Workbook 1.7
➔ FöFo 1.5

1 At Plymstock School (*there is / there are*)

NEUER WORTSCHATZ
There aren't any … +Box "There are / There aren't any", *Voc.*, SB-Seite 195 • °(to) go on (with sth.)

EINSTIEG
SB geöffnet. Bildbetrachtung, SB-Seite 36. L beschreibt das Bild und führt so die Bewusstmachung der neuen Struktur ein: There is a pencil case in the picture. There isn't a computer. But there are two students in the picture too. There aren't any teachers. Are there any rulers? What else is there in the picture?
Die S bilden anschließend eigene Sätze. (There's a ruler. / There's a girl. / There aren't any timetables. / …)
Hinweis: *Any* wird an dieser Stelle nicht grammatikalisch sondern als Lernwortschatz eingeführt. *Not any* entspricht dem deutschen „kein(e)" und sollte auch so den S präsentiert werden.

ERARBEITUNG Language help
L: Now go to page 34, please. Mit Hilfe der *Language help*-Box und den Satzphrasen in der Tabelle erstellen die S nun weitere Sätze und notieren diese.

➔ GAP 4: There's … / There are … (p. 160)
➔ FöFo 1.5

SICHERUNG
Die S vergleichen ihre Ergebnisse im Plenum, indem einige S einen Satz in das TB eintragen.

LÖSUNG

	+		–
There's a …	map of China in room HU3,	but there isn't a …	map of Mexico.
	library		swimming pool.
There are …	red and yellow chairs in the canteen,	but there aren't any	green chairs.
	12 computers in the computer room,		maps.

Alternative
Kim's game: L oder ein paar S legen auf einem Tisch zehn Dinge aus dem Klassenraum aus, deren Bezeichnungen die S kennen. S1 muss draußen warten, während die anderen Dinge hinzufügen oder wegnehmen. S1 kommt zurück und muss erkennen, was sich verändert hat: There is a school book but there aren't any pencils. …

DIFFERENZIERUNG Early finisher
Leistungsschnellere S beschreiben in weiteren Sätzen mit *there is/isn't* und *there are/aren't*, welche Gegenstände sie im Klassenraum sehen oder im Schulranzen haben. So bleibt den langsameren S mehr Zeit zur Vervollständigung der zeitintensiven Aufgabe **1**.

2 What's different (*there is / there are*)

ERARBEITUNG

S vertiefen die Verwendung von there is / there are in einem „Finde den Fehler"-Spiel, indem sie sich abwechselnd die Unterscheide zwischen Bild A und B nennen.

➜ FöFo 1.5

MUSTERLÖSUNG

1 In picture A there are books on the desk. In picture B there aren't any books on the desk.
2 There's a map in picture A but there isn't a map in picture B.
3 In picture A there isn't a basketball on the table. In picture B there's a basketball.
4 There's a clock in picture A but there isn't a clock in picture B.
5 There is one poster in picture A but there are two posters in picture B.
6 There are five chairs in pictures A. In picture B there are four chairs.
7 There's a schoolbag on a chair in picture A but there isn't a schoolbag in picture B.
8 There aren't any pencil cases on the desk in picture A. In Picture B there is a pencil case.

3 At your school (*there is/there are:* questions and short answers)

ERARBEITUNG

Zur situativen Einbettung kann L ein kurzes Rollenspiel vorgeben: S1 besucht seine eigene Schule in Deutschland, S2 denkt sich seine Traumschule aus oder besucht eine englische Schule. Die S bilden zunächst in EA mindestens fünf Fragen und notieren diese. Anschließend interviewen sie sich abwechselnd in PA.

Weitere Differenzierung

Lernschnellere S bilden weitere Fragen und interviewen sich gegenseitig.

➜ Workbook 19–20 (p. 15)
➜ Interaktive Übungen zum Workbook 1.7

DIFFERENZIERUNG Early finisher

Leistungsschnellere S lösen auf SB-Seite 129 ein Wort-Puzzle.

LÖSUNG

1 library • 2 eat • 3 learn

S. 35

TIPPS FÜR IHRE PLANUNG

In den Übungen **4–7 geht es ausschließlich um das Hilfsverb** *can*. Der Einstieg erfolgt über ein kurzes *I can see*-Spiel (**4**), die Bildung positiver und negativer Sätze folgt in **5**. In **6** wird die Verwendung von *can* um die Bildung von Fragen erweitert und schließlich mit *when/where*-Fragen in **7** abgeschlossen. Alle Übungen lassen sich um eigene Beispiele erweitern.

➜ LAS 1.4

4 GAME I can see …

Language Awareness

L verweist zunächst auf den *TIP* und macht den S dadurch die unterschiedliche Satzstellung bewusst: Im Englischen steht das Vollverb *see* direkt hinter dem Hilfsverb *can*. Des Weiteren sollte L die S darauf hinweisen, dass hinter *can* immer ein Vollverb stehen muss: Ich kann Englisch. – I can speak English.

ERARBEITUNG
Dieses Spiel kann mit der gesamten Lerngruppe oder aber in kleineren Gruppen erfolgen. Kleinere Gruppen können in einem Wettbewerb beweisen, wer die meisten Sätze aneinander reihen kann, ohne sie zu vermischen oder zu vergessen. Hilfreich ist es, jeder Gruppe zwei Joker zu geben, sodass die S sich zweimal korrigieren können. Pro Gruppe notiert ein S die Punkte, sodass ein Klassensieger gewählt werden kann.

DIFFERENZIERUNG More help
Leistungsschwächere S können ihre Beiträge aus einer Liste mit Ideen auf SB-Seite 121 auswählen.

MUSTERLÖSUNG
Moritz: Boris can see a yellow pencil, Anne can write English words, Liu can spell "cupboard", A can open the window, B can ask questions, C can catch a ball, D can go to the toilet, E can throw a ball, F can sing a song, ...

➜ GAP 5: can (p. 162)

5 I can do it! *(can/can't)*

EINSTIEG
L: I can speak English but I can't speak Italian. L schreibt den Satz an und unterstreicht *can speak* und *can't speak*, um die Form zu verdeutlichen.

ERARBEITUNG
Anschließend erarbeiten die S die ersten zwei Sätze der Übung als Mustersätze im Plenum. Dann erledigen sie die Übung schriftlich in ihrem Heft und vergleichen im ▸ *Partner check* ihre Ergebnisse.

Alternative
Als Hausaufgabe geeignet. Die Mustersätze sollten zuvor im Plenum gemacht werden.

LÖSUNG
1 I can spell "cupboard". • 2 I can't spell "geography". • 3 He can't speak French. • 4 We can go home now. • 5 Jack and Alex can play football. • 6 Sorry, we can't help you. • 7 Students can eat in the canteen. • 8 They can't answer the question.

➜ LAS 1.4

DIFFERENZIERUNG Early finisher
Leistungsschnellere S bilden mindestens zwei weitere Sätze und lassen sie von einem Partner kontrollieren.

6 Can you say it in English? *(Questions with can)*

EINSTIEG
SB geschlossen. L führt die Fragen und Kurzantworten ein. L: A, can you speak German? A: Yes, I can. L: B, can you speak Spanish? B: No, I can't.
L hilft hier ggf. bei den Kurzantworten und schreibt sowohl Fragen als auch Antworten an. Zudem weist L darauf hin, dass die Antworten im Englischen sich nicht auf ein "Ja" oder "Nein" beschränken, sondern immer mit einer Kurzantwort beantwortet werden.

➜ LAS 1.4

ERARBEITUNG
SB geöffnet. Bearbeitung gemäß SB.

Alternative
SB geöffnet. Die S bewegen sich mit ihrem Buch im Klassenraum, bleiben auf ein akustisches Signal hin stehen und stellen dem nächsten S eine Frage.

MUSTERLÖSUNG
A: Can you count to 100? B: Yes, I can. • A: Can you say "Elefant" in English? B: Yes, I can. • Can you spell "China"? B: No, I can't. ...

7 When can you talk to your class teacher?

NEUER WORTSCHATZ
schoolyard

EINSTIEG
SB geschlossen. L schreibt jeweils ein Wort sowie das Satzzeichen der Frage "Where can you eat lunch?" auf ein DIN A 4 Blatt. L pinnt die Blätter durcheinander an und fordert die S auf, eine Frage daraus zu bilden.
Ein S kommt an die Tafel und ordnet die Blätter.
Hinweis: Das Ordnen der Blätter hilft den S, die Satzstellung in dieser Art von Fragen zu verstehen.

you lunch Where eat can ?

Where can you eat lunch ?

ERARBEITUNG
a) SB geöffnet. Die S bearbeiten die Übung in EA und schreiben die gefundenen Fragen in ihr Heft. Die Lösungen werden im Plenum kontrolliert. Als HA geeignet.

Alternative
Die S bearbeiten die Fragen und Antworten zunächst in PA: S1 liest die Antwort vor, S2 bildet die Frage. Bei der nächsten Nummer werden die Rollen getauscht. Anschließend schreiben die S ihre gefundenen Fragen in ihr Heft.

LÖSUNG
1 Where can you eat lunch?
2 When can you meet friends?
3 When can you talk to the class teacher?
4 Where can you work with a computer?
5 Where can you play football?
6 When can you go home?

ERARBEITUNG
b) SB geöffnet. Die S benutzen die in **a)** gefundenen Fragen, um einen kleinen Dialog über ihre eigene Schule zu erstellen. L weist die S darauf hin, den Dialog angemessen mit einer Begrüßung zu beginnen und zu beenden.

MUSTERLÖSUNG
A: Hello Pia. I'm new at Goethe Schule. Can you help me with my questions about Goethe Schule, please?
P: Hello Alex. Yes, I can. What are your questions?
A: Where can you eat lunch?
P: You can eat lunch in the school canteen.
A: When can you meet your friends?
...
A: Thank you, Pia. Bye.
P: You're welcome, Alex. Bye.

➔ **Workbook 21–22 (p. 16)**

S. 36

TIPPS FÜR IHRE PLANUNG
In Übung **8** wird das Bilden von Fragen noch einmal weitergeführt. Hier bilden die S *wh*-Fragen mit *be*. **9** und **10** fassen in kommunikativen Übungen noch einmal zusammen, was die S in Unit 1 gelernt haben.

8 What's your name? *(wh-questions with be)*

ERARBEITUNG
SB geöffnet. Erarbeitung gemäß SB.

LÖSUNG
1 What is (What's) your name? – My name is Kim.
2 Who are your best friends? – My best friends are Timo and Alex.
3 What is your hometown? – My hometown is Dortmund.
4 Where is Dortmund? – Dortmund is in Germany.
5 What is your telephone number? – My telephone number is 99 001.
6 When is your birthday? – My birthday is on 15th June.
7 What are your favourite school subjects? – My favourite subjects are English and maths.
8 When is your first lesson on Monday? – It's at quarter to eight.
9 Where are your school books? – They're in my schoolbag.
10 Who is your class teacher? – Our class teacher is Mr Schwarz.

➜ GAP 2.2: (to) be: questions (p. 158)
➜ Workbook 23–24 (p. 17)

Zusatz/Differenzierung
Leistungsschnellere Lerngruppen verfassen eigene Fragen und Antworten. Sie finden sich in PA zusammen, Partner A nennt die Antwort, Partner B formuliert dazu die *wh*-Frage. Anschließend wird gewechselt. Alternativ kann daraus eine ▸ Kettenübung im Plenum gemacht werden.

9 EXTRA A quiz about my school

ERARBEITUNG
a)+b) SB geöffnet. Mit Hilfe der Ideen im SB verfassen die S zehn Fragen über ihre Schule. Da hier die gerade gelernten Inhalte (Fragebildung, there) noch einmal zusammenkommen, räumt L den S dafür ausreichend Zeit ein. Anschließend stellen sich die S in PA gegenseitig ihre Quizfragen.

MUSTERLÖSUNG
1 A: Is there a canteen in my school? – B: No, there isn't.
2 A: Can you go home in the break? – B: No, you/I can't.
3 A: Who is my German teacher? – B: It's Mrs Schmidt.
…

Weitere Differenzierung
In leistungsschwächeren Lerngruppen können die S die Quizfragen in PA erarbeiten und diese anschließend einem weiteren Paar stellen.
Alternative
Das verfassen des Quizzes ist in HA möglich.
Das Quiz kann auch im Klassenverbund oder als ▸ Kettenübung durchgespielt werden.

10 EXTRA A letter to Plymstock

ERARBEITUNG
Die S verfassen einen Brief (oder eine E-Mail) zum einem selbstgewählten Thema an eines der Lehrwerkskinder. Dazu greifen sie auf die Redemittel von Seite 34–36 sowie ggf. auf ihr Wissen über Plymouth und die Lehrwerkskinder zurück.

➜ FöFo 1.5
➜ FöFo 1.7
➜ My Book

DIFFERENZIERUNG More help
Leistungsschwächere S finden auf SB-Seite 121 einen Musterbrief mit Lücken und Wörtern zur Auswahl.

MUSTERLÖSUNG
Hello Lucy,
My name is Marek and I'm eleven years old. I go to Goethe Schule in Wuppertal. I'm in class 5. My best friends are Jonas and Paula. They are eleven too.

At my school there is a canteen. I like spaghetti for lunch. Do you like spaghetti too? My favourite subject is English but I don't like PE. My school is nice and the kids are great. My favourite teacher is Mr Lange. Who is your favourite teacher?
Please write a letter back to me!
Yours,
Marek

S. 37

1 The alphabet song

NEUER WORTSCHATZ
°alphabet · °sound group

EINSTIEG
SB geschlossen. L spricht die einzelnen Buchstaben langsam vor, S sprechen im Chor nach (▶ *Chorsprechen*).

ERARBEITUNG
a) SB geöffnet. 1. Hören mit Hörauftrag: Die S hören den Song und achten besonders auf die Anfangsbuchstaben ihrer Vor- und Nachnamen.

➔ 1 CD 29 Audio online unter dem Webcode *mobipa*
➔ 1 CD 30 (Instrumental)

ERARBEITUNG
b) SB geöffnet. L: Look at the green letters and the music in **a)** again, why are there different colours? Die S betrachten die Farben der Buchstaben und die Lautschrift unter den Noten und erkennen, dass es sich um dieselben Laute handelt. L spricht nun die einzelnen Buchstaben der sieben Soundgruppen nacheinander vor. Die S sprechen im ▶ Chor nach. Nach jeder Gruppe schreibt L das entsprechende Symbol der Lautschrift an und notiert die jeweiligen Buchstaben dazu.

[eɪ]	[iː]	[e]	[aɪ]	[əʊ]	[ɑː]	[uː]
AHJK	BCDEGPTV	FLMNSXZ	IY	O	R	QUW

➔ 1 CD 31 Audio online unter dem Webcode *mobipa*
➔ English sounds (p. 237)
➔ FöFo 1.10

2 Spell with Morph

NEUER WORTSCHATZ
°in the order

ERARBEITUNG
a) SB geöffnet. L verweist auf die fett gedruckten Buchstaben und erläutert deren Besonderheit in Bezug auf das Buchstabieren mit Hilfe der *TIP*-Box. Anschließend hören die S den Track und notieren die korrekte Reihenfolge.

➔ 1 CD 32
Weitere Differenzierung
L stoppt nach jedem Wort die CD und die S buchstabieren das Wort ebenfalls entweder im Chor oder einzeln.

LÖSUNG
Justin · aren't · Coombe Dean · Sam Bennett · geography

ERARBEITUNG
b) Analog zu **a)** notieren die S nun die weiteren Wörter, die Morph buchstabiert.

➔ 1 CD 33 Transkript online unter dem Webcode *bofanu*

LÖSUNG
that's · butterfly · exercise book · o'clock · technology

➜ FöFo 1.10

3 Can you spell your name?

NEUER WORTSCHATZ
°address · °dot · °family name

ERARBEITUNG
a) Die S hören einen kleinen Dialog, der ihnen die notwendigen Sprachmittel gibt, um sich in **b)** in einem selbst verfassten Dialog vorzustellen. Hörauftrag: Die S konzentrieren sich darauf, wie die deutschen Umlaute und das „ß" buchstabiert werden.

➜ 1 34 Transkript online unter dem Webcode bofanu
➜ Workbook 26 (p. 18)
➜ Interaktive Übungen zum Workbook 1.8

LÖSUNG
ä, ö, ü → a, o, u with two dots · ß → double s

ERARBEITUNG
b) Nach dem Muster in **a)** verfassen die S nun einen Kurzdialog mit ihrem eigenen Namen und ihrer Adresse.
Anschließend spielen die S ihre Dialoge mit einem Partner durch. Wer mag, darf den Dialog anschließend vor der Klasse vortragen.

Weitere Differenzierung
Leistungsschwächere S schreiben den Dialog auf, lassen ihn von Mit-S oder L überprüfen und üben ihn dann ein.

4 Apostrophes

NEUER WORTSCHATZ
°apostrophe · °missing

EINSTIEG
SB geöffnet. L erläutert zunächst den *TIP* anhand der Illustration von Morph: Look, can you see Morph in the picture? How many Morphs can you see? (two) L: Look at the sentences, there's a long and a short form. What is the short form? (I'm) L: Which letter is missing? (a) L: Morph is an apostrophe in the second sentence. Think about more short forms. (you aren't / he/she/it isn't / …)

ERARBEITUNG
Die S trennen den Buchstabensalat in den fünf Wortschlangen so, dass jeweils korrekte Sätze mit einzelnen Worten entstehen. Dabei müssen zusätzlich die Apostrophe ergänzt werden.

Alternative
Die S bilden eigene Buchstabenschlangen in EA, tauschen und bearbeiten diese in PA.

LÖSUNG
I can't come at five o'clock. · Miss Bell isn't a history teacher. · We aren't twelve. We're eleven. · Don't open the window. · Let's play a game.

➜ SMC 9: Writing – Check your spelling (pp. 152–153)
➜ Workbook 27 (p. 18)

KOMMUNIKATIVE KOMPETENZEN
Die S können …

Hören/Lesen: einfach gehaltene Erzähltexte inhaltlich erfassen und Aussagen richtig/falsch zuordnen und korrigieren (SB-Seite 38-39, 1)
Sprechen: Gefühlsäußerungen anderer verstehen und über die Gefühle der Lehrwerksfiguren sprechen (SB-Seite 38-39, 2) · Gefühle ausdrücken und einen Lehrwerkstext szenisch darstellen (SB-Seite 38-39, 3)
Schreiben: falsche Aussagen schriftlich korrigieren (SB-Seite 38-39, 1) · über fiktive Personen schreiben und eine Geschichte weitererzählen (SB-Seite 38-39, 4)

METHODISCHE KOMPETENZEN
einen Dialog szenisch darstellen

S. 38–39

Chaos at the corner shop

NEUER WORTSCHATZ
chaos · **corner shop** · **master** · **yoghurt** · **little** · **always** · **group (of)** · **that** group · (to) **swim** · **like** boys · **swimmer**

MÖGLICHES VORWISSEN AUS DER GRUNDSCHULE
Die S können über diverse Produkte sprechen, die man in einem *small shop* oder *supermarket* kaufen kann.
Wortfeld *food and drink:* apple · banana · bread · butter · carrot · cheese · chicken · chocolate · drink · egg · fish · fruit · hamburger · honey · ice cream · lemon · lunch · milk · orange (juice) · pear · plum · rice · sandwich · sausages · strawberry · tomato · water
Andere Vokabeln: book · flower · money · paper · pen · pencil (case) · rubber · ruler

EINSTIEG
SB geschlossen. Semantisierung und Reaktivierung von Vorwissen aus der Grundschule: Die S nennen in einem UG, was man in einem corner shop alles sehen kann. L: A corner shop is a small shop. There is for example a corner shop opposite our school. Do you have a corner shop near your house? What can you see there? S: … L: Sam and his little (Gestik) sister are at the corner shop today too.

ERARBEITUNG
SB geöffnet. Bildbeschreibung: Die S betrachten die Bilder und versuchen, bekannte Gesichter wiederzuerkennen. L: Who's in the story? S: Sam, Lucy and Maya. Die S finden heraus, welche Personen sie bisher noch nicht kennengelernt haben, dabei semantisiert L den Plural von *man*: Who's new? I can see two men (Tafelanschrieb) … S: Maya's dad and a man in a shop. There is a little girl too.

Alternative
SB geschlossen. Die S hören den Text und bilden auf der Grundlage des Gehörten eine erste Hypothese vor dem Lesen.
➜ 1 35; Audio online unter dem Webcode *mobipa*

1 Right or wrong?

NEUER WORTSCHATZ
(to) **be good at** kung fu

ERARBEITUNG
1. **Lesen**/Hören: Die S lesen den Comic still und bearbeiten dabei die Aufgabe schriftlich.

➜ 1 35; Audio online unter dem Webcode unter dem Webcode *mobipa*

LÖSUNG
1 Wrong. Lucy is in the Broadway before Maya. • 2 Right. • 3 Right. • 4 Wrong. Lily is Sam's sister. • 5 Wrong. Maya is the best swimmer in Plymstock. • 6 Wrong. Sam isn't in the shop with his sister. He is with Maya and Lucy. / Lily is in the shop.

2 Feelings

NEUER WORTSCHATZ
feeling • °smiley • **angry** • **happy** • **surprised** • °sorry

ERARBEITUNG
Die in **2** vorkommenden Emotionen können zunächst mimisch, ggf. mit Unterstützung der Handpuppe Silky, semantisiert werden. L imitiert die Emotionen durch seinen Gesichtsausdruck und fordert die S auf, es ihm gleichzutun.
L: OK everybody. Look at me, I'm happy. And now you, let's look happy. – Now I'm really angry. Let's look angry. – Hey, what's this, (Silky) ...? I'm surprised! Are you surprised?
2. Lesen/Hören: Die S lesen den Text erneut still und ordnen die Emotionen in EA den entsprechenden Bildern zu. Anschließend vergleichen sie im ▸ *Partner check* ihre Ergebnisse mit einem Mit-S.

➜ Handpuppe Silky

Alternative
L kopiert die Smileys und gibt jedem S-Paar einen Satz. Die S schneiden sie aus und legen sie verdeckt auf den Tisch. S1 und S2 drehen abwechselnd Karten um, ordnen die Smileys Bildern der Geschichte zu und sprechen darüber.

MUSTERLÖSUNG
Picture 1/smiley 5: Maya is sorry. • Picture 2, 3/smiley 1: Maya and Lucy are happy. • Picture 4/smiley 4: Lucy is surprised. • Picture 5/smiley 1: Lily is happy. • Picture 7, 13/smiley 4: Sam is surprised. • Picture 9/smiley 3: Lucy is angry. • Picture 10/smiley 5, 3: Sam is sorry. / Maya and Lucy are angry. • Picture 11/smiley 2: Sam is sad. • Picture 12/smiley 4: Lily is surprised.

➜ FöFo 1.7

3 Act it out

NEUER WORTSCHATZ
(to) **act out** • °speech bubble

Hinweis: L kann die (Vor-)Lesekompetenzen, die im Verlauf der Unit eingeübt wurden, bündeln und wiederholen. So sollten die S beim Vorlesen der einzelnen Sprechblasen die in **2** zugeordneten Emotionen umsetzen – eine hinführende ▸ *Murmelphase* kann hilfreich sein. Obendrein sollte L auf die Bindung der Wörter achten. Auch dies sollte L vorab exemplarisch wiederholen.

ANWENDUNG
Der Text enthält 21 Sprechblasen, sodass einige Texte – je nach Klassengröße – doppelt vergeben werden. Damit alle S sprechen, kann L den Text auch nach Szenen an die Gruppen verteilen.
Beispiel: Bild 1 (2 S), Bilder 2–4 (2 S), 5–7 (4 S), 8–9 (3 S), 10–11 (3 S), 12–13 (2 S) = 16 S bzw. 32 bei Dopplung
Die S üben ihre Texte ein und spielen ihre Szene vor.

Alternative
KV 7: Chaos at the corner shop. Die S erhalten die Sprechblasen zum Ausschneiden auf KV.

4 The next picture You choose

NEUER WORTSCHATZ
the **next** picture/question · **man**, *pl* **men** +**woman**, *pl* **women**

TRANSFER/DIFFERENZIERUNG You choose
In der abschließenden Aufgabe schreiben die S die Geschichte fort. Die S entscheiden, welche Neigungsaufgabe sie bearbeiten möchten. Hierbei werden eine künstlerisch-gestalterische Aufgabe und ein kreativer Schreibauftrag angeboten, die sich inhaltlich mit der gleichen Thematik beschäftigen und somit gemeinsam ausgewertet bzw. in PA arbeitsteilig erarbeitet werden können.
a) Die S zeichnen das nächste Bild zur Geschichte.
b) Die S formulieren Sprechblasen für vorgegebene Protagonisten.

Weitere Differenzierung
In leistungsschwächeren Gruppen sammeln die S zunächst Ideen an Tafel oder Whiteboard im Plenum:

Neuer Wortschatz
the next picture/question · man, pl men +woman, pl women

➔ LM Unit 1
➔ VAS 1.1, 1.2
➔ Workbook 28 (p. 19)
➔ Interaktive Übungen zum Workbook 1.9

AUSWERTUNG
Alle Produkte werden ausgehängt. Die S bewerten die Ergebnisse mittels ▸ *Punktevergabe*. Auch die eigene Arbeit darf einen Punkt erhalten; so geht kein Produkt leer aus.

➔ Klebepunkte

Homes and families

Storyline	Maya hat Abby im Segelclub kennengelernt. Abby geht in Plymstock zur Schule, wohnt aber in Wembury (Vorort von Plymstock), wo Maya sie besucht. Mayas Onkel Amar ist bei den Sens zu Besuch und erzählt Maya und ihrem Bruder Mukesh nach dem Abendessen von ihrer Großfamilie, die über die ganze Welt verstreut lebt. Sam sitzt mit seiner Familie beim Mittagessen. Justin ist mit seiner Mutter im Hafen unterwegs und hilft der Polizei, einen kleinen Jungen wiederzufinden.
Kommunikativer Kompetenzschwerpunkt	**Speaking:** Im Mittelpunkt der Unit 2 stehen Ausbau und Schulung der monologischen und dialogischen Sprechfertigkeiten. Die S üben sich im zusammenhängenden, monologischen Sprechen, indem sie unter Verwendung einfacher Redemittel über sich selbst und andere sowie über Dinge und Orte Auskunft geben. Sie erwerben elementare dialogische Kommunikationsfertigkeiten, um an einfachen Gesprächen teilzunehmen. Die S können ... ihre Reaktionen auf Gelesenes, Gehörtes oder Gesehenes in altersgemäßer Form beschreiben (SB-Seite 40) • aus dem eigenen Erlebnisbereich erzählen (SB-Seiten 42–43) • über sich selbst sprechen (SB-Seite 49)
Sprechabsichten	über das eigene Zimmer/Tagesablauf sprechen • sagen, was man mag und nicht mag • über die Familie/den Familienstammbaum/Essen und Trinken sprechen
Vorwissen aus der Grundschule	**Themen:** Wohnen • Familie • Essen **Methoden:** *Listen and point* (SB-Seiten 40, 1c), e); 53, 3c)) • *Say and match numbers* (SB-Seiten 40, 1a), d); 53, 3b)) • *Label the things* (SB-Seite 40, 2b)) • *Listen and sing along* (SB-Seiten 44, 1c); 53, 3a))
Schreibanlässe	EXTRA eine Liedstrophe verfassen (SB-Seite 44) • schreiben, was man selbst / die Mit-S nicht mögen (SB-Seite 48) • EXTRA einen Familienstammbaum erstellen (SB-Seite 51)
Language skills	**Grammatische Strukturen**: *Simple present positive and negative sentences (don't, doesn't)* • *3rd person singular -s* • *possessive determiners* **Wortfelder:** *the house* • *families* • *food and drink* **Aussprache:** *the "s" sound:* [z], [s] *or* [ɪz] (SB-Seite 47) **Spelling course:** [uː] *sound* (SB-Seite 47) • [iː] *sound* (SB-Seite 47) • *apostrophes: 's and s'* (SB-Seite 55)
Study skills	**Learning words with mind maps.** Vokabular wortfeldspezifisch durch Verwendung von Oberbegriffen (*umbrella words*) strukturieren und selbstständig erweitern (SB-Seite 54) • mit Mindmaps Ideen sammeln und ordnen (SB-Seite 46)
Kooperative Lernformen	*Partner check* (SB-Seiten 46, 50, 55)
Hör-/Sehverstehen: *The world behind the picture*	**My house, your house.** Ruby und Jack am Nachmittag zu Hause (SB-Seite 57) **Everyday English: Time for lunch.** Olivers Familie beim Mittagessen (SB-Seite 57)
Portfolioarbeit: MyBook	Ein Bild über das eigene Zimmer gestalten (SB-Seite 40) • EXTRA einen Familienstammbaum erstellen (SB-Seite 51)

KOMMUNIKATIVE KOMPETENZEN
Die S können …

Hören: das Wesentliche von kurzen, klaren und einfachen Durchsagen und Mitteilungen erfassen und Gegenstände und Möbel in einem Haus identifizieren (SB-Seite 40, 1c)) • einfachen Hörtexten die Hauptinformationen entnehmen und zeigen, in welchem Raum sich benannte Gegenstände befinden (SB-Seite 40, 1e))

Sprechen: ihre Reaktionen auf Gelesenes, Gehörtes oder Gesehenes in altersgemäßer Form beschreiben, indem sie die Begriffe für Räume und Gegenstände im Zimmer/Haus verwenden (SB-Seite 40, 1a)–b), d))

METHODISCHE KOMPETENZEN
ein Bild beschriften (SB-Seite 40, 2b))

S. 40–41

TIPPS FÜR IHRE PLANUNG
Unit 2 begleitet die Lehrwerkskinder Maya, Sam und Justin am Wochenende zu ihren Familien nach Hause. Dort erleben wir sie in Alltagssituationen und lernen sie von einer privaten Seite kennen. Das *Lead-in* dient der sprachlichen und inhaltlichen Vorbereitung darauf. Die S erweitern ihren Wortschatz zu den Themen Wohnen, Familie und Verwandtschaft durch die Beschäftigung mit Bild- und Hörtexten (**1**) und wenden ihre neu erworbenen Kenntnisse bei der Beschreibung ihres eigenen Zimmers an (**2**).

1 What's in the house

NEUER WORTSCHATZ
family, *pl* **families** · **road** · **house** · **a tour of** my house · **garden** · **upstairs** · **downstairs** · **bedroom** · **bathroom** · **dining room** · **kitchen** · **living room** · **armchair** · **bed** · **lamp** · **shelf**, *pl* **shelves** · **sofa** · **table** · **toy** · **TV** · +(to) **watch TV**

➜ Your task, SB-Seiten 60–61

EINSTIEG
SB geöffnet. Bildbetrachtung. L stellt Abbys Zuhause unter Verwendung der Bilder auf SB-Seite 40 vor und führt den neuen Wortschatz ein: Look, there's Abby. She goes to Plymstock School too. (L zeigt auf Abby und liest die Sprechblase vor). She says: I live in Beach Road in Wembury, near Plymouth. This is my house. (L zeigt auf Haus). This is Abby's house. It's big, isn't it? Abby and her family, her mum and her dad, live in this big house. Let's look at the house. Can you see the garden? It's so green! How many windows can you see? There are (L zählt langsam) one, two windows downstairs (Gestik: Daumen nach unten) and (L zählt langsam) one, two, three, four windows upstairs (Daumen nach oben).

ÜBERLEITUNG
L: Can you see the door? (öffnet pantomimisch eine Tür) Let's go inside!

ERARBEITUNG
a) Die S betrachten das Bild auf SB-Seite 41 z. B. auf Folie oder am Whiteboard. Bevor sie die Fragen im Plenum beantworten, führt L den hierfür notwendigen Wortschatz ein. L: I can see lots of rooms in Abby's house – a dining room, a kitchen, a living room, two bedrooms and a bathroom (L zeigt jeweils auf das entsprechende Zimmer). – Can you see the kitchen / the two bedrooms / the garden? (S zeigen jeweils auf die Zimmer). Nun liest L die Fragen vor; die S antworten im Plenum.

➜ Folie von SB-Seite 41 bzw. SB-Seite 41 auf Whiteboard

LÖSUNG
Upstairs: Mr and Mrs Blackwell's bedroom, bathroom, Abby's bedroom

Downstairs: dining room, kitchen, living room (+ garden)

SICHERUNG
Die Sicherung des Ergebnisses erfolgt im UG, L achtet auf die korrekte Aussprache der Wörter und ergänzt, dass auch Kinderzimmer im Englischen *bedrooms* genannt werden: Your room at home is your bedroom. You work, play and sleep in your bedroom.

ÜBERLEITUNG
L: Let's see what things we can find in a house. There are lots of things.

ERARBEITUNG
b) Zur Vermittlung der Bedeutung der Wörter und ihrer Aussprache liest L die Wörter in der Box vor und zeigt Bilder der bezeichneten Gegenstände (z. B. auf KV 8). Die S wiederholen die Wörter im ▸ *Chor*. Anschließend gibt L den S Zeit, die Wörter in der Box durchzulesen und ihre Bedeutung unter Zuhilfenahme des Bildes auf SB-Seite 41 in PA zu klären.
L: Can you find the things in the picture?

Alternative
KV 8: Things you can find in a house. Die S ordnen Bild- und Wortkarten der Gegenstände aus der Box zu und kontrollieren ihr Ergebnis an der Tafel mit Karten (oder mit Folienschnipseln am OHP). L achtet auf die Aussprache und nutzt die Bilder zur Wortschatzeinführung.

SICHERUNG
Zur Sicherung des Wortschatzes kann L das Bild des Hauses (SB-Seite 41) auf Folie zeigen. Ein S steht am OHP und beantwortet Fragen aus dem Plenum (Where's the sofa? S zeigt Gegenstand auf dem Bild). Bei *shelf* macht L die unregelmäßige Pluralform *shelves* bewusst (There are two shelves. There's one shelf in the living room and another one in Abby's bedroom. Can you see them?).

➜ Folie von SB-Seite 41 bzw. SB-Seite 41 auf Whiteboard

ERARBEITUNG
c) 1. Hören (Globalverstehen): Die S hören den Sätzen zu und zeigen auf die bezeichneten Gegenstände im Bild, ohne zu sprechen. L: Point to the things with your finger when you hear the word.
2. Hören (Detailverstehen): L: Let's listen again. Point to the things and say the correct numbers. L erklärt das Beispiel im Buch. L: When you hear "There's a chair in the dining room," you point to the chair in the dining room and say "That's number 13." Alle S hören zu, zeigen auf die Gegenstände und nennen (einzeln auf Nachfrage durch L oder gemeinsam murmelnd im Chor) die richtigen Nummern.

➜ 2 01 Transkript online unter dem Webcode *bofanu*

ANWENDUNG
d) L bespricht das Beispiel im Buch und fordert die S auf, sich in PA gegenseitig weitere Fragen zum Bild zu stellen.

Alternative
▸ *Kettenübung*, so kann L korrigierend eingreifen. Zusatz: Jungs rufen Mädchen auf und umgekehrt.

ERARBEITUNG
e) 1. Hören (Globalverstehen): Die S hören den Text und zeigen in ihrem Buch auf die von Abby benannten Gegenstände.
2. Hören (Detailverstehen): Der Text wird zum zweiten Mal gehört. Zwei S teilen sich ein Buch, führen die Aufgabe gemeinsam durch und korrigieren sich ggf. gegenseitig.

➜ 2 02 Transkript online unter dem Webcode *bofanu*

Alternative
Ergebnissicherung: L zeigt das Haus (SB-Seite 41) als DIN-A3-Poster oder auf Folie oder Whiteboard und spielt den Text vor. Ein S zeigt auf die Gegenstände im Bild, die Klasse überprüft/korrigiert.

DIFFERENZIERUNG Early finisher
Leistungsschnellere S finden auf SB-Seite 130 Sätze, in denen Buchstaben vertauscht wurden und ordnen diese.

LÖSUNG
1 I have a desk in my bedroom.
2 I like playing football.
3 I keep my books on a shelf.
4 There's a lamp on a table in the dining room.
5 I sit on the sofa by the window and watch TV.
6 Is there a poster in your kitchen?

➜ FöFo 2.1
➜ Interaktive Übungen zum Workbook 2.1

2 My bedroom

NEUER WORTSCHATZ
small · task

➜ Your task, SB-Seiten 60–61

EINSTIEG
SB geöffnet. L fordert die S auf, Abbys Zimmer zu beschreiben: Look at Abby's bedroom. What things can you find in her room? S: A bed, a desk, a chair, a shelf, a poster, a lamp, …

➜ Workbook 1–4 (pp. 24-25)
➜ Interaktive Übungen zum Workbook 2.2

ÜBERLEITUNG
Einführung des neues Vokabulars: What's in your bedroom? What things can you find there? Die S äußern sich spontan. L bittet die S, den Auftrag vorzulesen: Read the next task, please. S liest die Aufgabe vor. L ergänzt: You can say how big or small (Gestik) your room is and what things there are. Maybe there's a big bed or a small bed (Gestik).

ERARBEITUNG
a) Ein S liest das Beispiel vor, anschließend beschreiben sich die S in PA ihr Zimmer. Der zuhörende S zählt mit den Fingern mit, ob drei Dinge benannt werden.

ERARBEITUNG
b) Die S fertigen eine Zeichnung ihres eigenen Zimmers an und beschriften diese. Dabei ermutigt L die S, die Wordbank 3 (SB-Seite 139) zu benutzen, um ihre Ausdrucksmöglichkeiten zu erweitern. Wenn mit Fotos gearbeitet wird, sollte L bereits in der vorherigen Stunde die S bitten, ein (digitales) Foto ihres eigenen Zimmers mitzubringen.
Anschließend stellen sich die S ihre Zimmer in PA gegenseitig vor. Die S-Produkte können zunächst im Klassenraum aufgehängt werden und dienen in den nachfolgenden Stunden als Sprechanlass, z. B. zum Stundeneinstieg. Später können die S ihre Bilder in das ▸ *MyBook* einkleben.

Weitere Differenzierung
Lernstärkere S schreiben mit Hilfe der Redemittel aus der Wordbank bereits einen kleinen zusammenhängenden Text über ihr Zimmer.

Alternative
▸ *Milling around activity*: Die S halten ihre Bilder in der Hand. L gibt ein akustisches Signal, alle bleiben stehen. Die S stellen dem S, der neben ihnen steht, ihr Zimmer vor und umgekehrt. Nach z. B. einer Minute ertönt das Signal, alle gehen weiter und suchen sich beim nächsten Mal einen neuen Partner.

DIFFERENZIERUNG Early finisher
Leistungsschnellere S finden auf SB-Seite 130 eine „Finde-die-Unterschiede"-Übung.

LÖSUNG
Photo B:
no ball, computer, pencil case, sharpener
1 clock, DVD, glue stick, lamp, map, ruler, phone
2 CDs, pencils , photos, rubbers
3 books 4 pens 5 cards

YOUR TASK

L kann zum Abschluss der Einführungsseiten zur Unit 2 im Sinne der Lernzieltransparenz auf die Lernaufgabe am Ende der Unit hinweisen (SB-Seiten 60–61.

→ *Wordbank* 3 (p. 139)
→ My Book
→ FöFo 2.1

KOMMUNIKATIVE KOMPETENZEN

Die S können …

Hören: einfachen Hörtexten die Hauptinformationen entnehmen und Falschaussagen zur Handlung korrigieren (SB-Seite 43, 3, 4)

Lesen: einfach gehaltene Erzähltexte oder Szenenfolgen zu Alltagsroutinen/Gewohnheiten/Hobbys inhaltlich erfassen (SB-Seite 42, 1)

Sprechen: in einfacher Form aus dem eigenen Erlebnisbereich erzählen und über vertraute Alltagsroutinen/Gewohnheiten/Hobbys sprechen (SB-Seiten 42, 2; 43, 5)

METHODISCHE KOMPETENZEN

eine Handpuppe über Alltagsroutinen sprechen lassen und ihr antworten (SB-Seite 42, 2)

S. 42

TIPPS FÜR IHRE PLANUNG

Im Zentrum der kommunikativen Arbeit in *Part A* steht die Beschreibung von Tagesabläufen. Ein typischer Tag im Leben Silkys dient hierfür als Aufhänger (**1**, **2**). Beim Rundgang durch Abbys Haus (**3**, **4**) erfahren Maya und die S anschließend, was sich an einem typischen Samstagvormittag zu Hause bei den Blackwells ereignet. Sprachlich begegnen die S erstmals lesend bzw. hörend den Verbformen des *Simple present, 3rd person singular*. Diese reproduzieren die S in **5** vorbewusst, bevor die Bewusstmachung, die eigenständige Produktion und die Einübung des neuen sprachlichen Mittels in *Part A Practice* erfolgen.

1 My day at home

NEUER WORTSCHATZ

°sound · (to) **wake up** · (to) **have breakfast** · **a plate of …** · **crab** · **after** breakfast · **in the afternoon** · (to) **play** · **in the evening** +Box, *Voc.*, SB-Seite 197) · **fish**, *pl* **fish** · **dinner** +Box, *Voc.*, SB-Seite 197 · (to) **sit** · **rock** · (to) **text** a friend

EINSTIEG

SB geschlossen. L reaktiviert das Vorwissen zu Silky: Who's Silky? S: A seal. L: How old is she? S: She's two years old. L: What's her hometown? S: Plymouth. L: Where's Silky on Wednesday? S: She's at the Lido. L: What about the other days? S: … Die von den S genannten Informationen werden von L an Tafel oder Whiteboard kreativ in Form eines ▸ *Acrostic* erfasst, das von den S in ihr Heft übertragen und gestaltet wird.

Who's Silky?

	S	EAL
L	I	DO
P	L	YMOUTH
"I LI	K	E BIRDS!"
TWO	Y	EARS OLD

Alternative

Zur Einstimmung auf den Text kann auch noch einmal *Silky's song* (SB-Seite 11) gesungen werden.

➜ 2 03 Audio online unter dem Webcode *mobipa*

ÜBERLEITUNG
L: Before we read about Silky's day, let's talk about you and me.
Zur Vorentlastung des Textes semantisiert L den neuen Wortschatz durch Beschreibung eines für L typischen Tagesablaufes. Dazu schreibt L die Begriffe *in the morning, in the afternoon, in the evening* an und ergänzt sie um tageszeitentypische Tätigkeiten (diese können auf Wortkarten bereit gehalten und an der Tafel befestigt werden).
L: I wake up (Gestik) at 6 o'clock every morning (Uhrzeit auf Spieluhr anzeigen!). What about you? (Die S erhalten Gelegenheit, zu antworten.) Then I have toast for breakfast (Teller mitbringen und plate einführen). Can you tell me what you have for breakfast? (S antworten.) After breakfast, I go to school. Then I teach and teach and teach.
After school, in the afternoon, I go home, have lunch and work and work and work (Uhrzeiten jeweils auf Ziffernblatt anzeigen). What about you? (S antworten.) In the evening, I text my friends (mit Handy simulieren, Gestik). Then I have dinner (Gestik). And then I fall asleep. What about you?
Die S antworten mit Hilfe der Muster an der Tafel.

In the morning	In the afternoon	In the evening
wake up, have toast for breakfast, go to school, teach	go home, have lunch, work	text friends, have dinner, fall asleep

➜ Realia: Teller

ERARBEITUNG 1
SB geöffnet. 1. Lesen/Hören (Globalverstehen): L: Let's read about Silky's day.
Die S lesen den Text zunächst still mit und betrachten die Bilder, während L die Bildunterschriften langsam vorliest.
Anschließend überprüfen die S, welche von L angeschriebenen Tätigkeiten auf Silky zutreffen. Unter der veränderten Überschrift *Silky's day* werden unpassende Wörter gestrichen bzw. die entsprechenden Wortkarten abgehängt.
L: Now you are Silky. What about your day? Say what you do in the morning, in the afternoon and in the evening.
L achtet darauf, dass die S den Tag aus Silkys Sicht, also in der ersten Person Singular, beschreiben (I wake up ..., I have breakfast ...). Die S übertragen das Zwischenergebnis in ihr Heft.

Silky's day

In the morning	In the afternoon	In the evening
wake up, have breakfast		have dinner text friends fall asleep

➜ 2 03 Audio online unter dem Webcode *mobipa*

Weitere Differenzierung
Die Bildunterschriften werden von einem leistungsstärkeren S vorgelesen.
Alternative
KV 9: My day at home. SB geschlossen. Die S erhalten die Bilder und Bildunterschriften auf Kärtchen, die durcheinandergewürfelt sind. Die S schneiden die Bilder und Sätze aus, bringen sie in eine sinnvolle Reihenfolge und ordnen die Bildunterschriften zu. Ein S löst die Aufgabe am OHP mit Hilfe von Folienschnipseln und präsentiert sein Ergebnis. Zum Abschluss vergleichen die S ihre Lösungen mit dem SB.

ERARBEITUNG 2

2. Lesen/Hören (Detailverstehen): Die S lesen den Text erneut und ergänzen die Tabelle im Heft um weitere Informationen. Die Lösungen werden im Plenum verglichen, das TB ergänzt.

Silky's day

In the morning	In the afternoon	In the evening
wake up, have breakfast	swim, play football	catch fish, sit on a rock, have dinner (eat fish), text friends, read a book, fall asleep

DIFFERENZIERUNG Early finisher

Schnellere S erfinden auf SB-Seite 130 Monster, indem sie mit Hilfe eines Wortspeichers die Anfangsbuchstaben zweier Tiere vertauschen und so „Monster" erschaffen. (z.B. fish and seal = sish and feal)

➜FöFo 2.2

2 Now you're Silky

ERARBEITUNG

Die Übung dient der Festigung des neuen Vokabulars und seiner Aussprache. Ein S schlüpft in die Rolle von Silky und berichtet seinem Partner von ihrem Tag. Anschließend werden die Rollen getauscht.

➜ FöFo 2.2
➜ Workbook 5 (p. 26)

Weitere Differenzierung
Leistungsstärkere S schließen ihr SB und sprechen frei, schwächere S können sich am TB oder am Text orientieren (SB geöffnet).

SICHERUNG

L bittet einen oder mehrere S, vor der Klasse in die Rolle Silkys zu schlüpfen und von ihrem Tag zu berichten, ggf. sogar frei und mit Handpuppe.

Weitere Differenzierung
Die S halten Kurzberichte über einen Tag in ihrer Woche. Vorbereitung: Tabelle (*My Monday/Tuesday/...*), passende Verben

S. 43

3 At the Blackwells' house

NEUER WORTSCHATZ

her · (to) **go sailing** · **into** the kitchen · (to) **make** · **a cup of ...** · **tea** · **paper** · **at the weekend** · **at night** · (to) **sleep** · (to) **feed** · **no ...** · **us** · **of course** · **basket** · **floor** · **trophy**, *pl* **trophies** · **away** · **mad** · **so** cool/nice/... · (to) **go for a walk**

➜ Your task, SB-Seiten 60–61

EINSTIEG

SB geöffnet. Bildbetrachtung und Semantisierung von Wortschatz. Die S spekulieren dabei über den Inhalt des Dialogs. L: Who are the girls in the picture? S: Abby and Maya. L: Who's the boy? Tell me what you think (von der Schädeldecke schräg nach oben zeigen). S: He's Abby's brother or a friend. L: Are the kids friendly or not? S: Abby isn't friendly. L: What room is it? Tell me what you think. S: It's Abby's bedroom. Mit Hilfe des Bildes entlastet L den Text lexikalisch vor (trophies, basket, floor).

ÜBERLEITUNG
L: It's Saturday morning. No school today! It's the weekend. Maya is with Abby at the Blackwells' house. Find out who's in the house.

ERARBEITUNG
1. Hören/Lesen: L zeichnet vor dem ersten Hören/Lesen eine Tabelle an die Tafel, die von den S abgeschrieben wird. Nach dem ersten Hören/Lesen werden die Namen der Personen (und Haustiere) aufgezählt und in der linken Spalte (*who?*) festgehalten.
2. Hören/Lesen: Die S ergänzen ihre Tabelle um die rechte Spalte (*where?*). L: Listen/read again. Find out where they are in the house, what rooms they're in. Die Ergebnisse werden im Plenum besprochen, die S lesen den Dialog abschließend mit verteilten Rollen vor.

At the Blackwells' house

who?	where?
Mr Blackwell	kitchen
Abby	living room, Abby's room
Maya	living room, Abby's room
Tim	Abby's room
Mink	living room
Skip	garden

➔ 2 04 Audio online unter dem Webcode *mobipa*

Alternative
1. Hören/Lesen: *While-listening activity.* L teilt vor dem ersten Hören eine Liste mit Namen aus (Mr Blackwell (+), Mrs Blackwell, Abby's brother Tim (+), Skip the dog (+), Ronny the rabbit, Mink the cat (+), Abby (+), Maya (+), Lucy, Sam). Die S haken ab, wer sich im Haus befindet.
2. Hören/Lesen: Die S vollziehen während des Hörens Abbys und Mayas Rundgang durch das Haus auf SB-Seite 41 mit dem Finger nach.

4 Right or wrong

ERARBEITUNG
Die S festigen ihr Detailverständnis schriftlich oder mündlich, indem sie Aussagen über den Text korrigieren.

LÖSUNG
1 Abby and Maya are new friends. • 3 Mink is on the sofa. • 5 Tim is Abby's brother. • 6 Abby isn't friendly to Tim.

DIFFERENZIERUNG Early finisher
Leistungsschnellere S finden auf SB-Seite 131 Aussagen von Abby's Hund Skip, in denen sie das „woof" durch die richtigen Wörter ersetzen.

LÖSUNG
1 I want to watch TV with you in the living room.
2 I sleep in a basket upstairs in Abby's room at night.
3 She often plays games in the garden with me.
4 Dad's in the living room in his favourite arm chair. He always reads the paper there.

5 Have a go

ÜBERLEITUNG
Hinweis: *Have a go* dient der vorbewussten Verwendung der einfachen Präsensform in der dritten Person Singular. Die S erleben die neue gramma-

tische Struktur in einem sinnvollen kommunikativen Zusammenhang: Sie sprechen über Dritte – ihre eigene Familie. Die *Substitution table* im SB enthält daher die neuen Verbformen in gebeugter Form. Die S reproduzieren diese, ohne sich Gedanken über die Bildung zu machen.
L: On Saturday mornings, Mr Blackwell reads the paper in the kitchen. Mink sleeps on the sofa in the living room. Skip sleeps in Abby's room. Tim comes to Abby's room too. L betont dabei die Verbformen deutlich und lenkt dadurch die Aufmerksamkeit der S auf die neu zu erwerbende sprachliche Form.

ANWENDUNG
L fordert die S auf, ähnliche Sätze über einen typischen Samstag daheim zu bilden: What about your Saturday mornings? Make sentences. You can say "My father reads in the bathroom."
Mit Hilfe der *Substitution table* formulieren die S Sätze, zunächst im Plenum, dann in PA. Dabei reproduzieren sie die neue Präsensform. L achtet während der Plenumsphase auf die richtige Verwendung der Verbform und verbessert ggf. indirekt, z. B. durch korrigierendes Lehrerecho, ohne die grammatische Regel zu formulieren.

S. 44

TIPPS FÜR IHRE PLANUNG

In *Part A Practice* erfolgt zunächst die Bewusstmachung, Systematisierung und Einübung der Formen des *Simple present, positive statements*. Die Bearbeitung der *Looking-at-language*-Box kann der Übungssequenz vorangestellt werden oder alternativ nach **2** erfolgen. Die Übungen **3**, **4** und **5** behandeln die morphologisch komplexere Verbform der dritten Person Singular, bauen aufeinander auf und sollten hintereinander bearbeitet werden. Zunächst lernen die S die Aussprachevarianten des *3rd person singular -s* kennen (**3**); anschließend wird die Verwendung der Verbformen in zunehmend komplexeren Kontexten trainiert (**4**, **5**). Übung **6** (*Study skills*) und der *Spelling course* bilden in sich abgeschlossene Trainingseinheiten.

Looking at language

EINSTIEG

Das Vorwissen über Abbys Familie wird handlungsorientiert und spielerisch aktiviert. L schreibt "I always read the paper in the kitchen" an, spielt die Situation pantomimisch vor und fragt: Who am I? Am I Abby? No. Am I Tim? No. Who am I? Die S erraten den Namen (- You are Mr Blackwell). Dieser wird im TB ergänzt. Gleiches Vorgehen bei "I sleep in Abby's room" (- You are Skip), "I like the sofa" (- You are Mink) und "I say: no dogs in the living room" (- You are Mrs Blackwell). Es ist auch möglich, dass die S die Situationen vorspielen und L die Sätze auf Zetteln bereithält.

Alternative
Die S lesen den Lehrwerkstext *At the Blackwells' house* in verteilten Rollen zur Aktivierung des Vorwissens.

➜ LAS 2.1
➜ Your task, SB-Seiten 60–61

Who am I?

"I always read the paper in the kitchen."		Mr Blackwell
"I sleep in Abby's room."		Skip
"I like the sofa."		Mink
"I say: no dogs in the living room."		Mrs Blackwell

ERARBEITUNG

a) L oder ein S liest den Arbeitsauftrag vor, die S bearbeiten ihn in EA. Die Kontrolle der Ergebnisse erfolgt im UG, L hält die Lösung bereit (Tafel oder AB, Verbformen zunächst nicht unterstrichen).

LÖSUNG

Looking at language: Simple present positive

Singular	Plural
I play football in the afternoon.	We play at weekends.
You play basketball.	You play in the park.
He plays in the garden.	They play at home.
She plays at night.	
It plays DVDs.	

ERARBEITUNG
b) Die S bearbeiten die Frage; die Besprechung erfolgt im Plenum. Anschließend fordert L die S auf, die Verbformen in der 3. Person Singular farbig zu unterstreichen. Die S notieren unter der Tabelle den Merksatz: *„He, she, it* – das S muss mit!"

FESTIGUNG
L notiert in Anlehnung an den spielerischen Einstieg vier Sätze ohne Verbform und fordert die S auf, die richtigen Verbformen zu bilden:

➜ GAP 6.1, 6.3: The simple present (pp. 164, 166)

Mr Blackwell (= he) always ... (read) the paper in the kitchen.
Skip (= he) ... (sleep) in Abby's room.
Mink (= she) ... (like) the sofa.
Mrs Blackwell (= she) ... (say) "no dogs in the living room."

1 I wake up in the morning (Simple present: positive statements)

ERARBEITUNG
a) Vor dem Vorspielen des Liedes lesen die S den Songtext und beantworten die Frage *Who sings this song?* Anschließend wird das Lied bei geöffnetem Buch einmal angehört.

➜ 2 05 Transkript online unter dem Webcode *bofanu*
➜ Interaktive Übungen zum Workbook 2.4

LÖSUNG
Silky

ERARBEITUNG
b) Die S beschreiben die Bilder (SB-Seite 44). L: Who can you see in the pictures? S: Abby, Silky, Maya, Morph. L leitet über: Can you finish the song for the other singers?
Die S ordnen den Bildern die entsprechenden Textzeilen zu (Sicherung im UG) und tragen anschließend die Texte vor.

LÖSUNG
Maya: Then I text my friends. • Morph: Then I read a book. • Abby: Then I feed the dog.

ANWENDUNG
c) Gemäß SB (zuerst SB geöffnet, dann geschlossen).

➜ 2 05–08 Transkripte online unter dem Webcode *bofanu*

ERARBEITUNG EXTRA
Die S schreiben ihren eigenen Song und singen ihn zur instrumentalen Version.

➜ 2 09 (Instrumental) Audio online unter dem Webcode *mobipa*

➜FöFo 2.2

2 We play games (Simple present: positive statements)

ERARBEITUNG
Besprechung des Beispielsatzes im Plenum, dann gemäß SB.

➜ FöFo 2.2
➜ Interaktive Übungen zum Workbook 2.4

MUSTERLÖSUNG
I read books in my room. • I play games with my friends. • Skip and I play football in the garden. • We go for a walk on the Hoe. • My mum and dad have a big breakfast in the kitchen.

S. 45

3 Pronunciation (The "s" sound: [s], [z] or [ɪz])

NEUER WORTSCHATZ
pronunciation • (to) **run**

➜ Your task, SB-Seiten 60–61

EINSTIEG
SB geschlossen. L zeigt/skizziert das Bild einer Schlange. L: What animal is this? Can you make the sound of a snake? (S imitieren das Zischeln einer Schlange, L notiert "sss" unter dem Bild.) L zeigt/skizziert nun das Bild einer Biene: Can you make the sound of a bee? (Die S imitieren das Summen einer Biene, L notiert "zzz" unter dem zweiten Bild.) L leitet über: Let's read a poem with lots of snake and bee sounds. It's not about a snake or a bee. It's about a seal and a crab.

ERARBEITUNG
a) SB geöffnet. Bildbetrachtung. L: Who can you see on the rock? S: Silky. L: Is Silky happy? S: Yes/No. She's hungry. L: Look at the plate. What can you see? S: A crab. L führt das Verb run ein: The crab is on Silky's plate. Run away, crab, run away (Gestik)!
1.-2./mehrmaliges Hören: Die S hören das Gedicht mindestens zweimal und achten dabei auf stimmhafte und stimmlose Wortendungen. L: Listen to the poem, please. Can you hear words that end in a snake sound? Can you hear words that end in a bee sound?
Dann nennen die S entsprechende Wörter aus dem Gedicht, die an Tafel oder Whiteboard in drei Rubriken erfasst werden: *snake sound*, *bee sound* und *special bee sound*.

➜ 2 10 Audio online unter dem Webcode *mobipa*

The "s" sound

snake sound:	wakes, waits
bee sound:	comes, finds
special bee sound:	watches, catches

ERARBEITUNG
b) L macht mit Hilfe des TB bewusst, wann welche Aussprachevariante zu verwenden ist („iz" nach s- oder Zischlauten, stimmhaftes „s" nach allen anderen stimmhaften Mitlauten, stimmloses „s" nach allen anderen stimmlosen Mitlauten). Die S übertragen nun die Tabelle ins Heft.
1.-2./mehrmaliges Hören: Die S ergänzen die Tabelle beim Zuhören. Die Ergebnissicherung erfolgt im Plenum (die Lösung sollte schriftlich bereitgehalten werden).

➜ 2 11 Transkript online unter dem Webcode *bofanu*
➜ FöFo 2.6

LÖSUNG

Snake sound [s]	Bee sound [z]	Special bee sound [ɪz]
wakes	comes	watches
thinks	has	catches
waits	finds	
counts	swims	
puts	says	
makes	runs	

➜ Interaktive Übungen zum Workbook 2.3

ERARBEITUNG
c) Die S üben zunächst das Aussprechen der Wörter in der Tabelle in PA, indem sie sich gegenseitig die Wortgruppen mehrmals vorlesen. Anschließend tragen einige S das Gedicht vor.

Alternative
Die S lesen sich abwechselnd die Verbformen vermischt vor und korrigieren sich. Bei [s] hebt der zuhörende S die rechte Hand, bei [z] die linke, bei [iz] beide Hände.

4 Before school, after school (Simple present: positive statements)

ERARBEITUNG
a) Ein S liest zunächst den Beispielsatz vor und L macht im Plenum die Besonderheit der Präsensform in der 3. Person Singular kurz bewusst.
L: Look at the verb. What is new? S: The "s". Bearbeitung gemäß SB. Auswertung im Plenum oder mit Hilfe eines Lösungsblattes.

➜ Interaktive Übungen zum Workbook 2.4

LÖSUNG
1 feeds • 2 texts • 3 has • 4 talks • 5 reads

ERARBEITUNG
b) Zunächst liest ein S wieder den Beispielsatz vor und L macht die besondere Schreibung bei *goes* bewusst. Die S wählen nun selbstständig Verben, bilden die Präsensformen und ergänzen die Sätze. Auswertung im Plenum oder mit Hilfe eines Lösungsblattes.

DIFFERENZIERUNG More help
Leistungsschwächere S finden auf der SB-Seite 122 Hilfe: Die gesuchten Verben werden als Infinitive hinter den Sätzen gegeben.

LÖSUNG
1 goes • 2 meets • 3 watches • 4 plays • 5 helps

ANWENDUNG
c) Die S bilden abwechselnd Sätze zu ihrem Tagesablauf.

5 A tour of Sam's house

ERARBEITUNG
Die S ergänzen die Sätze sinnvoll. Auswertung im Plenum oder durch ein Lösungsblatt. Zum Abschluss spielen die S Lucys Besichtigungstour durch Sams Haus im Klassenzimmer vor.

➜ Your task, SB-Seiten 60–61

DIFFERENZIERUNG More help
Leistungsschwächere S finden auf SB-Seite 122 mehr Unterstützung: Die gesuchten Verben werden in einer Box vorgegeben.

LÖSUNG
1 have • 2 watches • 3 sits • 4 plays • 5 has • 6 throws • 7 do

FESTIGUNG
Kommunikationsübung: L teilt die Klasse in Kleingruppen (à max. 8 S) ein. Jede Gruppe stellt sich im Kreis auf. Ein S beginnt: I like football. Reihum wiederholen die S die bereits geäußerten Sätze (im *Simple present* in der dritten Person Sg.!), am Ende fügen sie der Satzschlange einen weiteren Satz hinzu: Antonia likes football, Ozan likes his friends, Cara likes music, and I like Silky. Redemittel z. B. *wake up at … o'clock; have … for breakfast/lunch/dinner; fall asleep at … o'clock*.

➜ Workbook 6–9 (pp. 26–27)

S. 46

EINSTIEG
SB geschlossen. L bringt einen Regenschirm mit. L: This is an umbrella (öffnet Schirm). I'm under the umbrella now. How many students can go under my umbrella? (L bittet einige S, sich unter den Regenschirm zu stellen.) Nun führt L den Begriff *umbrella word* ein: Hannah, Tilo, Max, Isabell, Özge and Irem are under the umbrella. Six students are under the umbrella. So *students* is our umbrella word because Hannah, Tilo, Max, Isabell, Özge and Irem are all students.

➜ Realia: Regenschirm

ERARBEITUNG
a) SB geöffnet. L oder S lesen und klären vorab die Aufgabenstellung, die S benennen anschließend im Plenum die *umbrella words*.

LÖSUNG
family • animals • subjects

ERARBEITUNG
b) In EA suchen die S passende *umbrella words*.
Die S vergleichen die Ergebnisse im ▶ *Partner check* und lesen sie abschließend im Plenum vor.

DIFFERENZIERUNG More help
Leistungsschwächere S können auf SB-Seite 122 die *umbrella words* aus einer Box zuordnen.

LÖSUNG
people • colours • months • house

ERARBEITUNG
c) Die S erarbeiten die Übung im Plenum. L kann eine Folie der Mindmap bereithalten und sie von den S schrittweise ergänzen lassen.

➜ Your task, SB-Seiten 60–61

LÖSUNG
bedroom • dining room • living room

ERARBEITUNG
d) Die S schauen sich in EA oder PA die beiden Mindmaps an und überlegen, aus welchen Gründen ihnen die analoge oder die digitale Erstellung einer Mindmap besser liegt. L kann die S an dieser Stelle auf verschiedene Apps hinweisen. Wenn genug Zeit ist, können auch zwei davon gemeinsam ausprobiert und bewertet werden. Die S sollten sich vor der Bearbeitung von Teilaufgabe **e)** auf eine der beiden Erstellungsvarianten festlegen. Im Anschluss kann die *Study-skills*-Box gemeinsam gelesen und am Beispiel der in **c)** erstellten Folie besprochen werden.

ERARBEITUNG
e) Die S erstellen nach dem Muster im SB in ihrem Heft oder auf dem Tablet eine eigene Mindmap mit Begriffen und Zeichnungen zu ihrem Haus oder ihrer Wohnung. L weist darauf hin, dass sie hierfür die neuen Wörter aus der Unit (v. a. von SB-Seiten 40–41) sowie die Wordbank 3 verwenden sollten. Ein S erledigt die Aufgabe auf dem Whiteboard oder auf einer OHP-Folie und stellt sein Zuhause mit Hilfe seiner Mindmap der Klasse vor.
Hinweis: Die S verwenden ihre Mindmaps im Rahmen der Lernaufgabe (*Your task*) noch einmal (SB-Seiten 60-61).

➜ MK Mindmapping Apps: SimpleMind, MindMeister. Weitere Informationen sowie eine Übersicht nützlicher digitaler Tools findet sich unter dem Webcode *moboxo*.
➜ *Wordbank 3* (p. 139)
➜ SMC 1: Learning vocabulary (pp. 144–145)
➜ SMC 2: Collecting information (p. 146)
➜ Workbook 10 (p. 28)
➜ Interkative Übungen zum Workbook 2.5
➜ FöFo 2.8
➜ Realia: Leere Folie

S. 47

1 You say, you write … [u :]

EINSTIEG
SB geschlossen. L stellt den S ein Rätsel: Can you find English words that rhyme with glue? Be quick. You have a minute. S: you, too, two, blue, do, who, … Die Wörter werden an Tafel oder Whiteboard gesammelt. L sensibilisiert anschließend für die Besonderheit der Schreibung: We hear the [u:]-sound in … L und S lesen die Wörter vor. L: But we write … Einige S buchstabieren die Wörter.

ERARBEITUNG
a) SB geöffnet. Die S betrachten die Bilder, wählen die passenden aus und äußern ihre Vermutung.
1./2. Hören: Nach dem ersten Hören werden die Ergebnisse verglichen; zur Festigung wird der Text zum zweiten Mal angehört.

➜ 2 12 Transkript online unter dem Webcode *bofanu*

LÖSUNG
pool • shoe • two • blue • ruler

ERARBEITUNG
b) Die Übung kann kooperativ im ▸ *Think-Pair-Share*-Verfahren durchgeführt werden. Die S beantworten die Frage zunächst für sich alleine, tauschen sich anschließend (auf ein akustisches Signal durch L) in PA aus, bevor die Lösungsvorschläge im Plenum besprochen werden. Anschließend überprüfen sie ihre Lösungen anhand der CD.

➜ 2 13 Transkript online unter dem Webcode *bofanu*

ERARBEITUNG
c) Die S übertragen die Wörter in eine Tabelle. Die richtigen Lösungen kann L auf einem Lösungsblatt bereitstellen. Sobald sie fertig sind, kontrollieren die S ihre Ergebnisse selbstständig.

LÖSUNG b)/c)

You say	You write
[u]	1 glue, 2 group, 3 Lucy, 4 school, 5 do, 6 cool, 7 who

Weitere Differenzierung
Lernschnellere S verfassen einen *silly sentence*, in dem möglichst viele Wörter aus der Tabelle vorkommen: Lucy and her group at school who like cool glue do sports. / Do you know who is in Lucy's cool glue-group at school?

ANWENDUNG
d) In PA buchstabieren sich die S gegenseitig die [u:]-Wörter. Zum Abschluss buchstabiert die Klasse ausgewählte [u:]-Wörter gemeinsam im Chor.

➜ English sounds (p. 237)

2 You say, you write … [i:]

ERARBEITUNG
a) SB geöffnet. L präsentiert den [i:]-Laut am Beispiel von *week* und fordert die S auf, zu prüfen, welche der sechs illustrierten Wörter den [i:]-Laut enthalten. Die S vergleichen die Lösungen anschließend im Plenum.

➜ 2 14 Transkript online unter dem Webcode *bofanu*

LÖSUNG
three, seal, green, tea, wheel

ERARBEITUNG
b) Die finden die Wörter mit [i:]-Laut in der Box und überprüfen ihr Ergebnis mit Hilfe der CD.

➜ 2 15 Transkript online unter dem Webcode *bofanu*

LÖSUNG
feed, people, please, read, team, TV, wheel

ERARBEITUNG
c) Anschließend übertragen die S (ggf. in PA) die Wörter in eine Tabelle und unterstreichen die Stelle im Wort, an der der [i:]-*sound* auftritt. Dadurch wird deutlich, dass er in vielen unterschiedlichen orthografischen Formen (z. B. ee, ea, eo,) auftreten kann, und die Aussprache daher wichtige Lernarbeit ist.

LÖSUNG

You say	You write
i:	thr<u>ee</u>, s<u>ea</u>l, gr<u>ee</u>n, t<u>ea</u>, wh<u>ee</u>l, f<u>ee</u>d, p<u>eo</u>ple, pl<u>ea</u>se, r<u>ea</u>d, t<u>ea</u>m, <u>TV</u>

➜ Workbook 11–13 (pp. 28–29)

ANWENDUNG
d) Die S fordern sich abwechselnd auf, Wörter aus der Tabelle zu buchstabieren.

Alternative
▸ *Milling around activity.* Es ist nicht schlimm, wenn Begriffe sich doppeln.
➜ English sounds (p. 237)

KOMMUNIKATIVE KOMPETENZEN

Die S können …

Hören/ Lesen: wesentliche Merkmale einfacher Geschichten und Spielszenen (Figuren und Handlungsablauf) verstehen und Figurenbeschreibungen zuordnen (SB-Seite 48, 2)

Schreiben/ Sprechen: in einfachen Sätzen über sich selbst sprechen und mitteilen, was sie selbst / ihre Mit-S nicht mögen (SB-Seite 48, 3)

S. 48

TIPPS FÜR IHRE PLANUNG

Die S sind zu Gast bei Mayas Familie: Die Sens leben in einer Wohnung in Plymouth und haben am Samstagabend Onkel Amar zu Besuch. Der Dialogtext liefert neue Informationen zu Maya und ihrer Familie, die indischer Abstammung ist, aber über die ganze Welt verteilt lebt. In sprachlicher Hinsicht begegnen die S den verneinten Präsensformen (*Simple present negative sentences*), die die S nach der inhaltlichen Auseinandersetzung mit dem Text in **2** erstmals vorbewusst reproduzieren (**3**).

1 Uncle Amar comes to dinner

NEUER WORTSCHATZ

uncle +**aunt** · **sport** +(to) **do sport** · **near here** · °Indian · **he doesn't have time** · **often** · (to) **tell** sb. **(about)** sth. · **all** · …, **you know.** · **cousin**

EINSTIEG

SB geschlossen. Bitzumfrage, dabei Semantisierung. L schreibt SPORT, MATHS und COMPUTER GAMES an die Tafel: Who likes sport? Hands up! Who likes maths? Hands up! And who likes computer games? Hands up! L fordert die S auf, ihre Lieblingssportarten, -spiele und -fächer zu benennen: Tell me what sport you like. Football? Tennis? What sport? Tell me about that sport. Tell me all about it! S: I like football. I can play it in the park with my friends. L: Let's see what the Plymouth kids like.

SB geöffnet. Bildbetrachtung und Reaktivierung von Grundschulwortschatz zum Wortfeld „family". L: Who can you see in the picture? S: Maya, her family. L stellt die Personen im Bild vor und zeichnet dabei zur Veranschaulichung einen Stammbaum, z. B. auf eine OHP-Folie (sie wird in der nächsten Stunde wiederverwendet). L: It's Saturday evening after dinner. We're with the Sen family. We can see five people in the picture. There are two in the kitchen: Mr and Mrs Sen. They're Maya's mum and dad. Maya, her brother Mukesh, and Uncle Amar are in the dining room. L führt an dieser Stelle das Wort uncle ein: Amar is Mr or Mrs Sen's brother. Your uncle is your mum or dad's brother. What's your uncle's name? S: … .

ERARBEITUNG

1. Hören/Lesen (Globalverstehen). L: Find out who in the Sen family likes sport, who likes maths and who likes computer games. Die Aufgabe wird nach dem Hören/Lesen im Plenum besprochen. S: Maya likes maths. Mukesh likes computer games.

➔ 2 16 Audio online unter dem Webcode *mobipa*

2. Hören/Lesen (Detailverstehen). L: Let's listen/read again. Who are the other people in the Sen family? Find out the names!
Die Aufgabe wird im Plenum besprochen. Anschließend ergänzt L den Stammbaum auf der Folie, die S übertragen ihn ins Heft. Dabei macht L die Bedeutung und Aussprache von cousin und aunt bewusst: Dilip and Sanjay are Maya and Mukesh's cousins. Dasan and Priya are together. Dasan is Maya's uncle, Priya is Maya's aunt.

➔FöFo 2.3

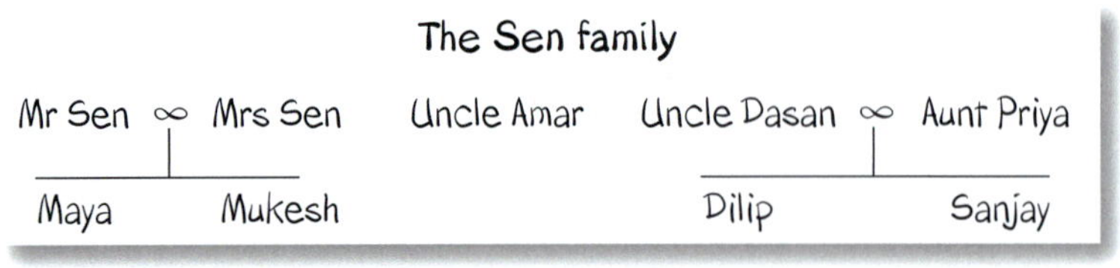

2 Who is it?

NEUER WORTSCHATZ
person

ERARBEITUNG
Die Übung dient der Sicherung des Detailverstehens.
L: Let's talk about the Sens. L liest Arbeitsauftrag vor und ergänzt: Can you say who the person is? The person can be a man or a woman or a boy or a girl. We need the name of the person, OK?
Die S lesen zunächst still den Text und notieren sich die Namen ins Heft, anschließend erfolgt der Austausch mit einem Partner. Die Lösungen werden an Tafel oder Whiteboard oder auf einem Lösungsblatt bereitgehalten.

LÖSUNG
1 Mukesh • 2 Mukesh • 3 Maya • 4 Maya • 5 Dasan • 6 Dilip

➔FöFo 2.3

3 Have a go

ERARBEITUNG
a) L liest den Arbeitsauftrag und das Beispiel vor und betont dabei die negative Verbform, um den S die neu zu erwerbende grammatische Form „zuzuspielen". Bevor die S fünf Beispielsätze notieren und die negative Präsensform reproduzieren, empfiehlt es sich, die S zunächst mehrere Beispielsätze mündlich formulieren zu lassen. An dieser Stelle kann L ggf. korrigierend eingreifen, ohne eine Regel zu formulieren.

MUSTERLÖSUNG
I don't like games. • I don't like the weather. • I don't like maths. • I don't like the food at school. • I don't like winter.

ERARBEITUNG
b) In PA lesen sich die S ihre Sätze vor. Zur Sicherung der Ergebnisse werden mehrere S gebeten, Sätze im Plenum vorzutragen. L hat erneut die Möglichkeit, durch korrigierendes Lehrerecho die S für die neu zu erwerbende Form zu sensibilisieren.

ERARBEITUNG

c) L liest den Arbeitsauftrag und das Beispiel vor und betont dabei besonders die Verbformen. Die S werden aufgefordert, Aussagen über ihre Partner zu machen. Dabei können sie auf die Aussagen in **a)** zurückgreifen. L verbessert ggf. durch korrigierendes Lehrerecho.

MUSTERLÖSUNG

René doesn't like the food at school. • Tosca doesn't like winter. • …

S. 49

TIPPS FÜR IHRE PLANUNG

Die Bewusstmachung der Formen der verneinten Aussagesätze im *Simple present* erfolgt zunächst in *Looking at language*. **1** und **2** innerhalb der Übungssequenz dienen der kommunikativen Einübung der verneinten Präsensformen. Die S sollten diese im Anschluss an *Looking at language* bearbeiten, um sich mit der neuen Struktur vertraut zu machen. Anspruchsvolleres Übungsmaterial zur Verwendung der Präsensformen bieten **3–5**, in denen die S das *Simple present* in positiven und negativen Aussagesätzen anwenden. **6** und **7** dienen der Festigung des neuen Wortschatzes im Bereich „Familie" und „Verwandtschaft".

➜ Your task, SB-Seiten 60–61

Looking at language

EINSTIEG

Reaktivierung des vorangegangenen Lehrwerkstextes (SB-Seite 48): L zeigt noch einmal den Stammbaum der Familie Sen auf Folie (HRU-Seite 98).
L: Can you say who the people are?
Die S festigen dabei den Wortschatz aus dem Bereich „Verwandtschaft" S: Mukesh is Maya's brother. / Amar and Dasan are Maya's uncles. / Priya is Maya's aunt. / Dilip and Sanjay are Maya and Mukesh's cousins. / Dilip lives in New York. / …

➜ Stammbaum der Familie Sen auf Folie

ERARBEITUNG

a) L liest die Aufgabenstellung vor. Zur Lösung der Aufgabe übertragen die S die Tabelle in ihre Aufzeichnungen. L weist zusätzlich darauf hin, dass Platz für eine Überschrift freigelassen werden möge. Die S vervollständigen die Sätze in EA oder PA. Die Ergebnissicherung erfolgt im Plenum, z. B. anhand einer Lösungsfolie (s. u.).

➜ LAS 2.2

ERARBEITUNG

b) Die Frage wird im Plenum besprochen. Die S erkennen, dass die Verneinung der einfachen Präsensform nur in der dritten Person Singular mit *doesn't* geschieht, sonst mit *don't*. Die Verbformen in der dritten Person werden farbig unterstrichen, anschließend die Überschrift über der Tabelle und ein Merksatz unter der Tabelle notiert (siehe TB).

LÖSUNG

Simple present negative

Singular	Plural
I don't like cricket.	We don't all live in India.
You don't like cricket.	You don't like maths.
He doesn't do sport.	They don't live in South Africa.
She doesn't go to Plymstock.	
It doesn't play DVDs.	

➜ Use don't + verb after I, you, we, they.
➜ Use doesn't + verb after he, she, it.

➜ GAP 6.2: The simple present (p. 164)
➜ Your task, SB-Seiten 60–61

1 Abby doesn't go to Coombe Dean (Simple present: negative sentences)

ERARBEITUNG
a) Zunächst bilden die S in EA aus den in Klammern vorgegebenen Verben die passenden Präsensformen in der dritten Person Singular und notieren sie sich. Sie können ihre Lösungen in PA vergleichen.

LÖSUNG
doesn't go · doesn't live · don't live · don't know · doesn't have · don't like · don't know · doesn't know

DIFFERENZIERUNG Early finisher
Schnellere S finden auf SB-Seite 131 kniffelige Geheimnisse heraus.

LÖSUNG
Momo likes words with the letter O. He likes geography and history. Lulu likes words with the letter U. She likes soup and yoghurt and the colours blue and purple.
Anna likes animals but she doesn't like the zoo. ...

SICHERUNG
b) Zur Kontrolle ihrer Ergebnisse spielt L den Dialog von der CD vor. Die S lesen mit und überprüfen die Richtigkeit ihrer Antworten.
c) Anschließend setzen die S den Dialog szenisch um.

➜ 2 17 Transkript online unter dem Webcode *bofanu*

2 EXTRA GAME I don't like cricket (Simple present: negative sentences)

ANWENDUNG
L bespricht das Beispiel im SB; zur Illustration der Regel sollten drei S eine neue Satzkette bilden, die ggf. im UG korrigiert werden kann. Um die Sprechanteile der S zu erhöhen, kann L die Klasse in Kleingruppen (à max. 8 S) einteilen. Ein zusätzlicher Anreiz: die Gruppe mit der längsten Satzkette gewinnt!

➜ Workbook 14 (p. 30)

S. 50

3 A weekend at Grandma's farm (Simple present: positive and negative statements)

NEUER WORTSCHATZ
grandma +Box **"grand-/Groß-"**, *Voc.*, SB-Seite 199 · **farm** · **Well, ...** · **till** 12 o'clock

EINSTIEG
Zum Einstieg werden die positiven und negativen Präsensformen spielerisch wiederholt. L präsentiert hierfür Beispielsätze, in denen Subjekt und Objekt im positiven Aussagesatz mit dem gleichen Buchstaben, im negativen Aussagesatz mit unterschiedlichen Buchstaben beginnen. L: Well, read the sentences, please:

Paula likes pink, but she doesn't like blue.
Paula likes purple, but she doesn't like red.
Fred likes fish, but he doesn't like salad.
Fred likes his farm, but he doesn't like cars.
Mike likes music, but he doesn't like sport.
Mike likes Mondays, but he doesn't like Tuesdays.

➜ Your task, SB-Seiten 60–61
➜ Interaktive Übungen zum Workbook 2.6

Die S lesen die Sätze vor und formulieren anschließend ähnliche Sätze.
L: Can you make sentences like this? Die S tragen Beispielsätze vor, bis der Klasse die Bauform der Sätze bewusst geworden ist. Anschließend bilden die S Sätze mit Subjekten im Plural:

Mike and Mary like Mondays, but they don't like Fridays.
Theresa and Tim like tennis, but they don't like hockey.

Zum Abschluss macht L die Bildung der negativen Präsensformen ggf. nochmals bewusst: How do you make negative sentences in English? Die S wiederholen die Regel bzw. schlagen sie im Heft nach.

ERARBEITUNG
Die Übung wird in EA oder PA erledigt, die Besprechung erfolgt im Plenum oder mit Hilfe eines Lösungsblattes.

Alternative
Erarbeitung mündlich in PA.

DIFFERENZIERUNG More help
Leistungsschwächere S finden auf SB-Seite 122 einen Lückentext, in dem die Infinitive für positive Verben grün und die für negative rot gedruckt sind, sodass sie diese Vorauswahl nicht mehr treffen müssen.

Alternative
▸ *Peer correction:* Je zwei S-Paare tragen sich den Dialog vor und korrigieren sich gegenseitig.

LÖSUNG
wake up • feed • doesn't wake up • doesn't feed • have • don't have • feed • makes • go • doesn't come • sleeps • go

4 A weekend in the library (Simple present: positive and negative statements)

ERARBEITUNG
a) *Pre-listening*: Bildbeschreibung.
L: Who can you see in the picture? S: Morph. L: Where is Morph? S: In the library. L: What things can you see in the picture? S: Lots of books, shelves, a room upstairs.
Die S lesen die fehlerhaften Sätze im Plenum vor und bearbeiten dann die Übung in EA.
1. Hören: Während des Hörens machen sich die S Notizen.

➜ 2 18 Transkript online unter dem Webcode *bofanu*
➜ Your task, SB-Seiten 60–61

DIFFERENZIERUNG More help
Leistungsschwächere S lösen die Aufgabe auf SB-Seite 123; sie finden dort Vorschläge für die Berichtigung und ordnen die Infinitive aus einer Box zu.

ERARBEITUNG
b) **2. Hören:** Die S vergleichen anschließend ihre Ergebnisse in PA und notieren sich die Sätze im Heft. L hält ggf. ein Lösungsblatt zur Kontrolle bereit.

LÖSUNG
1 He doesn't live in a house. He lives in a library. • 2 He doesn't sit on chairs. He sits on books. • 3 He doesn't have a bed. He has lots of books. • 4 The Plymstock students don't see Morph every day. They see the teachers. • 5 He doesn't sleep at night. He sleeps in the day. • 6 They don't go to school at weekends. They go to school from Monday to Friday. • 7 He doesn't read French books at weekends. He reads English books.

➜ Interaktive Übungen zum Workbook 2.6

5 GAME At the weekend

ERARBEITUNG
a) Dieses Kommunikationsspiel kann zu zweit gespielt werden. Den Zeilen A bis G sind Tätigkeiten zugeordnet, den Spalten 1 bis 5 Namen. Abwechselnd geben sich die S ein Feld vor (z. B. 2B), woraufhin der Partner eine richtige Aussage formulieren muss (z. B. Justin doesn't go sailing at the weekend).

➜ Workbook 15–16 (p. 30)

ERARBEITUNG
b) Die S bilden nun bejahte und verneinte Aussagen in der ersten Person Singular und erzählen sich gegenseitig, was sie am Wochenende unternehmen.

Alternative
Die Übung kann zur Erhöhung der individuellen Sprechzeit auch im ▸ *Kugellager* durchgeführt werden.

S. 51

6 WORDS Families

NEUER WORTSCHATZ
family tree · +**tree** · **dead** · **divorced** · **married (to)** · **single** · **twins** (*pl*)

EINSTIEG
SB geschlossen. Einführung des neuen Wortschatzes. L kann dazu ein Bild einer möglichst vielen S bekannten Familie mitbringen (z. B. die Simpsons oder die königliche Familie). L zeigt das Bild und fragt die S nach den Namen der abgebildeten Personen: Who are these people? Im UG werden die Verwandtschaftsbezeichnungen geklärt (*father, mother, brother, sister, cousin, uncle, aunt*), dabei wird unbekanntes Vokabular semantisiert (*grandfather, twins, dead, single, divorced, married (to)*).

➜ Realia: Kopie/Folie eines Familienstammbaums
➜ Your task, SB-Seiten 60–61

ÜBERLEITUNG
L: What about Lucy's family? Let's find out!

ERARBEITUNG
a) **SB geöffnet.** L erklärt die Aufgabenstellung anhand der Illustration im Buch. Es ist ratsam, vor Beginn der PA ein Beispiel mit der Klasse durchzusprechen.
L: Here's an example. I point to Lucy. What can you say? S: Lucy is Holly's sister. Zur Ergebnissicherung werden einige Verwandtschaftsbeziehungen im Plenum beschrieben.

Alternative
KV 10: Tandem sheet. Die S festigen die *family words* in einer kommunikativen Übung und korrigieren sich gegenseitig.

ERARBEITUNG
b) Die Übung wird in EA erledigt und im Plenum besprochen.

LÖSUNG
1 twins · 2 single · 3 married · 4 divorced · 5 dead

➜ FöFo 2.3

7 Lucy's family

ERARBEITUNG
Vor der Präsentation des Hörtextes lesen die S die Sätze durch.
1./2. Hören: Die S überprüfen während des Hörens, welche Verbform die richtige ist. Die Ergebnissicherung erfolgt anschließend im Plenum.

→ 2 19 Transkript online unter dem Webcode *bofanu*
→ Your task, SB-Seiten 60–61

LÖSUNG
1 divorced · 2 is · 3 single · 4 lives · 5 live · 6 are

→ Workbook 17–19 (p. 31)
→ Interaktive Übungen zum Workbook 2.7

ERARBEITUNG EXTRA
Die S erstellen einen Stammbaum ihrer eigenen Familie mit Zeichnungen oder Fotos. Bevor sie ihre Produkte im *MyBook* einkleben, stellen die S sich gegenseitig ihre Familien mit Hilfe ihrer Stammbäume vor, z. B. nach der ▸ *Kugellager-Methode* (*Double circle*).

→ *Wordbank 4* (p. 139)
→ FöFo 2.3
→ My Book

KOMMUNIKATIVE KOMPETENZEN
Die S können …
Hören: verstehen, was in einem einfachen Alltagsgespräch gesagt wird, und anhand von Fragen zum Text ihr Detailverständnis sichern (SB-Seite 52, 2) • EXTRA verstehen, was in einem Lied gesungen wird, den Text mitsingen und Figuren im Lied identifizieren (SSB-Seite 53, 3a)-c))
Lesen: kurze, einfache landeskundliche Texte zu Essgewohnheiten verstehen (SB-Seite 53, Background file) • EXTRA Ein Kochrezept verstehen (SB-Seite 53, 5)

METHODISCHE KOMPETENZEN
Listen and point (SB-Seite 53, 3c))

S. 52

TIPPS FÜR IHRE PLANUNG
Nachdem die S in den vorangegangenen Abschnitten bei Abby und Maya zu Gast waren, führt sie *Part C* an den Mittagstisch der Familie Bennett, um den sich Sam, seine Schwester Lily sowie ihre Eltern versammelt haben. Die Lektüre dieser humorvollen Szene (**1**) bietet zahlreiche Sprechanlässe, um mit den S über ihre Lieblingsspeisen ins Gespräch zu kommen. Zur inhaltlichen Vertiefung kann sich dem Text optional die Behandlung des Popsongs *Our House* von Madness und/oder die Behandlung des Sachtextes zu *Cream tea* samt Rezept für *scones* anschließen.

1 Sunday lunch

NEUER WORTSCHATZ
What's for lunch**?** • **roast beef** • **potato,** *pl* **potatoes** • **yummy** • **vegetables** (*pl*) • **soup** • **dessert** • **fruit salad** • **ice cream** • **scone** • °cream tea • (to) **take** • **on the radio** • **in the middle** • **What would you like?** • **I'd like …** (= **I would like …**) +**What would you like to eat?** • **hot** • **cold**

EINSTIEG
SB geschlossen. Zur Einführung des neuen Vokabulars zeigt L sechs Bilder (z. B. SB-Seiten 53–54; Wordbank SB-Seite 140-141), auf denen eine Kartoffel, eine Eiswaffel, ein *scone*, ein Suppenteller, ein Rostbraten und Früchte zu erkennen sind. L: Look at the pictures. All this yummy (Gestik!) food! We can see a potato, some ice cream, a scone, soup, roast beef and lots of fruit. You can make fruit salad with fruit. Die Bilder werden beschriftet. L: I like fruit for breakfast (L zeigt auf das Bild). I like vegetables for lunch (L zeigt auf die Kartoffel und nennt *carrots* als zweites Beispiel). I like soup for dinner (L zeigt auf das Bild). And I always like ice cream and fruit salad for dessert. What about you? S: I like pudding for dessert. / I like pizza. / … .

Ergänzung
Die Klasse spielt in Gruppen (à 10–15 S) *Fruit salad*: Jeder S bekommt einen Speisenamen (*potato, ice cream, scone, soup, roast beef*). Die S sitzen im Stuhlkreis, ein S steht in der Mitte. Dieser nennt eine Speise. Entsprechende Mit-S stehen auf und wechseln den Platz. Wird „Fruit salad!" gerufen, wechseln alle S ihren Platz. Der S in der Mitte versucht, einen Platz zu ergattern.

ERARBEITUNG
SB geschlossen. 1. Hören (Globalverstehen): Hörauftrag: Listen and draw a family tree of Sam's family. Ein S bearbeitet die Aufgabe an Tafel oder Whiteboard und präsentiert seine Lösung. Die Besprechung erfolgt im Plenum.

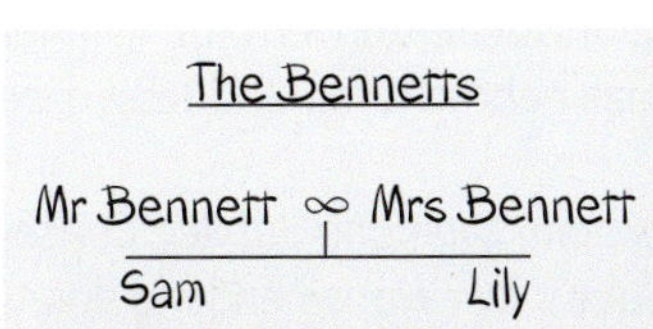

SB geschlossen. 2. Hören (Detailverstehen): L: Listen again and find out what Sam and Lily would like for lunch. Die Besprechung der Frage erfolgt im Plenum. S: Sam would like roast beef, roast potatoes, fruit salad and ice cream. Lily would like soup.

➔ 2 20 Audio online unter dem Webcode *mobipa*
➔FöFo 2.4

SB geöffnet. Abschließend wird der Text in verteilten Rollen gelesen.

2 At the Bennetts' house

SICHERUNG
a)/b) 3. Lesen (Detailverstehen): Die S lesen den Text noch einmal gründlich durch und beantworten die Fragen.

LÖSUNG
a) What's for lunch: roast beef • roast potatoes • vegetable soup • fruit salad / What isn't for lunch: ice cream • scones
b) cold

ERARBEITUNG
c) L notiert die Redewendungen What would you like for …? und I'd like … . Die S äußern sich im Plenum oder in PA.

MUSTERLÖSUNG
I'd like vegetable soup and fruit salad for lunch. / I'd like hot soup, not cold soup, for lunch. / I'd like roast beef and roast potatoes for lunch.

DIFFERENZIERUNG
Schnellere S finden auf SB-Seite 131 vier Sätze, aus denen sie jeweils das falsche Wort herausfinden und die Sätze korrigieren.

LÖSUNG
1 beef cream, 2 roast vegetable, 3 salad soup, 4 cream salad

S. 53

3 EXTRA Our house

NEUER WORTSCHATZ
°best: his Sunday best • °tired • °(to) need • °rest • °(to) play: the kids are playing up • °(to) sigh • °sleep • °got: he's got a date to keep • °date • °(to) hang around • °chorus

ÜBERLEITUNG
L: Listen to the song and sing along.

ERARBEITUNG
a) SB geöffnet. 1. Hören/Lesen (Globalverstehen): Der Song wird zunächst einmal vorgespielt. Die S lesen und/oder singen mit. Anschließend fragt L: Where's the house? S: In the middle of our street.

→ 2 21 Transkript online unter dem Webcode *bofanu*

Alternative
1. Hören: Die S konzentrieren sich auf Musik und Refrain; **2. Hören/ Lesen:** Find out who is in the family! S: father, mother, kids, sister, brother

ERARBEITUNG
b/c) Die S betrachten die Illustration im SB und ordnen die Personen den entsprechenden Liedzeilen zu. Die Ergebnissicherung erfolgt im Plenum. Abschließend wird der Song noch einmal gehört. Währenddessen zeigen die S auf die entsprechenden Bilder.
Hinweis: Es gibt ein Video von Madness beim *Diamond Jubilee Concert* für Queen Elizabeth II. (4. Juni 2012; YouTube): *Our House* erklang vom Dach des Buckingham Palace, dazu wurden Bilder auf die Fassade projiziert.

4 Background file: Cream tea

NEUER WORTSCHATZ
(to) **drink** +**drink** · **sandwich** · **cake** · **cream** · **jam**

EINSTIEG
L: I often drink tea in the morning and in the afternoon. I like tea. What about you? S: I drink milk/tea/water/ … . In the morning I have tea with toast and jam. In the afternoon I have tea and cake with cream, lots of cream, yummy. What about you? S: In the afternoon I have ice cream / ….

➔ Realia: Teekanne, Teetasse, Teebeutel, Marmeladenglas

ERARBEITUNG
1./2. Lesen mit Leseauftrag: Die S lesen den Text und ergänzen drei Halbsätze, die L anschreibt oder auf einem AB bereitstellt. Die Kontrolle der Aufgabe erfolgt im Plenum.

People in Britain often have tea at … .
People in Britain often have tea with … .
In a cream tea, there are … .

Alternative/Ergänzung
Die Klasse feiert eine *Tea party*. Aufgaben zur Vorbereitung: Einladungen schreiben, Tischdeko anfertigen, *scones* backen, Tee kochen.

5 EXTRA Let's make scones

NEUER WORTSCHATZ
°gram (g) · °flour · °sugar · °teaspoon · °baking powder · °salt · °bowl · °(to) mix· °butter · °(to) rub in · °millilitre (ml)· °milk · °egg · °(to) add to · °oven · °Celsius: °C · °out of

ERARBEITUNG
Um die Informationen des Rezepts aufzubereiten, stellt L den S die kreative Aufgabe, einen kleinen Dialog zu verfassen und aufzuführen. L: Read the recipe. Then work together in groups of four. Imagine you are the Bennetts: Mr Bennett, Mrs Bennett, Sam and Lily. You are in the kitchen. Sam and Lily make scones together, Mum and Dad help. Write a dialogue and act it out! L stellt Redemittel zur Verfügung.

Let's make scones! / Can I help you? / Can you ..., please? / We start with ... / It's time for ... / Pass the flour/butter/..., please. / Put ... in a bowl and mix it. / Let's add ... to the bowl. / Put ... in the oven. / Let's wait ... / Hurry up!

S. 54

TIPPS FÜR IHRE PLANUNG

Part C Practice dient der Festigung des Wortschatzes im Wortfeld *Food and drink* (**1**) und trainiert die Verwendung des Apostrophs im Englischen (*possessive form*, **2**) sowie der Possessivbegleiter (*possessive determiners, 3, 4*), denen die S bereits begegnet sind, die aber bislang rein lexikalisch behandelt wurden.

1 WORDS Food and drink

NEUER WORTSCHATZ

food · biscuit · bread · cheese · meat · milk · water

ERARBEITUNG

a) L führt den neuen Wortschatz mit Hilfe der Fotos im SB ein. Die S ordnen den Bildern die entsprechenden Wörter zu und übertragen zur Festigung der Schreibung die Ergebnisse in ihre Aufzeichnungen (s. Lösung). Die Sicherung erfolgt im Plenum; L achtet dabei auf die korrekte Aussprache der Wörter, die S buchstabieren einige der neuen Vokabeln.

➔FöFo 2.4

LÖSUNG

1 sandwich · 2 cornflakes · 3 milk · 4 yoghurt · 5 water · 6 cheese · 7 fruit · 8 bread · 9 potatoes · 10 meat · 11 spaghetti · 12 pizza · 13 vegetables · 14 soup · 15 biscuits

ERARBEITUNG

b) Die S übertragen die Kärtchen in ihr Heft (hier als Tabelle) und sortieren die Wörter in die drei Rubriken ein. Die Zuordnung ist nicht eindeutig, ein Wort kann durchaus in mehreren Spalten auftauchen.

MUSTERLÖSUNG

My breakfast	My lunch	My dinner
cornflakes	sandwiches	sandwiches
milk	water	water
fruit	cheese	cheese
bread	soup	soup
yoghurt	pizza	pizza
biscuits	spaghetti	spaghetti
sandwiches	potatoes	potatoes
cheese	meat	meat
	vegetables	vegetables

ANWENDUNG

c) In PA tauschen sich die S über ihre Lieblingsspeisen aus und nutzen dabei den vorgegebenen Dialog im SB. Die Ergebnisse der vorangegangenen Aufgaben werden zur sprachlichen Unterstützung herangezogen. Zur Sicherung der Ergebnisse präsentieren mehrere Zweiergruppen ihren Dialog vor der Klasse.

ANWENDUNG
d) Nun verfassen die S mit ihrem Partner Dialoge zu *lunch* und *dinner* nach dem selben Schema. Für weiteres Vokabular zum Thema nutzen sie die Wordbank 5. Sie üben einen der beiden Kurzdialoge ein und präsentieren ihn abschließend der Klasse.

➜ *Wordbank 5* (pp. 140–141)
➜ Workbook 20 (p. 32)
➜ Interaktive Übungen zum Workbook 2.8

DIFFERENZIERUNG Early finisher
Schnellere S-Paare ordnen auf SB-Seite 131 vier Personen deren Lieblingsessen zu.

LÖSUNG
Sally: fruit, Josh: meat, Karim: bread, Hattie: spaghetti

2 Apostrophes: 's and s' (The possessive form)

ERARBEITUNG
a) Zunächst wird die *Language-help*-Box laut vorgelesen und im Plenum besprochen. Anschließend ordnen die S die Bilder den Überschriften zu. L gibt Redemittel schriftlich vor: Number … is picture … because I can see … . Die S begründen ihre Zuordnung in einem vollständigen Satz: Number 1 is picture 2 because I can see one girl.

➜ GAP 7: The possessive form (p. 168)
➜ Your task, SB-Seiten 60–61

LÖSUNG
1B · 2C · 3D · 4A

ERARBEITUNG
b) Die S zeichnen die Bilder zu den beiden vorgegebenen Situationen in ihr Heft. Ein oder mehrere S erledigen den Auftrag an Tafel oder Whiteboard; die Ergebnissicherung erfolgt im Plenum.

ERARBEITUNG
c) Die S erledigen den Arbeitsauftrag in PA. Nach Satz 3 können sie sich abwechseln.

DIFFERENZIERUNG More help
Leistungsschwächere S ordnen die gesuchten Begriffe ohne Apostrophe aus einer Box auf SB-Seite 123 zu.

LÖSUNG
1 Abby's: that's A – double B – Y – apostrophe S. · 2 Blackwells': that's B – L – A – C – K – W – E – double L – S apostrophe. · 3 Dog's: that's D – O – G – apostrophe S. · 4 Skip's: that's S – K – I – P – apostrophe S. · 5 Abby's: that's A – double B – Y – apostrophe S. · 6 friend's: that's F – R – I – E – N – D –apostrophe S. · 7 brothers': that's B – R – O – T – H – E – R – S–apostrophe

Alternative
Die S zeichnen die Situationen auf dem Tablet.
➜ Adobe Illustrator Draw, Sketch-Book (IOS/Android), ArtFlow (iOS/Android), Infinite Painter (iOS/Android)
Weitere Differenzierung
Lernschnellere S denken sich eine eigene weitere Situation aus und illustrieren sie.
Weitere Informationen zu nützlichen digitalen Tools unter dem Webcode *moboxo*
➜ Workbook 21 (p. 32)

ANWENDUNG
d) Die S nutzen die Vorgaben im SB, um sieben Sätze mit der *possessive form* über ihre eigene Familie zu schreiben. Als HA geeignet.

MUSTERLÖSUNG
1 My best friend's name is Carla. · 2 My grandparents' house is small. · 3 Uncle Jim's favourite animals are frogs. …

➜ FöFo 2.7

S. 56

3 I feed my bird (*my, your, his, …*)

➜ Your task, SB-Seiten 60–61

ERARBEITUNG

a) Die Possessivbegleiter, die bislang lexikalisch behandelt wurden, werden in dieser Übung systematisch zusammengeführt. L fordert die S zunächst auf, das Gedicht abzuschreiben und zu ergänzen. Es wird anschließend mehrmals rhythmisch vorgelesen (im ▸ *Chor* oder in getrennten Rollen).

LÖSUNG

my • your • his • her • our • your • their

ANWENDUNG

b) Das Gedicht wird memoriert und in PA bei geschlossenem SB vorgetragen.

ERARBEITUNG

c) Die S übertragen die Tabelle aus dem SB in ihr Heft und ergänzen die *possessive deteminers*. Sie greifen dazu auf den Reim in **a)** zurück. Kontrolle im ▸ Partner check-Verfahren oder im Plenum.

LÖSUNG

Singular ➜		**Plural ➜**	
I	my	We	our
You	your	You	your
He	his	They	their
She	her		
It	its		

ANWENDUNG

d) Die S wenden nun ihr Wissen an, indem sie die jeweils richtigen *possessive determiners* in Lückensätzen ergänzen. Die Aufgabe kann sowohl schriftlich in EA mit anschließender Kontrolle im ▸ Partner check oder mündlich im Plenum erledigt werden.

LÖSUNG

1 my • 2 her • 3 his • 4 Its • 5 their • 6 your • 7 your, our

Alternative

Als schriftliche HA geeignet. Kontrolle im Plenum.

Zusatz/Festigung

S1 wird rausgeschickt. Ein Gegenstand wird auf das Pult gelegt, S1 kommt wieder herein und muss herausfinden, wem der Gegenstand gehört. Er befragt dazu seine Mit-S: Is this your pen? Diese verneinen immer und zeigen auf Mit-S: No, it isn't my pen. It's his pen. Hat S1 alle S befragt, muss er sagen, wer gelogen hat: He/she is the liar!

4 In my class (*my, your, his, …*)

➜ Your task, SB-Seiten 60–61
➜ Workbook 22 (p. 33)

ERARBEITUNG

Gemäß SB in EA. Sicherung im Plenum oder per Lösungsblatt. Als HA geeignet.

DIFFERENZIERUNG More help

Lernschwächere S arbeiten auf SB-Seite 123: Es sind jeweils zwei Optionen pro Lücke vorgegeben.

LÖSUNG

1 my • 2 your • 3 our, Her • 4 your • 5 their • 6 his, His • 7 her, her, their • 8 Her

S. 57

1 My house, your house

ERARBEITUNG

a) Bildbetrachtung. Bevor die S die Aufgabenstellung bearbeiten, spekulieren sie zu den Details im Bild. L: Who can you see in the photo? S: Jack, Ruby and Lucy. L: And what things can you see? S: I can see a house, a bike, a door, school uniforms, school bags … . Anschließend bearbeiten die S den Auftrag. L: What time of day is it? Does Lucy live in a flat or in a house? Die Antworten notiert L an der Tafel.

➜ Your task, SB-Seiten 60–61

My house, your house
time of day: afternoon?
Lucy's home: house?

ERARBEITUNG

b) 👥 **1. Hören/Sehen** mit Sehauftrag: Are we right about the time of day and Lucy's home or not? Let's watch the film and find out. Nach der Vorführung des Films überprüfen die S ihre Vermutungen. L hakt die S-Antworten an der Tafel ab bzw. lässt sie verbessern. Anschließend bearbeiten die S arbeitsteilig die Fotos mit Hilfe der vorgegebenen Fragen (Partner A 1–3, Partner B 4–6) und tauschen ihre Ergebnisse mündlich aus.
2. Hören/Sehen zur Festigung.

➜ DVD (Dauer: 7:42 min), Transkript online unter dem Webcode *xibuki*

LÖSUNG

a)–c) It's after school in the afternoon. Lucy lives in a small house. • 1 Ruby's bedroom • 2 Jack's bathroom • 3 Jack's kitchen • 4 Jack's bedroom • 5 Ruby's kitchen • 6 Ruby's living room

ERARBEITUNG

c) Die S sprechen mit einem Partner über die Bilder und beschreiben sich Details, die sie darauf erkennen.

2 EVERYDAY ENGLISH Time for lunch

ERARBEITUNG

a) Vor der Präsentation des Films spekulieren die S über die Namen der Personen im Bild.
1. Hören/Sehen: Die S überprüfen ihre Vermutungen beim Zuschauen. Die Aussagen der S werden nach der Präsentation des Films in einem UG auf ihre Richtigkeit hin überprüft und die Lösungen im Plenum verglichen.

➜ DVD (Dauer: 3:37 min), Transkript online unter dem Webcode *xibuki*
➜ Your task, SB-Seiten 60–61

LÖSUNG

1 Mrs White • 2 Luke • Mr White • 4 Katy • 5 Oliver

ERARBEITUNG

b) Die S lesen die falschen Aussagen vor und verbessern sie anschließend.

Weitere Differenzierung
Redemittel (Anschrieb): This is wrong because …

LÖSUNG

1 This is wrong because Katy would like (lots of) potatoes. • 2 This is wrong because there's milk and water to drink. • 3 This is wrong because there's fruit salad and ice cream for dessert.

ERARBEITUNG
c) Die S notieren sich, von wem die Zitate stammen.
2. Hören/Sehen: Die S überprüfen ihre Notizen auf ihre Richtigkeit, die Ergebnissicherung erfolgt abschließend im Plenum.

LÖSUNG
1 Oliver • 2 Mrs White • 3 Katy • 4 Mr White • 5 Luke • 6 Mrs White

ERARBEITUNG
d) Kleingruppen à max. 5 S: Die S erfinden einen Dialog für eine Szene beim Mittagessen und schreiben ihn auf. Redewendungen vgl. **c)**.

→ Apps für die kollaborative Textbearbeitung: EduPad, GoogleDocs, SmashDocs
Weitere Informationen zu nützlichen digitalen Tools unter dem Webcode *moboxo*
→ FöFo 2.4

KOMMUNIKATIVE KOMPETENZEN

Die S können …

Lesen: einen längeren Lehrbuchtext verstehen und mit Hilfen wichtige inhaltliche Aspekte entnehmen (SB-Seite 58/59, 1) • anhand von Textpassagen zeigen, wie sich jemand fühlt und über Gefühle sprechen (SB-Seite 58/59, 2)

METHODISCHE KOMPETENZEN

einen Auszug aus einem Lehrwerkstext szenisch darstellen bzw. eine Textpassage in eine andere Textform übertragen (SB-Seite 58/59, 3)

S. 58–59

Saturday in Plymouth

NEUER WORTSCHATZ

(to) **remember** • **present** • **café** • **seagull** • (to) **shout** • **ship** • **suddenly** • **down** **+up** • **maybe** • **its** name • (to) **jump** • **onto** the boat • **police officer** • (to) **look** happy/angry/… **+Box "look"**, SB-Seite 201 • **worried** • **hair** • **clothes** (*pl*) • **jeans** (*pl*) • **why?** • **never** • °(to) give sb. a hug • (to) **be in trouble**

EINSTIEG

SB geschlossen. Reaktivierung des Vorwissens über Plymouth: L: Justin spends his Saturday afternoon in Plymouth. What places in Plymouth can you remember? Die Antworten der S werden als Liste gesammelt. Dabei führt L neues Vokabular im Kontext ein: café, seagull, ship, police officer.

Plymouth places
the Hoe, Smeaton's Tower, the Lido, the Citadel, the Barbican, the Aquarium, Plymouth Sound, …
the harbour, a café

Anknüpfend an die Ortsbeschreibung äußern sich die S im nächsten Schritt zur Frage, was Justin an diesen Orten machen kann. L: Think of four things Justin can do. Die Ideen der S werden stichwortartig mitprotokolliert.

In Plymouth Justin can …
make films, see his friends, go swimming, go to school, eat an ice cream …

1 The story in pictures

NEUER WORTSCHATZ

story, *pl* **stories**

ÜBERLEITUNG

L: Let's find out where Justin really is and what he is about to do. Let's listen to the story.

ERARBEITUNG

a) **SB geöffnet. 1. Hören**/Lesen (Globalverstehen): Die S hören den Text und sortieren dabei die Bilder. Sie besprechen die Lösungen zunächst in PA und gleichen sie anschließend im Plenum ab.

➜ 2 22–25 Audios online unter dem Webcode *mobipa*

LÖSUNG

B • C • D • A • F • E

ERARBEITUNG
b) 2. Hören/**Lesen** (Detailverstehen): Die Aufgabe kann wahlweise in PA, GA (à 3 S pro Kleingruppe) oder im Plenum erledigt werden. Die S suchen zu jedem Bild die passende Textpassage und lesen diese abwechselnd in der richtigen Reihenfolge vor.

→ SMC 8: Reading (p. 152)
Alternative
KV 11: Saturday in Plymouth. 3. Hören/Lesen (Detailverstehen): Die S bearbeiten ein Multiple-Choice-Quiz.

2 Tom's mum

NEUER WORTSCHATZ
it shows **that** …

ERARBEITUNG
a)/b) L fordert die S auf, die Textpassage (Zeilen 44–73) erneut zu lesen, eine Tabelle im Heft anzulegen und darin Äußerungen der Mutter zu sammeln, die ihrer Sorge (linke Spalte) bzw. ihrer Erleichterung (rechte Spalte) Ausdruck verleihen. L legt zunächst beispielhaft eine Tabelle mit zwei Spalten an und trägt das Beispiel aus dem Buch ein. L versprachlicht dabei: "Please find him!" shows that Tom's mother is worried. L notiert den Ausdruck *shows that* … gesondert als Redemittel (Anschrieb). In EA vervollständigen die S nun die Tabelle und tragen sich in PA ihre Ergebnisse einander vor. Zum Abschluss äußern sich einige S im Plenum.

LÖSUNG

Worried	Happy
Please find him!	Oh, Tom!
He can't swim.	Never do that again!
Tom! Tom, where are you?	

3 Act it out You choose

DIFFERENZIERUNG You choose
a) In Kleingruppen spielen die S eine der beiden vorgegebenen Szenen aus der Geschichte nach.

Weitere Differenzierung
Eine Gruppe von 7–9 S stellt die gesamte Geschichte nach.

b) Justins Mutter sieht Justin und den Polizisten nur von Weitem und weiß nichts von seiner Heldentat. Sie vermutet vielmehr, dass er Probleme mit der Polizei hat. Die S schreiben die Auflösung zu der bisher offenen Geschichte.

→ VAS 2.1, 2.2
→ FöFo 2.5
→ LM Unit 2

MUSTERLÖSUNG
"Sorry, Mum, I'm late, but …" – "Justin, why is the policeman here?" His mum is worried. But then Justin tells his mum the story about Tom and the boat. Mrs Skinner smiles: "Sarah, this is my Justin!" Everybody is happy. "What would you like?" Mrs Skinner asks Justin. "A big ice cream?"

→ My Book
→ Workbook 23 (p. 33)
→ Interaktive Übungen zum Workbook 2.9
→ Workbook Checkpoint 2 (pp. 34–37)

S. 60–61

A tour of my home

TIPPS FÜR IHRE PLANUNG
In Unit 2 begegnet den S die erste Unit-begleitende Lernaufgabe (*Your task*). Bereits im *Lead-In* wurde den S angekündigt, was sie am Ende der Unit sprachlich leisten können werden (SB-Seite 40). Die Aufgabenstellung stammt aus dem inhaltlichen Zusammenhang der Unit, und zur Bewältigung der Aufgabe werden den S immer wieder Hinweise und Rückverweise auf bereits erworbene Kenntnisse aus verschiedenen Kompetenzbereichen gegeben.
SB-Seite 60 kann im Unterricht gemeinsam bearbeitet werden; es ist jedoch sinnvoll, auch die Selbstevaluation auf SB-Seite 61 ausführlich mit den S zu besprechen, denn diese gibt den S eine Struktur zur tatsächlichen Reflexion des Erarbeiteten und ihres Könnens. Dieser Leitfaden wird den S auf Deutsch angeboten, um bei der Aufarbeitung der Schwächen keine sprachliche Hürde aufzubauen und die Reflexion in der Muttersprache zu ermöglichen.

ERARBEITUNG STEP 1
SB geöffnet. Die S lesen gemeinsam die einleitende Aufgabenstellung und STEP 1. Danach wählt jeder für sich eine Figur aus dem SB (Sam, Justin, Abby, Maya oder Lucy) aus.

MUSTERLÖSUNG
My Plymouth kid is Sam.

ERARBEITUNG STEP 2
Die S schlagen geeignete Redemittel zu ihrem Kurzvortrag über ihr Zimmer nach oder nutzen die aus dem Muster. Sie machen sich Notizen, indem sie entweder ihre eigenen Mindmaps (SB-Seite 46, e)) wiederverwenden oder die Mindmap aus dem SB als Muster nutzen. Auch einen Kurzvortrag zum eigenen Zuhause haben sie dort bereits geübt.

ERARBEITUNG STEP 3
Die S sprechen über ihre Familie, indem sie ihre auf SB-Seite 51 erarbeiteten Familienstammbäume oder das Muster im SB nutzen.

ERARBEITUNG STEP 4
Die S können einen Partner bitten, den Freund aus Plymouth darzustellen, damit es ihnen leichter fällt, zu jemandem zu sprechen und sie einen Blickanker haben. Morph hat auch einen *TIP* für die S auf SB-Seite 61, den sie vor den Kurzvorträgen lesen können.

MUSTERLÖSUNG
Hello, Sam! Nice to meet you! Come in. OK, let's go on a tour of my flat. Here's my room. It's small and there's a desk at the window. I do my homework here. And I sleep there in my bed. Here's the dining room. We eat breakfast, lunch and dinner here at the table. This is the bathroom. You can find the toilet here. Let's go to the living room and watch TV or play a game. You can sit on the sofa.
There are four people in our family: me, Mum, Dad and my brother Max. Max is four years old. Do you have a brother or sister? My parents are married. Are your parents married or divorced? My grandparents don't live here. They live in … . I also have an aunt. She's single.

S. 62–63

TIPPS FÜR IHRE PLANUNG
Die S lernen mit Hilfe des *Access to cultures*-Moduls *Staying with a British family* Grundsätze höflicher Unterhaltung in GB anhand des Beispiels eines deutschen Austauschschülers in Bath kennen. Sie machen sich interkulturell angemessene Diskursstrategien in der englischen Sprache mit Fokus auf *politeness* bewusst und wenden diese schließlich selbsständig an.

1 Welcome to Bath

EINSTIEG
SB geschlossen. Einstimmung. L: Would you like to go on holidays to Britain? Would you like to visit Britain alone and live in a British family? Why / Why not?

➜ Zeitungsanzeige als Folie (von L erstellt)

Alternative
L zeigt als Impuls für ein kurzes Klassengespräch eine Zeitungsanzeige mit folgendem Inhalt: „Visit Great Britain in your summer holidays. Live in a British family in Bath for two weeks and get to know the British way of life." L: would you like to go to Great Britain in your holidays? And would you like to live in a British family?

ÜBERLEITUNG
L: Let's meet Max from Krefeld. He's in Britain for two weeks with a British family. They live in Bath. Let's find Bath on the map at the back of our book. (S: In south-west England, near Bristol.)

ERARBEITUNG
SB geöffnet. L: Look at the photo and read the information about Bath. Find out why it's a good place to visit or not. Please copy the table and fill it out.
Die S füllen die Tabelle in EA aus, besprechen sich dann in PA. Abschließend erfolgt eine kurze Auswertung.

Weitere Differenzierung
Leistungsstärkere S formulieren persönliche Begründungen, z.B.: It's a good place to visit because there is a famous museum of astronomy and I'm very interested in astronomy.

MUSTERLÖSUNG

Bath

It's a good place to visit, because	It's not a good place to visit, because
it's in England!	it's too big/small. (89,000 people live there.)
there are a lot of nice things to see (Roman Baths, streets with old houses, Herschel Museum of Astronomy, ...).	...
it has good shops.	
you can watch cricket and football there.	

2 Thinking about language

ERARBEITUNG
a) SB geöffnet. 1. Hören (Globalverstehen). Gemäß SB.

➔ 2 26 (Dauer: 1:46 min)
Transkript online unter dem Webcode *bofanu*

LÖSUNG
To the Roman Baths.

ERARBEITUNG
b) SB geöffnet. 2. Hören (Detailverstehen). Die S merken sich die vier Antworten auf die vier Fragen.
In PA wird geklärt, ob Max' Antworten gut oder nicht so gut sind und wie Mr Kennedy sich fühlt. Im Plenum werden die Antworten nochmals kurz gesammelt.

Alternative
Die S schreiben Max' Antworten in ihr Heft.

Hinweis: Die S können die Antworten dann für **c)** weiter nutzen.

LÖSUNG
1 No.
2 Beef isn't my favourite meat.
3 No, football is silly.
4 Yes.
Max's answers aren't very good. He isn't friendly. The answers "Yes" / "No" are too short. Max doesn't say "please" or "thank you".
Mr Kennedy doesn't feel good. He isn't very happy.

ERARBEITUNG
c) SB geöffnet. L: Let's find some better answers for Max.
Die S lesen den Tipp. Dann finden sie in PA Alternativen zu Max' Antworten und schreiben sie in ihr Heft. Im Plenum werden anschließend die verbesserten Antworten gesammelt.

Alternative
SB geschlossen. L: Do you have any ideas for better answers to Mr Kennedy's questions?
Es werden einige Ideen im Plenum gesammelt, bevor der Tipp gelesen wird. Anschließend erarbeiten die S **c)** in PA.

3 Talking at mealtimes

ÜBERLEITUNG
L: Think of your meals at home. Are there dishes you don't like? And what do you tell your parents when they make these for dinner?
Die S berichten im Klassengespräch.
L: Today we want to find out what we can say in English if we don't like something.

Alternative
L zeigt Abbildungen von Nahrungsmitteln und Gerichten z.B. per Folie und fragt: Look at the food and dishes. Do you like all of it or are there dishes you would not like to eat?

ERARBEITUNG
a) SB geöffnet. L: Before we listen to another dialogue with Max have a quick look at the words in the box.
Die Wörter werden gelesen und deren Bedeutung geklärt; die deutsche Bedeutung befindet sich unten auf der Seite.
1. Hören (Globalverstehen). Gemäß SB.

➔ 2 27 (Dauer: 2:41 min)
Transkript online unter dem Webcode *bofanu*

LÖSUNG
the egg, the Bath bun, the jam

ÜBERLEITUNG
L: Now let's see how you can talk about food and about plans.

ERARBEITUNG
b) SB geöffnet. Gemäß SB.

LÖSUNG
- The expressions on the right are polite because the speaker thinks about people's feelings.
- It isn't polite to say things like:
- "I don't like …", "It isn't nice …", "That isn't a good idea … ", "I want …" or "I don't want …"
- You can show that you think about a person's feelings if you use words or phrases like: "interesting" – if you don't like something; "Sorry, but …" if you don't want to do something; "Can I … please?" to say what you want to do.

ERARBEITUNG
c) SB geöffnet. 2. Hören (Detailverstehen). Die S schreiben Max' Äußerungen über das Essen auf. L weist sie darauf hin, dass sie die Äußerungen in abgekürzter Form festhalten können, damit das Schreiben sie nicht vom Hören ablenkt. Während des **3. Hörens** schreiben die S Max' Äußerungen über die geplanten Aktivitäten auf.
In der Auswertungsphase erfragt L zunächst die Anzahl der Antworten, die nicht so höflich waren (Lösung: 3). Dann werden Ideen für eine Verbesserung der Antworten gesammelt.

➜ 2 27 (Dauer 2:41 min) Transkript online unter dem Webcode *bofanu*

Alternative
L verteilt Kopien von **3b)** an die S, damit sie die Aussagen von Max markieren können. Die S finden höfliche Alternativen für Max' unhöfliche Antworten.

LÖSUNG
Food:
- Give me the salt. It isn't nice.
+ It looks interesting. Sorry, this isn't for me. But the egg looks yummy. What kind of cake is this? We don't have that at home. It tastes different, but I like the jam.
Plans:
- I don't want to go to the park.
+ Sorry, I don't like zoos, but I like history. Can we …?
That's a nice idea, but …

4 Polite language

ERARBEITUNG
a) SB geöffnet. Die Aufgabe kann in PA gemacht werden. Ein Partner liest den ersten Satz vor und der zweite Partner sagt die höfliche Version. Wenn der erste Partner zugestimmt hat, schreiben beide den Satz in ihr Heft. Dann liest der zweite Partner den zweiten Satz vor und der erste Partner sagt die höfliche Version, etc.
b) SB geöffnet. Die Erarbeitung erfolgt wie in in **a)**. Auswertung im Plenum.

Alternative
Die Übung eignet sich auch gut als schriftliche Hausaufgabe.

LÖSUNG
a)
1 We don't have this white thing in Germany. What is it, please?
2 Sorry, but this ice cream isn't for me.
3 Sorry, I don't like sailing, but I like swimming. Can we go to the pool today, please?
4 I'd like to go out now. Maybe we can watch TV in the evening?
b)
1 It's Sunday – is that a good day to go the Roman Baths? Maybe we can go next week? / The Roman bBaths are interesting, but the (park) is interesting too.

2 That's a nice idea, but I have a different idea today. / Maybe we can do that on a different day. This afternoon I'd like to (go to the park).
3 Sorry, but I don't eat meat. Maybe I can have a different sandwich? / The cheese sandwich looks yummy. Can I have that, and not the beef sandwich, please?
4 That vegetable looks interesting, but I don't know it. / This vegetable is new to me. Do you know the name?

SICHERUNG

SB geschlossen. Nach der Auswertung im Plenum liest L nochmals die unhöflichen Sätze vor und die S sagen die höfliche Version. Dabei kann L auch noch einige eigene Versionen anfügen oder aus **3** übernehmen.

5 Your dialogue

ERARBEITUNG

SB geöffnet. Die S wählen A oder B aus und erarbeiten den Dialog in PA. Die S werden darauf hingewiesen, dass sie einen Dialog von angemessener Länge schreiben sollen mit mehreren Fragen und Antworten. Während der Auswertung im Plenum werden auch Möglichkeiten besprochen, den Dialog länger und interessanter zu gestalten, z.B. mit Nachfragen (vgl. Lösung). Es ist auch möglich, nach der Erarbeitung den jeweils anderen Dialog als schriftliche Hausaufgabe zu geben (Länge ca. eine halbe Seite).

Alternative
Die Übung eignet sich gut als schriftliche Hausaufgabe.

LÖSUNG

A

Mr Redmond: Do you like the cream tea?
You: It's a very nice café.
Mr Redmond: I hope you like the food.
You: The scone is interesting. We don't have cake like that at home.
Mr Redmond: Yes, maybe German food is
You: Yes, and the English tea is different too. I like it with milk. It's great.
Mr Redmond: What about a second cup?
You: Yes, please! I'd like that.

B

Mrs Redmond: You can go to the library today.
You: I like libraries, but I have lots of books with me.
Mr Redmond: Maybe we can go to my mother's farm. You can see lots of animals there.
You: That's a great idea, but this is my last weekend in Bath, so I'd like to buy some presents.
Mr Redmond: Of course. So maybe you'd like to go to the shops today.
You: Yes, please. I'd like to find a present for my cousin.
Mr Redmond: For your cousin? That's nice.
You: Yes, maybe you can give some ideas, Mrs Redmond?

Clubs and hobbies

Storyline	Lucy, Maya, Abby, Sam und Justin unterhalten sich über die verschiedenen Schulklubs, in die sie gehen, und stellen sich gegenseitig ihre Hobbys vor. Justin bekommt von seinem Vater eine Videokamera geschenkt. Mit Lucy, Sam und Maya plant er, einen Film damit zu drehen. Lucy träumt am Ende der Unit von einer Zeitreise nach Plymouth im 16. Jahrhundert. Die Freunde beschließen, diesen Traum zu verfilmen.
Kommunikativer Kompetenzschwerpunkt	**Writing:** Unit 3 bietet einen behutsamen Einstieg in die Schulung der Schreibkompetenz. Ausgehend von einfachem vorgegebenem Schreibmaterial, in dem nur lexikalische Einheiten ausgetauscht werden müssen, entwickeln die S diesen Kompetenzbereich systematisch weiter: Sie vervollständigen Einsetzübungen und ordnen Satzteile sinnvoll an. Die S erstellen Profilkarten zu ihren Klassenkameraden, indem sie zuerst einfache Sätze bilden und später Fragen stellen. Am Ende der Unit können die S kurze Texte verbessern und umschreiben. Die S können … über das Abschreiben vorgegebenen Sprachmaterials zum Verfassen von Fragen bitten (SB-Seiten 66, 3; 67, 6; 72, 3) • Steckbriefe fortführen (SB-Seite 66, 2) • einen einfachen Text mit Hilfe von sprachlichen und inhaltlichen Vorgaben erstellen und umformen (SB-Seite 75, 6d)) • Textanteile in einen Dialog umformen (SB-Seite 81, 3b))
Sprechabsichten	Schulklubs (AGs) • Hobbys, Sportarten und Freizeitaktivitäten • um Erlaubnis bitten • sagen, wie oft man etwas tut
Vorwissen aus der Grundschule:	**Themen:** Hobbys • Freizeitaktivitäten **Methoden:** eine Zeichnung zu einem Satz oder zu einer Geschichte erstellen (SB-Seite 78, 2) • eine Zeichnung zu einer Geschichte erstellen oder Teile einer Geschichte szenisch darstellen (SB-Seite 81, 3a)+b))
Schreibanlässe	über Hobbys und Freizeit berichten (SB-Seite 69, 5) • Informationen über eine/n Partner/in weitergeben (SB-Seite 74, 4) • Informationen zu einer Lehrwerksfigur erfragen (SB-Seite 74, 5) • einen Text korrigieren und anschließend umschreiben (SB-Seite 75, 6d)) • Anteile eines Textes in der direkten Rede in einen Dialog umformen (SB-Seite 81, 3b))
Language skills	**Grammatische Strukturen:** *Simple present: questions and short answers; questions with question words* • *Adverbs of frequency: word order* **Wortfelder:** *sports and hobbies* • *go/play/do* **Spelling Course:** [ɔː]*-sound* • *small letters, capital letters* (SB-Seite 79)
Study skills	**Collecting information.** Mindmaps und Tabellen (SB-Seiten 70, 74, 75) **EXTRA Giving a one-minute talk.** Minipräsentationen zu Hobbys (SB-Seite 70)
Kooperative Lernformen	*Partner check* (SB-Seiten 64, 70, 75) • *Find someone who* (SB-Seite 69, 3) • *Milling around activity* (SB-Seite 69, 5) • Stummes Schreibgespräch (SB-Seite 74)
Hör-/Sehverstehen: The world behind the picture	**Plymstock school clubs.** Oliver und Jack zeigen ihre Schulklubs (SB-Seite 71). **Everyday English: How can we join the club?** Oliver und sein jüngerer Bruder Luke möchten sich im *Plymouth Life Centre* anmelden (SB-Seite 71).
Portfolioarbeit: *MyBook*	Steckbriefe (*profiles*) der Lehrwerkskinder weiterführen (SB-Seite 66)

KOMMUNIKATIVE KOMPETENZEN
Die S können …
Hören: Hauptinformationen aus kurzen Hörtexten entnehmen und Geräusche verschiedenen Schulklubs zuordnen (SB-Seite 64, 1b))
Lesen: diskontinuierlichen Texten Informationen entnehmen (SB-Seiten 64–65)
Sprechen: Informationen über Schulklubs der *Plymstock School* geben (SB-Seite 64, 1) • über eigene Erfahrungen in einem Schulklub sprechen (SB-Seite 65, 2)

METHODISCHE KOMPETENZEN
Minipräsentationen zu Schulklubs halten (SB-Seiten 64, 1a); 65, 2) • *Partner check* (SB-Seite 64, 1b))

S. 64–65

NEUER WORTSCHATZ
hobby, *pl* **hobbies** • **some** • (to) **join a club** • **more** • **information (about)** *(no pl)* • 4 **pm** +4 **am** • (to) **edit** • **gardening** • (to) **grow** • (to) **sell** • (to) **have fun** • **kit** • **quiet** • **young** • (to) **choose** • **area** • **lunchtime** • **instrument** • (to) **sing** • (to) **dance** • **from … to**

EINSTIEG / REAKTIVIERUNG VON VORWISSEN
SB geschlossen. L schreibt eine AG der Schule nach dem Muster im SB an und semantisiert hierbei den für das gewählte Beispiel notwendigen Wortschatz: This is a school club at our school. I know there are students from this class in this club. Some of you joined it when you started here. You go to the gym every Thursday from 3 to 4 pm. Who is in this club? – S heben die Hand. L: Do you like it? Do you have fun there? S: … L: I also go to yoga classes. It's my hobby. And I always take my sport clothes there, my yoga kit. I like it because it's a quiet sport (Flüstern, Gestik), not as noisy as school.
Anschließend erzählen die S in einem UG von den AGs an ihrer Schule. L: But maybe young people like other clubs. What's another club that you can choose at our school? Can you tell me about it? Can you give me more information about it? Who is the teacher? When is it? Is it at 2 pm or 3 pm? S: I have tennis with Mr Reichelt. It's on Wednesday afternoon at 4 pm.
Im Anschluss an diese Aktivierungsphase kann L die weiteren für die *Lead-in*-Doppelseite benötigten Wörter semantisieren. Viele Vokabeln lassen sich jedoch aus dem Kontext erschließen, sodass sie anhand der Texte eingeführt werden können: (to) edit, gardening, (to) grow, (to) sell, area, lunchtime +at lunchtime, instrument, (to) sing, (to) dance.

Yoga

With Mrs Lehnert
Where: Gym
When: Thur 3-4 pm
Do some yoga exercises after school, get fit and have fun!

Language Awareness
Einige der neuen Vokabeln bringen eine hohe Komplexität im Bereich Aussprache mit sich: (to) join [dʒɔɪn], (to) grow [grəʊ], quiet [ˈkwaɪət], young [jʌŋ], choose [tʃuːz]). L sollte deshalb großen Wert auf das Nachsprechen dieser Wörter legen. Ein weiterer Schwerpunkt kann auf der Veränderung der Schreibweise der Pluralform von *hobby* (*hobbies*) liegen. Als weiteres Beispiel kann L *baby* (*babies*) nennen.

ÜBERLEITUNG
L: These are all clubs the students from Plymstock can join. They can be in one or more clubs. Now, let's have a look at what clubs there are.

ERARBEITUNG
SB geöffnet. Bildbeschreibung. L: Please choose one picture and describe what you can see. S: I can see people on computers. / I can see vegetables. Someone is in a garden. / I can see a basketball. / I can see women and instruments. / I can see two students. They have two books.

1 Plymstock clubs

ERARBEITUNG
a) **1. Lesen**/Hören: Jeder S in einer Fünfergruppe liest einen der Texte in EA durch und präsentiert den anderen S seiner Gruppe den Inhalt des gelesenen Textes im Sinne der arbeitsteiligen GA. Die S nutzen die vorgeschlagenen Redemittel aus dem SB.

ERARBEITUNG
b) 2. Hören/Lesen (Globalverstehen): Die S hören verschiedene Geräuschkulissen und ordnen diese während des Hörens den Clubs zu (Heftbild s. Lösung).
Anschließend vergleichen die S ihre Lösungen im ▶ *Partnercheck*-Verfahren.

➔ 2 28–32 Transkripte online unter dem Webcode *bofanu*

Alternative
Vorbereitung einer Tabelle:

Sound	Club	
No. 1		
No. 2 ...		

LÖSUNG
1 Quiet Reading • 2 Samba Club • 3 Basketball • 4 Gardening Club • 5 Film Making

➔ FöFo 3.1

School clubs
An Schulen in Großbritannien haben *school clubs* (dt. AGs oder Klubs) eine große Bedeutung. Sie finden entweder in der Mittagspause oder am Nachmittag nach der Schule statt. Jeder S wählt mindestens einen Klub aus. Es ist eine gute Gelegenheit, um Freunde mit gleichen Interessen zu treffen. *School clubs* unterscheiden sich von *school teams*. *Teams*, z. B. die Basketballmannschaft, repräsentieren die Schule, während Klubs aus Freude an der Sache besucht werden. Die S können selbst neue Klubs anregen und diese zum Teil selbst leiten.

S. 65

2 Your clubs

ERARBEITUNG
Die S berichten mit Hilfe der Redemittel im Buch im Plenum von Schul-AGs oder Vereinen, die sie in ihrer Freizeit besuchen. Weitere Clubs und Hobbys finden die S in der WORDBANK 6.
L: Tell me about your clubs. Are there any clubs at your school that you like? S: There's a football club near our house. You can play football there. I go there every Tuesday and Friday.

➜ *Wordbank 6* (pp. 142–143)
➜ Workbook 1–3 (p. 38–39)
➜ FöFo 3.1
➜ Early finisher (p. 132)

FESTIGUNG
Die S erstellen als HA einen kurzen Steckbrief entweder zu einer Schul-AG oder zu einem Freizeit- oder Sportklub. Als Vorlage dienen die Bilder und die Struktur *(name, with, where, when, what about)* des SB und des Einstiegs (HRU-Seite 122).

YOUR TASK
L kann zum Abschluss der Einführungsseiten zur Unit 3 im Sinne der Lernzieltransparenz auf die Lernaufgabe am Ende der Unit hinweisen (SB-Seiten 82–83, dazu HRU-Seiten 159–160).

KOMMUNIKATIVE KOMPETENZEN

Die S können …

Lesen/Hören: kleine Erzählungen und wesentliche Merkmale einer Geschichte verstehen und dazu eine Tabelle ausfüllen oder sagen, wer was macht (SB-Seiten 66, 1, 2; 67, 4, 5)

Sprechen: in Dialogen Fragen stellen und beantworten (SB-Seite 66, 3) • über Gefühle sprechen, indem sie sich in Lehrwerksfiguren hineinversetzen (SB-Seite 67, 5b)) • auf einfache inhaltliche Fragen zum Text reagieren (SB-Seite 67, 6)

Schreiben: Steckbriefe der Lehrwerksfiguren (*profiles*) weiterführen (SB-Seite 66, 2)

METHODISCHE KOMPETENZEN

Fragen/Aufgaben für Mit-S ausdenken und die Mit-S zu einem Text befragen

S. 66

1 In the school canteen

NEUER WORTSCHATZ

(to) **get** angry/cold/… • **wet** • **umbrella** • **funny** • **very** funny/wet/… • **joke** • **because** • **really** • **sometimes** • (to) **have to** go/work/… • **What's the matter?**

EINSTIEG

SB geschlossen. L: When it rains I take my umbrella (Regenschirm zeigen) because I don't want to get wet (Blumenspritze benutzen). Now I have a joke for you. It is very funny (Mimik): L schreibt Sams einleitende Frage *What's grey and never gets wet?* An. Die S suchen nach der Lösung. L gibt zwei Hinweise und zeichnet zuerst einen Elefanten und anschließend einen Regenschirm an.

→ Realia: Regenschirm, Blumenspritze oder Wasserflasche

Weitere Differenzierung

Einige S überlegen sich zu Hause entsprechend Sams Witz einen kurzen Witz mit einem Tier. In der nächsten Stunde dienen diese Witze als lustiger Einstieg.

Illustration: Eva Muszynski, Berlin

ÜBERLEITUNG

L: Let's take a look at our students from Plymstock School on page 66. Today they are in the school canteen.

SB geöffnet. Bildbeschreibung. L: Please describe the picture. What can you see in the picture? S: I can see Sam, Abby and Lucy at a table. Justin is there too. L: Where in the school is that? S: It's in the school canteen.

ERARBEITUNG

1. Hören/Lesen (Globalverstehen): L gibt den S zwei Fragen als Hörauftrag: L: What do the children talk about? S: They talk about their hobbies and school clubs. L: What clubs do they talk about? S: They talk about the Basketball Club, the Film Making Club, the Trampoline Club and Wembury Sailing Club.

→ 2 33 Audio online unter dem Webcode *mobipa*

2 Which clubs are they in?

NEUER WORTSCHATZ

Which clubs/jokes/…? • °trampoline

ERARBEITUNG

2. Hören/Lesen (Detailverstehen): Die S übertragen vor dem Hören die Tabelle in ihr Heft und füllen sie dann während des zweiten Hörens aus. Anschließend werden die Ergebnisse im Plenum verglichen.

→ 2 33 Audio online unter dem Webcode *mobipa*

LÖSUNG

	Abby	Justin	Lucy	Maya	Sam
Film Making		X			
Basketball Club					X
Trampoline Club	X				
Wembury Sailing Club	X			X	

Alternative
Zur Zeitersparnis erstellt L die Tabelle aus dem SB vorab und teilt sie als Kopie an die S aus.

TRANSFER
Abschließend übertragen die S die in der Tabelle gesammelten Informationen in die Steckbriefe zu den Lehrwerksfiguren (*character profiles*) aus Unit 1 in ihrem *MyBook* (als HA geeignet).

→ My Book

Weitere Differenzierung
3. Lesen in Gruppen à 4 S. L kann die Rollen nach Z. 25 neu besetzen, Justin entfällt.

3 Do you play basketball?

ERARBEITUNG
Die S nutzen die vorgegebenen Redemittel und schreiben fünf Fragen in ihr Heft. Im Anschluss befragen sie ihre Sitznachbarn. Diese antworten entweder mit *Yes, I do.* oder *No, I don't.* Die Antworten werden ebenfalls im Heft notiert.
Um das Ergebnis der kleinen Umfrage im Klassenverband zu präsentieren, fragen und antworten die S nach folgendem Schema: Marius: Do you play football, Daniel? Daniel: No, I don't. Do you know any good jokes, Julia? Julia: Yes, I do. Do you …

Alternative/ Weitere Differenzierung
KV 12: Do you play basketball? ▸ *Milling around activity*: Der graue Bereich, den alle S ausfüllen, enthält die Beispiele aus dem SB. Wer mag, kann zusätzlich *like* abfragen. Jeder S sollte sechs Mit-S befragen.

MUSTERLÖSUNG
1 Do you play football? – Yes, I do. / No, I don't. • 2 Do you know any good jokes? – ... • 3 Do you play basketball? – … • 4 Do you know Sahin? – … • 5 Do you play tennis? – …

→ Workbook 4 (p. 39)
→ Interaktive Übungen zum Workbook 3.1
→ Early finisher (p. 132)

S. 67

4 At Lucy's house

NEUER WORTSCHATZ
everyone (or: **everybody**) • **What's she like?** • (to) **visit** • (to) **love** • **nothing** • **list** • (to) **want** • **work** • (to) **want to do** • (to) **sound** • (to) **make friends**

EINSTIEG
SB geschlossen. L führt den neuen Wortschatz ein: You meet somebody for the first time. You don't know the person, but you want to know if he or she is nice. You ask somebody who knows the person, "What's he/she like?" You want to know more about the person. Maybe you can be friends! At school it's easy to make friends. Sometimes you can visit your friends in the afternoon and go to his or her house.

ERARBEITUNG
SB geöffnet. Bildbeschreibung. Die S spekulieren über den Inhalt des Dialogs. L: Who do you see in the picture? S: Lucy and Maya. L: What do they do? S: They're in Lucy's room. / Lucy isn't happy. L: Maya wants to help

Lucy find a club. Which is the best club for Lucy? What do you think? S: Lucy can play … / Lucy can choose …

ÜBERLEITUNG
L: Let's listen to Lucy and Maya and find out more about them.

→ 2 34 Audio online unter dem Webcode *mobipa*

5 Lucy, Maya and Abby

ERARBEITUNG
a) 1. Hören/Lesen: Die S hören den Text und folgen gleichzeitig lesend. Anschließend werden im UG die Fragen beantwortet. Ein S liest eine Aussage laut vor und verbessert den Satz, wenn nötig. Die anderen S überprüfen, ob die Antwort richtig oder falsch ist.

Alternative
Die S erledigen die Aufgabe schriftlich und korrigieren die falschen Sätze.

LÖSUNG
1 Right. • 2 Wrong. Lucy and Abby aren't good friends. • 3 Wrong. Lucy has lots of questions about Abby. • 4 Right.

VERTIEFUNG
b) Die S überlegen sich, ob Lucy glücklich ist oder nicht. Sie begründen ihre Meinung mündlich anhand der Redemittel im SB. L erstellt dazu ein TB.
Hinweis: Die Mindmap wird an dieser Stelle vorbewusst eingeführt. Die S können diese Arbeitsmethode in *Study skills*, SB-Seite 70 aktivieren und bewusst machen.

Alternative
Die S erledigen die Aufgabe schriftlich und übernehmen die Aufgabenstellung in ihr Heft. Sie schreiben einen Satz. Einige S lesen anschließend ihre Sätze im Plenum laut vor. L sammelt die Äußerungen in einer Mindmap (s. links), die die S in ihre Hefte übertragen.
→ Geeignete Apps für die Erstellung von Mindmaps sind z.B.: SimpleMind und MindMeister

MUSTERLÖSUNG
I think/don't think that Lucy is happy because she isn't in a club.

6 Have a go

ERARBEITUNG
Hinweis: Die S wenden vorbewusst *questions and shorts answers* in der 3. Person Singular an. Sie legen ein Muster für die grammatische Form an, das ihnen mittels Wiederholung bzw. Imitation das spätere Erlernen der neuen Struktur erleichtert.
Anschließend überlegen und notieren sich die S weitere Fragen, die sie zu Abby stellen möchten, und fragen und antworten sich gegenseitig.

Weitere Differenzierung
Leichtere Variante: Die S schreiben Lucys Fragen und Mayas Antworten aus **4** in ihre Hefte. Die Ergebnisse werden an Whiteboard oder Tafel festgehalten: Does she visit you (Maya) at your house? – No, she doesn't.

MUSTERLÖSUNG
Does Abby go to Coombe Dean School? – No, she doesn't. • Does Lucy like Abby? – No, she doesn't. • Does Abby like Maya? – Yes, she does. • Does Abby have pets? – Yes, she does. • Does she live in Plymstock? – No, she doesn't.

S. 68

TIPPS FÜR IHRE PLANUNG
Die Bewusstmachung und Einübung der Fragen mit *do/does* anhand von Sport und Hobbys steht neben den *short answers* im Zentrum von *Part A Practice*. Zunächst erfolgt die Bewusstmachung der Fragebildung und *short answers*. Unmittelbar nach der Erarbeitung der *Looking at language*-Box sollte **1** erfolgen. In **2** werden lexikalische Einheiten zu Sportarten und Hobbys vermittelt. In **3–5** wenden die S die Fragebildung und Beantwortung mit *short answers* an. **2** und **3** lassen sich gut nacheinander erledigen. Die ▸ *Milling around activity* **5** führt zusätzlich *have to* ein und gibt den S die Möglichkeit, frei zu sprechen.

Looking at language

EINSTIEG
SB geschlossen. In spielerischer Form ruft L den S die Fragebildung zurück ins Gedächtnis. L übernimmt die erste Zeile der Tabelle aus **a)** auf dem interaktiven Whiteboard oder auf Folie und formuliert die Fragen aus *Part A* als Klassenumfrage: Die S stimmen mit Hilfe von ▸ *Right/wrong-cards* ab, das Ergebnis wird ausgezählt, und je ein S füllt die Lücken aus: 13 students say yes – yes, you do!

Singular	students		Short answer	Plural	students		Short answer
yes	no	yes		no			
Do I know any good jokes?	13	12	Yes, you do.	Do we have maths homework?	0	25	No, we don't.

Alternative
L steigt mit den Fragen aus *Have a go!* (**6**, SB-Seite 67) ein und lässt die S ihre eigenen Fragen vorlesen. Die Fragen werden im Plenum beantwortet. Anschließend übernimmt L die Tabelle **a)** und füllt diese gemeinsam mit den S aus.

➜ Your task, SB-Seiten 82–83

ERARBEITUNG
a) SB geöffnet. Die S übertragen die Tabelle und füllen sie mit Hilfe der SB-Seiten 66–67 aus. L erstellt analog ein TB.

➜ LAS 3.1

LÖSUNG

	Singular	Plural
1st person	Do I know any good jokes?	Do we have maths homework?
2nd person	Do you know any good jokes?	Do you all like the sea?
3rd person	Does she live in a nice house?	Do they go sailing?

DIFFERENZIERUNG Early finisher
Leistungsschnellere S suchen nach weiteren Beispielen für die 3. Person Singular auf SB-Seite 67.

LÖSUNG
Does she have any brothers or sisters? • Does she visit you at your house? • Does Plymstock have a tennis club? • Does Abby go to Coombe Dean School?

ERARBEITUNG
b) Die Frage *What is different in the third person singular?* wird im Plenum besprochen. Die S erkennen die veränderte Schreibweise (*do* – *does*) aus GAP 6.3 wieder (SB-Seite 166). L markiert im TB *does* farbig. Die S übernehmen die Markierung in ihr Heft. Ggf. lesen die S abschließend das GF 9.1 (SB-Seite 170), insbesondere die blaue Box „Simple present – Entscheidungsfragen und Kurzantworten".

➜ GAP 9.1: The simple present (p. 170)

1 Yes or no? (Simple present: questions and short answers)

ERARBEITUNG
Die S schreiben mit Hilfe der vorgegebenen Redemittel sechs Fragen in EA in ihr Heft. Anschließend stellen die S sich in PA wechselseitig eine Frage und beantworten sie.

➜ Workbook 5 (p. 40)
➜ Your task, SB-Seiten 82–83

LÖSUNG
Do you go to Plymstock School? – No, I don't. • Do Abby and Maya make films? – No, they don't. • Do cats eat fish? – Yes, they do. • Does Sam play basketball? – Yes, he does. • Does Justin play an instrument? – No, he doesn't. • Does your friend live in Germany? – Yes, he/she does.

Alternative
Die S befragen sich im Plenum. S1 wirft einen Ball und stellt eine Frage. Wer den Ball fängt, antwortet und stellt selbst eine Frage, während er/sie den Ball wirft.

DIFFERENZIERUNG Early finisher
Leistungsschnellere S entwirren und beantworten Fragen auf SB-Seite 132.

LÖSUNG
1 Does your friend make films? [No, he doesn't.] Do seals live in the sea? [Yes, they do.]
2 Do you go skating? [Yes, I do.] Does your school have a chess club? [No, it doesn't.]

2 WORDS Go, play or do?

NEUER WORTSCHATZ
activity, *pl* **activities** • **other** • **chess** • **drum** • **piano** • **gymnastics** • **skating** • **riding** • **judo** +**Box "Sports and other activities"**, *Voc.*, SB-Seite 203

➜ Your task, SB-Seiten 82–83

ERARBEITUNG
a) L geht mit den S die Wortbox durch und weist sie auf die Aussprache hin, besonders *yoga* [ˈjəʊɡə], *gymnastics* [dʒɪmˈnæstɪks], *chess* [tʃes]. Anschließend ordnen die S die Wörter den Bildern zu.
L: Please match the words to the pictures. What is picture one? S: Picture one is swimming.

LÖSUNG
1 swimming • 2 basketball • 3 kung fu • 4 skating • 5 chess • 6 yoga • 7 sailing • 8 the drums • 9 gymnastics

ERARBEITUNG
b) L geht mit den S die Kollokationen mit *go, play* und *do* durch. Anschließend übernehmen die S die Tabelle in ihr Heft und ordnen die Wörter dem richtigen Infinitiv zu.
Hinweis: Die S sollten eine Tabelle mit sieben Zeilen anlegen und nach Möglichkeit rechts eine Spalte für die Namen der Mit-S in **3** freilassen.

Alternative
KV 13: Go, play or do? Die S ordnen die Wörter dem entsprechenden Verb zu.
Vertiefung
Anschließend bilden sie je einen Satz pro Spalte und tragen ihn im Plenum vor, z. B. : Dirk Nowitzki plays basketball. / Dorian does kung fu. / …

LÖSUNG

go	play	do
swimming	basketball	kung fu
skating	chess	yoga
sailing	the drums	gymnastics

ERARBEITUNG
c) Mit Hilfe der Erläuterung der Kollaktionen zu *go, play* und *do* ordnen die S die Wörter dem richtigen Verb in der Tabelle aus **b)** in ihrem Heft zu. L vervollständigt die Tabelle an Tafel oder Whiteboard.

LÖSUNG

go	play	do
riding	cards	judo
	football	
	the piano	

➜ Workbook 6–7 (pp. 40–41)
➜ Interaktive Übungen zum Workbook 3.2

DIFFERENZIERUNG Early finisher
Lernschnellere S korrigieren Wörter mit Doppelbuchstaben auf SB-Seite 132.

LÖSUNG
1 I love the water. I go swimming every week.
2 My favourite sport is basketball.
3 What's the matter? You don't look happy.
4 We all love music in my family. My dad and I both play the drums.
5 I don't think chess is interesting.

S. 69

3 Find someone who …

NEUER WORTSCHATZ
Find someone who … · someone (or: **somebody) +something**

ERARBEITUNG
Die S nutzen bei dieser ▸ *Find someone who*-Übung ihre Tabelle aus **2b)/c)**. Sie befragen ihre Mit-S und ordnen ihre Namen den verschiedenen

Alternative
Klassenumfrage: Ein S/L fragt ab: Do you play chess? Die S melden

Aktivitäten zu. Wer als erstes für sechs verschiedene Aktivitäten einen Namen eintragen konnte, hat das Spiel gewonnen. Damit ist das Spiel beendet.
Hinweis: Je nach Zusammensetzung der Klasse bietet es sich an, Zusatzregeln einzuführen: Ask three girls and three boys. / You can't ask your two best friends in the class.

sich, der Umfrageleiter hält die Ergebnisse schriftlich fest: 7 students go swimming; 3 students play the piano; … Auswertung im UG durch L: Three of you do gymnastics. Which club are you in? What do you like about it?

4 GAME Guess who!

NEUER WORTSCHATZ
(to) **guess**

ERARBEITUNG
a) L erklärt den S das Spiel und semantisiert dabei den neuen Wortschatz: Let's play a game. Get together in pairs. One of you chooses a name from the list and says *Guess who!* The other one asks questions and guesses (Gestik, Mimik) the name. *Partner B* kann sich bei der Fragebildung der Redemittel im Buch bedienen, aber auch eigene Fragen formulieren. *Partner A* gibt *short answers*.

DIFFERENZIERUNG More help
Leistungsschwächere S finden auf SB-Seite 124 weitere Redemittel.

ERARBEITUNG
b) Gruppenbildung à sechs S. Der/die jüngste S beginnt und sucht sich ein Gruppenmitglied aus. Die anderen fünf stellen so lange Fragen, bis sie das richtige Gruppenmitglied erraten haben.
Varianten: Anzahl der Fragen begrenzen; die Mit-S einigen sich strategisch auf eine bestimmte Anzahl und Art von Fragen.

Alternative
Who am I? Ein S überlegt sich einen Star und notiert ihn verdeckt. Die Mit-S raten durch Erfragen von Eigenschaften den Namen.

5 Sorry, but I have to clean my room (have to)

NEUER WORTSCHATZ
(to) **clean**

➜ Your task, SB-Seiten 82–83

ERARBEITUNG
a) Zwei S lesen den Musterdialog vor. L semantisiert anschließend den Wortschatz, indem sie bei *clean* den Boden fegt oder die Tafel wischt. Die S wenden die erarbeiteten Redemittel in einer ▸ *Milling around activity* an. Sie suchen sich jeweils zwei Gesprächspartner und befragen und antworten sich gegenseitig. L: Please use words from the first box, make questions and ask your classmates/friends. When someone asks you a question, you have to answer. You can use words from the other box to do that. You can now walk around in the classroom. L übernimmt die Redemittel aus dem SB in zwei großen Sprechblasen an Tafel oder Whiteboard.

Weitere Differenzierung
Leistungsstärkere S ergänzen eigene Ideen, z. B. go sailing / play the drums / help my mother / …

ERARBEITUNG UND AUSWERTUNG
b) Nach der ▸ *Milling around activity* schreiben die S in EA die Aussagen ihrer Gesprächspartner/innen in ihre Hefte. Anschließend liest jeder S einen Satz im Plenum vor.

➜ Workbook 8 (p. 41)
➜ Interaktive Übungen zum Workbook 3.3
➜ FöFo 3.2

MUSTERLÖSUNG
Linda can't go swimming because she has to clean her room.
Ivo can't help his mum because he has to do his homework.

DIFFERENZIERUNG Early finisher

Lernschnellere S lösen ein kniffeliges Buchstabenrätsel und beantworten Fragen auf SB-Seite 133.

S. 70

Study skills: Collecting information

NEUER WORTSCHATZ
(to) **collect** · **free** +free time · (to) **ask** sb. **to do** sth. · (to) **try** · **table** · (to) **need** · **guitar** · **beach**

➜ Your task, SB-Seiten 82–83

EINSTIEG
SB geschlossen. Die S lernen Strategien, um gesammelte Informationen zu strukturieren und zu ordnen, z. B. zur Präsentation bei Vorträgen. L hebt den Zweck und die Funktion der Mindmap hervor, indem er an seinen eigenen Freizeitaktivitäten zeigt, wie eine Mindmap angelegt wird.
Während L die Mindmap anschreibt, semantisiert sie den Wortschatz. Die Struktur von (to) ask somebody to do sth. sollte von L kleinschrittig erklärt werden (Tafelanschrieb). Guitar muss vor allem wegen der von der Aussprache abweichenden Schreibweise beachtet werden.
L: Well, now we know a lot about your hobbies and activities. – Let me tell you about my afternoons ... Well, I have lots of hobbies (1). On Mondays (2) and Thursdays (3) I play the guitar (Gestik) (4). On Tuesdays (5) I go swimming (6). Saturday (7) is my favourite day because I meet my friends (8). This is called a mind map. We can use it for presentations, for example about your free time – your time after school or at weekends. You collect all the information your listeners need and write it all down like this.

➜ SMC 2: Collecting information (p. 146)
➜ Apps zum Erstellen von Mindmaps sind u.a.: SimpleMind und MindMeister. Weitere Informationen zu nützlichen digitalen Tools finden sich unter dem Webcode *moboxo*.

ÜBERLEITUNG
L: Sometimes you have to give a presentation at school. You give a talk, for example you talk about *My favourite animal*. What do you do? You take a piece of paper and take notes. You can make a list or a table. Or next time you can use a mind map to collect information. Maya also has to talk about her free-time activities at school. And you can see her notes in your book. Please have a look at Maya's mind map on page 70.

ERARBEITUNG
a) SB geöffnet. 1. Lesen/Hören: Die S sehen sich Mayas Mindmap an und sprechen im Plenum darüber, ggf. auf Whiteboard, Folie oder Kopie. L: What do you see? What can you say about Maya's hobbies? S: Maya plays the guitar on Tuesdays and Thursdays. L: Why is there a house? S: The teacher comes to her house. / ...
L: What hobbies does she have? Which clubs does she go to? Can you guess them when you look at the things she needs for her hobbies? We call them *umbrella words* or *group words*. Take notes. Die S machen sich kurz Notizen zu den drei Oberbegriffen.
Hinweis: Da es an dieser Stelle um eine Arbeitstechnik geht bzw. um lernstrategisches Wissen, kann SB-Seite 70 in Teilen auch auf Deutsch behandelt werden.
2. Hören/Lesen: Die S vergleichen ihre Notizen mit Mayas Äußerungen. L oder einzelne S ergänzen ggf. die Oberbegriffe auf Whiteboard oder Folie.

➜ 2 35 Transkript online unter dem Webcode *bofanu*
➜ Notizen lassen sich mit folgenden Apps gut anfertigen: Microsoft OneNote und Memorix Notizen. Weitere Informationen zu nützlichen digitalen Tools finden sich unter dem Webcode *moboxo*.

LÖSUNG
links oben: sailing club • links unten: skating • rechts unten: guitar lesson

ÜBERLEITUNG
L: Some of you collect information in another way. In **b)** Maya uses a table.

ERARBEITUNG
b) 1. Hören/Lesen: Die S übertragen die Tabelle in ihre Hefte oder L kopiert sie. Nach dem Hören vervollständigen die S die Tabelle.
Anschließend vergleichen sie ihre Ergebnisse im ▶ *Partner check*-Verfahren untereinander.

➜ 2 36 Transkript online unter dem Webcode *bofanu*

Alternative
Anschrieb oder Folie mit richtigen und falschen Informationen: Die S korrigieren die falschen Angaben.

LÖSUNG

	Monday	Tuesday	Wednesday	Thursday	Friday
activity	computer club	guitar lesson	inline skating	guitar lesson	sailing
time	3:15–4:00	5:00–6:00	3:30–5:00	5:00–6:00	4:00–6:00
place	at school	at home	the park	at home	Wembury beach
what I need	computer	guitar	inline skates	guitar	sailing boat

ÜBERLEITUNG
L: Let's think about your sports and hobbies and structure them with a mind map or in a table.

DIFFERENZIERUNG / TRANSFER You choose
c) Die S sammeln Informationen über ihre eigenen Sportarten und Hobbys *entweder* in einer Mindmap *oder* in einer Tabelle. Weitere Sportarten und Hobbys können die S in der ▶ *WORDBANK 6* nachschlagen.
Die S orientieren sich an den inhaltlichen Punkten im SB und schreiben auf, was sie wo wann tun und was sie dafür benötigen. Auch Mayas Mindmap und Tabelle können als Hilfestellung genutzt werden. In EA lesen die S die *Study skills*-Box durch. L steht für Nachfragen zur Verfügung.
Hinweis: Das Anlegen einer Tabelle wenden die S auch in der Lernaufgabe zur Unit 3 noch einmal an (SB-Seiten 82–83).

Weitere Differenzierung
Gut strukturierte S können z. B. schwächeren S beim Entwickeln der Tabelle helfen („Lernen durch Lehren"). L teilt hierfür die Paare gezielt ein. Aber auch eine zufällige Einteilung ist durchführbar. Paare können sich auch nach Neigung (Mindmap oder Tabelle) zusammenfinden.

➜ Wordbank 6 (pp. 142–143)

ERARBEITUNG EXTRA
Die S bereiten anhand ihrer in **c)** erstellten Mindmap oder Tabelle einen *One-minute talk* als HA vor. Dieser wird durch Realia (clothes, sports equipment, ...) unterstützt.
L lässt einige S ihren Kurzvortrag halten. Die S erhalten Feedback vom Plenum nach vorab gemeinsam bestimmten Kriterien. Schön gestaltete Mindmaps können im Klassenzimmer aufgehängt werden. Die S kleben ihre Mindmaps oder Tabellen ins ▶ *MyBook*.

➜ Workbook 9 (p. 42)
➜ FöFo 3.10
➜ Realia: (Sport-)Bekleidung, Inlineskates, Ball, ...
➜ My Book

S. 71

1 Plymstock school clubs

NEUER WORTSCHATZ
outside +**inside** · (to) **jump**

EINSTIEG
SB geschlossen. L zeichnet eine Trommel an (oder bringt eine Trommel mit in die Klasse) und fragt die S: What do you call this instrument? S: It's a drum. L: Do we have a club at our school where you can play the drums?
S: Yes, we have a music club at our school. / No, we don't have a music club.

➜ Realia: Trommel

ÜBERLEITUNG
SB geöffnet. L: Take a look at the first picture. Do you know the two students? S: Yes, I know Oliver. I don't know the other boy.

ERARBEITUNG
a) L fragt die S, wen sie auf den Bildern sehen, wo die Personen sind und was sie tun. Die S beschreiben zuerst Bild 1 (samba club) und anschließend Bild 2, um dann auf den Klub zu kommen.

LÖSUNG
Picture 1: I can see Oliver. He's at school. He's in the samba club.
Picture 2: There's Jack. He's in the gym. He's in the trampoline club.

ERARBEITUNG
b) L bittet die S nun, konzentriert dem Filmausschnitt zu folgen, den L zuerst ohne Ton abspielt.
L: Let's watch a little film. Please pay attention to the *action* – that is, what the students *do*, not what they *say*. We will hear nothing.
Hinweis: L kann den S vor dem Anschauen des Filmausschnitts eine Minute Zeit geben, um die Antwortoptionen 1–7 zu **b)** zu lesen. So können sich die S voll und ganz auf die Handlung im Film konzentrieren.
1. Sehen: Die S schauen den Filmausschnitt und machen sich Kurznotizen zu 1–7 in ihr Heft. Nach dem Film erhalten sie dann Zeit, die Antworten sauber in ihre Aufzeichnungen zu übertragen. Anschließend lesen die S einzelne Lösungen im Plenum vor, ohne dass L diese gleich korrigiert.

➜ DVD (Dauer: 5:56 min), Transkript zur DVD online unter dem Webcode *xibuki*

ÜBERLEITUNG
L. Now let's see and hear if you have the right answers. We will now watch the film with sound.

ERARBEITUNG
c) 2. Sehen: Die S sehen den Film mit Ton und korrigieren währenddessen ihre Antworten.
Hinweis: L kann den Filmausschnitt aufteilen: Eine Pause ist nach der Vorstellung von Oliver und Ruby im Samba Club möglich.

➜ DVD (Dauer: 5:56 min), Transkript zur DVD online unter dem Webcode *xibuki*

SICHERUNG
Um die Richtigkeit der S-Ergebnisse zu gewährleisten, korrigieren die S zuerst in PA ihre Antworten. Anschließend lesen die S die Antworten laut im Plenum vor und die Klasse korrigiert zusammen mit L.

LÖSUNG
1 Oliver's club meets at lunchtime. · 2 They meet in the music area. · 3 Oliver plays the drums. · 4 Jack's club meets at lunchtime. · 5 They meet

in the gym. • 6 You can't wear trainers. • 7 Jack and Abby do three different jumps.

ERARBEITUNG
d) Im Anschluss sollen sich die S nun von der Vorlage im Buch lösen und eigene Sätze formulieren: L fragt die S, welchen *Klub* Ruby mag. Danach findet eine weitere Öffnung statt, in der die S ihre eigenen Vorlieben beschreiben können.
L: Well, we watched the film. What do you think? Which club does Ruby like? S: Ruby likes the samba club. (She doesn't like the trampoline club.) She dances in the music area. L: And which club do you like? Why? S: I like the trampoline club. I think it's fun to jump on a trampoline. (L: And which clubs do you like at our school? Tell us why you like them.)

LÖSUNG
Ruby likes the Samba Club.

2 EVERYDAY ENGLISH How can we join the club?

Plymouth Life Centre
Das *Plymouth Life Centre* gehört zu einer der größten Ketten von Sport- und Freizeitzentren in Großbritannien. Die 1987 gegründete Firma *Sports and Leisure Management Limited (SLM)* betreibt die Zentren im Auftrag örtlicher Behörden unter dem Slogan *30 minutes activity – 5 days a week*. Das Angebot umfasst neben Sportkursen für Kinder und Jugendliche auch Sport- und Fitnesskurse für Erwachsene. Schwimmen steht in diesem Zentrum im Mittelpunkt. Auch Tom Daley, der olympische Turmspringer aus Plymouth, trainiert hier: Das *Plymouth Life Centre* bietet den einzigen Pool mit Wettkampfmaßen von 50 m in ganz Südengland – abgesehen vom Olympischen Dorf in London – sowie ein Tauchbecken mit bewegbaren Böden.

NEUER WORTSCHATZ
letter

EINSTIEG
L schreibt den Namen des Freizeitzentrums *Plymouth Life Centre* an und fragt die S, ob sie wissen, worum es sich hierbei handelt. L kann Piktogramme für Sportarten ergänzen, um den S Tipps zu geben.
L: Do you know what *Plymouth Life Centre* is? S: It's a fitness centre. We have one in our town too. L: Yes, *Plymouth Life Centre* is something like a fitness club (centre). You can do some of these sports there (bowling, badminton, volleyball, swimming, karate, trampoline, basketball).

ÜBERLEITUNG
L: Oliver and his little brother Luke go to *Plymouth Life Centre* today too. Let's watch a film about the two boys.

ERARBEITUNG
a) 1. Sehen/Hören: Die S schauen Filmabschnitt 1 an. L schreibt die Sehaufträge aus dem Buch an: 1. Where do Oliver and Luke want to go? 2. What do they want to do?
L: Please try to answer these two questions.
Die S beschreiben anschließend, was in dem gezeigten Ausschnitt passiert. L kann dazu *swimming cap* und *swimming trunks* semantisieren: Do you know the word for the thing that you wear on your head? You wear it when you go swimming and you don't want your hair to get wet. Men and boys

➜ DVD (Dauer: 3:46 min), Transkript zur DVD online unter dem Webcode *xibuki* wear *swimming trunks* for swimming, women and girls put on *bikinis* or *swimsuits*.

LÖSUNG
Oliver and Luke want to go to the *Life Centre* in Plymouth. They want to go swimming. (Oliver and Luke put a swimming cap and swimming trunks in their bags. Luke has a kung fu uniform in his bag too.)

ERARBEITUNG
b) 2. Sehen/Hören: Die S schauen nun den zweiten Teil des Films und bearbeiten dabei die Aufgabe **b)**. Sie können die Lösungen in Kurzform notieren. L: Please watch the film carefully and match the questions 1 to 5 to the answers A to E in the boxes below. You can write the answers in your exercise books. Just write down *1A*, for example, so you don't have to copy all the sentences.

➔ DVD (Dauer: 3:46 min), Transkript zur DVD online unter dem Webcode *xibuki*

LÖSUNG
1E · 2D · 3A · 4B · 5C

ERARBEITUNG
c) 3. Sehen/Hören: Die S schauen den kompletten Film erneut und korrigieren ihre Lösungen. Nachdem der Film beendet ist, stellen einzelne S die Fragen, und andere antworten. L: Let's see if your answers are correct. One of you asks the question and another student answers. Always say who asks and who answers the question. S1: Oliver and Luke ask: What can we do here? S2: The man from the pool answers: Well, we have lots of sports and activities here. S3: … .
Hinweis: Sollten die S eine oder mehrere Fragen nicht beantworten können, kann L die relevanten Stellen erneut vorführen.

ÜBERLEITUNG
L: We saw Oliver and Luke in the film and talked about what they want to do at the *Life Centre*. Now we want to find out more about you.

ERARBEITUNG
d) Die S erstellen einen Dialog. Sie orientieren sich an der Struktur des Films und präsentieren der Klasse den Dialog als Rollenspiel. L: I want you to work in teams of two. Just work with the person next to you/your partners. Please write a dialogue and present it to the class. Write the complete dialogue and not just your own part. Imagine a situation where you want to join a sports or music club.
L hält den Arbeitsauftrag schriftlich fest oder teilt ein AB aus. L kann zusätzlich einen möglichen Anfang anbieten, um den S den Einstieg in den Dialog zu erleichtern.

- Write a dialogue in your exercise book.
- Work in teams of two.
- Everybody writes the complete dialogue.
- Situation: you want to join a sports or music club.

Man: Hi! What can I do for you?
Oliver: We'd (I'd) like some information about the club.
Man: What do you want to know?
Oliver: ...

SICHERUNG
L legt fest, wie lange die S brauchen dürfen, um den Dialog zu erstellen. Dies hängt von der Leistungsstärke der Gruppe ab. Um den S mehr Zeit zu geben, kann das Schreiben des Dialogs als HA erledigt werden; die Überprüfung wird so in eine spätere Stunde verlegt. Ggf. ziehen die S ihre in *Study skills*, **6c)** erstellten Mindmaps oder Tabellen hinzu.

KOMMUNIKATIVE KOMPETENZEN
Die S können …
Hören/Lesen: wesentliche Merkmale einfacher Dialoge erfassen und Informationen über Lehrwerksfiguren korrekt zuordnen (SB-Seite 72, 2)
Sprechen/Schreiben: sich gegenseitig einfache Fragen stellen und beantworten (SB-Seite 72, 3)

METHODISCHE KOMPETENZEN
Fragen/Aufgaben für Mit-S ausdenken und die Mit-S zu einem Text befragen

S. 72

1 On Skype with Dad

NEUER WORTSCHATZ
(to) **finish** sth. · **Come on**, Dad. · **How are you?** · **Listen**, Justin. · (to) **listen** · **much** · **job** · **studio** · **programme** · **What programmes …?** · **later** · **midnight** · **too** late/cold/big/… · (to) **get up** · **How do you like it?** · **It's about** a seagull. · (to) **send** sth. **to** sb. · **idea**

EINSTIEG / REAKTIVIERUNG VON VORWISSEN
SB geöffnet. Bildbeschreibung. L reaktiviert je nach Lerngruppe Vorwissen zu Internet und Internettelefonie: Who do you see in the picture? S: Justin and his mum. / He has a computer. L: You know that Justin's dad doesn't live with him. Who knows what Justin and his dad do when they want to talk? S: They use Skype. L: What is Skype? S: You can talk to people on the Internet. / You can phone people with your computer. And you can see them.

Alternative
SB geschlossen. L: You really want to talk to your best friend. You don't have a phone, but you have a computer. What can you do? S: You can skype / use FaceTime or Facebook / write an e-mail. Anschließend Bildbeschreibung.

ERARBEITUNG
Bevor die S den Text anhören, semantisiert L die neuen Vokabeln. Besondere Wichtigkeit haben die Vokabeln (to) listen (Look at Justin and his mum again, she talks to him, then Justin listens to what she says.), job (What job does Justin's dad have? My job is being a teacher.) und idea (I think Justin has an idea, he has thought of something new.) wegen der Aussprache und too aufgrund der Verwechselbarkeit mit *to*. L: Let's now listen to the new text. Let's listen to Justin, his mother and his father too.
1. Hören/Lesen (Globalverstehen): Die S hören den Text einmal komplett an und beantworten zwei Höraufträge: *Who talks? Where are they?* S: Justin, his mum and his dad talk. Justin and his mum are in Plymouth. Justin's dad is near Boston harbour in a TV studio / at work.
2. Lesen/Hören: Die S lesen den Text zuerst in EA leise und anschließend in verteilten Rollen laut. Der Fokus liegt hier auf der Aussprache des neuen Wortschatzes (to) listen, job, programme, midnight und idea.

➔ 2 37 Audio online unter dem Webcode *mobipa*

2 Who is it?

ERARBEITUNG
Die S vervollständigen in EA die Sätze. Anschließend vergleichen sie die Ergebnisse im Plenum.
Hinweis: Ein Abschreiben der Sätze ist nicht nötig.

LÖSUNG
1 Justin's dad · 2 Justin's dad · 3 Justin's dad · 4 Justin · 5 Justin · 6 Justin · 7 Justin's dad · 8 Justin · 9 Justin · 10 Justin

3 Have a go

ERARBEITUNG

Hinweis: Die S bilden hier vorbewusst Fragen mit Fragewörtern im *Simple present*. Die Wiederholung und anschließende Imitation dieses Musters erleichtert den S das spätere Erlernen der neuen Struktur.

a) Die beiden Fragen werden im Plenum laut vorgelesen. Anschließend formulieren die S vier Fragen mit *When do you …* für ihre/n Partner/in und schreiben sie in ihre Hefte. L kann einzelne S eine ihrer Fragen vorlesen lassen.

MUSTERLÖSUNG

When do you play the piano? • When do you have school on Mondays? • When do you go to bed on Fridays? • When do you do your homework?

ANWENDUNG

b) Die S befragen und antworten sich abwechselnd.

L: Please read out your questions to your partner now. You have to °take turns: One of you asks a question and waits for the answer. Then your partner asks the next question.

Alternative

Die S schreiben ein Hobby groß auf eine DIN A4 Karte und halten sie hoch. ▸ *Kettenübung*: S2, when do you play the guitar? S2: I play the guitar on Thursdays and Fridays. – S3, when do you …?

MUSTERLÖSUNG

Partner A: When do you play the piano?
Partner B: I play the piano every day.
Partner B: When do you have school on Mondays?
Partner A: On Mondays I have school at eight o'clock.
Partner A: When do you …

S. 73-74

Looking at language

TIPPS FÜR IHRE PLANUNG
In *Part B Practice* steht die Bewusstmachung der Fragebildung mit Fragewörtern im *Simple present* im Zentrum. Nach Bearbeitung der *Looking at language*-Box können **1** und **2** direkt angeschlossen werden. In **3–5** wird die richtige Satzstellung bei Fragebildung mit Fragewort geübt. Der *TIP* kann sowohl vor **1** als auch nach **3** bewusst gemacht werden.

➔ Your task, SB-Seiten 82–83

EINSTIEG

When do you come to school?

When do you get up?

Where do you live?

Why do you work at this school?

What do you do in the afternoons?

How do you come to school?

SB geschlossen. S-L-Interview: L schreibt einige Fragen ohne Fragewort an: Today you can interview me. Please have a look at the board. Finish the questions and use the right question word.

ÜBERLEITUNG
L: Justin's dad has a new job in Boston, so Justin has lots of questions too. Look at page 72 again.

ERARBEITUNG
a) Die S übernehmen die Tabelle in ihr Heft und vervollständigen sie mit Hilfe des Textes auf SB-Seite 72. L übernimmt die Tabelle aus dem SB und vervollständigt sie gemeinsam mit den S.

➔ LAS 3.2

LÖSUNG

Where do you work now?	Near Boston harbour.
What do you do there?	I edit TV programmes.
When do you finish work?	I finish at 7 o'clock.
How do you like it?	It's great, Dad.
Why does Dad work so much?	Because he loves his work.

ERARBEITUNG
b) Die S bestimmen das Hilfsverb, das dem Fragewort folgt.
L: Please read one question from **a)**. When you make a question, what word do you use after the question word? L markiert das Hilfsverb *do/does* im TB. Die S sprechen über die Besonderheit, dass man in der 3. Person Singular *does* verwendet.

➜ GAP 9.2: The simple present II – Questions with question words (p. 170)

Where	do	you work now?
Why	does	Dad work so much?
Fragewort	Hilfsverb	

1 Where does Morph live? (Simple present: questions with question words)

ERARBEITUNG
Die S bilden die Fragen und schreiben sie in ihre Hefte. L sichert anschließend durch Tafelanschrieb oder Folie die Ergebnisse.

➜ FöFo 3.5

LÖSUNG
1 Where does Morph live? - He lives in the library. • 2 Where does Justin's father work? - He works in Boston. • 3 What does Justin's father do? - He edits TV programmes. • 4 When does our next lesson start? - Our next lesson starts at xx o'clock / after our English lesson. • 5 Why do we have to go to school? - We have to go to school because we have to learn things. • 6 What do you do at weekends? - At the weekends I sleep.

DIFFERENZIERUNG Early finisher
Leistungsschnellere S bilden ▸ *Lerntempoduette*, befragen und antworten sich gegenseitig und erledigen dann **2** gemeinsam.

2 Sorry, I can't hear you (Simple present: questions with question words)

NEUER WORTSCHATZ
(to) **hear** +Box *"***hear** • **listen***"*, *Voc.*, SB-Seite 205

➜ Your task, SB-Seiten 82–83

Language Awareness: (to) listen – (to) hear
Der Unterschied zwischen (to) hear und (to) listen (to) sb./sth. muss den S verdeutlicht werden, z. B. anhand der Box im *Vocabulary*, SB-Seite 205: Listen. Can you **hear** the dogs in the street?
(to) hear – hören (können) → Man hört, weil man Ohren hat. Es handelt sich also um die Sinneswahrnehmung.
(to) listen to sb./sth. – zuhören, horchen → Wenn man sich auf etwas konzentriert und zuhört.

ERARBEITUNG
S1 liest eine Aussage vor, S2 fragt nach der durchgestrichenen Information. Die S können den Dialog szenisch darstellen. Nach der Hälfte des Dialogs können die Rollen getauscht werden.

DIFFERENZIERUNG More help
Leistungsschwächere S finden die vorgegebenen Fragewörter auf SB-Seite 124.

DIFFERENZIERUNG Early finisher

Leistungsschnellere S formulieren Fragen zu auf SB-Seite 133 vorgegebenen Antworten.

LÖSUNG

1 A: Sorry, what do you play? B: Football! • 2 A: Sorry, when do you help your mum? B: On Saturday morning! • 3 A: Sorry, when do you get up on Sundays? B: At 10 o'clock! • 4 A: Sorry, where do you go? B: To the swimming pool! • 5 A: Sorry, why do you like it there? B: Because I meet my friends! • 6 A: Sorry, what do your friends like? B: Swimming!

➜ FöFo 3.5

3 What sport does Abby like?

ERARBEITUNG

a) Die S lesen die *TIP*-Box, die einen häufigen Fehler deutscher Muttersprachler behandelt, der bei Übertragungen ins Englische vorkommen kann: *„Was für* Bücher liest du?" kann in *„What for* books …" übertragen werden. *Was für* und *What* werden daher in der Box gegenübergestellt. Anschließend lesen die S die Antworten und vervollständigen die Fragen mit Hilfe der markierten Verben in den Antworten. Zur Unterstützung gibt L ein Muster schriftlich vor.

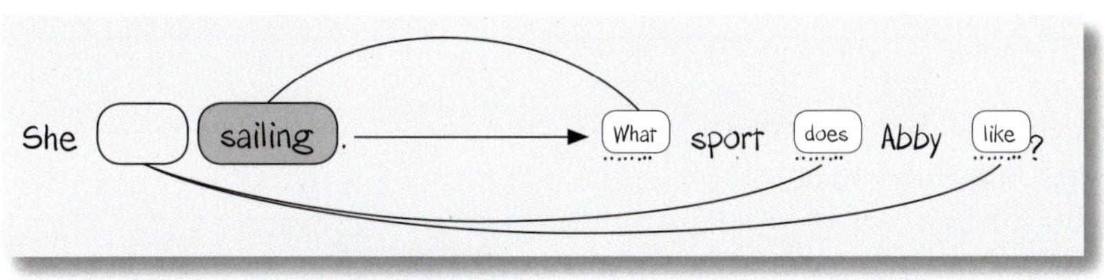

DIFFERENZIERUNG More help

Leistungsschwächere S bilden auf SB-Seite 124 die Fragen, indem sie das Objekt einsetzen, das in einer Wortbox vorgegeben ist.

LÖSUNG

1 What sport does Abby like? • 2 What food does Silky eat? • 3 What games do you play? • 4 What shoes do Plymstock students wear? • 5 What films do you watch? • 6 What subjects do you like?

ANWENDUNG

b) L ergänzt das TB ggf. um ein Muster in der zweiten Person Singular, z. B. Frage und Satz 3. Die S denken sich drei oder vier Fragen aus und interviewen sich gegenseitig.

➜ Workbook 10 (p. 42)
➜ FöFo 3.5

MUSTERLÖSUNG

What books do you read/like? • What films do you watch/like? • What food do you eat/like? • What sport do you play/like?

S. 74

4 Do you know your partner? (Simple present: mixed questions)

NEUER WORTSCHATZ

partner

ERARBEITUNG

a) Die S übertragen die Tabelle in ihr Heft und vervollständigen die Fragen. Sie mutmaßen über die Antworten ihrer Partner. Die ersten beiden Spalten

➜ Interaktive Übungen zum Workbook 3.4
➜ Your task, SB-Seiten 82–83

werden in EA vervollständigt. In einem Zwischenschritt kann L die Fragen vorlesen lassen und Fehler korrigieren.

LÖSUNG
Do you live in a house or a flat? • Do you have brothers and sisters? • Where do your mum and dad come from? • When do you go to bed? • What music do you like? • What hobbies do you have? • What sports do you do?

ANWENDUNG
b) Die S befragen und antworten sich abwechselnd in PA. Sie vergleichen die Antworten mit ihren eigenen Einschätzungen.

Alternative
KV 14: Do you know your partner? Tabelle als KV

AUSWERTUNG
L fragt nach, wie viele Übereinstimmungen sie hatten: Please tell me how many right guesses you have. Show me your hands. Who has more than four/five/… right answers? Am Ende kann das Paar mit den meisten Übereinstimmungen zum Dreamteam erklärt werden.

ERARBEITUNG
c) Die S erstellen mit Hilfe der gesammelten Informationen aus **b)** eine Profilkarte ihrer Partner, ohne deren Namen zu verraten.

DIFFERENZIERUNG More help
Leistungsschwächere S können weitere Ideen und die notwendigen Satzteile für eine Profilkarte auf SB-Seite 125 zur Unterstützung nutzen.

ANWENDUNG
d) Ratespiel: Abschließend werden alle Karten gemischt, ein S zieht eine Karte und liest sie vor. Die Mit-S erraten, wer beschrieben wird. Auch in Kleingruppen als Wettbewerb durchführbar: die Gruppe, die die meisten Mit-S errät, hat gewonnen. Abschließend bekommen die S ihre Karten zurück und kleben sie in ihre Aufzeichnungen oder ins *MyBook*.

➜ FöFo 3.5
➜ FöFo 3.6

5 Interview Morph

NEUER WORTSCHATZ
(to) **interview** sb.

ERARBEITUNG
a) Die S sammeln Ideen, zu welchen Themen sie etwas von Morph wissen wollen und schreiben sie in ihre Hefte. Sie können die Ideen im SB nutzen.
L: Today you have a chance to interview Morph. You can ask him questions. But first please make a list of things that you want to know about Morph.

➜ Notizen lassen sich z.B. mit diesen Apps anfertigen: Microsoft OneNote, Memorix Notizen. Weitere Informationen zu nützlichen digitalen Tools finden sich unter dem Webcode *moboxo*.
➜ Your task, SB-Seiten 82–83

MUSTERLÖSUNG
home • family • favourite colour • food • hobbies • music • languages • holidays • school • sports • friends • clubs • books • …

ERARBEITUNG
b) Ausgehend von der Ideensammlung schreiben die S mindestens fünf Fragen an Morph auf ein Blatt Papier. L macht darauf aufmerksam, dass Platz für die Antworten neben oder unter den Fragen gelassen werden muss: Please write down your questions. Make sure there's space for the answers.

➜ Gemeinsam Dokumente bearbeiten kann man u.a. mit diesen Apps: GoogleDocs, EduPad

Hinweis: L sollte in dieser Phase sehr präsent sein und den S für Fragen bezüglich der Fragebildung zur Verfügung stehen.

ERARBEITUNG
c) Die S tauschen ihren Fragezettel mit ihrem Partner nach der Methode ▸ *Round Robin* (stummes Schreibgespräch). Dann versetzen sie sich in die Rolle von Morph und schreiben die Antworten neben bzw. unter die Fragen. Anschließend tauschen die S die Blätter wieder zurück.

➜ MK Projekte lassen sich mit folgenden Apps gut gemeinsam bearbeiten: Trello, Explain Everything

ANWENDUNG
d) Die S üben in PA ihre Interviews ein. S1 stellt die Fragen, S2 antwortet.
EXTRA Einzelne Teams können ein Interview vor der Klasse vortragen. Die S sollten genügend Zeit zum Einüben des Interviews erhalten, damit es ein authentisches Interview mit Gestik, Mimik und ggf. Requisiten wird.

➜ Realia: Sonnenbrille, Kaffeetasse, Schal
➜ Workbook 11 (p. 43)
➜ Interaktive Übungen zum Workbook 3.4
➜ FöFo 3.6

S. 75

TIPPS FÜR IHRE PLANUNG
Die SB-Seite 75 widmet sich der Schwerpunktkompetenz Schreiben. Die produktive Leistung wird über die rezeptiven Kompetenzen Hören und Lesen vorbereitet. Die S nutzen erneut eine selbst angelegte Tabelle, um Informationen in Lesetexten zu vergleichen. **6a)–d)** sollten die S am Stück bearbeiten, während das EXTRA sich als vertiefende HA eignet.

6 In their free time

NEUER WORTSCHATZ
age · also · metre

EINSTIEG
SB geschlossen. Semantisierung anhand einiger S, die zuletzt Geburtstag hatten: Hello, S1. How old are you now? S1: I'm 11 years old. L: So your age is 11 years. Your birthday is also in … , S2. So your birthday is in ... too. What's your age, S2? S2: … L: We know a lot about free-time activities now, for example swimming. Oliver and his little brother in the film like swimming. Do you go swimming? How many metres (Tafelanschrieb und Erschließung über Ähnlichkeit zum Deutschen) can you swim in three minutes? S: I can swim … metres in three minutes. L achtet besonders auf die Aussprache.

ÜBERLEITUNG
SB geöffnet. Let's listen to two students. One of them also likes swimming.

ERARBEITUNG
a) 1. Hören/Lesen (Globalverstehen): Die S hören Interview 1 an und ordnen Molly einem Bild zu. Danach hören sie Interview 2 an und ordnen Adam einem Bild zu. Sie begründen jeweils ihre Wahl. L gibt ihnen die Redemittel aus dem SB schriftlich vor.

➜ 2 38–39 Transkript online unter dem Webcode *bofanu*

MUSTERLÖSUNG
I think Molly is in photo number 2 because chess is her favourite activity. · I think Adam is in picture 3 because swimming is his favourite sport and he's in Wembury Swimming Club too.

ERARBEITUNG

b) 2. Hören/Lesen (Detailverstehen): Die S übertragen die Tabelle in ihre Hefte. Anschließend hören sie nacheinander die beiden Interviews und füllen die Tabelle in EA aus.
L kann die Interviews mit Pausen vorspielen, in denen die S die Informationen notieren.
Im ▸ *Partnercheck* überprüfen die S ihre Ergebnisse. L kann dazu Hilfestellung geben, z. B. in Form von ausgefüllten Tabellen als Lösungsblätter zum Abgleichen oder frontal an Tafel, Whiteboard oder auf Folie.

➜ 2 38–39 Transkript online unter dem Webcode *bofanu*

LÖSUNG

	Molly	Adam
age	11 years and 9 months	12
free-time activities	skating, judo, chess	watching football on TV, basketball, swimming
clubs	Chess Club	Wembury Swimming Club
when	on Tuesdays and Fridays in the afternoons	on Mondays, Thursdays and Saturdays from 7 to 9 pm
where	Mr Short's classroom	Wembury
how good	best player in year 7	good and fast / 200 m in 3 minutes

ERARBEITUNG

c) Die S lesen die beiden Texte in EA. Anhand ihrer ausgefüllten Tabelle filtern sie die falschen Informationen und schreiben sie in ihr Heft. L gibt schriftlich vor: Wrong information about Molly/Adam.
Anschließend werten die S ihre Ergebnisse im ▸ *Partner check* aus.

Alternative
L kopiert die Texte aus dem SB, damit die S dort die Falschaussagen unterstreichen oder markieren können.

LÖSUNG
Wrong information about Molly:
- Molly is 9 years and 11 months old.
- In her free time she goes sailing and does yoga.
- She goes to the Chess Club in the lunch break.
- She's the best chess player in her school.

Wrong information about Adam:
- At school he plays basketball and volleyball,
- but he isn't in a school team.
- He goes to training two evenings every week.
- He can swim 400 metres in three minutes.

ERARBEITUNG

d) Die S wählen einen der beiden Texte aus und schreiben ihn mit den richtigen Informationen aus ihrer Tabelle in **b)** neu auf.

LÖSUNG
Molly is 11 years and 9 months old. In her free time she goes skating and does judo. She also plays chess. That's her favourite activity. She goes to the Chess Club at her school on Tuesdays and Fridays in the afternoons. She's the best chess player in year 7.
Adam is 12 years old. He often watches football on TV in his free time. At school he plays basketball, but he isn't in a school team. His favourite sport

➜ Workbook 14 (p. 44)
➜ FöFo 3.6

is swimming. He goes to training three evenings every week. He's a good swimmer. He can swim 200 metres in three minutes.

ERARBEITUNG EXTRA

Die S können zusätzlich einen ähnlichen Text zu einer anderen Person ihrer Wahl schreiben. Sie können ein Bild zu ihrem Text malen oder ein Foto aufkleben.

Hinweis: Diese Aufgabe kann als HA beendet werden. L sollte diesen Aufwand auf jeden Fall wertschätzen, indem die Produkte dieser S in der Klasse positiv hervorgehoben werden. Die Produkte der S können ins *MyBook* geklebt werden.

KOMMUNIKATIVE KOMPETENZEN

Die S können …

Hören/Lesen: kleine Erzählungen verstehen und Sätze aus einem Hörtext Bildern zuordnen oder falsche Aussagen berichtigen (SB-Seiten 76, 1; 77, 3)

Lesen: einfach gehaltene Erzähltexte inhaltlich erfassen und dazu Notizen machen (SB-Seite 77, BF)

Sprechen: über vertraute Themen sprechen, indem sie dazu ihre Notizen nutzen (SB-Seite 77, BF)

S. 76

1 At the Hoe

NEUER WORTSCHATZ

on Saturday afternoon · (to) **ride a bike** · **bike** · (to) **stop** · **tired** · (to) **be thirsty** · **chocolate** · **usually** +Box, *Voc.*, SB-Seite 205 · (to) **turn** sth. **on** · **all of** Plymouth · **behind** +**in front of** · (to) **turn around** · **ghost** · °move (n.) · **ready** · **loud**

EINSTIEG

SB geschlossen. L erzählt eine Fantasiegeschichte, in der der Wortschatz semantisiert wird, und schreibt die semantisierten Wörter an. Die S üben die Aussprache von thirsty, tired, chocolate und action durch ▶ *Chorsprechen.*

L: I want to tell you a little story about what I like to do on Saturday afternoons (zeigt Uhr um 14 Uhr). On a perfect Saturday afternoon, between 1 pm and 3 pm, I usually ride my bike (Bewegung auf dem Fahrrad). When I'm thirsty (Bewegung des Trinkens) and tired, I stop (Hand) at Sam's house. He's a good friend. He always gives me chocolate and something to drink. I love chocolate. Then he turns on (Bewegung des Anstellens) the TV and we watch action films. Sometimes it's so loud that I turn around (L dreht sich um) to see if somebody is behind (L zeigt hinter sich) me. When we're finished, I ride back home on my bike. That's my perfect Saturday afternoon.

ERARBEITUNG

SB geschlossen. 1. Hören/Lesen (Globalverständnis) mit Hörauftrag: L: Now let's listen to the text. Please answer these two questions: Where are Lucy, Maya, Justin and Sam? What does Justin want to do? S: They're at the Hoe. Justin wants to make a video of Plymouth for his dad.

→ 2 40 Audio online unter dem Webcode *mobipa*

2 What's in the picture?

ERARBEITUNG

2. Lesen/Hören (Detailverständnis): Die S suchen zunächst in EA nach passenden Sätzen in **1**, indem sie den Text still lesen und sich die Sätze zu den Bildnummern notieren. Danach arbeiten die S in PA, indem sie zunächst die Bilder in die korrekte Reihenfolge bringen (3–2–4–1) und dann ihre Ergebnisse mit ihren Partnern vergleichen.

Alternative

In leistungsstärkeren Klassen kann **2** bereits nach dem **1. Hören** und vor dem gemeinsamen Lesen bearbeitet werden.

LÖSUNG

1 "Hey, you can film me with your video camera." Sam does a kung fu move and shouts, "Kung Fu Master Wu is ready for action." · 2 "Hi Dad, this is the Big Wheel at the Hoe. (You can see all of Plymouth from here.)" · 3 "Hey Lucy, wait for me," Maya shouts. (But Lucy doesn't wait. She rides to Smeaton's Tower and waits there.) · 4 Suddenly, someone is behind Justin. "Boo!"

S. 77

3 A good idea

NEUER WORTSCHATZ
scary · **traveller** +(to) **travel**

EINSTIEG
SB geschlossen. L semantisiert den Wortschatz. L: Films with ghosts are scary (L macht ein ängstliches Gesicht). Who here likes to go to another country in the summer? If you do, you like to travel. L erklärt auch *the Barbican*, als *old part of Plymouth*.
Hinweis: An dieser Stelle kann die Bearbeitung des *Background file* vorgezogen werden.

ERARBEITUNG
a) SB geöffnet. 1. Hören/Lesen (Globalverstehen): Die S hören das Ende der Geschichte an und notieren sich die Wörter aus der Box im SB, die im Dialog vorkommen. Die Ergebnisse werden im Plenum verglichen. Abschließend sprechen L und S über die Idee.

➜ 2 41 Transkript online unter dem Webcode *bofanu*
➜ FöFo 3.9

LÖSUNG
film · scary · time travellers · Barbican · streets · ghost
It's the film. / They want to make a film.

ERARBEITUNG
b) 2. Hören/Lesen (Detailverstehen): Die S entscheiden, ob die Sätze richtig oder falsch sind und korrigieren die falschen Sätze.

➜ 2 41 Transkript online unter dem Webcode *bofanu*

LÖSUNG
1 That's wrong. Sam likes action films. · 2 That's right. · 3 That's wrong. Lucy wants to make a film about ghosts. · 4 That's wrong. Maya and Sam say Abby can be in the film. · 5 That's right.

➜ FöFo 3.4

Background file: Old Plymouth – the Barbican

NEUER WORTSCHATZ
part · (to) **be called** · **over** 400 years · **museum** · **money** · **child**, *pl* **children** · **ticket** · **pound (£)** +Box "British money – pounds and pence", *Voc.*, SB-Seite 206 · (to) **imagine** sth. · **life**, *pl* **lives** · **in 1580**

EINSTIEG
SB geöffnet. Bildbeschreibung und Semantisierung des neuen Wortschatzes. L: Take a look at the picture on the right. Plymouth has lots of interesting parts. Some of them are really old. The street in this picture is in the old part of Plymouth. It's called the Barbican. The four kids talk about it too. Look at the picture on the left. What can you see? S: People with old clothes in a garden. / The house is old.

one child	two children
one life	two lives

L: There's a woman in the garden. So we can see what people looked like in old Plymouth, over 400 years ago. We can think about life in those days, we can try to imagine what it was like for people in Plymouth in 1580. Let's read about it.

Alternative
L: What can be old? Damit wird den S der gedankliche Schritt ins Jahr 1580 erleichtert. Nach der ▸ *Blitzlicht-Methode* sagt jede/r S ein Wort, ohne lang darüber nachzudenken. Die Reihenfolge der Äußerungen folgt der Sitzordnung. S1: a chair, S2: people, S3: ghosts, S4: …

Hinweis: Die Box im *Vocabulary* "British money – pounds and pence", SB-Seite 206, liefert ebenfalls wichtige Redemittel. Diese kann L unabhängig vom *Background File* einführen.
Für die S ist die Visualisierung von Pfund (£) von Bedeutung. L stellt die Zeichen € und £ gegenüber und bezieht ggf. auch Dollar ($) ein. Ausgehend vom Eurozeichen können die anderen Währungen von den S benannt werden. L: What's more? €10 or £10 / $10? Die verbindliche Stellung der Symbole £ und $ *vor* dem Betrag muss an dieser Stelle beachtet werden. Im Deutschen ist beides möglich.
L schreibt die Übersetzung für „Was kostet …?" an und gibt drei Beispielsätze vor:

How much is a bar of chocolate? - It's 70 p.
How much is a smartphone? - It's £ 250.
How much are these trainers? - They're £ 59.50.

L weist die S darauf hin, dass sich das Verb je nach Anzahl der beschriebenen Dinge verändert (Einzahl = *is* / Mehrzahl = *are*). Die S können nun Sätze bilden, indem sie in PA ein kurzes Verkaufsgespräch führen und nach den Preisen verschiedener Dinge in der Klasse fragen. S1: How much is a bag? S2: It's £40. S2: How much are the pencils? S1: They're …

➜ Realia: £ Scheine, Münzen
➜ Mit Apps wie z.B. XE currency oder Oanda Currency Converter können die S prüfen, ob €10 oder £10 mehr Wert haben.

ERARBEITUNG
a) L und S lesen gemeinsam das *SMC 5* (*Taking notes*) auf SB-Seite 149. L gibt ein Beispiel für Kurzsymbole und -zeichen, z. B. Ziffern verwenden, Häkchen für positive Notizen/Listen oder durchgestrichene Stichpunkte für Verneinungen, Abkürzungen mit Doppelpunkt, „und" wird zu „+" etc.; aber auch eigene Abkürzungen sind erlaubt.
1. Lesen/Hören: Anschließend lesen die S den Text still und machen sich dazu Notizen auf Englisch.

➜ SMC 5: Taking notes (p. 149)

MUSTERLÖSUNG
Old Plymouth: Barbican, small streets + some very old houses
Elizabethan House: over 400 years old, museum – old bedrooms, dining room, kitchen
Children's ticket: £1

ERARBEITUNG
b) Die S nutzen ihre Notizen, um sich in PA etwas über das alte Plymouth zu erzählen.

➜ Workbook 15 (p. 44)
Alternative
Die S verfassen einen kurzen Text über das alte Plymouth.

British money
Das gesetzliche Zahlungsmittel in Großbritannien ist das von der Bank of England herausgegebene britische Pfund (*Pound sterling*). Ein Pfund entspricht einhundert *pence* (Sg.: *penny*). Die Währungssymbole sind £ und *p*.
Seit 1960 sind auf allen Scheinen auf der Vorderseite Königin Elizabeth II. und auf der Rückseite verschiedene historische Persönlichkeiten zu sehen. Die aktuell gültigen Banknoten stellen den ehemaligen Premierminister und bedeutenden Staatsmann Winston Churchill (£ 5), die Schriftstellerin Jane Austen (£ 10), den Ökonom Adam Smith (£ 20), und die Erfinder Matthew Boulton und James Watt (£ 50) dar.
Die Münzen zeigen ebenfalls auf der Vorderseite Königin Elizabeth II. (2015 zuletzt ihrem Alter angepasst). Die Rückseiten zeigen seit 2009 Teile des königlichen Wappenschildes (1, 2, 5, 10, 20 und 50 p;). Auf der £ 1-Münze ist das Wappenschild komplett zu sehen. Seit 2017 ist die £ 1-Münze nicht mehr rund, sondern zwölfeckig.

S. 78

TIPPS FÜR IHRE PLANUNG
Die *Mediation*-Übung 1 knüpft an das *Background file*, SB-Seite 77, an: Die S nutzen ihr Vorwissen zu *Old Plymouth*, um aus einem englischen Flyer anhand von Stützfragen Informationen auf Deutsch zu selektieren. Die Position der *Adverbs of frequency* stellt einen häufigen Interferenzfehler aus dem Deutschen dar. Daher kann **2** einen weiteren Unterrichtsschwerpunkt bilden. Der fakultative *Spelling course* auf SB-Seite 79 bietet eine weitere in sich geschlossene Trainingseinheit.

1 The Elizabethan House EN/DE

EINSTIEG
L erläutert den S kurz, was sie bei einer Sprachmittlungsaufgabe (mediation) erwartet und erklärt ihnen die Besonderheiten: Do your grandmas or grandpas speak English? They don't? What can you do to help them understand an English text? Well, you can read the text and tell them what the text says in German. You don't translate every word. You just tell your grandma and grandpa what they want to know. You say it in your own words.
Hinweis: Die Einträge Elizabethan · sea captain · in the 1500s · spiral stairs · prices · adults sind unbekannte Lexik, die die S gemäß der Sprachmittlungsaufgabe aus dem Kontext erschließen.

➔ SMC 10: Mediation (p. 153)

ERARBEITUNG
SB geöffnet. L führt den S die Situation genau vor Augen: Stellt euch vor, ihr seid mit euren Großeltern im Urlaub in Plymouth, und ihr wollt in der Altstadt von Plymouth, im Barbican, das *Elizabethan House* besichtigen. Eure Oma kann zwar kein Englisch, aber sie hat eine Menge Fragen! Schaut euch den Text auf SB-Seite 78 an und beantwortet ihre Fragen mit Hilfe des Textes. Die S bekommen ausreichend Zeit, um zuerst die Fragen der Oma und anschließend den englischen Text genau zu lesen. Sie beantworten die Fragen auf Deutsch.

Alternative
Die S führen die Aufgabe in PA mit wechselnden Rollen durch und spielen ihr Ergebnis ggf. als Rollenspiel vor.

LÖSUNG
1 32 New Street, The Barbican. · 2 Ja. · 3 Ja, es ist offen. (Mittwochmittag) · 4 Es ist ein Kapitänshaus aus dem 16. Jahrhundert mit einer alten Inneneinrichtung; z. B. das Treppenhaus, die Böden, Tische und Stühle, der Garten und die Küche sind sehr alt und sehen aus wie früher. · 5 Ja, es gibt ein Familienticket. · 6 £ 4.50.

➔ Workbook 17 (p. 45)
➔ Interaktive Übungen zum Workbook 3.5
➔ FöFo 3.9

2 How often?

ERARBEITUNG
a) Die S übernehmen die Grafik in ihre Hefte und vervollständigen sie. L oder S halten die richtige Reihenfolge an Tafel, Whiteboard oder auf Folie fest.

LÖSUNG
never · sometimes · often · usually · always

ERARBEITUNG
b) L übernimmt die beiden Beispielsätze aus dem SB an Tafel oder Whiteboard und verdeutlicht den S die Stellung der *Adverbs of frequency* vor dem Vollverb und die Position des Hilfsverbs. (Dabei im TB unter den Sätzen Platz lassen für eine Kennzeichnung der Satzteile nach dem Lesen

des *TIP.*) Die *TIP*-Box stellt die englische und deutsche Syntax gegenüber, da es sich bei der Position der *Adverbs of frequency* um einen häufigen Fehler deutscher Muttersprachler handelt. Die S lesen die *TIP*-Box und erkennen, dass im Gegensatz zum Deutschen das Häufigkeitsadverb im Englischen nie vor dem Objekt steht. L kennzeichnet die Satzteile im TB. Anschließend bearbeiten die S **b)** schriftlich in ihrem Heft und nutzen dabei das TB als Muster. Zur Überprüfung der Lösung fordert L einzelne S auf, je einen Satz anzuschreiben.

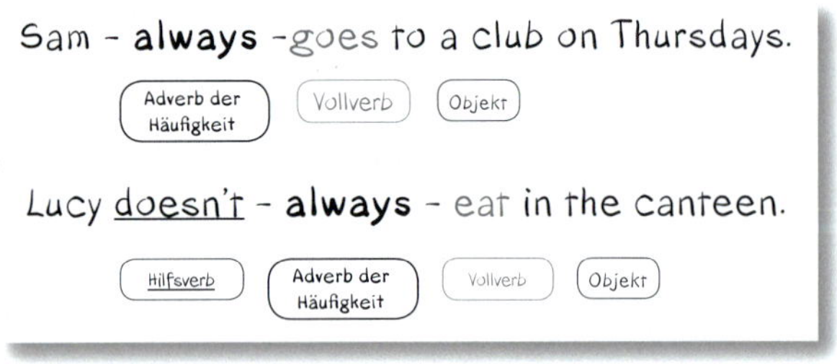

LÖSUNG
1 Sam always goes to a club on Thursdays. • 2 Lucy doesn't always eat in the canteen. • 3 Maya sometimes visits Abby. • 4 Justin doesn't often see his dad. • 5 Maya often goes swimming at the Lido. • 6 Sam usually does kung fu at weekends. • 7 Morph always sleeps in Plymstock Library. • 8 Silky never eats cornflakes for breakfast.

Weitere Differenzierung
L kann Lösungsschablonen austeilen, anhand derer die S sich selbst überprüfen.

DIFFERENZIERUNG Early finisher
Leistungsschnellere S schreiben einen weiteren Satz über Silky und zeichnen ein Bild zu ihrem Satz.

Weitere Differenzierung
Die S tauschen Satzfragmente wie in **b)** aus und schreiben abwechselnd *Silky's story*.

DIFFERENZIERUNG Early finisher
Besonders schnelle S finden auf SB-Seite 133 eine Übung, in der sie die falschen *adverbs of frequency* aus vorgegebenen Sätzen finden.

ERARBEITUNG
c) Die S können die in **a)** komplettierte Grafik als Hilfe nutzen und spielen das Spiel als ▶ *Kettenübung*: Ein S wählt ein Adverb der Häufigkeit und fordert einen Mit-S auf. Dieser bildet mit dem genannten Adverb einen Satz. Anschließend nennt dieser S selbst ein Adverb und einen Namen: S1: sometimes – S2. S2: I sometimes play basketball. – often – S3. S3: I don't often eat fish. – usually – S4. S4: …

➜ GAP 10: Adverbs of frequency (p. 172)
➜ Workbook 18 (p. 46)
➜ Interaktive Übungen zum Workbook 3.6
➜ FöFo 3.3
➜ FöFo 3.9

S. 79

1 You say, you write … [ɔː]

EINSTIEG

blue	for	shoe	short	glue
	more	ruler	walk	
two	all	pool	sport	school

SB geschlossen. Reaktivierung von Vorwissen aus Unit 2: L schreibt bekannte Wörter mit [ɔː] und [uː] durcheinander an. L: Please find the words with the [uː] sound. S: blue, two, glue, pool, shoe, school. L: The other words all have the [ɔː] sound. L sensibilisiert anschließend für die Besonderheit der Schreibung: We hear the [ɔː] sound in … Die S lesen die Wörter. L: But we write … Die S buchstabieren die Wörter.

ERARBEITUNG

a) SB geöffnet. Bildbetrachtung. Die S benennen die Bilder und äußern ihre Vermutung. Nach dem ersten Hören der Wörter vergleichen sie ihre Ergebnisse. Zur Festigung wird der Text zum zweiten Mal angehört.

➜ 2 42 Transkript online unter dem Webcode *bofanu*

LÖSUNG

four • board • ball • horse • door

ERARBEITUNG

b) 1. Hören/Lesen. Die S notieren sich die Wörter mit einem [ɔː]-*sound*. Anschließend werden im Plenum die Ergebnisse verglichen und L hält die Lösung fest. Abschließend hören die S die Wörter an und wiederholen sie im ▶ Chor.

➜ 2 43 Transkript online unter dem Webcode *bofanu*

LÖSUNG

7

ERARBEITUNG

c) Die S übertragen die Tabelle in ihr Heft und vervollständigen diese mit den Wörtern aus **b)**.

LÖSUNG

you say	you write
[ ]	fall, floor, form, small, talk, water, your

ERARBEITUNG

d) In PA buchstabieren sich die S die Wörter aus **b)**. Abschließend vergleichen die S ihre Ergebnisse mit der Tonaufnahme.

➜ 2 43 Transkript online unter dem Webcode *bofanu*
➜ English sounds, p. 237

LÖSUNG

Can you spell "fall"? • Yes, I can. It's F-A-L-L.
Can you spell "floor"? • Yes, I can. It's F-L-O-O-R.
Can you spell "form"? • Yes, I can. It's F-O-R-M.
Can you spell "small"? • Yes, I can. It's S-M-A-L-L.
Can you spell "talk"? • Yes, I can. It's T-A-L-K.
Can you spell "water"? • Yes, I can. It's W-A-T-E-R.
Can you spell "your"? • Yes, I can. It's Y-O-U-R.

➜ Workbook 19 (p. 46)
➜ Interaktive Übungen zum Workbook 3.7
➜ FöFo 3.8

2 small letters, CAPITAL LETTERS

NEUER WORTSCHATZ
°capital · °(to) use · °etc. · °the same · °city , *pl* cities · °country, *pl* countries

EINSTIEG
L und S lesen gemeinsam die *TIP*-Box und gehen die Regeln nacheinander durch. Die S übertragen die Tipps in ihre Aufzeichnungen.

ÜBERLEITUNG
L: I have a friend from Plymouth, Tom. He always sends me e-mails, but he doesn't know when to use small or CAPITAL letters (Tafelanschrieb). Look at this! L zeigt die ersten vier Sätze des Texts aus dem SB auf Whiteboard, Folie oder Tafel (bis *ilikesport*).

ERARBEITUNG
a) Die S lesen den Text und schreiben ihn anschließend mit den richtigen Wortgrenzen in ihr Heft, wobei sie die Regeln für Groß- und Kleinschreibung beachten.

Alternative
Einige S arbeiten zweifarbig (Großbuchstaben, Trennstriche) auf Folie (Abgleich für alle: OHP/ Whiteboard).

DIFFERENZIERUNG More help
S mit mehr Unterstützungsbedarf finden auf SB-Seite 125 den identischen Text mit den bereits gesetzten Wortgrenzen, sodass nur die Groß- und Kleinschreibung zu berücksichtigen ist. So ist eine gemeinsame Sicherung aller Ergebnisse möglich.

LÖSUNG
Hi! My name is Tom. I come from Wembury. That's near Plymouth in England. I like sport. Every Thursday I go to judo, and I play football at Wembury Football Club every Monday and Friday. I like Germany because my mother is German. Her name is Sabine and she comes from Frankfurt. In July or August every year, we visit my German uncle near Frankfurt.

➜ FöFo 3.7
➜ Workbook 20 (p. 46)
➜ Interaktive Übungen zum Workbook 3.8

SICHERUNG
b) Die S werten ihre Ergebnisse im ▸ *Partner check* aus, zu dem sie sich nach der Methode ▸ *Lerntempoduett* verabreden. L übernimmt den korrekten Text auf Whiteboard, Folie oder Lösungsschablonen, damit die S ihre Texte abgleichen können.

DIFFERENZIERUNG Early finisher
Paare, die Aufgabe **b)** abgeschlossen haben, überlegen sich einen Satz mit Namen, Wochentagen und anderen Wörtern, die im Englischen großgeschrieben werden. Sie schreiben diesen Satz in ihre Hefte und diktieren ihn anschließend ihrem Partner.

Weitere Differenzierung
Leistungsschnellere S lesen ihre Sätze vor oder schreiben sie komplett klein an. Die S übernehmen die Sätze richtig in ihre Hefte.

KOMMUNIKATIVE KOMPETENZEN
Die S können …
Lesen: Lehrbuch- und Lektüretexte global verstehen und Überschriften zu Textabschnitten zuordnen (SB-Seite 81, 1) · einige unbekannte Wörter und Formulierungen mit Hilfen aus dem Text erschließen (SB-Seite 81, 2)
Sprechen: einen in einen Dialog umgeschriebenen Auszug des Lesetexts vorspielen (SB-Seite 81, 3b)) · Zustimmung beziehungsweise Ablehnung ausdrücken (SB-Seite 81, 3a))
Schreiben: einen Lesetextauszug in eine andere Textsorte, z. B. einen Dialog, umwandeln (SB-Seite 81, 3b))

METHODISCHE KOMPETENZEN
einen ▸ *Gallery walk* durchführen (SB-Seite 81, 3a))

S. 80–81

The captain's ghost

NEUER WORTSCHATZ
1 sound · **attic** · **boring** · **mouth** · **diary**, *pl* **diaries** · °captain · **address** · **sick** · (to) **hope** · **bottle** · (to) **smell** · **Me too.**
2 out of … · (to) **call** · **moon**
3 (to) **walk** · **along** the street / the river/ … · **Oh, it's you.** · (to) **bark** · **step** · **voice** · **thief**, *pl* **thieves** · **hand** · (to) **fight**
4 coin · (to) **taste**
5 end · **dream** · **perfect** · (to) **smile**

Hinweis: Im Rahmen der Erarbeitung des Lesetextes lernen die S sehr viele neue Vokabeln kennen. Um diese nicht alle auf einmal einzuführen, kann L jeweils vor einem Sinnabschnitt (1–5) den dazugehörigen Wortschatz semantisieren.

EINSTIEG
SB geschlossen. Semantisierung des neuen Wortschatzes zu Abschnitt 1 und 2 im UG: Auf einem Tisch im Klassenraum platziert L ein altes Tagebuch und eine Flasche. L: Look at these things. I found them in my house, in my attic (zeigt nach oben bzw. macht Dreieck mit den Händen). That's where we have our old things – things we don't want to have in our rooms but also don't want to throw away. First I found the old diary and then a bottle (zeigt Realia). Some of you write in diaries. You can write about what happens to you every day. This bottle smells (Mimik) funny. Some smells even make you feel sick (Bauch halten). Or sometimes you're sick and you don't feel OK.

➜ Realia: Tagebuch, alte Flasche

Alternative
L zeichnet Gegenstände an. L fragt die S, was man damit machen kann. S erklären die Wörter, L nennt die englischen Bedeutungen und schreibt sie daneben.

ÜBERLEITUNG
L schreibt den Titel der Geschichte *The captain's ghost* an, die S spekulieren über den Inhalt. L gibt Redemittel schriftlich vor: What's the story about? What can we read about in the story today? S: It's about a map, a diary, a bottle, a man and a ghost. L: Let's listen to / read a story about Old Plymouth and some very old things.

ERARBEITUNG
1. Lesen/Hören (1). Die S lesen den Abschnitt 1 leise in EA oder hören den ersten Teil von der CD im Mitleseverfahren. Anschließend lesen die S Abschnitt 1 laut vor. L gibt einige Aussagen zur Sicherung des Textverständnisses vor. Die S entscheiden durch Heben des Arms oder anhand von ▸ *Right-wrong-cards*, ob die Aussagen richtig oder falsch sind. Wenn sich die S entschieden haben, verbessern sie die falschen Aussagen.
L: Here are some right and some wrong sentences about our story. Please correct the wrong sentences.

➜ 2 44 Audio online unter dem Webcode *mobipa*

Alternative
Die S lesen die gesamte Geschichte am Stück. L fragt nur nach Gesamteindruck: How do you like the story? S: I like/don't like it. / It's nice/scary/funny … . Anschließend bearbeiten die S **1–3**.

1 Abigail and her friend Sam are at Abigail's house in Plymouth. (Wrong. - Abigail and her friend May are at Abigail's house in Plymouth.)
2 Abigail and May go down to the attic because it's boring where they are. (Wrong. They go up to the attic.)
3 They find the diary of Captain Justin Pascoe. (Right.)
4 It's the year 1681. (Wrong. It's the year 1581.)
5 The map they find shows where Captain Pascoe has his gold. (Right.)
6 A letter from Lucille Pascoe falls out of the diary. (Right.)

➔ 2 45 Audio online unter dem Webcode *mobipa*

1. Lesen/Hören (2). Die S lesen den Abschnitt 2 leise in EA oder hören den zweiten Teil von der CD im Mitleseverfahren. Anschließend lesen die S Teil 2 laut vor. L schreibt dazu einen Leseauftrag an; die S sollen darauf achten, was May und Abigail sehen, nachdem sie in Plymouth im Jahre 1581 aufwachen: What do May and Abigail see when they wake up in Plymouth in 1581? L oder einzelne S notieren nach dem Lesen die Antworten der S an Tafel oder Whiteboard. Anschließend fragt L, was die beiden Mädchen in Plymouth im Jahre 1581 machen und wen sie dort treffen: What do Abigail and May do there? S: They want to find Lucille Pascoe. L: And who do they meet? S: They meet a boy who helps them to find Lucille.

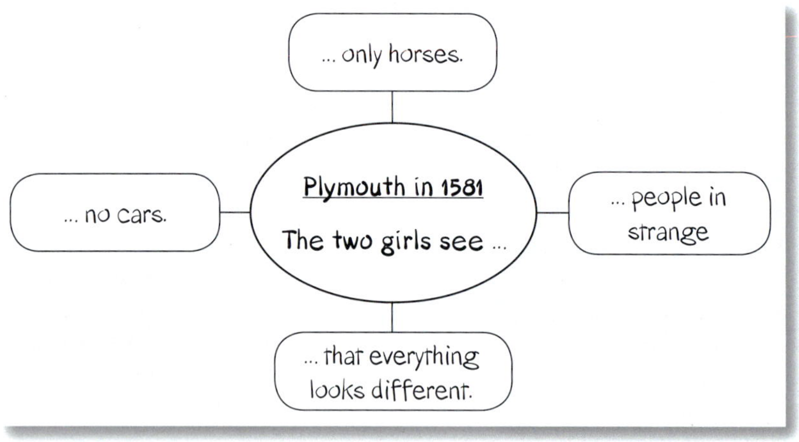

ÜBERLEITUNG

L semantisiert den Wortschatz zu Abschnitt 3 und liefert damit ein Muster für die Aussprache einiger schwierigerer Vokabeln (voice, (to) fight, thief): So Abigail and May walk along (Gestik) the street in the year 1581. Everything is different. Do people speak differently? Are their voices (Gestik, evtl. Singen, ggf. Dt.) different? Let's listen to the next part of the story. I think it's the part where Samuel wants to fight (Gestik).

ERARBEITUNG

1. Lesen/Hören (3). Die S hören den Abschnitt 3 mit Hörauftrag: sie finden heraus, was passiert, als Abigail und May Lucille treffen. Die S sollen einen Satz vervollständigen (s. TB). Nach dem Hören lesen die S den Abschnitt mit verteilten Rollen laut vor. Dann übertragen sie das TB in ihr Heft und versuchen, passende Satzenden zu finden. L gibt aus Gründen der Differenzierung keine genaueren Angaben zur Anzahl der Satzenden. Im UG werden die Sätze der S ausgewertet.

➔ 2 46 Audio online unter dem Webcode *mobipa*

When Abigail and May meet Lucille, …

- … they tell her about her father.
- … they tell her about the gold.
- … they hear loud steps and a loud voice.
- … they meet a scary ghost.
- … the ghost thinks they are thieves.

ERARBEITUNG

1. Lesen/Hören (4). Die S lesen oder hören (Mitleseverfahren) den Abschnitt 4 leise in EA. Lese-/Hörauftrag: L: Where do the friends find the gold? S: They go upstairs in Lucille's house. There is a little door in the floor. The gold is there. L kann ergänzend semantisieren: They drink some tea which tastes funny (Mimik, Schmatzen).

→ 2 47 Audio online unter dem Webcode *mobipa*

ERARBEITUNG

1. Lesen/Hören (5). Die S lesen den Abschnitt 5 laut (ggf. mit verteilten Rollen) im Plenum vor oder hören den Rest der Geschichte. L erfragt im UG, wem die Geschichte gefallen hat und was das Besondere daran ist: I'm sure most of you like the story. Can you tell us why? S: I like the story because it's scary. / I like the story because they find the gold and Lucille gives a coin to May. / I like the year 1581 because everything is different. / … L: What's funny or interesting about the story? S: It's only a dream. / …

→ 2 48 Audio online unter dem Webcode *mobipa*

1 Understanding the story

NEUER WORTSCHATZ

(to) **understand** · °title

ERARBEITUNG

2. Lesen/Hören: Die S lesen die Geschichte noch einmal für sich und entscheiden, welche Überschriften zu welchem Abschnitt der Geschichte passen bzw. denken sich selbst passende Überschriften aus.

Alternative

Die S bearbeiten die Aufgabe in PA.

SICHERUNG

Die S zeigen per Handzeichen, welche Überschrift sie für welchen Abschnitt gewählt haben. L fragt nach, ob S sich auch eigene Überschriften ausgedacht haben.

MUSTERLÖSUNG

1 = The sea captain's diary / Skipper finds an old book (In the attic)
2 = It's 1581! / Is this Plymouth? (We have to find Lucille Pascoe)
3 = Thieves or friends? (The dead father)
4 = Lucille finds gold (The gold coin)
5 = A great story (Let's make a film!)

2 New words

ERARBEITUNG

3. Lesen. Die S suchen die Wörter in EA im Text, um sie zu verstehen (L kann line und title einführen und gleichzeitig die Zahlen wiederholen). Die S wenden bewusst eine Erschließungsstrategie an und überlegen sich, ob die englischen Wörter deutschen ähneln, die sie kennen. L weist die S

→ SMC 4: Understanding and looking up new words (pp. 148–149)

auf die Schreibung von thieves in Singular hin: thief. L hält die Ergebnisse fest und die S übertragen sie in ihre Hefte.

line	English word	German word
title	captain	Kapitän
109	dream	Traum
title	ghost	Geist
21	gold	Gold
44	moon	Mond
72	thief, pl. thieves	Dieb, Diebe

3 The captain's ghost

TRANSFER/DIFFERENZIERUNG You choose

Die S entscheiden sich, welche Neigungsaufgabe sie bearbeiten möchten. Es werden eine gestalterische Aufgabe und ein kreativer Schreibauftrag angeboten.

a) Die S gestalten in GA ein Filmposter zu *The captain's ghost*. Sie entscheiden sich, wer in dem Film mitspielt und welche Rollen übernommen werden. Die S zeichnen eine oder mehrere Szenen aus der Geschichte. Die Ergebnisse werden in einem ▸ *Gallery walk* ausgestellt und ausgewertet.

b) Die S wählen Szene 1, 2 oder 3 aus und schreiben in GA (à 2–4 S, abhängig von der gewählten Szene) daraus einen Dialog. Anschließend stellen sie den Dialog szenisch dar.

➔ Workbook 21 (p. 47)
➔ Workbook Checkpoint 3 (pp. 48–51)
➔ LM Unit 3
➔ VAS 3.1, 3.2

TRANSFER EXTRA

Mehrere Gruppen arbeiten zusammen und stellen die komplette Geschichte szenisch dar.

S. 82–83

TIPPS FÜR IHRE PLANUNG

Die Lernstandsüberprüfung mittels Selbst- und Peerevaluation und das interkulturelle Lernen werden auf den *Your task*-Seiten zur Unit 3 kombiniert. Die S lernen, sich offen und größtenteils eigenverantwortlich mit ihren Lernfortschritten und -defiziten auseinanderzusetzen: SB-Seite 82 kann im Unterricht gemeinsam bearbeitet werden; es ist jedoch sinnvoll, auch die Selbstevaluation auf SB-Seite 83 ausführlich mit den S zu besprechen, denn sie gibt den S eine Struktur zur tatsächlichen Reflexion des Erarbeiteten und ihres Könnens. Dieser Leitfaden wird den S auf Deutsch angeboten, um bei der Aufarbeitung der Schwächen keine sprachliche Hürde aufzubauen und die Reflexion in der Muttersprache zu ermöglichen.

Your task: What can we do this week?

NEUER WORTSCHATZ

°plan · °(to) add · °(to) get ready (for) · °useful · °phrase · °practice

ERARBEITUNG STEP 1

SB geöffnet. Die S lesen gemeinsam die einleitende Aufgabenstellung und STEP 1. Danach erarbeiten sie in Stillarbeit und tabellarischer Form ihre Vorschläge für gemeinsame Aktivitäten mit ihren Gastschülern aus Plymouth. Hierfür holen sie sich auf SB-Seiten 64–67 Impulse.

L: Who do you want to spend time with? (Who is your friend from Plymouth?) Please draw a table like Morph in the picture and write down your ideas for three afternoons from Wednesday to Friday.

MUSTERLÖSUNG

My friend is Justin.

	Wednesday	Thursday	Friday
2 pm			make films
3 pm	play tennis		
4 pm			
5 pm		go sailing	

STEP 2

Die S sprechen nun im Plenum über Ihre Ideen. Sie können vorher auf SB-Seite 68 Redemittel nachschlagen. Dazu sollten sie ausreichend Zeit bekommen. L: Tell me what you want to do with your friend from Plymouth. He/she is in Germany for three more days. What can you do this week? S1: I want to go sailing with Maya on Monday at 3 pm. S2: I want to make films with Justin on Friday at 2 pm. S3: …

STEP 3

Je nachdem, welche Lehrwerksfigur die S als Freund ausgewählt haben, begeben sie sich in verschiedene Bereiche des Klassenzimmers, ggf. mit Hilfe einer Skizze.

L: Who do you want to spend time with? Everybody who wants to do something with Sam, please meet in this corner of the classroom. Take a look at the board and then move to your corner. In Gruppen à 3–4 S stellen die S sich gegenseitig ihre Ideen vor und beschließen pro Nachmittag je-

Weitere Differenzierung

L kann Redemittel zur Verfügung stellen, die von leistungsschwächeren S zur Gesprächseröffnung oder um eine Struktur zu erhalten genutzt werden können: On Monday at 3 pm I want to play tennis with Justin. / On Tuesday at … I want to … .

weils ein Vorhaben. L: Now talk about your ideas in groups of three or four students. Then choose one activity for every afternoon.

Hinweis: Je nachdem, wie leistungsheterogen die Gruppen verteilt sind, kann es nützlich sein, die S innerhalb der Gruppe in Zweiergruppen zu organisieren, damit auch passivere S zum Zuge kommen.

Im Anschluss können einzelne S im Plenum ihre Ideen vortragen. S: My friend from Plymouth is Justin. On Monday at 3 pm I want to play tennis with him. On Tuesday …

STEP 4

Die S schreiben eine SMS mit den Vorschlägen der Gruppe an ihre Gastschüler aus Plymouth. Dies geschieht in Stillarbeit. Die S nutzen die Vorlage im Buch und entwickeln diese weiter (als HA geeignet, ggf. in Verbindung mit der Selbsteinschätzungsseite).

Im Rahmen der Präsentation der verfassten SMS kann L die S auffordern, sich explizit zu der Sprachfertigkeit / dem Kompetenzbereich (*Words*, *Speaking*, *Writing*) zu äußern, die/der ihnen nach eigener Meinung noch Probleme bereitet (rote Ampel). Diese Evaluation kann auf Deutsch erfolgen. L: Wo hast Du eine rote Ampel gezeichnet? S: Bei *Speaking* ist meine Ampel rot. L: Und was kannst Du machen, um Dein Sprechen noch zu verbessern? Hast Du einen Tipp für die anderen? S: Ja, man kann auf Seite 68 im Englischbuch nützliche Redewendungen nachschlagen.

Plymouth – a city by the sea

Storyline	Die Lehrwerkskinder machen einen Ausflug nach Cawsand Beach, und Justin dreht einen Film darüber. Lucy berichtet über einen Ausflug zum Aquarium von Plymouth. Justin und Sam halten einen Kurzvortrag über Cawsand Beach und seine Geschichte als Schmugglerort. Diese wird auch im abschließenden Theaterstück thematisiert.
Kommunikativer Kompetenzschwerpunkt	**Mediation:** Im Mittelpunkt der Unit 5 stehen der Ausbau und die Schulung der Sprachmittlungsfähigkeiten. Die S können … ausgewählte Aspekte aus einem längeren englischen Sachtext mündlich auf Deutsch zusammenfassen (SB-Seite 93, 3) · englische Schilder auf Deutsch und deutsche Schilder auf Englisch erklären (SB-Seite 97, 6) · einen überzeugenden Kurzvortrag auf Deutsch darüber vorbereiten, warum Plymouth ein idealer Urlaubsort wäre (SB-Seite 106, *Your task*)
Sprechabsichten	sagen, was man am Strand von Cawsand gerne machen würden (SB-Seite 85, 2b)) · ein Foto beschreiben (SB-Seite 86, 3) · über Gefühle sprechen (SB-Seite 93, 2c)) · kriterienorientiert begründen, was an einem Poster gut ist bzw. verbessert werden könnte (SB-Seite 99, 4b)) · Szenen eines Theaterstückes auswendig lernen und vorspielen (SB-Seite 105, 3)
Schreibanlässe	einen Text in eine andere Textsorte übertragen (hier: Theaterstück in *Comic strip)* (SB-Seite 105, 3)
Language skills	**Grammatische Strukturen:** *Present progressive: positive and negative statements, questions and short answers* · *Word order (S-V-O)* **Wortfelder:** *The seaside* · *marine life* · *adjectives* **EXTRA Spelling course:** *You say, you write …* [eə] (SB-Seite 103, 1) · *Spell with Morph* (SB-Seite 103, 2) · *Same letters, different sounds* (SB-Seite 103, 3)
Study skills	**Preparing and giving a mini-talk.** Informationen sammeln, ein Poster gestalten und einen Vortrag halten über eine Lehrwerksfigur sowie Feedback geben (SB-Seite 99)
Methoden- und Medienkompetenz	**Medienprodukt planen und gestalten;** ***Preparing and giving a mini-talk.*** (SB-Seite 100, c))
Kooperative Lernformen	*Partner A and B activity* (SB-Seiten 94, 1/136/213) · *Think-Pair-Share* (SB-Seite 91, 2b))
Hör-/Sehverstehen: The world behind the picture	**A ferry trip to Cawsand.** Informationsfilm über die Fährverbindung Plymouth-Cawsand (SB-Seite 91, 1) **Everyday English: Making plans.** Ruby, Jack und Oliver planen einen Ausflug zum Strand (SB-Seite 91, 2).
Portfolioarbeit: *MyBook*	**Let's go to Plymouth.** Informationen zu Plymouth sammeln (SB-Seite 106)

KOMMUNIKATIVE KOMPETENZEN

Die S können …

Hören: aufschreiben, was sie in einer Tonaufnahme gehört haben und was sie dabei fühlen (SB-Seite 103)

Sprechen: sagen, was sie am Strand von Cawsand gerne machen würden (SB-Seite 103)

S. 84–85

TIPPS FÜR IHRE PLANUNG

Unit 4 begleitet die Lehrwerkskinder bei Ausflügen nach Cawsand und ins Plymouth Aquarium, zwei *fun places*, die Plymouth als Ferienregion sehr attraktiv machen. In der *Your task* erklären die S ihren Eltern auf Deutsch (Sprachmittlung), warum sie in den Sommerferien nach Plymouth reisen wollen. Das *Lead-in* dient der Einstimmung auf diese Aufgabe. Mit mehreren Sinnen (Sehen, Hören, Fühlen, Musik) sollen die S das Strandleben erfassen und mit dem Vokabular, das sie schon kennen, versprachlichen.

➜ LM Unit 4
➜ Interaktive Übungen zum Workbook4.1
➜ FöFo 4.1

EINSTIEG

SB geschlossen. Vorentlastung und Einstieg in das Thema, Motivation für die *Your task*. Unterrichtsgespräch mit folgenden Impulsen: When you talk about holidays in your family, does everybody want to go to the same place? Do you talk about it and find a place you all like? What's your favourite holiday place? Why? Do you sometimes go on holidays to the seaside? Do you like it? What do you like?

ÜBERLEITUNG

L: England, and especially Plymouth, can be a great holiday place and this unit tells us why. After this unit, you can tell your parents why Plymouth is a very nice place for a summer holiday for the whole family.

1 Cawsand Beach

NEUER WORTSCHATZ

by the sea · **bright** · **dangerous** · **exciting**

ERARBEITUNG

a) SB geöffnet. L: Let me show you why the Plymouth area is a great place for summer holidays. Look at the photo of Cawsand Beach. Isn't it great? What can you see in it? Don't tell me yet. Write down as many words as you can. Die S benutzen dabei vor allem den schon bekannten Wortschatz. Bei entsprechenden S-Fragen kann L anhand des Fotos leicht neue Lexik einführen (z. B. *octopus, crab*).

Gemäß SB. Als Hilfe kann L folgende sprachliche Mittel an die Tafel/auf Folie schreiben:

➜ Tafelanschrieb/Folie

A: Let's compare our lists. I have …

B: I also have that.

A: What else do you have?

B: I have …

A: You're right.

MUSTERLÖSUNG

tourists, (sailing) boats, Silky, sand, water, waves, houses, an octopus, crabs

ERARBEITUNG
b) SB geöffnet. Gemäß SB.

DIFFERENZIERUNG
Leistungsschnellere S arbeiten auf SB-Seite 134 weiter.

2 At the beach

NEUER WORTSCHATZ
(to) **feel** · **sand** · **sun** · **face** · (to) **look for** sth. · **under**

ERARBEITUNG 1
a) L bereitet die Hörverstehensaufgabe durch eine ▸ *Fantasiereise* vor, bei der sich die S die Geräusche schon vorstellen. Dadurch wird das zielgerichtete Hören erleichtert: Now let's imagine we're all on a sunny beach. We're lying on the sand, our eyes are closed because the sun is so bright, it's so hot. Can you feel the sun on your face, the wind in your hair? It's so nice just to be there, to relax.
Our eyes are closed, so we can see nothing, but we can still hear things – we can't close our ears. There are lots of people because it's a hot day. There are kids and adults, we can hear them. What do you think they're saying? We can hear the kids. They're playing games. What games can you play on the beach?
What noises can you hear? We can hear animals. They're making noises, animals in the air, animals in the water. Can you hear them? And the water is making noises. Can you hear the water? We can also hear some noises from cars and motorbikes on the road and ferry boats on the water.
But now we're so tired that we're all going to sleep. No more noises. It's all quiet. How relaxing. Now it's time to wake up. We're back in the classroom.

➔ Your task, SB-Seiten 106–107

ERARBEITUNG 2
Danach erfolgt das **Hören** (Globalverstehen). Die Sicherung der Ergebnisse erfolgt zuerst im ▸ *Partner check.*

➔ 3 01 Transkript online unter dem Webcode *bofanu*

MUSTERLÖSUNG
I can hear a seagull. I can feel the sun on my face. It's so hot.
I can hear the sea/the water. It feels nice and warm.
I can hear music. It's an ice cream truck. Someone wants to buy an ice cream. It tastes very good.
I can hear a bell. Someone is on a bike.
I can hear a boat. It's called the Red Pig.
I can hear someone. He/She is on the beach.
I can hear a dog. It's scary. Maybe it wants to bite me.
I can hear kids. They're on the beach and in the sea. It sounds nice.
I can hear a seal. It's in the water. Maybe it's Silky.
I can hear someone. He/She hasa ball.

ERARBEITUNG
b) SB geöffnet. L: With your group, talk about what you would like to do at Cawsand Beach. One of your group members starts, then you go clockwise and take turns. Which team can find the most activities?

➔ FöFo 4.1
➔ Interaktive Übungen zum Workbook 4.1

MUSTERLÖSUNG
I'd like to swim in the sea and look for Silky/to go sailing/to go for a walk on the beach/to lie on the beach and read a book.

3 Octopus's garden

NEUER WORTSCHATZ
°octopus • **under** • °shade • °would (He'd let us in.) • °been ("where we've been")

ERARBEITUNG 1
SB geschlossen. L: What would it be like to live under the water? How would it change what you hear and see? What does Silky see under the water? Let's imagine that we're visiting someone under the sea.
1. Hören (Globalverstehen). L: Find out where we are and who we're visiting. Listen to the song and find out.

➜ 3 02 Transkript online unter dem Webcode *bofanu*

MUSTERLÖSUNG
We're in an octopus's garden under the sea and we're visiting the octopus.

ERARBEITUNG 2
SB geöffnet. 2. Hören/Lesen (Detailverstehen). Das Ziel des 2. (bzw. mehrmaligen Hörens/Lesens) besteht vor allem darin, einzelne Zeilen des *songs* möglichst genau (Aussprache, Intonation) zu imitieren. Die S arbeiten in PA. Partner A konzentriert sich auf die einfacheren Refrainzeilen 2, 4, 6 und 8, Partner B auf die schwierigeren Zeilen 1, 3, 5 und 7. Die S hören den *song* mehrmals und singen dabei immer ihre Zeilen mit, am Ende eventuell ohne Musik, leistungsstärkere S ggf. sogar ohne Text. Das Detailverstehen muss dabei nicht unbedingt gesichert sein, wo Probleme auftauchen, kann L erklären.
L: Let's listen to the song again and sing along. Sing with a partner. One of you sings along in lines 2, 4, 6 and 8, the other one in lines 1, 3, 5 and 7.

INFO-BOX
Octopus's garden ist ein Beatles-Song, der auf dem Album *Abbey Road* (1969) erschien. Die Idee für den Song kam Ringo Starr auf einer Bootsreise in Sardinien. Er hatte *fish and chips* zum Essen bestellt und bekam stattdessen Oktopus, den er bis dahin noch nie gegessen hatte. Der Bootskapitän erklärte ihm, dass Tintenfische auf ihren langen Reisen unter Wasser Steine und glänzende Objekte sammelten, mit denen sie „Gärten" um ihre Höhlen bauen würden.

YOUR TASK
L kann zum Abschluss der Einführungsseiten zur Unit 4 im Sinne der Lernzieltransparenz auf die Lernaufgabe am Ende der Unit hinweisen (SB-Seiten 106–107).
In der *Your task* kommen einige in der Unit erarbeitete Kompetenzen zusammen:
- Soziokulturelles Wissen: Informationen zum Freizeitwert der Region Plymouth aus allen Units.
- Methodisches Wissen: z. B. **3** *Study skills: Preparing and giving a mini-talk* (SB-Seite 100).
- Sprachmittlungskompetenz: z. B. **3** *The aquarium in Plymouth* (SB-Seite 193), **6** *Signs* (SB-Seite 97)

➜ Workbook 1–2 (pp. 52–53)

KOMMUNIKATIVE KOMPETENZEN
Die S können …
Lesen: einen Text lesen und Bilder zuordnen, die dazu passen (SB-Seite 86–87, 1–2)
Sprechen: sagen, was gerade auf einem Foto oder Bild passiert und was dort nicht passiert (SB-Seite 86,3 – 87)

S. 86–87

TIPPS FÜR IHRE PLANUNG
Im Zentrum der kommunikativen Arbeit in *Part A* steht die Beschreibung dessen, was gerade passiert, oder was jemand gerade tut *(present progressive: positive and negative statements*). Den kommunikativen Rahmen für die Einführung, Bewusstmachung und Einübung dieser Struktur bildet ein Ausflug der Lehrwerkskinder an den Strand, der von Justin für seinen Vater mit der Videokamera dokumentiert und kommentiert wird. Durch Justins Beschreibung dessen, was seine Freunde gerade machen und durch die Arbeit mit den Standbildern aus der DVD ergibt sich ganz authentisch der Gebrauch des *Present progressive* in der Einführungsphase. Weiteres visuelles sowie auditives Material ermöglicht den Schülern im weiteren Verlauf auch die Bewusstmachung und Einübung der Struktur (*Part A Practice*).
In *Part A* steht der inhaltliche Aspekt des kommunikativen Handlungsrahmens im Zentrum. Die neue Struktur wird nur wahrgenommen (**1**), verstanden (nichtsprachliche Reaktion: Zuordnung von Text und Bild (**2**) und vorbewusst reproduziert (**3**).

➜ FöFo 4.3
➜ KV 15

1 An afternoon in Cawsand

NEUER WORTSCHATZ
today · **trip** · **ferry** · (to) run **after** sb. · °tag · °Sam is it · **slow** · **fast** · **enough** · **at the moment** · °rock pool · **a kind of** … · °sea life · **rucksack** · **mobile phone** · **picnic** · (to) **be over** · (to) **laugh** · **almost**

EINSTIEG
SB geschlossen. L bringt einen Rucksack mit und erzählt von einem Ausflug, den er kürzlich gemacht hat. Dabei semantisiert er wichtigen Wortschatz und demonstriert den Gebrauch des *present progressive* in einem für die Struktur typischen Handlungsrahmen.
L: Look, this is my rucksack. It's a big rucksack because when I go on a trip I need lots of things. (L sucht im Rucksack herum.) This rucksack is so big, I always have to look for things. At the moment, I'm looking for my sunglasses. Where are they? Here they are. Do you have a rucksack? What kind of rucksack – big, small, green …? (S: I have a very big red rucksack.) Do you like trips to the Black Forest? What kind of trips do you like? (S: I like trips to …) When I go on a trip, I sometimes take the car, sometimes the bus or the train and at the seaside I sometimes take the ferry – it takes me over the water, for example from Calais to Dover (auf der Karte zeigen). Ferries can take you over rivers, lakes or the sea. Sometimes I'm late for the ferry, then I have to run really fast (L demonstriert) to catch the ferry. At the moment I'm not running fast, now I'm running really fast. Can you run fast? (S: …)

➜ Realia (Rucksack, Sonnenbrille, Karte)

ÜBERLEITUNG
Justin and his friends also went on a trip. They went to Cawsand Beach in Cornwall (Tafelanschrieb). They had fun. Justin made a film of their trip for his dad.

ERARBEITUNG
SB geschlossen. 1. Hören (Globalverstehen). L: Let's listen to what he tells his dad when he films his friends. Try to find out who else went to Cawsand Beach together with Justin. (Lucy, Maya, Abby and Sam)

➜ 3 03–08 Transkript online unter dem Webcode *bofanu*
➜ Audio online unter dem Webcode *mobipa*
➜ FöFo 4.3

2 Justin's film

ERARBEITUNG
SB geöffnet. 1. Lesen (Detailverstehen). Gemäß SB.

Alternative
KV 15: Justin's film. *Right/wrong-statements* zur Überprüfung des Textverständnisses

LÖSUNG
A4 · B2 · C5 · D6 · E1 · F3

➜ FöFo 4.3

DIFFERENZIERUNG Early finisher
Leistungsstärkere S arbeiten auf SB-Seite 134 weiter und lösen dort ein Fotorätsel.

ÜBERLEITUNG
L: Justin wants to put some of these photos on a poster on his bedroom wall because he had fun that day. For each photo, he's trying to find a caption (a text that goes with the photo). Can you help him?

3 Have a go

NEUER WORTSCHATZ
(It's) my turn.

ERARBEITUNG
a) SB geöffnet. L: Write the sentences in your exercise book. First try without the box. Problems? Don't worry. Just have a quick look at the phrases in the box.

EN/DE **Alternative**
Tell your mother what the kids did.

LÖSUNG
In photo 2, Sam is playing tag with the girls. · In photo 3, Sam is telling jokes. · In photo 4, Lucy is running to the ferry. · In photo 5, Maya, Sam and Lucy are making silly faces.

ÜBERLEITUNG
L: Now let's play a game.

ERARBEITUNG
b) SB geöffnet. Gemäß SB. Zunächst demonstriert L das Vorgehen mehrmals im Plenum; dann spielen einzelne S im Plenum, sodass L bei Bedarf noch korrigierend eingreifen kann. Erst anschließend spielen die S in PA, ggf. auch in GA.

➜ FöFo 4.3

S. 88

TIPPS FÜR IHRE PLANUNG

Für die Bewusstmachung (*Looking at language*) wird im Sinne der Reduzierung der Schwierigkeiten nochmals auf **1 An afternoon in Cawsand** zurückgegriffen. Auch die Übungen **1** und **2** beschreiben weitere Ereignisse im Rahmen des Ausflugs zum Strand.
Dabei wird das *present progressive, positive statements* bei wachsendem Schwierigkeitsgrad eingeübt. Während bei **1a)** nur ein Teil der Struktur produziert werden muss (die Form von *to be*), muss bei **1b)** die komplette Struktur gebildet werden. Dabei ist das Verb jeweils im Infinitiv vorgegeben. Es handelt sich dabei um geschlossene Aufgabenformen. **2** erfordert die Produktion ganzer Sätze im *present progressive* auf der Grundlage visueller Impulse. Durch die Hilfestellung (Verben im Infinitiv in der Box) wird diese Aufgabe zu einer halboffenen.
Durch den inhaltlichen Rahmen und die Reduktion der Schwierigkeit auf *positive statements* können die Seiten 86–88 gut zusammenhängend oder auch in zwei Blöcken (1. Block: 88/89; 2. Block 90) behandelt werden. Die Aufgabe mit dem höchsten Schwierigkeitsgrad (**2**) kann auch herausgelöst, ausgebaut und zum Zentrum einer differenzierenden Übungsstunde werden. *Looking at language* **b)** sollte erst zusammen mitbehandelt werden. So können die *positive statements* ausgiebig geübt, bevor die *negative statements* thematisiert werden.
Auf SB-Seite 89 wird der inhaltliche Handlungsrahmen (Ausflug an den Strand) verlassen, um, nach einem Blick auf formale orthografische Aspekte der Bildung der Struktur in Aufgabe **3** passende Übungsszenarien für die *negative statements* zu schaffen (**4, 5**).

➜ FöFo 4.2
➜ Interaktive Übungen zum Workbook 4.3
➜ LAS 4.1

Looking at language

EINSTIEG

SB geöffnet. Reaktivierung von Vorwissen.
L: Now it's time for another game. It's about how well you can remember who is doing what in Cawsand. You have two minutes to read the text on page 86 again. What are the kids doing. Try to remember who is doing what. – Now close your books.
SB geschlossen. L liest *right/wrong-statements* zum Text (**1**, SB-Seite 86) vor, die Auswertung erfolgt nach der ▸ *Right/wrong-cards*-Methode:
Dad is looking for crabs. (Wrong.) Sam is wearing a pink top. (Wrong.) Maya and Sam are calling Lucy. (Right.)
Anschließend stellt L noch folgende Fragen, die einzelne S beantworten:
L: Now you have to know the names: Who is telling jokes? (Sam) What's coming from Justin's rucksack? (a sound) Who is filming Justin and his friends? (Maya) Who is looking for crabs? (Justin) etc.

➜ LAS 4.1

ERARBEITUNG

a) SB geöffnet. L: The tense that we're using for all these sentences is called *present progressive*. Open your books at page 88 (*Looking at language*). The table shows you how to form the present progressive. Copy and finish it. The text on page 86 can help you.
Auswertung im Plenum.

LÖSUNG

The present progressive: positive statements

Subject + form of be	-ing form	
I'm	looking	for crabs.
You're	eating	my sandwiches.
Sam is	telling	jokes.
She's	wearing	a pink top.
It's	coming	from my rucksack.
We're	going	back home.
Maya and Sam are	calling	her.

ERARBEITUNG
b) Gemäß SB.

LÖSUNG

I'm not	swimming.	
You aren't	running	fast enough.
Justin (he) isn't	filming.	
They aren't	smiling	at her.

➜ GAP 11.1 – 11.2: The present progressive (p. 174)

1 At Cawsand Beach (Present progressive: positive statements)

ERARBEITUNG
a) SB geöffnet. Die S arbeiten zunächst in EA, anschließend vergleichen sie in PA. Die Auswertung erfolgt im Plenum mit Hilfe einer Folie, auf die L den Dialog kopiert hat.

➜ Dialog auf Folie, Folienstift

LÖSUNG
I'm waiting for you all. • Maya and Abby are still swimming. • They're coming out of the water now. • And I'm sitting on a rock. • You're sitting on a rock? • Yes, and I'm reading my kung fu book. • Justin is looking for crabs again. • Or maybe he's filming birds.

ERARBEITUNG
b) Die S arbeiten zunächst in EA, anschließend vergleichen sie in PA. Die Auswertung erfolgt im Plenum mit Hilfe einer Folie, auf die L den Dialog kopiert hat.

➜ Dialog auf Folie, Folienstift

LÖSUNG
2 They're looking for fish and crabs for dinner. • 3 (…) The ferry is coming!" • 4 (…) It's going back to Plymouth." • 5 (…) He's filming us." • 6 (…) She's eating a sandwich." • 7 (…) And we're talking too much!

ÜBERLEITUNG
L bringt ein oder zwei Wimmelbilder mit. L: When you were little, did you also have picture books like these? What's special about these pictures? (S: You can see lots of people, animals and things.) Lots of things are happening at the same time. Look, here for example ... L beschreibt einige *activities* und gebraucht das *present progressive* im Singular und Plural. Zur Bewusstmachung formuliert L abschließend: You remember we always use the *present progressive* when we say what people or animals are doing in a picture or in a film.

➜ 2 Wimmelbilder (aus Kinderbüchern)

2 After the picnic (Present progressive: positive statements)

NEUER WORTSCHATZ
worm · (to) **smell** sth.

ERARBEITUNG
SB geöffnet. Gemäß SB.

➜ Bild „After the picnic" (SB-Seite 88) auf Folie

SICHERUNG
Die S kommen nacheinander nach vorne, zeigen auf das Bild und beschreiben, was sie sehen.

➜ Bild „After the picnic" (SB-Seite 88) auf Folie

LÖSUNG
1 Justin is filming a seagull. · 2 Two other seagulls are eating a sandwich. · 3 A dog is smelling Justin's rucksack. · 4 Maya is reading a book. · 5 She's listening to music too. · 6 Lucy is texting. · 7 Two crabs are walking along the beach. · 8 A seal is sleeping on a rock. · 9 Sam and Abby are playing chess.

➜ FöFo 4.2

DIFFERENZIERUNG Early finisher
Leistungsstärkere S arbeiten auf SB-Seite 134 weiter und lösen ein Sprachrätsel.

S. 89

3 Reading, writing and running (-ing forms)

EINSTIEG
L semantisiert to disappear und double: What is the seagull doing? (S: It's eating a worm.) When the seagull finishes eating, the worm is gone. It's not there. It disappeared. Of course the worm is still there, it's in the seagull, but our eyes can't see it. This is also what magicians do. Sometimes magicians make things disappear.
Sometimes magicians make something go away / disappear and then the same thing comes up again in a different place. How do they do that? Sometimes I think he has two things, not only one. Double versions of birds, rabbits, etc.

➜ Interaktive Übungen zum Workbook 4.2
➜ FöFo 4.2

ERARBEITUNG 1
a) SB geöffnet. L: Now let's find out what's strange about the spelling of the -ing-forms. Remember: things can disappear and be doubled.
Die S betrachten die Tabelle in PA und versuchen, die Unregelmäßigkeiten zu erkennen und zu beschreiben.

LÖSUNG
Group 1: Nothing happens. · Group 2: The last letter disappears. · Group 3: The last letter is doubled.

ERARBEITUNG 2
L: Why does that happen? What do you think? Die S lesen GAP 11.2 zur Hilfestellung.

LÖSUNG
Group 2: You can'thear the last letter, the -e, the last sound you hear is -t. You don't need the last letter.

➜ GAP 11.2: The present progressive (p. 174)

ERARBEITUNG
b) SB geöffnet. Gemäß SB. Die Sicherung erfolgt an der Tafel.

Weitere Differenzierung
Leistungs-/lernschnellere S ergänzen eigene Verben.

LÖSUNG

Group 1	Group 2	Group 3
read > reading	write > writing	run > running
go > going	arrive > arriving	sit > sitting
laugh > laughing	come > coming	swim > swimming
play > playing	give > giving	win > winning
sleep > sleeping	take > taking	
work > working		
go > going		

Alternative
KV 16: Reading, writing and running. Die Tabelle als KV und ein Wimmelbild mit Menschen, die den Aktivitäten nachgehen, die die S gerade als Verben zugeordnet haben. Diese beschreiben die S schriftlich. So üben sie sowohl *spelling* als auch die Verwendung des *present progressive*.

DIFFERENZIERUNG Early finisher
Lernschnellere S arbeiten auf SB-Seite 135 weiter und korrigieren angeleitet die Rechtschreibung in weiteren Beispielsätzen.

4 I'm not laughing. I'm singing. (Present progressive: positive and negative statements)

EINSTIEG
Vor der Bearbeitung von **4** thematisiert L die neue Struktur (*present progressive: negative statements*) spielerisch und sorgt für ausreichende Wiederholungen durch die S.

1. Demonstration: L präsentiert mit Hilfe einiger S die Struktur in ausreichend hoher Frequenz in einem optimal passenden Handlungsrahmen. L nennt einem S eine *activity*: Der S spielt die *activity* pantomimisch vor. L sagt: *He isn't swimming. He's riding a bike.*

- L spielt *activity* selbst vor. L sagt: I'm not ... . I'm ...
- Zwei S spielen *activity* vor. L sagt: They aren't ... . They're ...
- L ist bei Gruppe dabei, alle spielen *activity* vor. L sagt: We aren't ... We're ... usw.

2. Verstehen und Reagieren: L und einige S demonstrieren wie oben *activities*. L sagt manchmal Falsches (nicht von der Struktur her, er benennt nur *activity* nicht richtig), manchmal etwas Richtiges. Alle S reagieren mit Hilfe von ▶ *Right/wrong-cards:* grün = richtig, rot = falsch.

3. Reproduktion: L und einige S demonstrieren wie oben *activities*, die S beschreiben die *activities*, z. B. wenn sie selbst vorführen "I'm not ..., I'm ..." oder "We aren't ...We're ...", wenn S aus dem Plenum beschreiben. "He/she isn't..., he's/she's ..." oder "They aren't" ..." oder „They're ...". Anschließend bearbeiten die S *Looking at language* **b)** auf SB-Seite 88.

➜ Interaktive Übungen zum Workbook 4.2
➜ FöFo 4.2

ERARBEITUNG
a) Gemäß SB.

LÖSUNG
1 They aren't fighting. • 2 You aren't listening to me. • 3 Dad is tired, so he isn't working in the garden. • 4 We aren't playing outside today. • 5 She isn't watching TV. • 6 They aren't getting up.

ÜBERLEITUNG
L: Let's play another game! When you watch people it's easy to say what they're doing. But it's really difficult when you can only hear them. For example, think of somebody when he is asleep. What sound does he make? (S: chrrr…) L kann noch einmal die Struktur demonstrieren, wenn Bedarf ist: Oh yes, you're all sleeping …

ERARBEITUNG
b) Gemäß SB. L kann nach jedem Geräusch stoppen. Die S reden zuerst mit dem Partner, dann erfolgt die Sicherung im Plenum (mündlich). Anschließend können die S die Sätze in PA wiederholen (mündlich), bei Bedarf beim dritten Durchgang auch aufschreiben.

➜ 3 09 Transkript online unter dem Webcode *bofanu*

LÖSUNG
1 I'm not laughing. I'm singing. • 2 He isn't reading. He's sleeping. • 3 She isn't walking. She's running. • 4 They're playing tennis. They aren't swimming. • 5 We aren't eating. We're watching TV. • 6 She isn't playing the guitar. She's playing the piano. • 7 I'm not feeding the dog. I'm feeding the cat. • 8 They aren't speaking English. They're speaking German.

DIFFERENZIERUNG Early finisher
Leistungsstärkere S arbeiten auf SB-Seite 135 weiter und lösen dort ein kniffeliges Rätsel. Es geht um Buchstaben, die in den ersten zwei Wörtern vorkommen, aber nicht in den letzten zwei.

5 The man is eating a sandwich

ERARBEITUNG
a) / b) SB geöffnet. Die S arbeiten in Gruppen à 4 S ▸ *Face to face and knee to knee.*

➜ Interaktive Übungen zum Workbook 4.2
➜ FöFo 4.2

DIFFERENZIERUNG [[MORE_HELP]]
Leistungsschwächere S arbeiten auf SB-Seite 126. Dort finden sie bereits Sätze, in die sie nur die korrekten Verbformen einfügen müssen.

MUSTERLÖSUNG
The man isn't wearing a yellow T-shirt. He's wearing a green T-shirt. • The woman isn't wearing a green T-shirt. She's wearing a blue T-shirt. • The man isn't wearing a black watch. He's wearing a yellow watch. • The woman isn't wearing a white watch. She's wearing a red watch. • The man isn't sitting on a table. He's sitting in an armchair. • The woman isn't sitting on a chair. She's sitting on the floor. • The man isn't listening to music. He's …

S. 90

6 Grey seals

NEUER WORTSCHATZ
coast · **these** · **Box "this, that – these, those"**, Voc. SB-Seite 208 · (to) **weigh** · **kilogram +kilo (kg)** · **spot** · **hard** · (to) **leave** · **far** · **kilometre (km)** · (to) **practise**

➔Your task, SB-Seiten 106–107
➔ FöFo 4.4

EINSTIEG
SB geschlossen. Die S reaktivieren ihr Vorwissen, indem L die Handpuppe einsetzt: Hey students, what do you know about me? S: You're Silky. / You're from Plymouth. / You're two years old. / You live in Plymouth Sound. / You often meet your friends and swim or play football. / You like crabs.

ÜBERLEITUNG
Nachdem viele Eigenschaften von Silky genannt wurden, lenkt L das Gespräch auf *grey seals* im Allgemeinen: You know that Silky is a grey seal. How many kilograms do you think grey seals weigh? / How old are grey seals when their mother leaves them? / How many metres can they swim under water? / Where do grey seals live? How much do baby seals weigh? / How long do grey seals live?
L sammelt die Schätzungen der S an der Tafel. Die S überprüfen diese anschließend mit Hilfe des *Textes*.

➔ Info-Box zu Silky, HRU-Seite XX

Grey seals

... weigh ... kilograms.

... are ... old when their mother leaves them.

... can swim ... metres under water.

... live on the coasts of ...

... weigh only ... kilograms as a baby.

... usually live for ...

ERARBEITUNG
a) 1. Lesen (Globalverstehen): Die S lesen den Text mit dem Leseauftrag und machen sich Notizen.
b) Gemäß SB.

AUSWERTUNG
Zur Auswertung kommt je ein S an die Tafel und schreibt das richtige Gewicht (150–230 kg), Alter (17–19 days), die korrekte Schwimmdistanz (30 –70 metres), den Lebenstraum (coasts of Great Britain and Ireland), das Geburtsgewicht (14 kg) und die Gesamtlebenszeit (25 to 35 years) unter die Schätzungen.

DIFFERENZIERUNG Early finisher
Leistungsstärkere S arbeiten auf SB-Seite 135 weiter und lösen *true/false statements* zu *grey seals*.

Zusatz
2. Lesen (Detailverstehen): Die S lesen das *Background file* erneut, merken sich drei Eigenschaften der *Grey seals*, schließen das Buch und sagen diese einem Partner. Dieser überprüft die Fakten.
Lösung:
very big · weigh between 150 and 230 kg · grey or brown with dark spots · great swimmers · can swim 30–70 metres down into the sea · eat fish, crabs, sometimes birds · their first year is very hard: they have to practise how to catch fish and crabs

7 Near Plymouth

NEUER WORTSCHATZ

°wild • °pony, pl. ponies • **the biggest** • **county** • °south-west • °north • °south • °sandy • °(to) surf • °(to) fish • °popular with • **holidaymaker +holidays** *(pl)* • °the warmest • °palm tree • °country • °setting • °famous • °detective

ERARBEITUNG

SB geöffnet. Gemäß SB.

➜Your task, SB-Seiten 106–107
➜ FöFo 4.4

DIFFERENZIERUNG More help

Leistungsschwächere S arbeiten auf SB-Seite 126. Dort werden ihnen sprachliche Hilfen strukturiert vorgegeben.

MUSTERLÖSUNG

I would like to go to Woolacombe Beach because it looks great and I like swimming and surfing in the sea. I wouldn't like to go there because it often rains in Devon.

I would like to go Torquay Gardens because they look beautiful with their palm trees. I wouldn't like to go there because it looks a bit boring for young people.

I would like to go to Dartmoor because it looks exciting and I like horses. I wouldn't like to to there because the wild country can be scary.

S. 91

1 A ferry trip to Cawsand

NEUER WORTSCHATZ
(to) buy • village • (to) get off (the bus/boat)

EINSTIEG
SB geschlossen. ▸ *Fantasiereise*: Imagine that you aren't in Germany but in England, in the city of Plymouth. You're at the Barbican. Don't talk, just feel, smell and imagine. What do you see? What do you hear? What do you smell? (Pause) Yes, there's the sea, and you want to go on a ferry, you want to go to Cawsand like the kids in the book. Here it is. Now you're getting on the ferry – watch your step! The ferry is leaving. What do you see, hear and smell? Who is on the ferry? (Pause) What are the people doing? (Pause) We're almost there. There's Cawsand Beach. We're coming nearer. What do you see? (Pause) Be careful when you get off. What do you want to do in Cawsand? (Pause) Now open your eyes and come back to our classroom. Tell your partner what you saw, heard and smelled.
Die S tauschen sich in PA aus.

➜Your task, SB-Seiten 106–107

MUSTERLÖSUNG
see: water, the blue sea, birds, fish, other tourists, the captain
hear: sound of the sea, other people, sound of birds
smell: (salty) air, different foods

ERARBEITUNG
a) SB geöffnet. Die S beschreiben sich in PA gegenseitig die Fotos.
L: Have a look at the photos A to F. They also show a ferry trip to Cawsand. Choose one photo and describe it to your partner. What can you see in the photo? Don't tell him/her which photo you are describing. Can he/she guess?

MUSTERLÖSUNG
A I can see tourists in Cawsand village. • B I can see a boy in a red T-shirt. He's waving at somebody. I can see Plymouth in the background. • C I can see the sea and Cawsand Beach. • D I can see people. They're getting on a ferry. • E I can see tourists. They're walking on the beach. •
F Somebody's giving something to another person, maybe money, maybe it's a ticket for the ferry.

ERARBEITUNG
b) SB geöffnet. L: Let's watch the film about the ferry trip to Cawsand. These pictures are photos from the film. Watch the film and put the photos in the right order.
1. Viewing. Gemäß SB.

Alternative
Die S arbeiten in Gruppen à 4 S und erhalten die Bilder A-F als Kopie. Während des Sehens bringen sie die Bilder in die richtige Reihenfolge.

LÖSUNG
D • F • C • E • A • B

➜ DVD (Länge: 02:51), Transkript online unter dem Webcode *xibuki*

ERARBEITUNG
c) Die S ordnen die Bilder den passendsten Bildbeschreibungen zu.

LÖSUNG
A A walk in Cawsand village • B Hello Plymouth! • C Cawsand Beach from the ferry • D Welcome to Cawsand ferry! • E Getting off at Cawsand • F Buy your ticket on the ferry.

2 EVERYDAY ENGLISH Making Plans

NEUER WORTSCHATZ
(to) **agree with** sb. +(to) **agree on** sth. · someone **is right** +someone **is wrong** · (to) **get**

➜ Your task, SB-Seiten 106–107

ERARBEITUNG
a) L: There's so much to do in Plymouth, sometimes the kids can't decide. What can they do? Can you give examples? (S: ...) Let's listen to a dialogue between Ruby, Jack and Oliver. They're at Oliver's house and they're making plans for the afternoon. Try to find out what each kid wants/doesn't want to do and what they decide in the end.
1. und ggf. auch 2. Sehen/Hören (Globalverstehen)**.** Die S übernehmen die Tabelle ins Heft (s. Lösung), dann schauen sie den Clip ein bis zwei Mal (je nach Leistungsstärke der Lerngruppe) und füllen die Tabelle aus. Stichworte genügen.

Hinweis: In dieser Aufgabe wird das Filmmaterial eingesetzt, um einen Beispieldialog zu liefern. Im Zentrum steht nicht die Hör-/Sehverstehenskompetenz, sondern das Sprechen: Vorschläge machen, Pläne machen, Zustimmen, Ablehnen.
➜ DVD, (Länge: 03:28), Transkript online unter dem Webcode *xibuki*

LÖSUNG

Jack	Ruby	Oliver
wants to go to the Lido first, then to Cawsand Beach, doesn't want to go to Wembury Beach because he thinks he has to take two buses	wants to go to Wembury Beach	doesn't want to go to the Lido, because they always go there

Final decision:
They decide to go to Wembury Beach.

ERARBEITUNG
b) **Think:** Gemäß SB.
Pair: L achtet darauf, dass den S das Ziel der Übung transparent ist: Use as many of the phrases from the box as you can. You want to have a "nice"/polite conversation just like Plymouth kids.

MUSTERLÖSUNG
Think: Stuttgart: Daimler museum (cars) and Wilhelma (zoo)
Pair: A: What about the Daimler museum? I love looking at cars.
B: That isn't a good idea. I'm against the Daimler museum because cars are boring. Animals are interesting and funny. Let's go to the Wilhelma zoo.
A: But how do we get there? By bus, by "S-Bahn", on foot?
B: We can take the S-Bahn. It's only two stations. It isn't far from here and it isn't expensive.
A: OK, let's go see the funny animals. We can go to the museum another day.

ERARBEITUNG EXTRA
Share: Wie **b)**, nur länger, da mehrere S beteiligt sind.
Einzelne Dialoge können im Plenum vorgespielt werden.

DIFFERENZIERUNG Early finisher
Leistungsstärkere S arbeiten auf SB-Seite 135 weiter und korrigieren dort *statements*.

KOMMUNIKATIVE KOMPETENZEN
Die S können ...

Sprechen: darüber sprechen, wie sich jemand gerade fühlt (SB-Seite 108–93, 2c))
Lesen: Aussagen in einem Text wiederfinden, den sie gelesen haben und dazu Bilder (Fotos) zuordnen (SB-Seite 92–93, 1–2), einen längeren Sachtext lesen, dazu Fragen beantworten und ihre Antworten begründen (SB-Seite 93, *Background file*)
Mediation: Informationen aus einem längeren englischen Sachtext auf Deutsch kurz zusammenfassen (SB-Seite 93, 3)

S. 92

TIPPS FÜR IHRE PLANUNG
Im Zentrum von *Part B* stehen zum einen die Fragen danach, was gerade passiert oder was jemand tut, zum anderen die Sprachmittlung. Ein Gespräch zwischen Lucy und ihrer Schwester Holly über Bilder auf Lucys Handy dient hierfür als Aufhänger (**1**, **2**). Es handelt sich dabei um Aufnahmen, die während eines Klassenausflugs zum *Plymouth Aquarium* entstanden. Die S erfahren durch eine Broschüre *(Background file)* Einzelheiten zu den Angeboten des Aquariums und erzählen einem deutschen Freund davon bzw. sprachmitteln Aspekte dieses schriftlichen Textes mündlich in die Muttersprache.
Sprachlich begegnen die S hier erstmals lesend oder hörend dem *Present progressive: yes/no questions* und zeigen ihr Verständnis der neuen Struktur durch die richtige Zuordnung von Bild und Textzeile. Die Struktur muss nicht reproduziert, sondern nur im Text gefunden und zugeordnet werden, bevor die Bewusstmachung, die eigenständige Produktion und die Einübung des neuen sprachlichen Mittels erfolgen.

1 On Lucy's phone

NEUER WORTSCHATZ
talk · °**silly** · **sleepover** · **shark** · **at last** · (to) **push** · °**diver** · **blond** +**blonde** · **first** · **interesting**

EINSTIEG
SB geöffnet. Bildbetrachtung Seite 92. Reaktivierung von Vorwissen (inhaltlich und in *Part A* neu gelernte Struktur: *Present progressive statements*). L: Who are the girls? (Lucy and her sister Holly) What are they doing? (Holly is looking at a mobile. She is smiling. Lucy is fighting.) Why? What do you think?

➔ ggf. Folie SB-Seite 92 (von L erstellt)

ÜBERLEITUNG
L semantisiert wichtigen Wortschatz:
L: Some of my photos are really good, some aren't good at all. I only keep the good ones and the interesting ones, the photos that show something or someone I like.
L semantisiert shark und diver mit Hilfe der Abbildung: What kind of fish is it? It's a very dangerous kind of fish with sharp teeth. It's a shark. And there's a diver. What's he doing? Now let's read the text and find out what the fight between Lucy and Holly is about.

➔ Realia (Handy)

ERARBEITUNG
SB geöffnet oder **geschlossen. 1.** Lesen/**Hören** (Globalverstehen).
L: What is the fight between Lucy and Holly about? Are your ideas correct? Die S hören den Text bei geschlossenem Buch oder sie lesen ihn still bei geöffnetem Buch, um die Konzentration auf eine Fertigkeit zu fokussieren.

➔ 3 10 Transkript online unter dem Webcode *bofanu*
➔ Audio online unter dem Webcode *mobipa*

LÖSUNG
The fight is about Lucy's mobile. Holly is looking at the pictures. Lucy wants her mobile back.

ÜBERLEITUNG
L: Why does Lucy want her mobile back? Let's have a closer look at the photos on her mobile and the conversation between Lucy and Holly. Let's find out which lines in the text go with which photos on Lucy's mobile.

S. 93

2 Understanding the text

NEUER WORTSCHATZ
line • (to) go with sth.

ERARBEITUNG
a) SB geöffnet. Damit jeder S genügend Zeit hat, um den Text auf Inhalte zu scannen, die zu den Bildern passen, wird per ▸ *Think-Pair-Share* gearbeitet. Bei der *Pair*-Phase achtet L darauf, dass die S die Formulierungen der Sprechblasen benutzen.

Weitere Differenzierung
Leistungsschnellere/-stärkere S machen sich schon Gedanken zu **c)**, während die anderen noch zuordnen.

LÖSUNG
photo 58 – l. 34f: "Oh, now you're running away from that boy."
photo 64 – l. 25f.: "Why are you pushing that boy?" / l. 38f. "And then you're pushing him to the floor."
photo 70 – l. 21: "A shark! What's that diver doing?"
photo 75 – l. 13: "Are you watching the fish?"
photo 76 – l. 10: "Are those kids really sleeping?"

ERARBEITUNG
b) SB geöffnet. Gemäß SB.

LÖSUNG
No, it isn't. Give me back my phone! (l. 32)
Give me back my phone, Holly. (l. 36)

ERARBEITUNG
c) SB geöffnet. Die Erarbeitung erfolgt im Plenum, sodass L Gelegenheit hat, bei Bedarf die Adjektive zu semantisieren (z. B. mit Smileys, durch Mimik oder durch Beispiele) und ggf. weitere Adjektive hinzuzufügen.

MUSTERLÖSUNG
I think she's angry
because Holly is looking at her photos and making jokes.
because she doesn't want to show her sister the photos.

Background file

NEUER WORTSCHATZ
the UK (the United Kingdom) • ocean • °Carribean sea life • planet • centre • (to) arrive • snack • price

➜ Your task, SB-Seiten 106–107

EINSTIEG

SB geöffnet. Reaktivierung von Vorwissen. Bildbetrachtung SB-Seite 92.
L: Do you remember the little fight between Lucy and Holly? What was it about? Why did Lucy look at her photos? What are the photos about? (the sleepover in the aquarium). What are the people in the photos doing? (kids are sleeping in front of one of the big aquariums/kids are watching a film about fish/a diver is feeding the sharks).
Lucy didn't take photos of all the interesting activities in the aquarium – there's so much more! Here's a brochure. Imagine you're in Plymouth and you can visit the aquarium. What would you like to see and do?

Weitere Differenzierung
Sprachliche Vereinfachung:

I would like to	see	sea life in the Plymouth area/a 4D film/games/breakfast
	watch	
	do	
	play	
	have	

ERARBEITUNG

SB geöffnet. 1. Lesen. Die S lesen den Text still und bearbeiten die Aufgabe in EA.

SICHERUNG

Im Plenum: L fragt verschiedene S nach ihren Wünschen.

ÜBERLEITUNG

L: Now you know exactly what you would like to do at the aquarium. Imagine that after school you meet a friend and tell him/her about the aquarium. He/she is very interested because he/she loves aquariums.

3 The aquarium in Plymouth (EN/DE)

ERARBEITUNG

Die S bearbeiten die Aufgabe in EA, tauschen sich in PA aus und ergänzen bzw. korrigieren ggf. Die Auswertung erfolgt im Plenum. L sollte unbedingt klarmachen, dass es theoretisch mehrere richtige Lösungen gibt. Hauptsache, die richtige Information wird übermittelt.

➜ SMC 10: Mediation (p. 153)
➜ FöFo 4.5
➜ Your task, SB-Seiten 106–107

DIFFERENZIERUNG [[MORE_HELP]]

Leistungsschwächere S arbeiten auf SB-Seite 127. Die S finden hier deutschsprachige Hilfen.

LÖSUNG

A: Es gibt vier Abteilungen, zum Beispiel über das Meeresleben in der Gegend um Plymouth.
B: Geht's da nur um Plymouth?
A: Nein, es gibt auch Abteilungen über den Atlantik, die britische Küste oder das Great Barrier Reef.
B: Bieten sie etwas Besonderes für Kinder?
A: Ja, sie haben dort ein Schülerzentrum und Geburtstagspartys. Und nachts kann man da schlafen.
B: Eine Übernachtung im Aquarium?
A: Ja, das heißt „Sleeping with Sharks", weil du nachts die Haie beobachten kannst.
B: Und kann man das jede Nacht machen?
A: Nein, nur in den Ferien.
B: Und was macht man da genau?
A: Du kannst einen Film in 4D gucken, oder eine Tour durch das Aquarium machen.

➜ Workbook 7 (p. 55)
➜ Interaktive Übungen zum Workbook 4.9

S. 94

EINSTIEG Language help

L: Now we're going to play a game. L bringt Kärtchen mit, auf denen Aktivitäten abgebildet sind, die die Schüler schon durch Verben benennen können (**KV 17**). L demonstriert den Ablauf des Spiels durch ein Beispiel. Er gibt einem S ein Kärtchen, der S spielt die Aktivität pantomimisch vor, L fragt: *"Are you ...ing?"*, sodass er einige Male die Antwort: *"No, I'm not."* Bekommt, bevor die Aktivität dann erraten wird: *"Yes, I am."* Zur Sicherheit sollten die Frage und die Kurzantworten an der Tafel stehen, sowie auch einige Verben, damit der Gebrauch der Struktur nicht dadurch behindert ist, dass die S verzweifelt versuchen, sich an die richtigen Verben zu erinnern (Isolierung der Schwierigkeit).
Nun kommen einzelne S nach vorne, spielen eine Aktivität pantomimisch vor und die Mit-S raten. Das findet noch im Plenum statt, damit L noch korrigierend eingreifen kann. Wenn die Struktur gut beherrscht wird, kann zur weiteren Erarbeitung in der Gruppe übergegangen werden.

KV 17: Are you fighting?
Bildkarten zu *miming activities*

ERARBEITUNG 1

Die S sitzen in Gruppen à 4 S ▸ *Face to face and knee to knee*. In der Mitte liegt ein Stapel Kärtchen mit Bildern zu *miming activities* (**KV 17**). Der S in jeder Gruppe, der dem Lehrer am nächsten sitzt (▸ *Numbered heads*-Methode) ist die Nummer 1, die anderen zählen im Uhrzeigersinn durch. Nummer 1 beginnt, nimmt ein Kärtchen vom Stapel und stellt die darauf abgebildete *activity* pantomimisch dar. Im Uhrzeigersinn wird geraten bis die *activity* erraten ist. Derjenige, der richtig geraten hat, zieht das nächste Kärtchen, usw.

KV 17: Are you fighting?
Bildkarten zu *miming activities*

ERARBEITUNG 2

L bringt mehrere Fotos von sich mit und sagt den S, dass er für ein Familienalbum eines sucht, auf dem er richtig nett lächelt, zeigt diese den S und fragt: „Am I smiling (in this photo)?" Anschließend wiederholt er das Prozedere mit Fotos einer anderen Person und weiteren Gruppenfotos, damit die S die 3. Person Singular und Plural üben, bevor sie **1** bearbeiten.

➔ Fotos (mehrere Porträts des L, einer anderen Person und Gruppenfotos)
➔ GAP 11.3: The present progressive (p. 176)
➔ LAS 4.2

1 Is he drinking? (Present progressive: questions)

ERARBEITUNG

SB geöffnet. Ein Beispiel sollte exemplarisch im Plenum bearbeitet werden.

MUSTERLÖSUNG

1 Is he singing? Yes, he is. • 2 Are they eating? Yes, they are. • 3 Is he/it drinking (water)? Yes, he/it is. • 4 Is he making scones? Yes, he is. • 5 Are they playing football? Yes, they are. • 6 Is she texting? Yes, she is.

Hinweis:
Liegen die Bearbeitung der **KV 17** und des *Language help* schon länger zurück, sollte vor Beginn der PA die 3. Person Singular und Plural mit den *activity cards* im Plenum geübt werden (siehe oben *Language help*).
➔ LAS 4.2

2 Where is he going? (Present progressive: questions)

NEUER WORTSCHATZ
important

EINSTIEG

Zur Vorentlastung üben die S die Bildung der Fragen mit den Fragewörten *where*, *what* und *who* mit Hilfe des Bildes (SB-Seite 97). L: Have a close look at the picture and try to remember what all the animals are doing. You have two minutes.

➔ Bild aus 3 (SB-Seite 97) auf - Folie oder aus SB
➔ Workbook 8 (p. 56)

L nimmt nach zwei Minuten die Folie vom OHP weg bzw. lässt die S das Buch schließen. L stellt Fragen mit Fragewort, die S antworten. Zuerst stellt L mehrere Fragen mit *who:* Who is following a big shark? (A small shark / a small shark is following a big shark), usw. Danach können die S die Rolle des Fragenstellers übernehmen, ggf. auch in PA:
What is the small shark doing? (He is following the big shark), usw.
Where is the small shark following the big shark? (He is following him in the aquarium / in the top left corner of the aquarium).

	Is the small shark following the big shark?
Where	is the small shark following the big shark?
What	is the small shark doing?
Who	is following the big shark?

ÜBERLEITUNG
L: Now Sam and his sister Lily are watching a film. An exciting/scary film. What exciting films do you know? Can small kids / your little brothers or sisters watch scary films? Why not? Do they understand everything? What do you do when they're watching a film with you and there's something they don't really understand? That's what Sam is doing. Lily doesn't really understand the film. She asks lots of questions and he helps her understand what's happening.

Weitere Differenzierung
Leistungsstärkere S lesen den Dialog und bilden Lilys Fragen.

ERARBEITUNG 1
SB geöffnet. 1. Lesen (Globalverstehen).
L: The film is about a captain and a policeman. Read the text. Don't worry about the gaps. Find out
- the captain's name (Goldfinger)
- who else is in the film? (Goldfinger's team and a policeman)
- where is the film set / where are the people (harbour/green boat)
- what is the policeman / Goldfinger doing? (following Goldfinger, swimming to the boat/going to the harbour, meeting his team....)

You don't have to answer all the questions. Answer as many of them as you want to.
Die S sollten hier die Wahl haben, wie viele und welche der Fragen sie beantworten wollen.

ERARBEITUNG 2
SB geöffnet. L: Now imagine you are Lily. The film is very exciting and you don't understand everything that's happening. You can see Sam's answers. Form your questions. Die Sicherung erfolgt im Plenum. Danach kann in PA das darstellende Lesen des Dialoges in verteilten Rollen geübt werden *(read and look up, feelings!)*. So kann die Frageform häufig wiederholt werden, besonders wenn die Rollen auch getauscht werden und jeder S auch Lilys Rolle übernimmt.

LÖSUNG
Where is he going? • Who is following Goldfinger? • Where are they meeting? • What is he giving them? • Where is he swimming?

➜ Workbook 8 (p. 56)
➜ LAS 4.2

S. 95

3 Pictures of Plymouth

EINSTIEG
SB geschlossen. L: What do you think of Plymouth? Is it a good place to visit? Why would you like to visit Plymouth or why wouldn't you like to go there? (S: I think it's a good place because there are nice beaches and there is a lot to do.)

➜ FöFo 4.2

ERARBEITUNG
a) SB geöffnet. Gemäß SB.

MUSTERLÖSUNG
This is a picture inside a shopping centre. There are lots of different shops. There are lots of people and they are all shopping or maybe just looking for things to buy. I think it's summer, because people are wearing T-shirts and not coats. One boy is coming down and eating an ice-cream. I think there is a sale on because there are signs with 50%. Nobody is sitting: everybody is standing or walking.
This is a picture outside by the water. I think it's Plymouth Sound or the River Plym. I think it's summer, because people are wearing T-shirts and not coats. People are sitting in the park and relaxing. One man is playing the guitar. Behind him some men are playing cricket (I can see the three sticks). In the background there is a small harbour with a place for boats, and a small cliff with houses or maybe a castle on it. I can also see a boat. It's coming near to the people. There are some yachts on the right of the picture.

ERARBEITUNG
b) SB geöffnet. Gemäß SB. L: Tell each other which place you like better and why.

Vertiefung
Die S bearbeiten **3a)** und **b)** zuhause schriftlich.

MUSTERLÖSUNG
I like the picture of the shopping centre better because I love shopping. The other picture looks boring because you can't buy anything.
I like the picture of the water better because everybody looks happy. I don't like the other picture because shopping centres and loud and full of people.

DIFFERENZIERUNG Early finisher
Leistungsstärkere S arbeiten auf SB-Seite 135 weiter und lösen dort eine Suchaufgabe zu den Bildern dieser Seite.

ERARBEITUNG 1
c) SB geöffnet. L: Let's find out more about Plymouth, the home of Abby and her friends. In the film, a girl shows us her hometown. Watch the film. What does she show us? What things and places can you see in the film? Make a list.
1. und ggf. 2. Sehen. Die S schauen den Film und notieren in EA Dinge, die sie im Filmclip über Plymouth sehen können. Sie tauschen sich anschließend in PA darüber aus. Auswertung im Plenum.

➜ Your task, SB-Seiten 106–107
➜ DVD (Dauer: 2:22 min),
Transkript online unter dem Webcode *xibuki*

MUSTERLÖSUNG
Ice cream • a swimming pool • boats • the Aquarium • a girl • a restaurant • sailing boats • a police boat • a shopping mall • shops • the Hoe • postbox • houses • kids • football • lots of people

ERARBEITUNG 2

c) SB geöffnet. Die S notieren in EA drei Plätze in Plymouth, die sie gerne an einem Wochenende sehen würden und einigen sich in PA auf ihre gemeinsamen Top 3. L notiert hierfür sprachliche Hilfen an der Tafel:

I agree!	I don't agree!
I also think the Lido is a great/ good/funny idea.	I don't want to go to the Lido. I think the Aquarium is cool/nice/interesting.
I also want to go to the Lido.	Let's not go to the Lido. What about the Aquarium?
The Lido sounds good to me too.	

AUSWERTUNG

Die Paare präsentieren ihre Top 3. Ein S notiert die Ergebnisse mit Hilfe einer Strichliste, sodass die S die Top 3 der gesamten Klasse erhalten.

S. 96

4 Today is different (Simple present and present progressive)

NEUER WORTSCHATZ

early

➔ GAP 11.1: Simple present and present progressive (p. 174)
➔ Workbook 9 (p. 56)
➔ Interaktive Übungen zum Workbook 4.4
➔ FöFo 4.2

EINSTIEG

SB geöffnet. Die S lesen zunächst die *Language help*-Box in EA. Anschließend bittet L die S: Describe the first picture. (S: We can see Maya. She's in bed. It's 10 o'clock.) L: Now look at the first sentence. What's wrong here? (S: It isn't early.) L: Yes, Maya usually gets up early but this Saturday she's staying in bed. L notiert den Satz an der Tafel.

Present progressive statements

Maya usually gets up early but this Saturday she's staying in bed.

habit (Gewohnheit)	**exception** (Ausnahme)
Simple present	Present progressive

ERARBEITUNG

SB geöffnet. Die S erarbeiten die übrigen Sätze in EA und werten diese anschließend im Plenum aus. L: Now have a look at the other seven pictures and write down sentences like the one at the blackboard.

LÖSUNG

2 Abby usually has breakfast with her family, but this Saturday <u>she's having breakfast alone</u> / without her family

3 Justin usually skypes with his father, but this Saturday <u>he's writing an email</u>.

Vertiefung

Zur weiteren Einübung notiert jeder S auf einer Karteikarte eine Tätigkeit, die er normalerweise am heutigen Wochentag unternimmt und eine, die er stattdessen heute machen wird. Es werden nur die Infinitive verwendet (z. B.: Monday: play hockey / today: go swimming).

4 Sam often goes to kung fu, but this Saturday he's playing basketball.
5 Mr Bennett usually works in the garden, but this Saturday he's making a salad.
6 Lucy often phones her grandma, but this Saturday she's writing a letter.
7 Mrs Pascoe usually does yoga, but this Saturday she's playing tennis.

Anschließend betrachten die S in einer ▶ *Milling around activity* die Karteikarten ihrer Mit-S und formulieren die entsprechenden Sätze.

S. 97

5 WORDS Adjectives

EINSTIEG
L: Now we're going to look at a picture with lots of animals. We can talk about the animals, but to talk about them we need some adjectives. Do you know any adjectives that say what things are like? Die S nennen Adjektive, eventuell gibt L ein Beispiel vor, falls der Begriff Adjektiv nicht bekannt ist. Von den genannten Adjektiven bildet L einige Gegensatzpaare und wiederholt den Begriff *opposites*.

ÜBERLEITUNG
SB geöffnet. L: Before we can talk about the picture, we have to find five pairs of opposites from the adjectives in the box.

ERARBEITUNG
a) SB geöffnet. Die S arbeiten in EA und vergleichen ihre Ergebnisse in PA. Falls nötig, ist eine kurze Besprechung im Plenum möglich.

LÖSUNG
1 small – big • 2 happy – sad • 3 bright – dark • 4 black – white • 5 long – short

ERARBEITUNG
b) SB geöffnet. L: Now have a look at the animals and match the adjective pairs to the pictures. Die S arbeiten in EA und vergleichen ihre Ergebnisse in PA. Besprechung im Plenum. Wenn das Bild auch als Folie vorliegt, können verschiedene S nach vorn kommen, auf ein Tierpaar deuten und die *opposites* nennen.

➔ Bild aus 5 (SB-Seite 97) auf Folie

MUSTERLÖSUNG
1 small shark – big shark • 2 happy crab – sad crab • 3 bright whale – dark whale • 4 black fish – white fish • 5 long fish – short fish

ERARBEITUNG
c) SB geöffnet. L: Now we can talk about what's happening in the picture, about what the animals are doing. Look, here a shark is following another shark. This shark is small and that shark is big, so a small shark is following a big shark.

A small shark **is following** a big shark.

L: We always use this form of the verb (is following; *present progressive*) when we talk about what is happening in a picture. Now you say what's happening in the picture. Use the adjectives and make sentences like the one on the board. Die S bearbeiten die Aufgabe in EA und vergleichen in PA. Die Kontrolle im Plenum kann wie oben erfolgen, wenn das Bild auch auf Folie vorliegt: einzelne S kommen nach vorne, deuten auf das Tierpaar und beschreiben, was die Tiere machen.

Weitere Differenzeirung
Leistungsschwächere S bekommen Verben vorgegeben: *wave to, dance, jump over, talk to.*

LÖSUNG
1 A small shark is following a big shark. • 2 A happy crab is talking to a sad crab. • 3 A bright fish is dancing with a dark fish. • 4 A black fish is jumping over a white fish. • 5 A long fish is talking to a short fish.

➜ Workbook 10 (p. 57)
➜ FöFo 4.5

6 Signs EN DE

NEUER WORTSCHATZ
sign • the same as ...

➜ FöFo 4.5

EINSTIEG
SB geschlossen. L bringt Schilder aus dem Schulgebäude oder -gelände mit in den Unterricht, z. B. „Fahrradfahren im Schulhof verboten".
L: We have lots of rules in our school. Sometimes there are signs to remind us of the rules, so that we don't forget them. Have a look at the signs I brought with me today.
Some of them say that you have to do something, others tell you what you can't do.
Die S formulieren auf Englisch, was die Schilder besagen. L hält alle Varianten an der Tafel fest.

You can't ...	You have to ...
...	...

➜ Schilder aus dem Schulgelände- oder Schulgebäude, z. B. „Fahrradfahren im Schulhof verboten"

ÜBERLEITUNG
L: Signs in other countries are often difficult to read. Sometimes we know the words, but we still don't understand the sign because it doesn't make sense to us, or because the things you have to do, or can't do, are different in Germany. Imagine that you and some of your German friends are on a visit to Plymouth. Some of your German friends don't understand the signs. Explain in German what they mean. Take turns.

ERARBEITUNG
a) **SB geöffnet.** Die S arbeiten in Gruppen à 3 S.

SICHERUNG
Im Plenum. Da es bei der Mediation um die Mitteilung der Information geht und nicht um stilistische Übereinstimmung, achtet L darauf, verschiedene Varianten gelten zu lassen. Außerdem kann L die S darauf hinweisen, dass der *lido* eine Sehenswürdigkeit ist, die eventuell beschrieben werden sollte.

LÖSUNG
1 Der Lido ist im Sommer immer von 10 Uhr morgens bis um 6 Uhr abends geöffnet, außer mittwochs: Da ist er bis um 19.30 offen. • 2 Die Fütterungszeit für Haie ist um 11 Uhr vormittags. • 3 Hier sind das Fahrradfahren, Skateboardfahren und das Rollschuhfahren verboten. • 4 Man soll/darf die Möwen nicht füttern. / Möwen Füttern verboten. • 5 Zum Fischrestaurant geht es dort lang.

ERARBEITUNG
b) **SB geöffnet.** Durch den Einstieg wurde **b)** vorentlastet. Die S wissen, dass es verschiedene richtige Lösungen gibt, dass man umschreiben darf/soll, wenn man das englische Wort nicht kennt, da es nur um die „Message" geht, um das sinngetreue Übertragen, nicht um eine stilistische Übereinstimmung. Sie haben die Tabelle "You have to ... / You can't..." mit

➜ FöFo 4.5
➜ Interaktive Übungen zum Workbook 4.10

Beispielen noch an der Tafel. Sie arbeiten in der Gruppe, da Kreativität und Sprachkompetenz gefordert ist und die S voneinander profitieren können. Es sollte vor der *Share*-Phase die Möglichkeit einer längeren *Think*-Phase gegeben werden.

DIFFERENZIERUNG More help

Leistungsschwächere S arbeiten auf SB-Seite 127, wo sie die Schilder lediglich vorformulierten Phrasen sowie den Satzanfängen *You have to* und *You can't* zuordnen müssen.

LÖSUNG

You have to ...	You can't ...
... take a number and wait.	... drink the water.
... wash your hands.	... put your bike here.
	... feed the birds.

➜ Workbook 11 (p. 57)

KOMMUNIKATIVE KOMPETENZEN
Die S können ...

Hören: eine Liste mit Punkten mit einem Hörtext vergleichen und sagen, welche Punkte aus einer Liste in dem Hörtext vorkamen (SB-Seite 99, 5a)/b))

Sprechen: sagen, was ihnen an einem Poster gefällt und kriterienorientiert begründen, was man an dem Poster verbessern könnte (SB-Seite 99, 4)

Lesen: erkennen, ob Aussagen zu einem Lesetext wahr oder falsch sind und die falschen Aussagen verbessern (SB-Seite 98, 2), ein Poster anhand einer vorgegebenen Checkliste überprüfen (SB-Seite 99, 4b))

S. 98

TIPPS FÜR IHRE PLANUNG
In *Part C* erleben die S mit, wie Sam und Justin einen *Mini-talk* mit Poster als Illustration über Cawsand vorbereiten und durchführen. Die S bewerten die Arbeit der beiden Freunde anhand einer Checkliste. So werden die S spielerisch an die *Study skills*-Aufgabe im Practice Teil herangeführt, bei der sie eine info-page (→ slide or poster) erstellen und einen *mini-talk* vorbereiten, sowie anhand geeigneter Kriterien die *mini-talks* anderer S bewerten.

1 Partners

NEUER WORTSCHATZ
What's your poster about? · **not ... yet** · **alone** · (to) **go on** · **before** +**after** · **point** · **all right** · **many** · **Box "much ("viel" – many ("viele")"**, *Voc.*, SB-Seite 210 · **better** · **clever** · **together** · (to) **sit down** · (to) **point to** sth. · **tourist** · **magazine** · (to) **use** · **smuggler** + (to) **smuggle** · (to) **explain** sth. **to** sb.

TIPPS FÜR IHRE PLANUNG
1 eignet sich sowohl zur Übung des Hör- als auch Leseverstehens. In **2** wird das Detailverstehen über Leseverstehen trainiert (*careful reading*).

➜ FöFo 4.6

EINSTIEG
SB geschlossen. Einführung ins Thema und Semantisierung einiger Vokabeln (*better/not ... yet/explain*). Die übrige neue Lexik kann von den S selbstständig erschlossen werden (z.B. *clever* durch die Ähnlichkeit zum Deutschen).

Working with a partner is <u>better</u> than working alone.

L: Think about that sentence for a minute. Do you agree? say, "Yes, that's true. Yes, I think so – <u>I agree</u>." Or do you say "No, I don't think so – <u>I don't agree</u>."? Who agrees? Hands up! Who doesn't agree? Hands up! Who thinks "maybe yes, maybe no"? Who doesn't know yet? What about you, S1? S1: <u>I agree</u>/<u>don't agree</u>/<u>don't know yet</u>. L: Now can you tell us why/ <u>explain</u> why you agree/don't agree/don't know yet. Is working with a partner more or less fun?

ERARBEITUNG 1
SB geschlossen. 1. Lesen/**1. Hören** (Globalverstehen). Die S hören den ersten Abschnitt bis (Z. 28). L: Two of the kids in our book want to work together on a project. Listen to their dialogue and find out who is talking, and what project they're talking about.

➜ 3 11 Transkript online unter dem Webcode *bofanu*
➜ Audio online unter dem Webcode *mobipa*

LÖSUNG
Sam and Justin are talking. They're talking about a poster and a mini-talk.

ERARBEITUNG 2
SB geschlossen. 2. Lesen/**2. Hören.**
L: Now listen again and try to find out what they want to do a talk about.
S: They want to talk about Cawsand. That's a place near Plymouth. It's Sam's favourite place.

ERARBEITUNG 3
SB geschlossen. Lesen/**Hören** (Globalverstehen). Die S hören den 2. Teil des Textes; vorher führt L zum Text hin und semantisiert go on, point to und smuggler.
L: Now let's go on (Gestik, Mimik). Let's listen to more of the story and find out who likes pictures more than texts. Samis holding a picture in his hand. Justinis pointing to the picture with his finger (L demonstriert)? (Justin). There's another new word in the dialogue, it's smuggler. What do you think it could mean? Think of a similar German word. (Schmuggler).

➔ 3 12 Transkript online unter dem Webcode *bofanu*
➔ FöFo 4.6

ÜBERLEITUNG
L: You heard the dialogue between Justin and Sam and you can understand people when you listen to them.
Now I have more questions. They're also about the kids' dialogue:
Who says what? Who has the ideas?
To answer these questions, we have to look at the dialogue, read it several times and check the details.

2 Right or wrong?

ERARBEITUNG
SB geöffnet. Die S arbeiten in EA. Die Auswertung erfolgt im Plenum.

LÖSUNG
1 Wrong: They have to give a mini-talk about their favourite place by the sea.
2 Right
3 Right
4 Wrong: It's Justin's idea to talk about Cawsand.
5 Wrong: It's Justin's idea to meet on Saturday.
6 Wrong: Sam shows Justin pictures of Cawsand.
7 Right
8 Wrong: Justin thinks that it's too much information.

Alternative
Die S arbeiten mit einem Tandembogen, der in der Mitte gefaltet wird in PA und können sich so gegenseitig berichtigen. Überprüfung im Plenum.

➔ FöFo 4.6

S. 99

3 The poster

NEUER WORTSCHATZ
(to) go shopping · (to) go **by car/bus/...**

➔ Your task, SB-Seiten 106–107

ERARBEITUNG
a) SB geöffnet. 1. Lesen (Globalverstehen). Die S lesen den Text still. Danach bearbeiten sie in EA die Zuordnungsaufgabe:

Weitere Differenzierung
Die S bearbeiten die Zuordnungsaufgabe bei geschlossenem SB.

TASK: Match sentence starters and endings

Cawsand: Our favourite place by the sea

1	Cawsand is a village ...	A	... by ferry.
2	Lots of tourists go there ...	B	... can go shopping.
3	Cawsand is a great place to ...	C	... you can find little animals.
4	In the village you ...	D	... with a great beach.
5	In the rock pools at the beach ...	E	... back to Plymouth.
6	At the end of the day you can take the ferry ...	F	... go swimming.

LÖSUNG
1D · 2A · 3F · 4B · 5C · 6E

4 Poster check

NEUER WORTSCHATZ
check +(to) **check** · **title** · **subtitle** · **caption** · **author**

ERARBEITUNG
a) SB geöffnet. L: When you give feedback it is always important that you say something nice first.

MUSTERLÖSUNG
What you like: I/We like the picture/the drawing. I/We think the subtitle/captions is/are good. I/We think the information in the texts is important.

ERARBEITUNG
b) ▸ SB geöffnet. L bespricht zunächst die einzelnen Kriterien mit den S und erläutert/semantisiert bei Bedarf. Dabei kann L auf die entsprechenden Teile des Posters zeigen. Nur bei *authors* muss L erläutern: It's Sam and Justin's poster. Sam and Justin are the authors.
Anschließend gehen die S in PA die Checkliste durch, um Sam und Justin zu helfen, eine gute Note zu bekommen. Sie benutzen dabei die Sprachmittel in den Sprechblasen. L: You want to help Justin and Sam to get a good mark for their poster, don't you? With your partner, go through Miss Bell's checklist.

LÖSUNG
Almost everything is there. Just the names of the authors are missing.

5 The mini-talk

ERARBEITUNG
a) SB geschlossen. Pre-listening. Die Hörverstehensaufgabe wird dadurch vorentlastet, dass die S überlegen, wozu noch Informationen mündlich gegeben werden könnten. Dann prägen sich die S die Auswahlmöglichkeiten in **5a)** ein, damit sie sich beim Hören auf die Präsentation konzentrieren können.
L: The poster helps the classmates understand Justin and Sam's talk. In a good presentation the presenter gives extra information. Have a look at the poster, read the texts carefully and speculate about which topics Sam

→ 3 13 Transkript online unter dem Webcode *bofanu*

and Justin could give some extra information. (S: They could talk about the beach / about what tourists can do at the beach / in the village, the ferry, ...)

SB geöffnet. 1. Lesen/**1. Hören (**Globalverstehen): L: Somebody else is also thinking about the topics Justin and Sam could cover in their presentation. Have a look at the list in **5a)** and try to remember as many points as possible. – Now listen and find out which of the topics on the list they are talking about.

LÖSUNG

Sam and Justin talk about:

what you can do on the beach in Cawsand (1) • swimming at Cawsand (2) • what you can do in Cawsand village (3) • why it's fun on the ferry to Cawsand (5)

ERARBEITUNG

b) 👥 **SB geöffnet. 2. Hören** (Detailverstehen). L: Let's listen once more so that afterwards you can't only say which topics they talked about, but can also explain why you think so. Please take notes. Die S vergleichen ihre Ergebnisse in PA. Anschließend erfolgt ein **3. Hören** zur Überprüfung.

Weitere Differenzierung

Auftrag für leistungsschwächere S: Choose one or two of the topics you think they talked about and find out what they actually said about those topics.

MUSTERLÖSUNG

1: Justin says that you can see rock pools with lots of crabs and things at Cawsand Beach.

2: When it's really hot, you can go swimming, but the water isn't always warm enough.

3: Sam says that tourists can walk around the village and look at the old streets. There are lots of cafes and shops.

4: Justin says the bus trip from Plymouth to Cawsand is over an hour and it isn't very interesting.

5: It's so much fun on the ferry. You see lots of other boats and interesting places along the coast.

S. 100

Study skills: Preparing and giving a mini-talk

NEUER WORTSCHATZ
(to) **prepare** · **character** · **likes and dislikes** · **keyword** · **through** · (to) **copy** · **phrase** · **easy**

EINSTIEG
L: Look at Sam's and Justin's poster about Cawsand. It's really nice. We could also make a poster about Silky, about Plymstock School. What else? (S: about Morph, Plymouth, the Plymouth kids) Now you can choose. Who is your favourite character? For homework, please go through your book and your folder and find as much information as you can about your character. Look at the pictures and choose four that you really like. Collect all this information and prepare a mini-talk with an info-page (a poster or a slide on your computer) about your favourite character. **3a)** and **b)** tell you how you can do this. You can find help in Skills and Media Competence File 2.

➜ FöFo 4.7
➜ Your task, SB-Seiten 106–107

ERARBEITUNG
a) Als vorbereitende HA geeignet.

➜ SMC 2: Collecting information (p. 146)

MUSTERLÖSUNG
MAYA SEN
Home: Plymouth
Age: 11
Family: brother Mukesh, goes to a sports school but doesn't do sport, likes playing computer games, says he is British, not Indian; Uncle Amar; the Sens are a big family, they don't all live in India and Britain, Uncle Dasan and Aunt Priya live in South Africa, Maya's cousin Dilip lives in New York
Friends: Lucy, Sam, Abby
Likes/dislikes: likes swimming, sailing, playing the guitar, inline skating, playing computer games, going on the wheel
Hobbies, activities, clubs: is the best swimmer in Plymstock, does a lot of sport, is in the sailing club, the computer club, has guitar lessons, goes inline skating
School: Coombe Dean (black uniform, Maths and ICT school)

ERARBEITUNG
b) Als vorbereitende HA geeignet.

ERARBEITUNG
c) MK Die S können die entsprechenden Eintrag im *Skills and Media Competence File* vorbereitend zuhause lesen. Es empfiehlt sich, die Präsentationen gemeinsam im Unterricht zu erarbeiten. Dabei bieten sich sowohl Poster als auch digitale Präsentationen (Powerpoint, Keynote, Prezi) an.

➜ SMC 3: Making a simple layout for a page (p. 147)

MK Alternative
Die S stellen ihre Beiträge auf einem vom L erstellten und nur für die Lerngruppe geöffneten online noticeboard (z. B. www.padlet.com) ein und nutzen dafür PCs oder Tablets sowie einen Beamer zur abschließenden Präsentation. So können alle Präsentationen im Nachgang von allen begutachtet und kriterienorientiert kommentiert werden.

ERARBEITUNG
d) **SB geöffnet.** Die S lesen die *Study skills-Box*. Dann schreiben sie mit Hilfe der Satzanfänge in **d)** Stichpunkte auf Karteikarten und üben zunächst im geschützten Rahmen der Gruppe den Vortrag als ▸ *Buzz reading*. L weist darauf hin, dass die Lautstärke im Rahmen bleiben muss, wenn alle gleichzeitig sprechen.
Nachdem die S sich nun sicher sind, worüber sie reden und die Inhalte mit Hilfe der Kärtchen auch versprachlichen können, verweist L auf die *presentation skills*. L lässt die S aufstehen, tief durchatmen, auf ihre Haltung achten, lässt sie Blickkontakt herstellen, demonstriert zu langsames,

zu schnelles oder zu undeutliches Sprechen und erläutert das Feedbackraster in **e)**. Nun tragen die S in ihrer Gruppe nacheinander ihren Mini-talk vor. Die Mit-S übertragen das Feedbackraster in **e)** in ihr Heft und füllen es mit Smileys aus.

LÖSUNG

My presentation is about my favourite character from this book, Maya Sen. I like her because her family is so interesting. It is exciting when her uncle Amar talks about the big Sen family in Britain and India. It's funny when he talks about Maya's and Mukesh's hobbies and schools. On my poster you can see a photo of the family. It's cool when Maya and Lucy go on the wheel. The girls like it but Sam doesn't. You can see a photo of the friends on the wheel and a photo of the trip to Cawsand Beach. It's sad Maya and Lucy go to different schools now. On my poster you can see a photo of the friends. That's the end of my presentation. Thank you very much. Do you have any questions?

➜ FöFo 4.7

ERARBEITUNG

e) Gemäß SB. Die S geben sich gegenseitig Feedback.

MUSTERLÖSUNG

I like it that you look at us / that I can hear you / that you can make a talk interesting / that I understand you when you speak.
Next time you can look at us when you talk / speak more clearly / make your talk interesting / easy to understand.

ERARBEITUNG

f) L: Can you find your group's favourite character? Is there really a character that all the group members like? Talk about the characters and try to find the one your group likes best.

MUSTERLÖSUNG

I really like ... because ... / But I like ... / I also like ... / Let's take ... as our favourite character.

➜ Workbook 12 (p. 58)

S. 101

1 I love your poster (Word order)

NEUER WORTSCHATZ
word order · sub-clause

➜ Your task, SB-Seiten 106–107

EINSTIEG
SB geschlossen. UG mit folgenden Impulsen: Who likes English? Why do you like English? Do you want to know one of the reasons why I like English? I like it because it's an easy language, much easier than German.

ERARBEITUNG
SB geöffnet. L: Now you can be language detectives. Look at Language help (page 101) and find the difference between the English and the German sentences.
Die S finden heraus, dass in englischen *sub-clauses* – anders als im Deutschen – auch SVO gilt. L hilft bei der Benennung des Phänomens und der Regelfindung.
a) SB geöffnet. Erarbeitung in EA. L: Now it's time to use what you found out when you were language detectives.

Alternative
Work with your partner. One of you reads out the two separate sentences in task 1**a)**, the other one links the sentences with 'because'. Take turns.

➜ LAS 4.3
➜ GAP 12: Word order (p. 178)

LÖSUNG
2 Justin goes to Sam's house on Saturday because they want to work on the poster.
3 The two boys collect ideas before they choose photos for their poster.
4 The students ask questions after Sam and Justin finish their mini-talk.
5 Sam and Justin are happy after their mini-talk is over.

ERARBEITUNG
b) SB geöffnet. L: 1**a)** is an easy task. 1**b)** is for really clever kids who remember SVO even in sub-clauses!
Die S bearbeiten diese schwierigere Aufgabe zuerst schriftlich in EA, vergleichen dann in PA, bevor im Plenum ausgewertet wird.

LÖSUNG
1 Morph lives in the library, where he can read lots of books.
2 He likes English because it's a cool language.
3 The Plymstock students never see Morph because he sleeps in the day.
4 He gets up when the students are at home.
5 He hides when he sees the school cat.

Weitere Differenzierung
L bringt Folienschnipsel zu **b)** mit und ein oder zwei S bearbeiten die Aufgabe am OHP. Unter die Satzteile legen die S auch Schnipsel mit S–V–O.

DIFFERENZIERUNG [[EARLY_FINISHER]]
Lernschnellere S entwerfen selbst Aufgaben für ihre Mit-S. Sie finden einen Partner, indem sie wie beim ▸ *Lerntempoduett* aufstehen und sich umschauen nach jemandem, der auch schon fertig ist, um dann mit ihm/ihr zu arbeiten.

MUSTERLÖSUNG
stories about smugglers - reads - Morph - exciting books - likes - he - because

➜ Workbook 13 (p. 59)

2 Sam opens the door for him (Pronouns)

NEUER WORTSCHATZ
paper

EINSTIEG
Um den Gebrauch der *Pronouns* kommunikativ einzubetten, bittet L einzelne S in PA (*tell him/her*), andere S in GA (*tell them*) die Inhalte des *mini-talks* von Sam und Justin (SB-Seite 113) zu erzählen. Danach erzählen einzelne S im Plenum.
L: Do you remember Sam and Justin's mini-talk? What is it about? – Wait, don't tell me. Let's work with a partner or in teams of four. Tell your partner, tell him or her about it, tell your group, tell them about the mini-talk.
Eine kurze Auswertung erfolgt im Plenum, indem ein S den *mini-talk* zusammenfasst. L: Now, who can tell us, the whole class, about the mini-talk? (S: ...).

ERARBEITUNG
a) SB geöffnet. Die S arbeiten in PA.

➜ GAP 13: Personal pronouns (p. 178)

LÖSUNG

Subject pronoun	Object pronoun
I	me
you	you
he	him
she	her
it	it
we	us
you	you
they	them

ERARBEITUNG
b) Die S bearbeiten die Aufgabe mündlich in PA. Bei Bedarf Sicherung im Plenum.
L: You can make sentences shorter when you use object pronouns. Now let's practise that. Do you remember what day it is when Justin and Sam meet at Sam's house? (S: ...) Yes, it's a Saturday. What do they do? (prepare the poster and the mini-talk)
SB geöffnet. L: **1b)** is about that Saturday. Let's find out more about what they do – and eat – that day. Use object pronouns to make the sentences shorter.
Work with your partner. You read out the longer sentence and then your partner says the sentence but makes it shorter with the pronoun. Take turns to do it.

Weitere Differenzierung
Lernschnellere S entwerfen selbst Aufgaben für ihre Mit-S. Sie finden einen Partner, indem sie wie beim ▸ *Lerntempoduett* aufstehen und sich umschauen nach jemandem, der auch schon fertig ist, um dann mit ihm/ihr zu arbeiten.

Musterlösung
Justin worked with Sam. Justin worked with ... (him).
He pointed at the photo of the "fat" woman. He pointed at ... (it).

LÖSUNG
2 He put it on the kitchen table. • 3 They look at them together. • 4 Justin says good morning to her. • 5 "Are they for us?" Sam asks. • 6 "They are for you."

➔ Workbook 14 (p. 59)
➔ Interaktive Übungen zum Workbook 4.6, 4.8

S. 102

3 How many can you count?

NEUER WORTSCHATZ
box • orange

ERARBEITUNG 1
SB geöffnet. L zeichnet eine zweispaltige Tabelle an die Tafel und notiert *numbers* und *things* in der ersten Zeile. L: Please copy this list and the words in **3** into it. Die S notieren die Begriffe aus der Box in der Tabelle. Anschließend werden die Worte vorgelesen; L achtet darauf, dass die unregelmäßige Aussprache (*boxes, oranges, watches)* korrekt verwendet wird.

ERARBEITUNG 2
Die S zählen die Gegenstände in dem Bild, decken das Bild ab und notieren die Anzahl. L: Let's look at the picture. You see some funny monkeys and the picture is full of the things from the list. Find out how many of them you can see. Count them, cover the picture and add the numbers to your list.

LÖSUNG

Numbers	Things
3	baskets
4	boxes
7	butterflies
2	guitars
5	monkeys
6	oranges
8	scones
3	toys
5	trophies
3	watches
6	worms

ERARBEITUNG 3
Die Überprüfung der Ergebnisse erfolgt kommunikativ: Die S vergleichen die Ergebnisse in PA entsprechend dem Dialogmuster im SB.

➔ GAP 14: The plural of nouns (p. 180)

4 Plurals (-s, -es or -ies?)

NEUER WORTSCHATZ
°(to) add • °easier • consonant • vowel • ending

EINSTIEG
SB geöffnet. Die S lesen den *TIP* und erkennen, dass die Endung der Pluralform bei Wörtern, die mit Zischlauten enden, -es lautet.

ERARBEITUNG
a) Die S schreiben zunächst die Wörter aus der Box in eine Tabelle. L präsentiert die Wörter mit Hilfe der CD und die S notieren in einer weiteren Spalte die Pluralformen.

➜ 3 14 Transkript online unter dem Webcode *bofanu*

LÖSUNG

Singular	action, address, basket, beach, bed, box, boy, bus, map, month, sandwich, watch
Plural	actions, addresses, baskets, beaches, beds, boxes, boys, buses, maps, months, sandwiches, watches

ANWENDUNG
b) Die S fragen sich abwechselnd die Pluralformen der Wörter in der Tabelle ab.

ERARBEITUNG
c) SB geschlossen. L schreibt die beiden Wörter *boy* und *story* an die Tafel und fragt nach den Pluralformen, die bereits zuvor in Texten des SB vorgekommen sind. L ergänzt um die Pluralformen *boys* und *stories* und macht deutlich, dass im zweiten Fall aus dem *y* ein *i* wird. Die S spekulieren, worin sich *boy* und *story* unterscheiden. Mögliche Antwort kann hier die Anzahl der Silben sein. Hier bietet es sich an, *birthday* als weiteres Beispiel anzufügen. Die S erkennen, dass es entscheidend ist, ob ein Vokal oder Konsonant vor dem *y* steht. Anschließend entscheiden die S im Plenum, welche Wörter aus der Box die Pluralendung *-ies* haben.

➜ Workbook 15 (p. 59)
➜ FöFo 4.8
➜ Interaktive Übungen zum Workbook 4.7

LÖSUNG
butterfly • family • library • party • story • trophy

ANWENDUNG
d) Die S erfragen gegenseitig die Schreibweise der Pluralformen.

Alternative
▸ *Schneeballverfahren* im Plenum.

Hinweis: Es empfiehlt sich, am Ende das *Grammar and Practice File* 14 zum Thema Plural der Nomen zu thematisieren.

➜ GAP 14: The plural of nouns (p. 180)

S. 103

1 You say, you write … [ðeə]

TIPPS FÜR IHRE PLANUNG
Diese Aufgabe greift eine häufige Fehlerquelle auf. Durch die (übrigens auch unter vielen Muttersprachlern) fehlerhafte Schreibweise von *there*, *they're* und *their* wird der Sinn der gemachten Aussagen verändert, sodass es zu erheblichen Verständnisschwierigkeiten kommen kann.

➜ Interaktive Übungen zum Workbook 4.8

NEUER WORTSCHATZ
°common seal • °flipper • °on land

EINSTIEG
SB geöffnet (SB-Seite 87). L reaktiviert kurz inhaltliches Vorwissen und benutzt beispielhaft *there*, *they're* und *their* (Tafelanschrieb), um **1** vor zuentlasten. L: Do you remember the afternoon in Cawsand when Justin made a film for his dad? Let's have a look at the photos again on page 87: There's the beach. There are the kids. What else can you see? (S: ...) There is/there are ... What are they doing? They're running, they're laughing. – Look at the girls. Their long hair is blowing in the wind. What colour are their shirts/their shorts?

There's the beach.
The friends are running. **They're** running.
Their hair is blowing in the wind.

Lots of words sound the same but have different meanings.

ERARBEITUNG
a) SB geöffnet. Die S arbeiten in EA. Bevor **b)** bearbeitet wird, wird **a)** im Plenum ausgewertet.

LÖSUNG
1 Let's go to Cawsand: It's really exciting there. • 2 There are lots of people on the ferry. • 3 I can see some students with their teacher. • 4 Where are your friends? – They're on the beach. • They're going for a walk with their dog.

Alternative
Die S bekommen je drei verschiedenfarbige Kärtchen, auf die sie die drei Varianten schreiben, z. B. *there* (blau), *they're* (grün), *their* (rot). L liest die Sätze vor / präsentiert sie auf Folie, die S halten das richtige Kärtchen hoch. Rückseite: richtiger Beispielsatz.
➜ verschiedenfarbige Kärtchen

ERARBEITUNG
b) SB geöffnet. Die S arbeiten in EA.

LÖSUNG
Silky loves Plymouth Sound. She lives there all year. Seals are very clever animals. In Britain, there are two different kinds of seals: grey seals and common seals. Silky is a grey seal. Grey seals find their food at sea and catch fish there. They swim with their flippers. They're very good swimmers – they can swim when they're only three or four hours old. When they're on land, they walk on their flippers.

➜ Workbook 16 (p. 60)

2 Spell with Morph

ERARBEITUNG
a) L: What do you remember about Morph? (S: ...) He likes telling other people what to do like a teacher. Listen to him. He reads out sentences.

➜ 3 15 Transkript online unter dem Webcode *bofanu*

Then he asks you to write down one word from each sentence. Die S notieren sich in EA die Wörter. L oder selbstsichere S schreiben an der verdeckten Tafel mit.

ERARBEITUNG
b) Die S vergleichen ihre Ergebnisse erst in PA, dann mit der Tafel.

LÖSUNG
a)/b) group · students · book · boat · board · brother · floor · water · food · took

3 Same letters, different sounds

ERARBEITUNG
a) SB geschlossen. L schreibt die Worte *find, win* und *T-shirt* an die Tafel. L: Can you say these words? (S: ...) There's only one letter that's in each of these three words. Which one? (S: The 'i'.) This is how you say this letter in each word. L schreibt die Lautschrift unter jedes Wort ([faɪnd], [wɪn], [ˈtiː ʃɜːt]). L: What's funny about that? (S: ...) Yes, it's the same letter, but said differently. The same is true for all the lines in **3a)**. Can you find the letter that's missing in each of the lines?
Die S bearbeiten **a)** in EA. Kurze Auswertung im Plenum.

➜ English sounds (p. 237)

DIFFERENZIERUNG [[MORE_HELP]]
Leistungsschwächere S arbeiten auf SB-Seite 127. Hier sind die fehlenden Buchstaben bereits vorgegeben. Die S arbeiten heraus, in welche Zeile sie passen.

LÖSUNG
2 baby, last, map, water · 3 put, ruler, umbrella · 4 four, group, house, touch, your · 5 breakfast, great, seal, wear · 6 monkey, shop, tower, trophy

ERARBEITUNG
b) Gemäß SB. Dies kann bei Bedarf auch mehrmals wiederholt werden.

➜ 3 16 Transkript online unter dem Webcode *bofanu*

DIFFERENZIERUNG [[YOU_CHOOSE]]
c) Aufgabe **i)** spricht eher S an, die gerne mit anderen zusammen arbeiten und extrovertiert sind (interpersonale Kompetenz), während Aufgabe **ii)** eher S mit intrapersonaler Kompetenz anspricht. Die S bearbeiten **i)** in Gruppen à max. 3 S, **ii)** in EA. Bei **ii)** können einige Geschichten laut im Plenum vorgelesen werden, dabei wird die richtige Aussprache noch einmal trainiert und die S-Arbeiten werden gewürdigt.

➜ FöFo 4.9

KOMMUNIKATIVE KOMPETENZEN

Die S können ...

Sprechen: ein Theaterstück (Szenen daraus) auswendig lernen und vorspielen (SB-Seite 105, 3a))

Lesen: unbekannte englische Wörter aufgrund ihrer Ähnlichkeit zum Deutschen verstehen (SB-Seite 105, 1), aus einer Auswahl einen passenden Titel zu einem Textabschnitt auswählen und eigene Titel schreiben (SB-Seite 105, 2)

Schreiben: einen Text in eine andere Textsorte übertragen (SB-Seite 105, 3b))

METHODISCHE KOMPETENZEN

ein Programmheft zu einem Theaterstück erstellen (SB-Seite 105, 2)

S. 104–105

PLAY The pepper smugglers

NEUER WORTSCHATZ

play · **pepper** · **scene** · **just** · **farmer** · **poor** +**rich** · **plan** · **excited** · **soon** · **dress** · **Good luck!** · (to) **hold** +**held** · **no one** +**nobody** · **eye** · **light** · **cart** · the **last** ... · (to) **hide** · **like that/like this** · **true** · **sword** · **Goodbye.** · (to) **carry** · **market** · (to) **point** sth. **at** sb. · **prison** · (to) **move** · **yesterday** · (to) **fall** +**fell** · **still** · (to) **sneeze**

EINSTIEG

SB geschlossen. Semantisierung, Aktivierung von Vorwissen/Einstimmung auf den Text/Motivation. Da es im Text Teil v. a. um die Lesekompetenz und Leseerfahrung geht, wäre eine ausführliche Semantisierung des kompletten unbekannten Wortschatzes an dieser Stelle kontraproduktiv.

L: Let's imagine I'm in New York for a holiday and I buy some great tablet computers for my friends and me. They cost a lot of money. Then I'm back from New York at Frankfurt airport, but I don't want to pay taxes (Steuern) for the tablets at customs (Zoll). I want to smuggle them. Don't tell anybody. This is bad, this is really illegal (Tafelanschrieb). Where can I hide them? (L demonstriert mit Tablet o. ä.) Can I hide them in my pocket? No. Not a good idea. Can I hide them under my jacket? No! Tell me where I can hide them. Thank God I'm through customs. Don't tell anybody that I'm hiding the tablets in my pocket.

Do you go to the theatre and watch a play sometimes? (S: ...) What are/is the play about? (S: ...) Who's your favourite star? (S: ...) Would you like to be a star? (S: ...) OK, most of you would like to act, but not everybody. Today is your day: you can be an star or, if you don't want to act but like to draw, you can be a cartoonist.

What is the play about? Let me give you some tips and then you guess. It happens in the early 1800s in Cawsand, it's about pepper; it's about an illegal activity; when you do this and the police find you, you have to go to prison – they put you in a room and you can't leave.

Die S spekulieren über den Inhalt des Stückes. L: Yes, the play is about pepper smugglers.

ÜBERLEITUNG

L: So, let's act it out! – Oh, but of course we can't do that yet. What do we have to do first? We have to read the play and understand the story. We have to find out about the people in the play, the characters. We have to know what they do, what happens in the play: the plot. And of course we have to find out where exactly in Cawsand the story is set. In the town, in the streets, on the beach, in a character's house ... We call that the setting. Plays usually don't only have one setting. Sometimes each scene (like a chapter in a book) has a different setting. So let's also find out about that.

If we don't know exactly what happens, we can't be good. So let's read scene 1 and fill in the table together.

ERARBEITUNG
SB geöffnet. 1. Lesen/Hören: Die S lesen *Scene 1* still. Gemeinsam mit L (Folie) wird die Tabelle für *Scene 1* ausgefüllt. L semantisiert nur bei Bedarf, da nach Beendigung der Lektüre in **1** die selbstständige Wortschatzarbeit trainiert wird.

➜ Folie, Folienstift
➜ 3 17 Transkript online unter dem Webcode *bofanu*
➜ Audio online unter dem Webcode *mobipa*

SB geöffnet. Lesen/Hören: In PA lesen die S die restlichen Szenen und füllen gemeinsam die Tabelle aus. L: Now you know how to do this. Try to do scenes 2, 3 and 4 together with your partner. Partner A fills in "characters", Partner B "setting", and then you talk about the "plot" and try to fill in the box together. Don't worry when you have problems, it isn't an easy task.
Die Sicherung erfolgt im Plenum. Bei *plot* bietet sich eine Chance für die leistungsstärkeren S.

➜ 3 18–20 Transkript online unter dem Webcode *bofanu*
➜ Audio online unter dem Webcode *mobipa*

LÖSUNG

	Scene 1	Scene 2	Scene 3	Scene 4
Characters: who?	Molly, Cook, Flynn (Molly's brother). (Tom White, Jack Hill, Old Bill (poor farmers)	Flynn, Tom, Jack, Bill	Flynn, Molly, Jack	Tom, Flynn, Mr Collings, Molly
Setting: where? when?	kitchen at the Red Lion, Cawsand	Cawsand Beach at night	Tom's kitchen	Tom's boat at Cawsand Beach
Plot: what happens?	Molly and Cook talk about Tom, Jack and Old Bill. Molly thinks they are smugglers. Cook thinks they are just poor farmers. Molly and Flynn talk about Flynn's "great plan".	The men put bags of pepper from a ship in a cart. Mr Collings watches them from a hill.	Flynn and Molly hide the pepper under potatoes. Molly thinks that Mr Collings is dangerous.	Tom and Flynn carry the boxes onto Tom's boat. Mr Collings wants to stop them and put them in prison. Molly throws potatoes and pepper in Mr Collings' face.

ÜBERLEITUNG
L: Well done! You see, you understand the play, although you don't know every word. Some words are easy to understand because they're similar to German words.

1 New words

ERARBEITUNG
SB geöffnet. Gemäß SB. Eine Bearbeitung in PA bietet sich an.

LÖSUNG

farmer	l. 5/11	Farmer/Bauer
rich	l. 15	reich
good luck	l. 31	(viel) Glück
light	l. 41	Licht
sword	ll. 66, 82, 91	Schwert
market	ll. 79, 103	Markt
deck	l. 90	Deck
sneeze	l. 96	niesen

ÜBERLEITUNG
Aktivierung von Vorwissen/Motiation. L: When we act out the play, we need people to watch it. Who could watch it? (S: parents, other students.) When you watch a play, it's nice to have a programme, maybe a little book, so that the people understand better. Let's make a programme for our audience.
What information should we give in the programme? What do you think? (the title of the play, the date of the play, name of the theatre, how many scenes, what the scenes are about, the names of the actors)

➔ ggf. Programmheft

2 The four scenes

ERARBEITUNG
a) **SB geöffnet.** L: Let's find titles for the scenes. To do that, we have to look at the plot and find what's most important in each scene. I have three ideas for you for scene 1. What do you think? Which one is the best, and why do you think so?

Alternative
KV 18: A theatre programme.
Mustervorlage für ein Theaterprogramm.

LÖSUNG
vAt the Red Lion Inn (Wenn sie gut begründet werden, sind auch andere Lösungen möglich.)

ERARBEITUNG
b) **SB geöffnet.** L: Let's find the best titles for scenes 2, 3 and 4. Die GA erfolgt im ▸ *Think-Pair-Share*-Verfahren. Jede Gruppe (à max. 4 S) bekommt eine Szene. Zuerst überlegen die Gruppenmitglieder einzeln, dann tauschen sie sich in der Gruppe aus und einigen sich auf den Titel ihrer Wahl. Abschließend wird im Plenum verglichen und über den besten Titel für jede Szene abgestimmt.

MUSTERLÖSUNG
Scene 2: Pepper smuggling at Cawsand Beach • Scene 3: In Tom's kitchen: pepper and potatoes • Scene 4: Pepper in the face

ERARBEITUNG
c) **SB geöffnet.** L: Now each group makes a programme and then we choose the best one for our play.

EN DE **Alternative**
Tell your grandma about the play.

3 Your play

DIFFERENZIERUNG/TRANSFER You choose

a) Gemäß SB. Als Hilfestellung zur Erarbeitung ihrer Rollen eignen sich folgende Methoden: L: Good actors have to know everything their character says and feels. Let's practise that.
Step 1 (▶ *Buzz reading*): Read your role out loud but to yourself as many times as you can. Everyone reads at the same time.
Step 2 (▶ *Read and look up*): When it's your turn, read your sentence to yourself first, then look up and say it to the team.
Step 3 (▶ *Dramatic reading*): Think about your character's feelings, how his face looks, how he stands and moves. When it's your turn, stand up, feel and say your words – if you can remember them!

Weitere Differenzierung
Leistungsschwächere S besprechen, wer welche Rolle bekommt, und hören anschließend die Audioversion des Textes. Sie konzentrieren sich auf ihre jeweilige Rolle, Aussprache, Intonation. Nach mehrmaligem Hören sprechen die S ihre Rolle mit. Danach Vorgehen wie im Standardverfahren beschrieben.

b) Hilfestellung:

How to draw a comic strip

Step 1: Have a look at the illustrations in your book. Describe them.

Step 2: Go through the text and draw pictures in your head. What do you see when you are reading?

Step 3: Find the parts of the text which make really nice pictures in your head.

Step 4: Sketch what you see, put it on paper, don't try to be perfect.

Step 5: What do the people in your sketch say or think? Make speech or thought bubbles.

Step 6: Imagine that someone sees your sketch and doesn't know the complete story. What would you like to tell him? Write one sentence underneath your sketch. This is called a "caption".

➜ Workbook 17–19 (pp. 60–61)
➜ VAS 4.1, 4.2
➜ LM Unit 4
➜ FöFo 4.10
➜ Interaktive Übungen zum Workbook 4.9

S. 106–107

Let's go to Plymouth

EINSTIEG
L: In the summer holidays I want to go to ... . What about you? (S: ...) Do you sometimes argue in your family about the place you want to go to? Who usually wins? Why? (S: ...) You need good arguments to make them believe that you're right. Which of you would like to go to Plymouth? (S heben die Hände.) Let's all help them to find good arguments to make their parents agree, so that they can really go to Plymouth!

ERARBEITUNG STEP 1
SB geöffnet. L gibt sprachliche Hilfen als TB. Auswertung im Plenum.

... is interesting to my parents because they usually ...
... is interesting to my parents because they like ...

MUSTERLÖSUNG

Smeaton's Tower is interesting to my parents because they like towers and they like to have a view. The aquarium is interesting to my parents because they like going to zoos and looking at sharks.

ERARBEITUNG STEP 2

SB geöffnet. Die S erstellen in EA eine Liste mit Punkten und vergleichen diese in PA. Sprachliche Hilfen an der Tafel:

I've got ..., what have you got?

That's a great idea. I can add it to my list.

I think ... is interesting to my parents because... What do you think?

MUSTERLÖSUNG

Cawsand Beach – a lovely beach for swimming, boating and relaxing / The Big Wheel of Plymouth / The Lido / Cawsand village – a really cool place / The Hoe / Old Plymouth – the Barbican with its small streets and very old houses / ...

ERARBEITUNG STEP 3

L gibt ein mögliches Raster an der Tafel vor (vgl. Musterlösung).

MUSTERLÖSUNG

Plymouth area

Places to go	Things to do	People to meet
Cawsand Beach/Cawsand village	swimming and boating, going on the ferry	Silky
The Lido	...	...
The Hoe		
The Barbican	visiting old houses, walking through narrow streets	
The Big Wheel	having fun	
The aquarium	watching sharks	
Plymstock School		the kids in the book
The wild country of Dartmoor	walking, having cream teas	
...		

ERARBEITUNG STEP 4

L: Think about how you can tell your parents in German. You need a nice sentence to start your talk. Think of what your parents like/don't like doing. Then choose the three best arguments and a really good last sentence.

I'm using this idea for an introduction:

...

My parents/mum/father like(s) ...	That's why I want to talk about these three things to do/ see ...	I can't forget to tell them about ...
	1	
	2	
	3	

My last sentence: ...

MUSTERLÖSUNG

I'm using this idea for an introduction:
Mum, Dad, I have a great idea for our next summer holiday.
I think Plymouth is perfect because ...

My parents/mum/father/both like ...	That's why I want to talk about these three things to do/see ...	I must not forget to tell them about ...
both: zoo, places where family can learn something about nature	1 the aquarium	the learning centre for children, the sharks
Mum: relaxing, doing sports	2 Cawsand Beach	the lovely beach, swimming, going on the ferry
both: exercise for the whole family, walking	3 Dartmoor	the wild country because it's perfect for walking

My last sentence: That's why I think we all want to spend the next summer holidays in Plymouth.

ERARBEITUNG STEP 5

Die S arbeiten in Gruppen à 4 S. Sie arbeiten nach der ▸ *Read-and-look-up*-Methode und achten auf Blickkontakt beim Sprechen, auf deutliches Sprechen, Verständlichkeit ihrer Aussagen und überzeugende Argumente. Sie geben einander konstruktives Feedback.

MUSTERLÖSUNG

Ich habe eine super Idee für unseren nächsten Sommerurlaub. Plymouth wäre der ideale Ort. Lasst mich erklären, warum. Wir gehen doch so oft in den Zoo und es ist euch immer wichtig, dass ich auch etwas über Tiere und Pflanzen lerne. Das Plymouth Aquarium hat eine spezielle Abteilung für Kinder, in der man ganz viel lernen kann, zum Beispiel über Haie. Du machst doch so gern Wassersport, Mama und du liegt gern in der Sonne am Strand. Es gibt einen herrlichen Strand in Cawsand und das Beste – für Papa – man nimmt die Fähre von Plymouth. Dann wollt ihr doch immer wandern, am liebsten in der wilden Natur, dafür ist prima Dartmoor geeignet, da würde sogar ich gern mitwandern. Deshalb finde ich Plymouth ganz großartig, das würde uns allen gefallen.

ERARBEITUNG SB-SEITE 107

Auch die Selbstevaluation sollte ausführlich mit den S besprochen werden, Sie gibt den S eine Struktur zur Reflexion des Erarbeiteten und ihres Könnens.

TIPPS FÜR IHRE PLANUNG

Die S können die Geschichte sowohl zu Hause als auch im Unterricht lesen. Eine Lesephase im Unterricht ist durchaus sinnvoll und hilfreich.

S. 62–63

TIPPS FÜR IHRE PLANUNG
Die S vertiefen mit Hilfe des *Access to cultures*-Modul *Visiting a tourist attraction* ihre Kenntnisse der Grundsätze höflicher Unterhaltung in GB anhand des Beispiels von deutschen Touristen in Stonehenge. Sie lernen u.a. wie man interkulturell angemessen nach Informationen fragt und mit Anderen kommuniziert.

EINSTIEG
SB geschlossen. Einstimmung. L: What about a class trip to the south-west of Great Britain? Would you like to go? What would you like to do there? (S: …)
L: Many people who visit the south-west of Great Britain visit Stonehenge. Let's find it on our map at the back of the book.

ÜBERLEITUNG
L: Look, here are Meike and Elias from Bonn. They are on a class trip to the south-west of Britain and today they're visiting Stonehenge.

1 Welcome to Stonehenge

ERARBEITUNG
a) SB geöffnet. Gemäß SB. Die S bearbeiten die Frage, zunächst in PA, anschließend tauschen sie sich mit anderen Paaren über ihre Ideen aus.

Alternative
L bringt weitere Fotos/Abbildungen von Stonehenge mit, um den S weitere Impulse für die Ideenfindung zu geben.
Weitere Differenzierung
L stell Rdemittel an der Tafel bereit:

What do you think it is?
I / we think that ....
Oh, that's interesting/ that's a good idea/ ...
What are your ideas?

Tafelbild fakultativ Ende

ERARBEITUNG
b) SB geschlossen. 1. Hören . Die S hören den Text von der CD und äußern sich anschließend über ihre Ideen und beantworten die Frage, warum Stonehenge bedeutend ist.

LÖSUNG
Stonehenge is very old (5000 years). The stones are very big (7 metres). It's an important part of British history and culture. You find it in stories, films, songs, computer games etc.

→ 3 21 Transkript online unter dem Webcode *bofanu*
Alternative
Zur Verständnisüberprüfung bieten *Right-/Wrong-Statements* an. L hält sie als Kopien bereit, präsentiert sie auf Folie oder liest sie den S vor.
1. The guide knows what Stonehenge is. (Wrong. He doesn't know what it is.)
2. There are no books from that time. (Right)
3. They think that Stonehenge is about 8.000 years old. (Wrong. It's 5.000 years old.)

4. The guide tells the people everything about the graffiti on the stones. (Wrong. He wants to tell them later.)
5. Some of the stones are more than 7 metres tall. (Right)

2 Thinking about language

ÜBERLEITUNG
L: Elias is very interested in Stonehenge. So he wants to find out more about it. What can he do? (S: read a book about it, ask s.b., look it up on the internet)

ERARBEITUNG
a) SB geöffnet. 1. Hören (Globalverstehen). Gemäß SB. L: Elias speaks to Chloe, a girl from London. Listen and find out what he wants to know and what he thinks of England.

→ 3 22 Transkript online unter dem Webcode *bofanu*

LÖSUNG
He wants to know about Chloe's book / how old Stonehenge is / what British films there are about Stonehenge • He doesn't say much but he likes England.

ERARBEITUNG
b) SB geöffnet. 2. Hören (Detailverstehen). L: Before we listen again, please copy the four sentences into your exercise books. Leave a little space between the sentences. Then listen and write Elias' answers into your exercise book.
L schreibt die Sätze auch an die Tafel und läßt genügend Platz zwischen den einzelnen Sätzen. Elias' Antworten werden gesammelt und ebenfalls an die Tafel geschrieben.

1 Do you want to have a look? (Yes.)

2 Where are you from? (Germany.)

3 Do you know London? (No.)

4 Are you here to learn English? (Yes.)

L: What do you think of Elias' answers? What could he do better?
Kurzes Klassengespräch, evtl. äußern die S bereits Ideen zur Verbesserung der Antworten. (S: His answers are very short.)

Alternative
Die S schreiben Max' Antworten in ihr Heft.
Hinweis: Die S können die Antworten dann für **c)** weiter nutzen.

ERARBEITUNG
c) SB geöffnet. Jeder S liest den Tip zunächst still, bevor die S die Aufgabe in PA bearbeiten. Sie schreiben ihre Ideen in ihr Heft.
Die Ideen werden anschließend im Plenum gesammelt und an die Tafel geschrieben.

LÖSUNG

1 Do you want to have a look? (Yes.)
Yes, please
2 Where are you from?(Germany.)
I come from Germany. And you're from England?
3 Do you know London? (No.)
No, I don't know London – but I'd like to go there / but I know it's a great city.
4 Are you here to learn English? (Yes.)
Yes, I learn English at school so it's great to practise the language in England.

REFLEXION
Im Unterrichtsgespräch wird noch einmal zusammengefasst, was eine gute Unterhaltung ausmacht.

LÖSUNG
- Polite questions and answers
- It's necessary to keep the conversation going (small talk).

ÜBERLEITUNG

3 Talking to new people

ERARBEITUNG
a) SB geschlossen. 1. Hören (Globalverstehen). L: Now Meike talks to Callum, a tourist from Bath. She wants to know where the shop is. Find out where Meike can buy a drink and why Callum is visiting Stonehenge.
1. Hören (Globalverstehen). Gemäß SB.

→ 3 23 Transkript online unter dem Webcode *bofanu*

LÖSUNG
Meike can buy a drink at the café in the visitor centre.
Callum is in Stonehenge with his dad. His dad loves history.

ERARBEITUNG
b) SB geöffnet. Zunächst schreiben die S die Sätze in ihr Heft ab. Beim **2. Hören** können sie die Sätze / Fragen markieren, die Meike in dem Dialog verwendet. Sie überlegen, ob Meike höflich klingt oder nicht und warum. Die S tauschen sich in einer Murmelrunde mit ihrem Partner aus. Anschließend findet eine Sicherung der Ergebnisse im Plenum statt. Wichtig ist, dass die S erkennen, warum bestimmte Äußerungen nicht höflich genug sind und einer "guten" Unterhaltung zuwider laufen.

Alternative
Die S können die Sätze aus **3b)** als vorbereitende Hausaufgabe in ihr Heft schreiben. Das erleichtert die Arbeit mit der Übung.

LÖSUNG
Do you know if there's a shop or a café here, please?
Can you show me where it is, please?
I'm from Germany… Bonn... Do you know it?
And where are you from?
I'm here with my class… Are you here with your school too?
Yes, Meike sounds polite. She uses please and she keeps the conversation going.

ERARBEITUNG
c) SB geöffnet. 1. Hören. Die S lesen leise mit, während sie die CD anhören. Dann lesen sie abwechselnd die Sätze aus dem Buch vor.

→ 3 24–25 Transkript online unter dem Webcode *bofanu*

4 Polite language

ÜBERLEITUNG
L: Let's practise more small talk and polite phrases.

ERARBEITUNG
a) SB geöffnet. L: Have a look at the four phrases in a and make them more polite. Please write down your ideas.
Bevor die Antworten im Plenum besprochen werden, empfiehlt sich ein kurzer Austausch mit dem Partner.

Alternative
Die Übung eignet sich auch gut als schriftliche Hausaufgabe.

LÖSUNG
1 Can I have a ticket, please? / I'd like a ticket please.
2 (Excuse me.) Can you tell me where the shop is? / (Excuse me.) I'm looking for the shop.
3 (Excuse me.). Can you show us where the café is? / (Excuse me.) We're looking for the café. /
(Excuse me.) Do you know the way to the café?
4 (Excuse me.) Can you tell us when Stonehenge closes? (Excuse me.) Do you know when Stonehenge closes?

ERARBEITUNG
b) SB geöffnet. Die S schreiben die vorgegebenen Fragen ab und beantworten sie gleich in mindestens zwei Sätzen, so dass sich eine kleine Unterhaltung ergibt. In einer zweiten Phase bewegen sich die S im Klassenraum und führen die kurzen Dialoge mit unterschiedlichen Partnern.

5 Your dialogue

ERARBEITUNG
SB geöffnet. Die S wählen A oder B aus und erarbeiten den Dialog in PA. Die S werden darauf hingewiesen, dass sie einen Dialog von angemessener Länge schreiben sollen mit mehreren höflichen Fragen und Antworten. Im Rahmen der Auswertung im Plenum geben sich die S kriterienorientiertes Feedback.

Alternative
Die Übung eignet sich gut als schriftliche Hausaufgabe.
Weitere Differenzierung Leistungsstärkere S präsentieren ihr Ergebnis ohne Heft und tragen den Dialog auswendig vor.

LÖSUNG

A

You: Excuse me.
Boy: Yes?
You: Can you tell me where the café is, please?
Boy: Yes, of course. It's over there – in the visitor centre. Do you see it?
You: Yes, thanks, I do. I think my class is there. I'm looking for them.
Boy: Well, I hope you find them.
You: Thanks for your help.
Boy: No problem.

B

You: Excuse me.
Woman: Yes?
You: I'm looking for the ice cream shop. Do you know where it is?
Woman: Yes, it's over there. Can you see it?
You: Yes, I think I see it. Is that it?
Woman: Yes, that's the ice cream shop.
You: Thanks. It's so hot today – perfect for ice cream.
Woman. Yes, it is. Are you here on holiday? ....

S. 110–113

My home, the zoo – Part 1

EINSTIEG 1

SB geschlossen. Reaktivierung von Vorwissen aus der Grundschule (Wortschatz, Gespräche über Tagesabläufe): L schreibt *morning routine* an die Tafel und die S erzählen in einem UG, wie ihre allmorgendliche Routine aussieht: When do you get up? Does your father wake you up? Who makes breakfast? What do you have for breakfast? How much time do you have for breakfast? Where do you live and how do you get to school? S: at 6 o'clock/.../my mother wakes me up and makes breakfast/.../I have ten minutes for breakfast/.../I live in .../I take the bus, ride my bike, take the train ... to school

Alternative

Soll die Geschichte nur mit Blick auf nachbereitende Aufgaben gelesen werden, so entfällt die Einstiegsphase und die S lesen den 1. Teil als HA.

ÜBERLEITUNG

L: There's a story in your English book about a young boy. He has a different routine from you.

EINSTIEG 2

SB geöffnet. Bildbeschreibung (SB-Seite 110), zunächst in PA zur Erhöhung der individuellen Sprechzeit, anschließend im Plenum. L: What can you see in the picture? What do you think the story is about? Talk about it with your partner. (S: I can see a boy in his room. There's a bed. He looks out of the window. He looks at monkeys. The story is about the boy. He lives in a zoo.) Sammeln der Hypothesen an der Tafel zur Überprüfung nach dem Lesen.

➜ Bild SB-Seite 110 ggf. auf Folie

ERARBEITUNG 1

SB geöffnet. Die S lesen die einleitenden Bemerkungen zum Umgang mit unbekanntem Wortschatz laut vor. L ermutigt die S, neben den Annotationen und dem Wörterbuch auch andere, ihnen bekannte Worterschließungsstrategien zu nutzen, z. B. die zum Text gehörigen Bilder zu betrachten oder die Bedeutung aus dem Deutschen abzuleiten.

1. Lesen (Globalverstehen). Die S lesen *Part 1* still.

SICHERUNG

SB geschlossen. Kurzes L-S-Gespräch zu ersten Reaktionen. L: Do you want to live in a zoo like Luke? Why? Why not? (S: Yes, it's fun. I like animals. / No, I don't. It smells bad in a zoo. / ...) Anschließend erfolgt die Überprüfung des Leseverstehens mit Hilfe von *Right/wrong*-Fragen:

- Luke likes all animals. Wrong: He doesn't like wasps.
- Luke eats his breakfast in 30 seconds. Right.
- Luke is the zoo keeper. Wrong: Tom is the zoo keeper.

Die Auswertung erfolgt anhand von ▸ *Right/wrong-cards*. Die S verbessern die falschen Aussagen.

ERARBEITUNG 2

SB geöffnet. 2. Lesen (Detailverstehen). Mit Blick auf die einleitend skizzierten Kompetenzen für die Klasse 5 und 6, listen die S in Gruppen à 3 S alle Informationen auf, die sie über die Protagonisten des ersten Teils der Geschichte erfahren.

L: Form groups of three people. One student writes down everything he or she finds out about Luke, the second one about Luke's family (Megan, Luke's mother and father) and the third one about Tom. After that, you tell the others in your group about your people.

Anschließend werden neue Dreiergruppen gebildet aus S, die sich mit denselben Personen beschäftigt haben. Die S vergleichen und vervollständigen

➜ Klassenmappe zur Geschichte

ihre Personenprofile. Dann schreiben sie zusammen einen Text, der die Personen beschreibt und vorstellt, um ihn danach in der Klasse vorzutragen.
Es bietet sich an, eine Klassenmappe zur Geschichte anzulegen, in der das Material, dass erarbeitet wird, Personenprofile, Bilder etc. gesammelt werden kann, um es, z. B., für die Besprechung des 2. Teils der Geschichte wieder nutzen zu können. Die Klassenmappe kann im Klassenschrank aufbewahrt werden oder L nimmt sie mit nach Hause. Sollte die Klasse eine kleine Klassenbibliothek haben, so könnte das Material auch in einem Ordner in die Bibliothek gestellt werden.

MUSTERLÖSUNG
Luke Miller lives in a house in Stockbridge Zoo. He's eleven years old and he's in year 7 at Stockbridge School. Luke has a sister, Megan. Luke's mum wakes him up in the morning, but he stays in bed and matches the different bird songs to the birds' names. Sometimes the lion King Tut wakes him up. When he gets up, he looks through his binoculars at the monkey area. Luke eats his breakfast in 30 seconds. He loves animals, but he doesn't like wasps. In the zoo he wears a red "Stockbridge Zoo" T-shirt and a black "Stockbridge Zoo" cap. Luke loves to feed and watch the animals. He's also an elephant expert and he wants to go to India one day. He wants to ride an elephant in the jungle. Luke often helps his mother in the Learning Centre. His favourite food is a roast beef sandwich with salad and chocolate ice cream for dessert.
Megan is Luke's little sister, but she's at a different school. She's eight years old. Otters are her favourite animals. She often plays ball with them, but she doesn't like to feed them because she doesn't like to touch dead animals.
Luke's father is the director of the zoo. He says that Luke is part of the zoo team and an elephant expert.
Luke's mother wakes him up in the morning, makes breakfast and takes him home after school. She usually calls Luke at five o'clock. Then Luke comes home. Mrs Miller tells visitors at the Learning Centre about Suzie, the boa constrictor.
Tom is a zookeeper. He takes care of the monkeys, the otters and the big cats. He feeds them, cleans the cages and takes care of them when they're sick. Tom always wears a zookeeper's uniform and he knows a lot about the animals at the zoo. He often tells Luke cool things about them and he gives a talk about the big cats at birthday parties. Tom usually lets Luke feed the otters, but they feed the tigers together with a stick.

ERARBEITUNG 3
Luke erzählt in diesem ersten Teil der Geschichte viel über die verschiedenen Tiere im Zoo. Hier bietet es sich an, mit Hilfe von **KV 19: Animals in Stockbridge Zoo**, diese Informationen zu sammeln und zu produktiven Aufgabenstellungen oder auch zu einem kleinen Projekt zu nutzen. Jeder S erhält eine Kopie der KV, die die S in PA füllen. Damit die S mehr Platz zum Schreiben haben, sollte die KV nach Möglichkeit auf DIN A3 vergrößert werden. Danach werden die Ergebnisse gemeinsam auf einer Folie oder an der Tafel gesammelt.

KV 19A: Animals in Stockbridge Zoo. Leeres Raster zum Sammeln von Informationen über die Tiere in My home, the zoo

KV 19B: Animals in Stockbridge Zoo (Musterlösung). Lösungsschablone mit gesammelten Informationen

Weitere Differenzierung
Lernschnellere S bearbeiten eine der folgenden Aufgaben: Make a quiz about the animals for your classmates. / Draw a scene of the feeding of an animal in the zoo.

VERTIEFUNG
Anschließend kann in einem L-S-Gespräch über die Tiere gesprochen werden, die die S sehr oder gar nicht mögen, was sie an ihnen besonders gut oder gar nicht leiden können und warum.

TRANSFER
Als mögliches Projekt bietet es sich an, dass sich die S ein Tier aussuchen und weitere Informationen dazu in häuslicher Arbeit sammeln, um diese Informationen später in der Klasse vorzustellen und die Ergebnisse in der Klassenmappe zu sammeln.

S. 114–117

My home, the zoo – Part 2

EINSTIEG
SB geschlossen. Ist der erste Teil der Geschichte gemeinsam bearbeitet worden, schließt sich zunächst eine Phase der Reaktivierung des Vorwissens dazu an. Liegt die Bearbeitung schon länger zurück, kann die Klassenmappe eingesetzt werden. Die S machen sich in Gruppen mit den Materialien und Ergebnissen wieder vertraut, sammeln Stichpunkte auf Folien und präsentieren ihr Ergebnis mit Hilfe des OH-Projektors.

➜ Klassenmappe, Folien

Alternative
UG: Who do you remember from the first part? (Luke, Megan, Mr and Mrs Miller, Tom and the animals.) What do you know about them? L sammelt die Namen und Informationen an der Tafel. Nun lesen die S die Infos aus der Klassenmappe vor, und vervollständigen das TB.

ÜBERLEITUNG
L zeigt das Bild einer Geburtstagstorte oder eine Geburtstagskarte und fragt: What does this have to do with Luke and the first part of the story? (S: Part 1 ends with Luke's birthday.) Danach stellt L als vorbereitende Aufgabe für die folgende Lesephase folgende Frage: What do you do with your friends on your birthday? (S: have a party/go to the swimming pool /play games/...) L: Now, what do you think Luke does with his friends? (S: He shows them the zoo./...) - L: Let's read what Luke does with his friends on his birthday.

➜ Bild einer Geburtstagstorte oder Geburtstagskarte

ERARBEITUNG 1 / SICHERUNG
SB geöffnet. 1. Lesen (Teil 1). Zunächst lesen die S die ersten drei Abschnitte der Geschichte (Z. 1–82). Danach überprüft L mit Hilfe von *Right/wrong-statements* das Textverständnis. L liest die Aussagen laut vor und die S zeigen mittels ▸ *Right/wrong-cards* an, ob sie richtig oder falsch sind:

- My birthday party
- Luke invites his friends to a birthday party at Stockbridge swimming pool. Wrong: the zoo.
- Luke asks eleven kids to his birthday party. Wrong: twelve.
- He uses a Stockbridge Zoo birthday invitation card with a picture of Raj the elephant. Wrong: King Tut.
- Everybody arrives at 11 am and at 12.30 they have lunch at the restaurant: cola and pizza. Right.
- At the Learning Centre, Suzie kisses his face and wraps her tail around his neck. Wrong: hand.
- At the end of the day, Luke gives the kids party bags with chocolate and cards with photos of different animals. Right.

➜ *Right/wrong-cards*

Alternative
Ist der erste Teil nicht bereits nach Unit 3 gelesen worden und soll die Geschichte völlig selbständig und nur als *Reading for fun* ohne ein vorbereitendes UG oder nachbereitende Aufgaben gelesen werden, dann entfallen alle Hinweise und Vorschläge für den Unterricht und die S lesen die Geschichte zu Hause oder in einer Stillphase im Unterricht. Anschließend bekommen die S die Gelegenheit, sich im Plenum über die Geschichte und ihre Leseerfahrung auszutauschen.

- The surprise
- That night, Luke's mum makes his favourite dinner, beef curry. Right.
- Luke's dad has a surprise for him and shows him Raj. Right.
- Raj doesn't help Luke to climb on his back. Wrong: he helps him and goes down on his knees.
- Raj sucks water up through his trunk and first sprays it on Sheba. Wrong: on his son Omar.
- Then he sucked up more water and sprays it on Luke and his family. Wrong: only on Luke.

- Everybody knows
- The next day in school, everybody is quiet and watches Luke. Right.
- Luke feels like a celebrity and at lunchtime they all want to give him something to eat. Wrong: kids from other classes also ask questions and he doesn't have time to eat.

ERARBEITUNG 2

SB geöffnet. 1. Lesen (Teil 2). Die S lesen den letzten Abschnitt (The snake gang) still. Der Spannungsfaktor kann erhöht werden, indem die S die Geschichte erst nur bis Zeile 156 lesen und anschließend zu folgender Frage spekulieren: How do you think the story goes on? Does Luke give Suzie to Robbie? L sammelt die Hypothesen an der Tafel/auf Folie.
Anschließend erfolgt ein kurzes Gespräch im Plenum: What do you think of the ending to the story? Look at the blackboard. Do you have the same ending? Do you like the ending to the story? Why? Why not? What do you like most?

SICHERUNG

Die S bearbeiten die **KV 20: The snake gang.** Sie verbinden die Satzteile korrekt und lesen sie anschließend in der richtigen Reihenfolge vor. Sinnvoll ist es, die Satzteile ausschneiden zu lassen und in der richtigen Zusammensetzung und Reihenfolge entweder auf den Tisch zu legen oder in das Arbeitsheft zu kleben.

KV 20: The snake gang.
Scrambled sentences zur Sicherung des Textverständnisses

TRANSFER

Die S malen eine Szene aus der Geschichte und halten, während L die Geschichte laut vorliest, die entsprechenden Bilder an der richtigen Stelle hoch. Die Materialien können ebenfalls in der Klassenmappe zur Geschichte gesammelt werden.

REFLEXION

Abschließend erfolgt in einem UG ein Austausch zu folgenden (möglichen) Fragen: What do you think of the story? Do you like it? Why? Why not? What do you like most? Do you like all the people in the story and what they do? Do you want to learn more about Luke?
Darüber hinaus sollten die S am Ende die Möglichkeit erhalten, im Plenum ihre Erfahrungen mit dem extensiven Lesen zu formulieren:
Wie seid ihr zurechtgekommen? War es schwer den Text zu verstehen? Was hat euch beim Verstehen der Geschichte geholfen? Musstet ihr alle neuen Vokabeln nachschlagen, oder habt ihr auch einige so verstanden? Möchtet ihr noch weitere Geschichten lesen? Hat es euch Spaß gemacht eine längere Geschichte zu lesen? Was würdet ihr gerne lesen? Hier könnten Vorschläge für eine Klassenbibliothek gesammelt werden.

Didaktisch-methodisches Glossar

Acrostic (Akrostikon)

In seiner ursprünglichen Form ist das *acrostic* (griechisch: *akros* Spitze; *stichos* Vers) eine Versform, bei der die Anfänge (Buchstaben bei Wortfolgen oder Worte bei Versfolgen) hintereinander gelesen einen Sinn ergeben, z. B. einen Namen oder einen Satz. Im Unterricht wird in der Regel eine vereinfachte Form eingesetzt: Die Buchstaben eines Wortes werden senkrecht untereinander geschrieben. Jeder Buchstabe kommt auch in einem anderen Wort vor (häufig als Anfangsbuchstabe), diese Wörter werden waagerecht um das senkrechte Startwort angeordnet.

Akustischer Phasenwechsel

Um den Wechsel von Unterrichtsphasen anzuzeigen, z. B. das Ende einer Partner- oder Gruppenarbeit, kann L ein akustisches Signal verwenden. Dafür kann beispielsweise das Ritual in der Lerngruppe eingeführt werden, dass die S, sobald sie das vereinbarte Signal hören, sofort still werden oder an ihre Plätze gehen. Auch der Wechsel vom Englischen ins Deutsche, z. B. bei der Erklärung komplexer Grammatikthemen, könnte so im Unterricht angezeigt werden. Für den akustischen Phasenwechsel eignen sich Glocken oder Klangschalen aufgrund ihres hellen und länger klingenden Tons besonders gut.

Appointment

Appointment ist eine gesteuerte Form von wechselnder Partnerarbeit.

1 Die S schreiben drei (vorgegebene) Uhrzeiten untereinander wie im SB. Dann gehen sie zu drei Mit-S und fragen: *Can we meet at 10/11/12 o'clock?* Sie tragen die Namen der Mit-S bei der entsprechenden Uhrzeit ein.
2 Die S beantworten die Aufgabenstellung zunächst für sich.
3 Wenn L sagt *It's 1 (2, 3) o'clock*, gehen die S zu dem Mit-S, mit dem sie um 1 (2, 3) verabredet sind, und befragen ihn.
4 Anschließend berichten die S im Plenum über ihre Umfrageergebnisse. Tipp: L sollte immer als Joker zur Verfügung stehen.

Appointment partners

Organisierte Form der PA. Die Schüler legen Partner fest *(morning, noon, afternoon, evening)*, die unterschiedliche Qualitäten und Eigenschaften erfüllen müssen: Während der *Morning partner* jemand ist, mit dem sonst nie zusammen gearbeitet wird, so ist der *Evening partner* der vertrauteste Mit-S in der Lerngruppe. Sollte die Schülerzahl ungerade sein, darf jeweils eine Dreiergruppe gebildet werden. Jeder S darf sich allerdings nur einmal in einer Dreiergruppe befinden und jeder Name darf nur einmal auf dem Zettel stehen, d.h. man darf nicht den gleichen Partner zu verschieden Tageszeiten haben.
Der Vorteil dieser Methode liegt darin, mit wenig Aufwand zu gewährleisten, dass die S mit alternierenden Partnern zusammenarbeiten. Das Finden der Partner geht erfahrungsgemäß von Aufgabe zu Aufgabe immer schneller. Die unterschiedlichen Qualitäten der Partner sollten bei der Wahl des *Appointment partners* durch den L sorgfältig berücksichtigt werden. *Morning partners* empfehlen sich vor allem für Grammatikübungen und Sprechübungen. *Evening partners* sollten zum vertraulichem Austausch von Meinungen etc. gewählt werden.

Ausstellungsmethode (*Exhibition*)

Diese Form von arbeitsteiliger Gruppenarbeit gehört zu den kooperativen Lernformen und stellt eine Möglichkeit für die Präsentation von Ergebnissen dar. Dabei kann sie gut mit der Methode ▸*Think-Pair-Share* kombiniert werden. Die Durchführung dieser Gruppenarbeit lässt sich folgendermaßen organisieren:

1 Einteilung der Klasse in möglichst gleich große Gruppen. Alle Gruppenmitglieder erhalten eine Nummer (z. B. 1–5). In jeder Gruppe gibt es S1, S2, usw.
2 Die einzelnen Gruppen bearbeiten jeweils unterschiedliche Arbeitsaufträge. Die Ergebnisse ihrer Arbeit legen sie z. B. auf dem Tisch aus oder hängen sie an der Wand auf.
3 Alle S mit den gleichen Nummern (d. h. alle „Einser", alle „Zweier" usw.) treffen sich an einem Platz, wo ein Gruppenergebnis ausgelegt ist. Der/die S, die an der Erstellung des Produktes beteiligt war, erklärt dem Rest der neuen Gruppe das Ergebnis und beantwortet ggf. Fragen.
4 Nach Ansage (Signal von L) wechseln alle Gruppen an einen neuen Tisch (hilfreich: im Uhrzeigersinn zur Vermeidung von Durcheinander). Der neue Gruppenexperte/die neue Gruppenexpertin präsentiert nun das Ergebnis.
5 Die Ausstellung ist zu Ende, wenn alle Ergebnisse vorgestellt wurden.
6 Abschließend kann eine *Follow-up*-Übung folgen (z. B. Sicherung der wichtigsten Ergebnisse im Plenum, Rückmeldung zur Methode, Kommentierung einzelner Produkte, …).

Bildkarten (*flashcards*)

Bildkarten helfen, wenn Realia nicht zur Verfügung stehen. Auf solche Karten können L passende Bilder aus Katalogen und Zeitschriften, aber auch eigene Zeichnungen und Grafiken, kleben. L sollte den S so viele Hilfen und Lernkanäle wie möglich geben und das Schriftbild erst dann einführen, wenn die Aussprache der Wörter hinreichend gefestigt ist. Wortkarten sind dabei eine gute Hilfe. Zusammengehörige Bild- und Wortkarten lassen sich vielfältig einsetzen, z. B. in Spielen wie *Memory* oder *Kim's Game*.

Blitzlicht-Methode

Methode aus der Erwachsenenbildung, die sich jedoch auch für den Einsatz in der Schule eignet, wenn L eine schnelle Evaluation/ein Meinungsbild erheben will. Die S äußern sich der Reihe nach zu einem L-Impuls und verwenden dabei nach Möglichkeit ganze Sätze. Die Mit-S sind dabei Zuhörer und dürfen nur Verständnisfragen stellen. Anschließend kann mit dem Ergebnis weiter gearbeitet werden, z.B. in Form einer gelenkten Diskussion.

Bus stop

►Lerntempoduett

Buzz reading (Lesegemurmel)

Methode zur Vorbereitung von (Lese-)Vorträgen (►*Dramatic reading*). Alle S lesen ihre Rolle in einem bekannten Lesetext parallel im Flüsterton so oft wie möglich. Alle S trainieren also die Unterrichtsinhalte, Lexik und Aussprache sowie Intonation in ihrem eigenen Lesetempo.

Chorsprechen

Das Sprechen im Chor ist für alle S eine gute Möglichkeit, zum Sprechen zu kommen. L kann vorher eine gleich bleibende Wendung (*Altogether now. / Please repeat after me.*) oder ein optisches Signal (z.B. eine Handbewegung) vereinbaren, so dass der Sprecheinsatz gemeinsam erfolgt.

Correcting circle

►Schreibkonferenz

Double circle

►Kugellager

Dramatic reading

Bei der Methode des *Dramatic reading* geht es darum, eine Rolle in einem bekannten Text ausdrucksvoll vorzutragen. Im Unterschied zum Lesen in verteilten Rollen im Plenum, bei dem nur wenige S sprachlich aktiv werden, werden beim *Dramatic reading* alle S eingebunden, und die individuelle Sprechzeit wird erhöht. Die S trainieren ihre Aussprache, ihre Intonation und Wortschatz und Strukturen. Der beobachtende L kann sehr gut erkennen, inwieweit die S tatsächlich den Text verstanden haben, insofern eignet sich diese Methode auch als sogenannte *culminative task* am Ende einer Stunde, bei der es um Textverständnis ging und als Verfahren für L, um den Lernfortschritt der S diagnostizieren zu können Die S beweisen ihr Textverständnis durch die angemessene Umsetzung ihrer Rolle. Die S bereiten das *Dramatic reading* zunächst in PA vor, indem sie ihren Sprechpart farbig markieren (wenn möglich). Durch die Methoden ►*Buzz reading* und ►*Read and look up* wird das *Dramatic reading* vorbereitet. Am Ende wird der Text dann mit viel Gefühl in verteilten Rollen auswendig vorgetragen.
Bei der Behandlung von Literatur sollte L eine inhaltlich zentrale Textstelle aussuchen, in der idealerweise mehrere Charaktere auftreten und es verschiedene Möglichkeiten gibt, das Gesagte zu interpretieren. Idealerweise unterhalten sich die S in ihren Gruppen zunächst über folgende Fragen:

- Who? Who are these characters? What are they like?
- What? What's going on? Briefly discuss what you think is happening.
- Where? Where is this taking place? Describe what you think the setting might look like.
- Why? Why do you think the characters say what they say? What does each one want?
- How? How does each character speak his or her lines? Tone of voice, pauses, emphasis, facial expression, gesture and movement.

Exhibition

►Ausstellungsmethode

Face to face and knee to knee

Sitzordnung aus dem kooperativen Lernen: Um Kleingruppen effektives Lernen zu ermöglichen, muss L den S helfen, die Bedeutung von Zusammenarbeit und hilfreicher Interaktion zu verstehen. Eines der fünf Basiselemente des kooperativen Lernens, durch die dies erreicht werden kann, ist die Interaktion von Angesicht zu Angesicht: Die Gruppenmitglieder sind sich räumlich nahe und kommunizieren miteinander durch direkten Blickkontakt und mit leisen Stimmen (*12 inch voice;* lauter sollten die Stimmen nicht sein, um auch den anderen Gruppen die Möglichkeit konzentrierter Arbeit im Klassenraum zu erhalten). Die S sitzen also nie nebeneinander in einer Reihe, sondern immer *face to face and knee to knee* also in geringer Distanz und mit Blickkontakt. Sollten die S im Klassenraum regulär in Reihen und nicht an Vierertischen sitzen, kann diese Sitzordnung erreicht werden, indem sich die erste und dritte Reihe umdrehen. Nur der direkte physische Kontakt ermöglicht den Teammitgliedern das gemeinsame Engagement für die Aufgabe.

Fantasiereise

Bei **Fantasiereisen** gehen S auf eine imaginäre Reise, indem ihnen Bilder und Geschichten, die sie sich weitge-

hend selbst in ihrer Vorstellung ausmalen können, angeboten werden. Fantasiereisen werden z.B. zur Entspannung, zur Lernförderung (durch einen affektiven Zugang zu einem bestimmten Thema), zur Persönlichkeitsförderung und zum Schaffen von Sprechanlässen eingesetzt. Die Sinneswahrnehmung der S kann intensiviert werden, indem sie die Augen schließen, Hintergrundmusik hören oder Düfte riechen.
Hinweis zur Durchführung: Fantasiereisen sind Lernangebote. L sollte die S dazu einladen, jedoch nicht zur Teilnahme zwingen. Im Anschluss sollten die S frei entscheiden, was sie von ihren Erlebnissen erzählen. Die individuellen Empfindungen der S sollten nicht bewertet werden, da es in einer Fantasiereise kein richtiges oder falsches Erleben gibt. Der Klassenraum sollte eine angenehme Atmosphäre ermöglichen und genug Platz für jeden S bieten, um eine gute Entspannungshaltung einzunehmen. Wichtig ist es, genügend Zeit einzuplanen.

Find someone who … (Findejagd)

Die S bewegen sich frei in der Klasse und versuchen, anhand einer Checkliste mit bestimmten Merkmalen, passende Personen zu finden. Wenn die S jemanden gefunden haben, tragen sie den entsprechenden Namen in eine weitere Spalte ihrer Liste ein oder lassen sich die Liste unterschreiben (als Beweis).
Ziel dieser kooperativen Lernform ist es, so viele Einträge wie möglich auf der Liste zu haben (oder eine zuvor vereinbarte Anzahl an Namen innerhalb einer bestimmten Zeitspanne gesammelt zu haben).

Gruppenbildung

Die Einteilung bei Zufallsgruppen kann mithilfe von folgenden *Group-finding activities* erfolgen:

Variante 1: Familienbildung/*families*: L erstellt jeweils vier Kärtchen von einem Familiennamen (Meyer, Meier, Maier und Mayer sowie Schmitt, Schmidt, Schmit und Schmiedt). Die S ziehen Kärtchen und finden anschließend ihre Familienmitglieder.

Variante 2: Hausnummern/*house numbers*: Die S stellen sich im Klassenzimmer in einer Linie nach aufsteigender Zahl der Hausnummer, in der sie wohnen, auf. L teilt dann Gruppen von je vier S ein.

Handpuppe

Eine Handpuppe kann im Unterricht als vielseitiger Lernpartner eingesetzt werden, der nur Englisch versteht und spricht, um bei den S die Notwendigkeit für die Verwendung der Fremdsprache zu schaffen. In der spielerischen Präsentation von Dialogen zwischen L und der Handpuppe werden Sprachmuster eingeführt, welche dann in Dialogen zwischen S und der Handpuppe eingeübt und vertieft werden, wobei die S bei passender Gelegenheit schließlich selber die Handpuppe übernehmen können.

Hausaufgaben

Hausaufgaben sind integraler Bestandteil des Unterrichts und dienen der häuslichen Übung und Vertiefung der im Unterricht gelernten Inhalte bzw. der Vorbereitung auf die nächsten Unterrichtsstunden. Hierfür eignen sich v. a. Lern- und Übungsaufgaben, die aus zeitlichen Gründen nicht in der notwendigen Ausführlichkeit im Unterricht durchgeführt werden können, wie z. B. Vokabellernen und Grammatikaufgaben oder kreative Produktionsaufgaben, wie z. B. Textproduktion oder die Gestaltung eines Posters, welche in der folgenden Stunde dann im Unterricht präsentiert bzw. kontrolliert werden.

Information gap activity

Partner-Übung, bei der die Partner miteinander sprechen müssen, um an die Informationen zur Lösung ihrer eigenen Teilaufgaben zu gelangen. Partner A hat eine andere Version der Aufgabe als Partner B. In der Unterrichtspraxis wird der hohe Sprechanteil der S geschätzt, denn gut gemachte *Information gap activities* bieten authentische Kommunikationsanlässe.

Kettenübung

Die S nehmen sich gegenseitig dran. Die S, die die letzte Frage richtig beantwortet haben, dürfen dabei die nächste Frage stellen.

Kontrollpunkte (*Checkpoints*)

Mit Hilfe von *Checkpoints* lernen die S, die eigenen Arbeitsergebnisse zu überprüfen und ggf. eigenständig Korrekturen vorzunehmen. L legt dafür an verschiedenen Stellen im Klassenraum (auf Tischen, Einbezug der umgeklappten Tafel, …) die Lösung bzw. Teile von Lösungen aus, so dass sich die S nach Bearbeitung ihrer Aufgaben frei im Klassenraum bewegen und an den betreffenden Stellen ihre Aufgaben überprüfen. Es sollten möglichst so viele Checkpoints vorhanden sein, dass die S ausweichen können und nicht mehr als 3-4 S gleichzeitig an einer Kontrollstation arbeiten.

Kugellager (*Double circle*)

Für das Kugellager (*Concentric circles*, auch „doppelter Stuhlkreis" genannt) werden die Stühle so aufgestellt, dass sich die S in einem Innen- und Außenkreis gegenüber sitzen. Die Partner tauschen sich aus, die Rollen von Sprecher und Zuhörer können dabei festgelegt sein. Ein ►akustisches Signal markiert den Wechsel der Gesprächspartner, die S bewegen sich dazu im Innen- und/oder Außenkreis um einige Plätze weiter. L bestimmt, wie lange sich die S austauschen und wie viele Plätze die S bei der Drehbewegung wechseln.

Lerntempoduett (*Bus stop*)

Die Durchführung eines **Lerntempoduetts** bietet sich an, wenn die Ergebnisse verschiedener Übungen in PA vergli-

chen werden sollen. Mithilfe des Lerntempoduetts wird dabei der unterschiedlichen Bearbeitungsgeschwindigkeit der S Rechnung getragen.
Die S bearbeiten die erste Aufgabe in EA. Wenn ein S fertig ist, steht er auf und wartet auf den nächsten, der aufsteht, ggf. an einem vereinbarten *Bus stop*. Das ist dann der Partner zur Besprechung der Ergebnisse (evtl. auch außerhalb des Unterrichtsraums). Danach arbeiten beide in EA an der nächsten Aufgabe weiter und stehen wieder auf, wenn sie fertig sind. Dabei muss nicht alles geschafft werden, vielmehr ist das Ziel, die Aufgaben gründlich zu erledigen. Daher empfiehlt es sich, als letzte Aufgabe einen motivierenden Zusatz anzubieten, der notfalls auch weggelassen werden kann.
Falls die Arbeitsgeschwindigkeiten der S sehr stark abweichen, sollten Handzeichen vereinbart werden, damit sich die S mit der richtigen Aufgabe treffen können.

Marktplatz (*market place*)

Die kooperative Lernform **Marktplatz** ***(Market place activity)*** involviert alle S und veranlasst sie, sich mit dem gewählten Lerninhalt auseinander zu setzen.

1 Alle S bewegen sich frei im Klassenraum. L stellt eine Aufgabe (hier: sich über verschiedene Aspekte austauschen und seine Meinung begründen), die es in einem bestimmten Zeitrahmen (Eröffnung und Beendung durch ►akustisches Signal) zu lösen gilt.
2 Phase: Jeder S tauscht sich mit einem Mit-S über die gestellte Aufgabe aus und begründet das Ergebnis. Je nach Aufgabentyp machen sich die S dabei Notizen.
3 Phase: Die Ergebnisse können evaluiert werden.

Milling around activity
►Marktplatz (***Market place activity***)

Mingling activity
►Milling around activity; Marktplatz (***Market place activity***)

Murmelphase

Die S erhalten eine zeitlich angemessen begrenzte Murmelphase, um ihre Antworten zu durchdenken und leise vorzuformulieren. Diese Phase hilft ihnen, sich für eine eigene Lösung zu entscheiden, sich sprachlich korrekt auszudrücken, und auch ein Austausch mit dem Nachbarn ist erlaubt. Danach werden Beispiellösungen im Plenum besprochen. Vorteile: Alle S müssen sich mit der Aufgabe auseinandersetzen, stillere S können sich nicht hinter schneller zur Sprechhandlung fähigen S verstecken. Vorformulierte Lösungen sind oftmals auch präziser.

Numbered heads

Gewährleistung von Arbeitsteilung bei Gruppenarbeit nach dem Zufallsprinzip: Die S sitzen in Vierergruppen *face to face and knee to knee*. Der S in jeder Gruppe, der dem L (der Tür, dem Fenster, der Jüngste ...) am nächsten sitzt, ist die Nummer 1, die anderen zählen im Uhrzeigersinn durch. Im nächsten Schritt erfolgt die Verteilung der fachlichen, methodischen oder sozialen Rollen innerhalb der Gruppe: Nr. 1 schreibt, Nr. 2 liest vor, Nr. 3 fragt nach und passt auf, Nr. 4 holt Material und zeichnet usw. Nach einer Weile rotieren die Rollen und Aufgaben. Hilfreich können auch Rollenkärtchen mit Symbolen und Erklärungen zu den Rollen 1-4 und den dazugehörigen Aufgaben sein, die zusätzlich auf den Gruppentischen ausliegen.

Partnerkontrolle (*Partner check, Peer correction, Correcting circle*)

Bei der Partnerkontrolle interagieren die Lernpartner, kontrollieren und korrigieren sich gegenseitig, ohne dass L die Kontrolle übernimmt. Dadurch haben die S einen geschützten Lernraum, in dem sie ohne Scheu vor Fehlern kommunizieren und eigenständig Verantwortung im Lernprozess übernehmen können. Die Partnerkontrolle ist auch in der Kleingruppe durchführbar, wenn z.B. in PA erstellte Texte mit einem anderen Paar ausgetauscht werden (*Peer correction*). Eine Ausbaustufe ist die ►Schreibkonferenz (*Correcting circle*).

Peer correction
►Partnerkontrolle

Punktevergabe

Vor der **Punktevergabe** als Feedback-System legen S und L gemeinsam die Kriterien zur Bewertung der einzelnen Produkte fest. Die S erhalten anschließend jede/r einen Klebepunkt und kleben ihn auf das S-Produkt, welches ihrer Meinung nach die Kriterien am besten erfüllt hat.

Read-and-look-up-Technik

Die *Read-and-look-up-technique* dient der Förderung des freien Sprechens und bildet den behutsamen Übergang zwischen Ablesen und Vortragen von Informationen/Inhalten. Dabei hält der/die präsentierende S die Vorlage in den Händen und liest einen Satz (bei längeren Satzgefügen Teilsatz) still durch, bevor er/sie dann die Klasse anschaut und den Satz aus dem Gedächtnis wiedergibt. Es ist wichtig, dass erst dann gesprochen wird, wenn der Blickkontakt zur Klasse hergestellt ist.
Diese Technik bereitet den freien Vortrag bzw. die Präsentation (auch mithilfe von Stichwortzetteln) vor und unterstützt v.a. unsichere S bei der Darstellung von Inhalten vor dem Plenum.
Zur Einführung kann L die Technik anhand eines beliebigen geschriebenen Textes (z.B. Sätze aus dem SB) demonstrieren. Die S üben danach anhand von geeigneten kurzen Texten/Dialogen aus dem SB, wobei der zuhörende Partner darauf achtet, dass nicht abgelesen, sondern jeweils zunächst der Blickkontakt hergestellt wird.

Right/wrong-cards

Right/wrong cards dienen der nonverbalen Überprüfung des Verständnisses und werden in Verbindung mit right/wrong statements eingesetzt. Der Vorteil besteht darin, dass damit das Verständnis bei der ganzen Klasse überprüft werden kann. Dabei erhält jede/r S eine rote und eine grüne Karte, mit der die vorgelesenen Aussagen als richtig bzw. falsch gekennzeichnet werden. Die Karten werden entweder vom L nach jedem Einsatz wieder eingesammelt oder verbleiben im Besitz der S, wenn diese methodische Vorgehensweise regelmäßig eingesetzt wird. Alternativ können auch rote und grüne Farbestifte verwendet werden. Umsetzung: L bzw. ein/e S liest eine Aussage vor. Auf ein Signal hin halten die S gleichzeitig die entsprechende Karte in die Höhe. Sollten dabei Differenzen im Verständnis sichtbar werden, so kann beim Leseverstehen anschließend noch einmal konkret am Text gearbeitet und beim Hörverstehen der Text bzw. Textabschnitt erneut präsentiert werden.

Round Robin

▶ Stummes Schreibgespräch

Schreibkonferenz (*Correcting circle*)

Bei der Schreibkonferenz korrigieren die S ihre Textentwürfe in Kleingruppen. Hierzu sollte vorher ein Kriterienkatalog erarbeitet werden. Jeder S erhält dann ein Spezialgebiet (z. B. *content*, *structure*, *spelling*, *tenses*, *word order* etc.) Dann werden alle Texte reihum so lange weiter getauscht, bis jeder S jeden Text im Hinblick auf seinen speziellen Aspekt bearbeitet und markiert hat.
Idealerweise gibt jedes Gruppenmitglied zunächst eine positive Rückmeldung, bevor in einem zweiten Schritt Verbesserungsvorschläge für den Text gemacht werden. Abschließend fertigt jeder eine Reinschrift an. L sammelt nach dem Zufallsprinzip einige Ergebnisse ein und bewertet sie. Im Sinne des selbstständigen Lernens kann L mit den S vereinbaren, dass sie eine DOs and DON'Ts-Liste anlegen, die sie auch in der Klassenarbeit verwenden dürfen. Dies hilft bei der Selbstkorrektur und motiviert, an den eigenen Fehlern zu arbeiten.

Semantisierung neuer Lexik

L kann neuen Wortschatz verbal semantisieren (einsprachig in der Zielsprache, über den Kontext, das Systematisieren Paraphrasieren neuer Lexik oder aber mehrsprachig unter Zuhilfenahme der Muttersprache). Alternativ gibt es nonverbale Semantisierungstechniken über deiktische Handlungen, in Form von Realia, Mimik, Gestik, Bild-/Wortkarten (▶ Bildkarten). T

Stummes Schreibgespräch (*Round robin*)

Bei einem **stummen Schreibgespräch** kommunizieren die Gruppen schriftlich und bei absolutem Schweigen auf einer langen Papierbahn (ca. 1 x 2 Meter) miteinander. Die Gruppenmitglieder benutzen farblich unterschiedliche Stifte.

1 Die S notieren – bei absolutem Schweigen – spontan ihre Gedanken zu einem Thema in Form von Worten, Sätzen, Zeichnungen oder Symbolen.
2 Das eigentliche Schreibgespräch beginnt: Die S notieren ihre Kommentare zu den Äußerungen der anderen Gruppenmitglieder (auch in Form von Symbolen wie z. B. Smileys). Auch hierbei wird geschwiegen.
3 Eine mündliche Nachbesprechung kann, aber muss sich nicht anschließen. Tipp: Für jeden Arbeitsschritt sollte L ein Zeitlimit setzen.

Think-Pair-Share

Bei der Methode *Think-Pair-Share* gelangen die S von einer individuellen zu einer gemeinsamen Lösung:

1 Jede/r S denkt allein über die Aufgabestellung nach und macht sich ggf. Notizen.
2 Die S bilden Paare. Sie vergleichen und diskutieren ihre Lösungen. Bei Bedarf ergänzen sie ihre Notizen.
3 Zwei Paare bilden eine Vierergruppe und besprechen ihre Lösungen. Dann werden die Notizen vervollständigt. Tipp: Für jeden Arbeitsschritt sollte L ein Zeitlimit setzen.

Total Physical Response (TPR)

Das Konzept des *Total Physical Response* (*TPR*) beruht auf der Einbeziehung der Körpersprache beim Spracherwerbsprozess. Das Hauptziel liegt in der Förderung des Hörverstehens. Während die S nonverbal auf Anweisungen der L reagieren, können sie sich ganz auf das Hören, Verstehen und Umsetzen des Auftrags konzentrieren. Die Anweisungen sollten durch Gestik oder den Einsatz von Realia für die S verständlich gemacht werden.

Unterrichtssprache

▶ Verwendung der Muttersprache im Fremdsprachenunterricht

Verwendung der Muttersprache im Fremdsprachenunterricht

Um eine Lernumgebung zu schaffen, die die Fremdsprache ernst nimmt und notwendig macht, sollte im Englischunterricht in allen Phasen Englisch gesprochen werden. Um bestimmte Unterrichtsphasen effizienter zu gestalten oder um schwächeren S die Teilnahme am Unterrichtsfortgang zu ermöglichen, kann im Sinne der sog. „aufgeklärten Einsprachigkeit" jedoch stellenweise auch der Einsatz der Muttersprache sinnvoll sein.

Zum Umgang mit Reimen

Wörter, die sich reimen, sind leichter auswendig zu lernen, deshalb sind Reime eine wichtige Hilfe beim Lernen von Vokabular oder wichtigen grammatischen Strukturen. Reime können im Unterricht vielseitig eingesetzt werden. So können sie, nachdem sie mit korrekter Aussprache präsentiert worden sind, von den S gemeinsam, abwechselnd oder rhythmisiert gesprochen werden, auswendig vorgetragen und durch Körperbewegungen (▸*TPR*) beim Vortrag illustriert werden.

Zum Umgang mit Vokabeln

Sichere Vokabelkenntnis ist die Grundlage für erfolgreiches Lernen einer Fremdsprache. Deshalb sollten die S von Anfang an an eine systematische Vokabelarbeit herangeführt werden. Neben der Präsentation und Semantisierung von Vokabular durch L (z.B. durch das Vorsprechen der Vokabel in Kombination mit einem passenden Bild oder einer schauspielerischen Darstellung, ...) und dem gemeinsamen Einüben von Vokabular im Unterricht (z. B. durch Nachsprechen, Bilder zuordnen, ▸*TPR*, ...) hat hierbei auch das *Vocabulary* im SB große Bedeutung, mit dem die S selbständig neue Vokabeln und ihr Schriftbild erlernen können. Um die S zum Vokabellernen zu motivieren, sind regelmäßige Überprüfungen sinnvoll, die sowohl als bewertete Vokabeltests als auch als Ratespiele gestaltet werden können.

1 Cut out the parts of the British Isles and put them together. Check your map with the map in your student's book. You need scissors, glue and paper.

2 Cut out the places and things and put them on your map. You can draw and write more places and things on your map. Check with the map in your student's book.

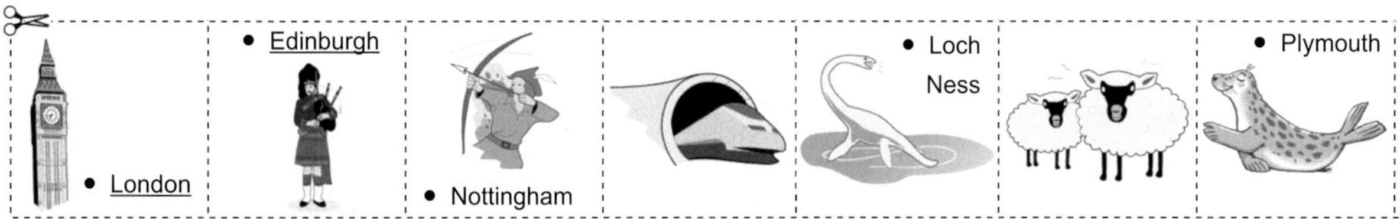

Cornelsen
English G Access 1 | G9 | Handreichungen für den Unterricht
Illustrationen: Carlos Borell, Berlin (Karte); unten: Elke Hanisch, Köln (Robbe Silky), Jeongsook Lee, Heidelberg

	**bear**		**bird**		**butterfly**
cat		**ants**	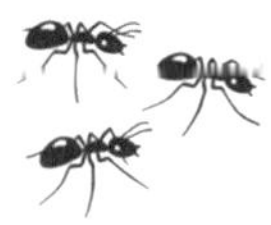	**dog**	
	**elephant**		**giraffe**		**frog**
guinea pig		**lion**		**horse**	
	**monkey**		**rabbit**		**pig**
rat		**whale**		**snake**	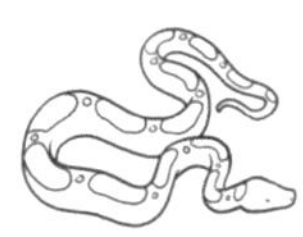

Illustrationen: Christian Bartz, Berlin

3 KV School things in my room

1 Look at the picture. Find the school things and colour them. How many school things are there?

Thing	school bag	ruler	book	pencil case	pen	pencil	rubber	glue stick
Colour	red	green	blue	yellow	orange	purple	pink	brown
How many?								

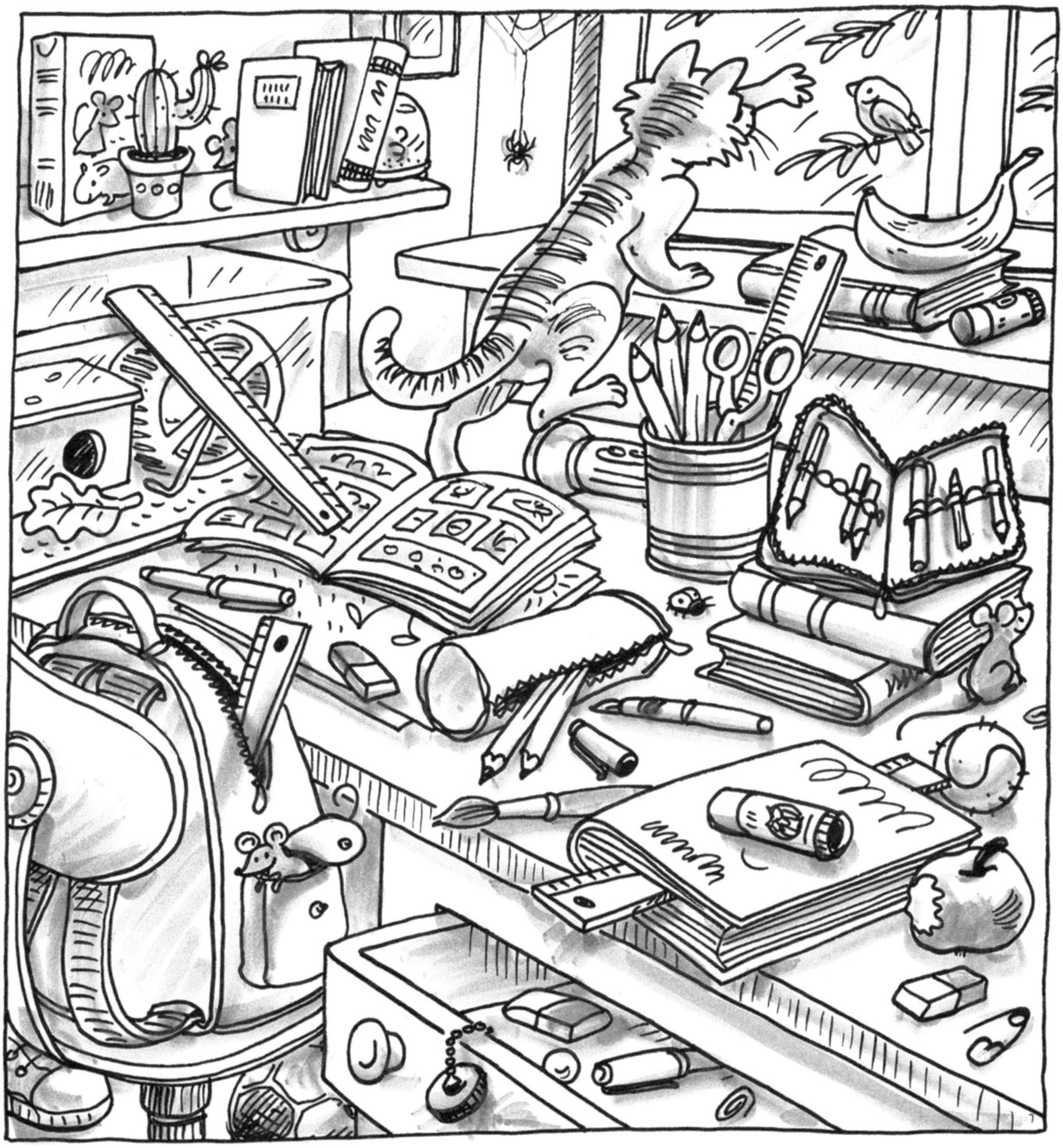

2 Can you find more things you know in English? Label the things in the picture.
(For help you can look at the Dictionary in your English book at pages 214–235.)

fold here

Lösung: school bag 1, ruler 4, book 6, pencil case 2, pen 4, pencil 10, rubber 3, glue stick 2

Illustration: Eva Muszynski, Berlin

1 1 **09–11** **Listen to texts A–C and match them to pictures 1–3. Check with a partner.**

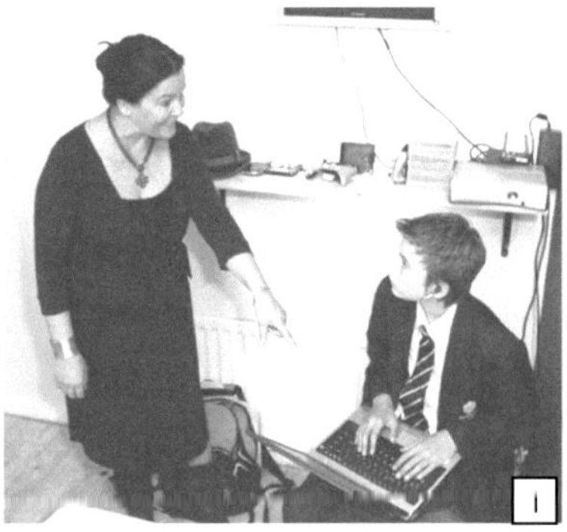
1

2

3

2 a) 1 **09** **Listen to text A again and write the missing words.**

Sunday
Lucy Pascoe and her best friend Maya Sen are (1) __________. They're at Maya's flat. Monday is their first day at their new schools.

Lucy: Hey, your Coombe Dean uniform (2) __________ nice! I like black.

Maya: The Plymstock school uniform is (3) __________ too.

Lucy: You know the Plymstock uniform?

Maya: My (4) __________ Mukesh is at Plymstock.

Lucy: Oh, yes – in Year 9. My sister Holly is in Year 9 too.

2 b) 1 **10** **Listen to text B again and tick (✓) the correct answers.**

☐ Sam is from Plymouth. ☐ Sam isn't from Plymouth.

☐ His uniform is dark blue and grey. ☐ His uniform is orange and grey.

2 c) 1 **11** **Listen to text C again and answer the questions.**

1 Who is on Skype? ______________________________

2 What's Justin's problem? ______________________________

fold here

Lösung: **1** 1C 2A 3B; **2a** 1 eleven, 2 is, 3 nice, 4 brother; **2b** Sam isn't from Plymouth. His uniform is dark blue and grey; **2c** 1 Justin and his dad 2 He's late.

Fotos: Trevor Burrows Photography Ltd, Plymouth

5 KV Design your school uniform

1 Be a school uniform designer!

a) Colour the parts of the school uniform you like.

b) Cut them out and glue them to the paper doll.

c) Give a short talk about your uniform.

Look at my school uniform.
It's blue/green/black/yellow/ …
The jacket/shirt/sweatshirt/tie is black/orange/green.
The trousers/shoes are …
I like/don't like …
My uniform is really nice/great/cool.

2 My profile

a) Glue your photo to the head.

b) Write information about you next to the paper doll.

c) You can put your profile into your *MyBook*.

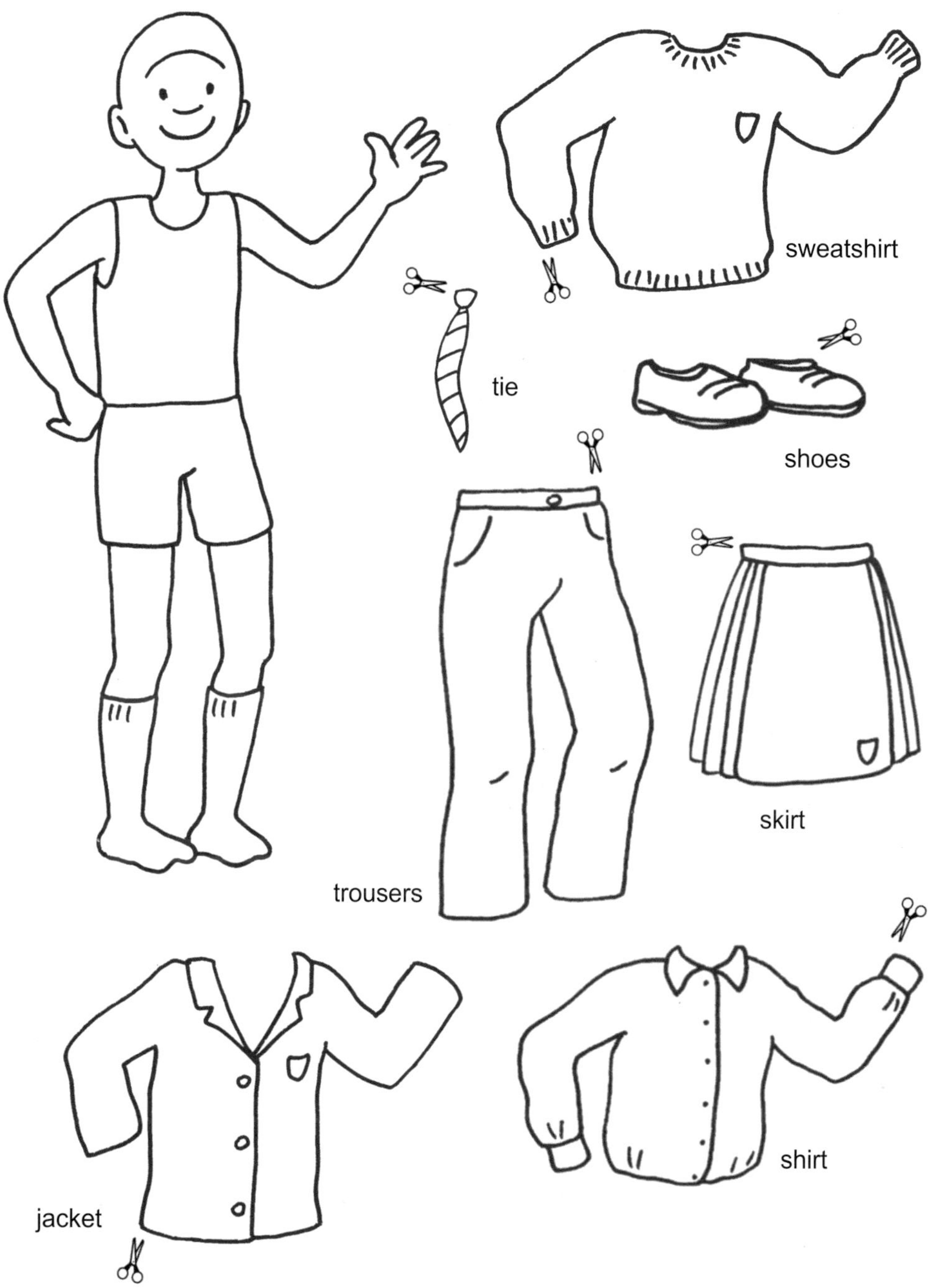

Illustrationen: Eva Muszynski, Berlin

1 21 Who throws the ball? Listen to the text and tick the names.

☐ Sam

☐ Maya

☐ Silky

☐ Justin

☐ Miss Bell

☐ Lucy

☐ Morph

☐ Justin's mum

2 Who says it? Tick (✓) the correct answer.

	Miss Bell	Justin	Maya	Sam	Lucy
1 Sorry I'm late.					
2 Let's start with a game.					
3 Say your name.					
4 I'm from London.					
5 Are you from Plymouth?					
6 Is your dad from the USA?					
7 Oops.					
8 My favourite animals are rabbits.					
9 Here are your timetables.					

3 Have a go

Walk around the classroom. Ask and answer questions like this:

Are you in class 5b?

Yes, I am./ No, I'm not.

Is your mum from England?

Yes, she is./ No, she isn't.

Question	Name	Name	Name
Are you in class 5b / in a football team /… ?			
Is your mum from England/Germany/Turkey/ …			
…			

fold here

Lösung: 1 Miss Bell, Sam, Justin; 2 Miss Bell 2, 3, 9; Justin 1, 6; Maya -, Sam 4, 5; Lucy 7, 8

Fotos: Trevor Burrows Photography Ltd, Plymouth; Illustrationen: Elke Hanisch, Köln (Silky); Tobias Dahmen, Utrecht (Morph)

7 KV Chaos at the corner shop

1 But what about your first day at school?

2 Sorry, Dad. Lucy is in the Broadway. I'm late.

3 OK. What about your first day at Plymstock?

4 Plymstock is great. Our class teacher is …

5 A quiz? You and two boys?

6 Yeah. Sam and Justin.

7 Sam is nice, eh?

8 Yes. Oh, look. There he is.

9 Go and find the yoghurt, little sister! I'm Kung Fu Master Wu.

10 Oh, is that Sam? I know him too. From the Lido.

11 Hey, Sam! We're here.

12 Sam, this is my best friend,

13 Hi, Maya. Nice to meet you.

14 I know you from the Lido.

15 You're always in that big group of boys.

16 Yeah. Girls can't swim like boys, so it's …

17 What?! Maya is the best swimmer in Plymstock!

18 Let's go, Luce.

19 OK, Maya. Sam can go and find boys. Or find his sister.

20 My sister? Oh no! Where's Lily?

21 Sam! Here's the yoghurt!

8 KV Things you can find in a house

1 Cut out the cards.

2 Work together with your partner and match the pictures to the words.

3 Check with your classmates. Then glue the cards into your exercise book.

armchair	chair	cupboard	picture
bed	desk	door	lamp
sofa	clock	shelf	window
table	toilet	toy	TV
book	football	photo	poster

Illustrationen: Eva Muszynski, Berlin

1 Cut out the pictures and the captions.

2 Put the pictures and captions in the correct order.

After breakfast, my friends and I swim and swim and swim …

Then I have breakfast – a big plate of crabs.

I wake up at 6 o'clock every morning.

This is my home – Plymouth Sound.

In the afternoon, we play football in a pool.

My friends wake up too.

In the evening, we catch fish for dinner.

I text my friends or read a book. And then I fall asleep.

I sit on my rock and eat lots of fish.

Illustrationen: Elke Hanisch, Köln

The Smiths **The Russells**

fold here

Partner A

Look at the family tree. Then talk about Ryan's family. You are Partner A. You start. Read out the first sentence.

Partner B listens and checks. B says "Yes, that's right" or "No, that's wrong. Try again." Now it's Partner B's turn to read a sentence.

1	Ryan is Amy's …
2	Jonathan is Lauren's and Amy's father/dad.
3	Kirsten is Lauren's and Amy's …
4	Mary is Lauren's grandmother/grandma.
5	Phil is Kirsten's …
6	Adam is Amy's grandpa/grandfather.
7	Charlie is Ryan's and Amy's …
8	Ben is Ryan's and Lauren's uncle.
9	Emily is Selma's …
10	Mary is Ben's mother/mum.
11	Ryan is Kirsten's …
12	Adam is Selma's father/dad.

Partner B

Look at the family tree. Then talk about Ryan's family. You are Partner B. Partner A starts and reads out the first sentence.

You listen and check. You say "Yes, that's right" or "No, that's wrong. Try again." Now it's your turn to read a sentence.

1	Ryan is Amy's brother.
2	Jonathan is Lauren's and Amy's …
3	Kirsten is Lauren's and Amy's mother/mum.
4	Mary is Lauren's …
5	Phil is Kirsten's father/dad.
6	Adam is Amy's …
7	Charlie is Ryan's and Amy's cousin.
8	Ben is Ryan's and Lauren's …
9	Emily is Selma's mother/mum.
10	Mary is Ben's …
11	Ryan is Kirsten's son.
12	Adam is Selma's …

Illustration: Eva Muszynski, Berlin

1 Read the sentences and tick (✓) the correct answers. You can open your student's book at pages 52–53 for help.

1) Justin doesn't go to the café because …
a) ☐ he doesn't like ice cream.
b) ☐ he doesn't like Sarah.
c) ☐ his mum and Sarah talk and talk and talk.

2) Justin makes a film so …
a) ☐ he can show it to his friends.
b) ☐ he can send it to his dad.
c) ☐ he can watch it in the evening.

3) The boy is angry because Justin films …
a) ☐ him and his girlfriend.
b) ☐ the seagull.
c) ☐ the harbour.

4) The Blue Bird is …
a) ☐ a navy ship.
b) ☐ Justin's favourite sailing boat.
c) ☐ an old sailing boat.

5) On his way back to the café Justin sees …
a) ☐ a police officer with a group of people.
b) ☐ a police officer with a group of children.
c) ☐ a police officer with his mum and Sarah.

6) The woman is …
a) ☐ angry.
b) ☐ happy.
c) ☐ worried.

7) The woman is …
a) ☐ the boy's mother.
b) ☐ the boy's grandmother.
c) ☐ the boy's teacher.

8) Justin …
a) ☐ finds the boy on his video camera.
b) ☐ jumps onto the Blue Bird and finds the boy.
c) ☐ is in trouble.

2 Now work together with a partner. Take turns and read out your sentences. Check your answers like this:

A: Justin doesn't go to the café because he doesn't like Sarah.

B: No, that's wrong. Try again.

A: Justin doesn't go to the café because his mum and Sarah talk and talk and talk.

B: Yes, that's right.

B: Justin makes a film so …

fold here

Lösung: **1** 1c, 2b, 3a, 4c, 5a, 6c, 7a, 8a

Make questions and talk to different partners. Write their names and answers down.

			Name	Answer
Do you	play	football?		
		tennis?		
	know			
		any good jokes?		
	like			

Make questions and talk to different partners. Write their names and answers down.

			Name	Answer
Do you	play	football?		
		tennis?		
	know			
		any good jokes?		
	like			

Illustrationen: Tobias Dahmen, Utrecht

1 a) Match the words to the pictures and add them to the table.

basketball • chess • the drums • gymnastics • kung fu • sailing • skating • swimming • yoga

1 b) Add these words to the table.

cards • football • the piano • riding • judo

		Word	Name
GO Activities with -ing			

PLAY Team sports, games, instruments			

DO Other sports and activities			

2 Find someone in your class for each activity on your table. The winner is the first student with a "yes" for six different activities.

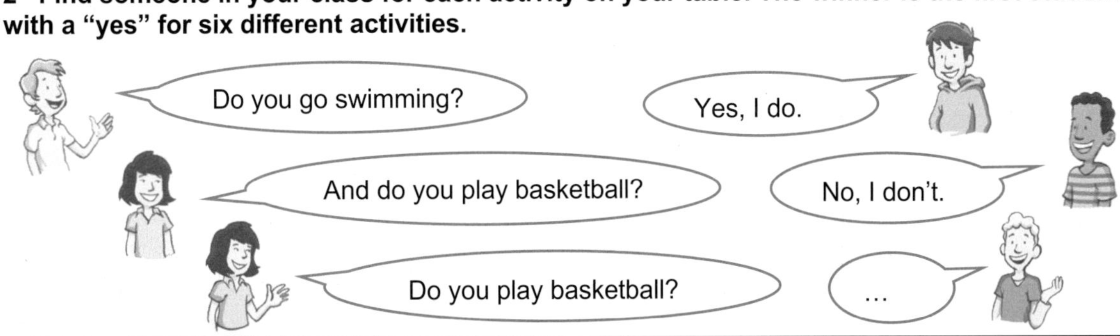

Do you know your partner? (Unit 3, Part B P4, p. 74)

1 Finish the questions and add your ideas about your partner.

2 Ask your partner the questions and write your partner's answers.

Questions	Your ideas about your partner	Your partner's answers
Do you ______ live in a house or a flat?		
______ have any brothers or sisters?		
Where ______ your mum and dad come from?		
When ______ go to bed?		
What music ______ like?		
What hobbies ______ have?		
What sports ______ do?		

Do you know your partner? (Unit 3, Part B P4, p. 66)

1 Finish the questions and add your ideas about your partner.

2 Ask your partner the questions and write your partner's answers.

Questions	Your ideas about your partner	Your partner's answers
Do you ______ live in a house or a flat?		
______ have any brothers or sisters?		
Where ______ your mum and dad come from?		
When ______ go to bed?		
What music ______ like?		
What hobbies ______ have?		
What sports ______ do?		

15 KV Justin's film

Right or wrong? Correct the wrong statements.

	right	wrong	
1 Abby is running because she is late for the ferry.			
2 Lucy is wearing a pink top.			
3 Sam is running really fast.			
4 In the group photo all the kids are smiling.			
5 Justin is not swimming because it is too cold for him.			
6 Justin is looking for Silky while the other kids are swimming.			
7 Lucy is calling Justin.			
8 Maya is talking to Justin's dad.			
9 The girls are laughing at Justin's jokes.			

Right or wrong? Correct the wrong statements.

	right	wrong	
1 Abby is running because she is late for the ferry.			
2 Lucy is wearing a pink top.			
3 Sam is running really fast.			
4 In the group photo all the kids are smiling.			
5 Justin is not swimming because it is too cold for him.			
6 Justin is looking for Silky while the other kids are swimming.			
7 Lucy is calling Justin.			
8 Maya is talking to Justin's dad.			
9 The girls are laughing at Justin's jokes.			

1 Reading, writing and running (*-ing* forms) (Unit 4, Part A P3, p. 89)
a) Look at the table. What is different about the spelling of the -ing form in group 2 and 3?
b) Add these words to the right group:

arrive • come • have • give • go • laugh • play • sit • sleep • swim • take • win • work

Group 1	**Group 2**	**Group 3**
read → reading	write → writing	run → running

2 You need paper. Write down what the people are doing in the picture. Check your spelling.

fold here

Lösung 1: **Group 1:** going, laughing, playing, sleeping, working; **Group 2:** arriving, coming, having, giving, taking;
Group 3: sitting, swimming, winning

Illustration: Eva Muszynski, Berlin

Are you fighting?

drink • eat • fight • laugh • listen
look for • read • run • sing
sleep • swim • talk
take photos • think • wait • walk
watch TV • write

Illustrationen: Tobias Dahmen, Utrecht (Mädchen und Junge oben); Eva Muszynski, Berlin

Make your own programme for the play *The pepper smugglers*!

1 Think about place, date, time and what the play is about. Write your information down. Add your titles for the four scenes.

2 Cut out the parts.

3 Choose the pictures you want and/or draw your own pictures to go with the play. Cut them out.

4 Put the parts and pictures together and glue them on a paper .

Where? ______________________________

Come and watch the play	Come and see	______________

The pepper smugglers

Our play is about ______________________________

____

For free	________ p	€ ________	£ ________	**A play in four scenes**	**BREAK**

Scene 1: ______________________________

Scene 2: ______________________________

Scene 3: ______________________________

Scene 4: ______________________________

When?

____

A play in four scenes	**BREAK**

What does Luke tell us about the animals in Stockbridge Zoo? Fill in the table with information about the animals.

Animals	**Rhesus monkeys** 	**Lions** 	**River otters** 	**Tigers** 	**Elephants** 	**Boa constrictor** 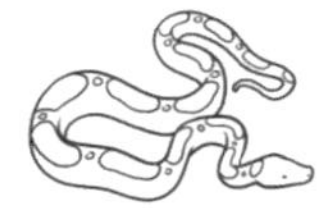	**Other animals** The zoo has 75 different animals. Other animals are: 
Names							
How do they look?							
How old are they?							
Where are they from?							
What and how do they eat?							
What do they do?							
How many live in the zoo?							

Illustrationen: Christian Bartz, Berlin

What does Luke tell us about the animals in Stockbridge Zoo? Fill in the table with information about the an mals.

Animals	Rhesus monkeys 	Lions 	River otters 	Tigers 	Elephants 	Boa constrictor 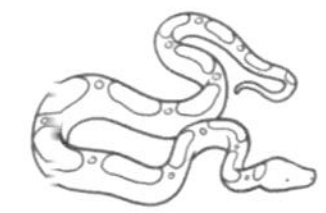	Other animals The zoo has 75 different animals. Other animals are:  snakes, scorpions and other insects, goats and ponies in the Children' s Corner
Names	Rosie	King Tut	Mickey, Minnie, Pip, Pop	Sasha, Igor, Inga	Raj, Sheba and their son Omar	Susie	
How do they look?				big teeth	very big, trunk	3 m long, weighs 12 kg	
How old are they?						8 years old	
Where are they from?			Asia		India	Mexico	
What and how do they eat?	put lots and lots of food into their mouths, eat extra food when they are alone						
What do they do?	are always very active, climb trees, run around, fight, then friends again, Rosie usually rides on her mum' s back	roars and wakes Luke up, doesn't come into Luke's room, everybody listens to him, when he roars Luke's window rattles	make a funny sound, a loud 'eeep-eeep,eeep-eeep' , jump out of the pool and roll around in the sand, catch fish in the water, play ball with Megan	get the meat from a stick, sometimes fight for food	with their trunk, they can suck up 15 liters of water, pull up grass and trees, take fruit from trees, spray water, hold another elephant's trunk to give hugs, elephants talk to each other: move their ears, make little sounds we can't hear and trumpet loud	eats a rat or a mouse in one bite	
How many live in the zoo?	12	4	4	3	3		

Illustrationen: Christian Bartz, Berlin

20 KV The snake gang

Match the correct sentence halves.

1) On Friday afternoon, Luke	a) and Luke wraps Suzie around his neck.
2) Robbie and his friends from year 8	b) says goodbye to Luke. He leaves Suzie at the zoo. ☺
3) Robbie and his friends are the snake gang	c) waits for his mother at the school gate.
4) They push him to the ground,	d) and squeezes Robbie.
5) The next day they take his school bag	e) and Luke puts her around his neck.
6) Luke meets Robbie	f) it runs up Robbie's leg, around his neck and onto his back.
7) Robbie comes with a big box	g) and they want Suzie, the boa.
8) Robbie wants to hold Suzie, too,	h) and on Thursday they leave him a note.
9) Then Suzie moves around Robbie's neck	i) but then his mother comes.
10) Luke shows Robbie a rat (Suzie's food) and	j) at Stockbridge Zoo at 8 pm.
11) Robbie calls "Help!" and	k) come towards Luke and make jokes about him.

fold here

Lösung: 1c, 2k, 3g, 4i, 5h, 6j, 7a, 8e, 9d, 10f, 11b

Vocabulary Action Sheets:

VAS	Einsatzort	VAS	Einsatzort
HWG 1	nach *Here we go*	2.2	nach Unit 2
HWG 2	nach *Here we go*	3.1	nach Unit 3
1.1	nach Unit 1	3.2	nach Unit 3
1.2	nach Unit 1	4.1	nach Unit 4
2.1	nach Unit 2	4.2	nach Unit 4

Language Action Sheets:

LAS	Thema	Einsatzort
1.1	Personal pronouns	Unit 1, S. 22
1.2	The verb *be*: long and short forms / statements	Unit 1, S. 22
1.3	The verb *be*: questions and short answers	Unit 1, S. 29
1.4	*can* („können“)	Unit 1, S. 35
2.1	The simple present: positive statements	Unit 2, S. 44
2.2	The simple present: negative statements	Unit 2, S. 49
3.1	The simple present: *Yes/No*-questions and short answers	Unit 3, S. 68
3.2	The simple present: Questions with question words	Unit 3, S. 73
4.1	The present progressive: positive and negative statements	Unit 4, S. 88
4.2	The present progressive: questions and short answers	Unit 4, S. 94
4.3	Word order in sub-clauses	Unit 4, S. 101

Lösungen VAS
Lösungen LAS

	Numbers (1)	Colours	Questions	Animals (1)	Prepositions	Things in Plymouth	German/English
1	4 ______	b______ 	W______ about you?	b______ 	Hi, I'm Silky. I'm f______ Plymouth.	t______ 	Willkommen in Plymouth. W______ ______ Plymouth.
2	10 ______	o______ 	A______ you a seal?	s______ 	Plymouth is i______ England.	s______ 	Los geht's. H______ ______ ______.
3	5 ______	r______ 	______ Plymouth your hometown?	______ 	Let's go t______ England!	b______ 	Folge mir. F______ ______.
4	2 ______	y______ 	W______ your name?	______ 	Is Plymouth o______ the map?	h______ 	mein Lieblingstier ______ f______ ______
5	8 ______	b______ 	C______ you see the Lido?	______ 	There are lots o______ things in Plymouth.	r______ 	es gibt t______ ______, t______ ______
6	12 ______	b______ 	______ are you from?	r______ 	Is Plymouth n______ London?	p______ 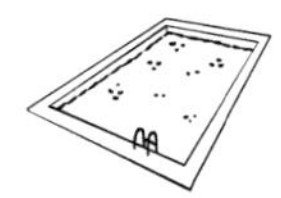	Lass mich dir ... zeigen. L______ ______ ______ ______ ...
7	3 ______	g______ 	H______ old are you?	h______ 	Silky is a______ the Hoe.	b______ ______ 	Ja, das stimmt. ______, t______ ______.
8	11 ______	p______ 	Your name is Silky. A______ I right?	r______ 	The zoo is great f______ kids.	c______ 	Ich heiße Justin. M______ ______ ______ Justin.

Illustration: Christian Bartz, Berlin

	In a classroom	What we do	Animals (2)	Definitions	In a school bag	Context
1	 b ___	 p ___ things in a box	 ___	Red, green and blue are ___s.	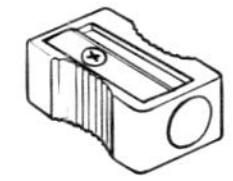 s ___	Is Silky a boy or a ___?
2	 c ___	 g ___ our classmates a pen	 ___	2, 5, 6, 9 are ___s.	 p ___	'Simon says' is a great g ___.
3	 c ___	 l ___ at a map	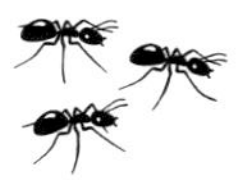 ___	Lucy, Jake and Silky are n ___s.	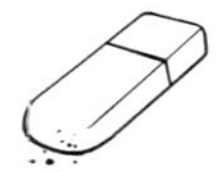 r ___	I l ___ red. It's my favourite colour.
4	 c ___	 m ___ our classmates	 ___	Seven days are a ___.	 p ___	The Hoe is my favourite p ___ in Plymouth.
5	 d ___	 o ___ our books	 ___	365 days are a ___.	 e ___	Silky is ten – No, t ___ ___. She's two.
6	 w ___	 t ___ to our teacher	 ___	Plymouth is a ___.	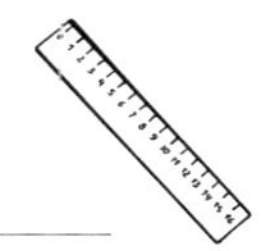 r ___	'Earfeig' is a s ___e word.
7	 t ___	 g ___ to school	 ___	a photo a p ___	 p ___ ___	Let's write a c ___ to Justin.
8	 d ___	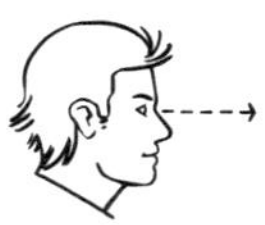 s ___ things	 ___	a room in a school c ___	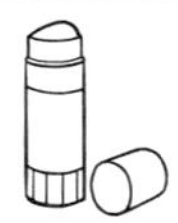 g ___ ___	E ___ day is great in Plymouth.

Illustration: Christian Bartz, Berl

	Times and days	Opposites (◀ ▶)	Subjects	Context	German/English	Pictures	What we do at school
1	________ time is it?	with – ________	 ________	Happy ________ ! Now you're twelve.	einschlafen (to) *f*________ ________	 ________	*l*________ a new language
2	 It's 8 ________ .	Hello – ________	 *S*________	Can you help me, ________ ?	Du bis zu spät. ________ .	 ________	 *Pet* *s*________ words
3	 It's *h*________ ________ ________ .	long – ________	 ________	*T*________ ________ for your help.	Tut mir leid. ________ .	 ________	*a*________ and answer questions
4	 It's *q*________ ________ ________ .	here – *t*________	 *H*________	James Bond's number is 007 – that's *d*________ o seven.	Ich weiß (es) nicht. *I* ________ ________ .	 *Y*________	 *r*________ books
5	 It's ________ ________ ________ .	(to) ask – (to) ________	 ________	Black is a *d*________ colour.	Versuch's mal. *H*________ ___ ________ .	 *t*________	*w*________ with computers
6	the first day of the week *M*________	(to) throw a ball – (to) ________ a ball	 ________	I can't ________ my homework! Where is it?	Pass auf! *W*________ ________ !	 ________	 *l*________ ________ the board
7	the third day of the week ________	I like – I ________	 *G*________	Sorry, but I don't *k*________ the answer.	Wir sind fertig. ________ ________ .	 *f*________	 *h*________ ________ our classmates
8	the fourth day of the week ________	happy – *s*________	 *I*________	Don't *f*________ your homework again.	Was haben wir als Hausaufgabe auf? ________ ________ *homework*?	 *p*________	 *w*________ in our exercise books

	Months	The fourth word	What we do	German/English	Definitons	At school	Context
1	The first month of the year is ___ .	he – his they – ___	 ___ yoghurt	die nächste Frage ___ ___ ___	You live there. at h___	 s___	The castle is on a h___ .
2	The third month of the year is ___ .	two – second three – ___	 ___ jeans	Freut mich, dich kennenzulernen. N___ ___ ___ ___ ___ .	a word for 'mother' m___	 ___	He isn't good, but he's the winner. I'm s___ !
3	Halloween is in ___ .	mother – father sister – ___	 ___ a DVD	in der Schule ___ ___	a word for 'nice' f___	have PE in the g___	___ colour is your workbook? – I think it's blue.
4	The month before July is ___ .	man – men woman – ___	 ___ ___ the bus	es gibt keine ... ___ ___ ___ ...	60 minutes are an h___ .	 ___	There aren't any girls in this g___ of kids.
5	The fifth month of the year is ___ .	here – there this – ___	 a___ ___	wir können nicht ... ___ ___ ...	not different l___	short and long b___	'My yoghurt is angry' is a s___ sentence.
6	___ has 28 days.	speak – speaker win – ___	 ___ in a town	gut sein in Kunst (to) be ___ ___ ___	all the time, without a break a___	have lunch in the c___	I have an a___ at ten o'clock.
7	The twelfth month of the year is ___ .	things – what? people – ___ ?	 h___	in der Deanstraße 5 ___ ___ ___ ___	They have lots of boats. the ___	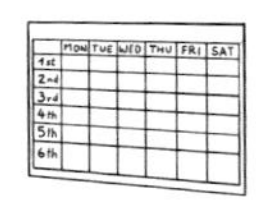 ___	___ can we start? – In five minutes.
8	Sam's birthday is in ___ .	they – them he – ___	 ___ our homework	Tante-Emma-Laden ___ ___	not big l___	Geography  l___	We're finished. Let's go b___ home.

	Rooms	Prepositons	Pictures	Definitions	German/English	Food and drink	The fourth word
1	 ______	We have school t______ 4 o'clock.	 ______	Fish live in it. w______	vielleicht m______	 ______	he – his it – ______
2	 ______	What's ______ lunch?	 ______	You can tell it. a s______	verrückt m______	 ______	cake – eat tea – ______
3	 ______	Come ______ the kitchen.	 ______	People wear them. c______	oft o______	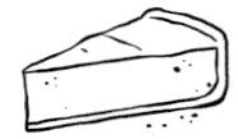 ______	two – people one – ______
4	 ______	There's music ______ the radio.	 ______	A kid plays with it. a t______	natürlich, selbstverständlich o______ ______	 ______	he – him she – ______
5	 ______	Let's go ______ a walk.	 ______	People do it at night. (to) s______	(hier) in der Nähe n______ ______	 ______	book – read TV – ______
6	 ______	The table is ______ the middle of the room.	 ______	divorced, or not married s______	plötzlich, auf einmal s______	 m______	sport – do tea – m______
7	 ______	Can you jump ______ the table?	 ______	(to) give animals food (to) f______ them	Warum? W______ ?	 ______	he – him we – ______
8	 ______	What do you do ______ the weekend?	 ______	You put it on a cake. c______	einer Freundin eine SMS schicken (to) t______ a friend	 ______	bed – sleep chair – ______

Illustration: Christian Bartz, Berlin

	Things in a house	Opposites (◄ ►)	What we eat	Families	German/English	Pictures	Context
1	______	upstairs – ______	in the morning: b______	my dad's brother my ______	rennen, laufen (to) ______	______	I have a birthday p______ for you.
2	______	big – ______	in the evening: d______	His father is my dad's brother. my ______	sitzen (to) ______	______ ______	What w______ you like? – Tea, please.
3	______	(to) fall asleep – (to) ______ ______	______	my mum's mother my ______	(mit)nehmen, (weg)bringen (to) ______	______	There's n______ school on Sundays.
4	______	before – ______	s______	my dad's sister my ______	aussehen (to) ______	______	Don't come in – go a______!
5	______	he has time – he ______ ______ time	______ ______	Lewis and Lloyd are t______.	segeln gehen (to) ______ ______	______	Let's go d______ into the living room.
6	______	always – ______	______ ______	My parents are d______.	springen (to) ______	______	Would you like a c______ of tea?
7	______	hot – ______	______	Karen and Sam are m______.	erzählen (to) ______	______	Oh, no! Now we're in t______!
8	______	(to) forget a name – (to)______ a name	after lunch or dinner: d______	Bill's grand-father is d______.	schreien, rufen (to) ______	______	I think t______ we're finished.

	What people do	Context	Pictures	Definitions	Activities (1) We do …	The fourth word	Adjectives	German/English
1	 ___ ___	Here's s ___ milk for the cat.	 ___	a short and very funny story: j ___	 j ___	hobby – hobbies life – ___	 He's ___ .	Wie geht's? H ___ ___ ___?
2	 t ___ the music ___	What's your hobby? – I c ___ comics.	 ___	not too often: s ___	 ___	yes – no (to) start – (to) s ___	Can I have some water? I'm t ___ .	Mittagszeit ___
3	c ___ a film on the computer	This is my dog. He's c ___ Skipper.	 ___	(to) like something very much: (to) l ___ something	 a j ___	John Taylor – name 14 New Street – ___	It's the best. It's p ___ .	Es geht um Emily. I ___ ___ Emily.
4	 g ___ cold	Sorry, but I don't u ___ German.	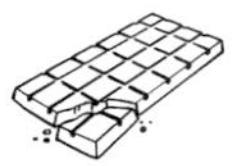 ___	the sound of talking or singing: v ___	 ___	thirsty – (to) drink ___ – (to) sleep	 She's ___ .	Wie ist sie so? W ___ ___ ___?
5	 ___ their bikes	Let's take our PE k ___ and go to the gym.	 ___	You can watch it on TV. p ___	 ___	in – the afternoon ___ – Saturday afternoon	There's a ghost in the house! – That's s ___ !	Freunde finden (to) m ___ ___
6	 w ___	T ___ a scone. They're really yummy.	 ___	12 o'clock pm: m ___	 a j ___	(to) sing – singer (to) travel – ___	His clothes are  w ___ .	normalerweise, gewöhnlich ___
7	g ___ vegetables on farms	She lives in a nice a ___ of this town.	 ___	how old you are: your a ___	 k ___ ___	people – (to) talk dogs – (to) ___	Can we meet at two o'clock? Are you f ___ ?	Wie gefällt es dir? How ___ ___ l ___ ___?
8	 ___ windows	I have an i ___ ! Let's go skating.	 ___	a very young person: c ___	 h ___	afternoon – pm morning – ___	The book is  b ___ .	Ich auch. M ___ ___ .

Illustration: Christian Bartz, Berlin

	Activities (2) We play …	Opposites (◄ ►)	What we do	Activities (3) We go …	German/English	Pictures	Context	The fourth word
1	 ___	loud – q___	 l___ ___ music	 ___	sich etwas vorstellen (to) ___ something	 ___	Tell me more – I need more i___ .	someone – somebody everyone – ___
2	the  ___	old – y___	s___ emails to our friends	 ___	Na los, Dad! C___ ___, Dad!	 ___	The club meets f___ 2 pm ___ 4 pm.	address – (to) visit phone number – (to) ___
3	 ___	(to) start work – (to) f___ work	 h___ voices	 ___	Hör zu, Justin. ___, Justin.	 a___	Hurry up! We h___ ___ go now!	man – men child – ___
4	the  ___	in front of – b___	i___ a club	 ___	Finde jemanden, der … Find ___ ___ …	 ___	Are you r___? Can we go?	€ – euro £ – ___
5	 ___	all about me – n___ about me	v___ our friends in other towns	 ___	Spaß haben (to) ___	 ___	You can't swim here. The water is t___ cold.	on – Monday ___ – 2011
6	the  ___	outside – ___	 s___ good food	 ___	Was ist denn? What's ___ m___?	 ___	The potatoes smell OK, but they t___ really funny.	31 students – all of our class 12 students – p___ of our class
7	 ___	do it now – do it l___	a___ our friends to help us	 ___	sich umdrehen (to) t___ ___	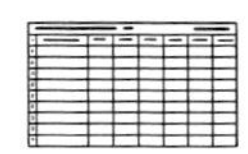 t___	I'm really tired. – Well, you work too m___ .	activity – activities diary – ___
8	an  i___	into the house – ___ ___ the house	 g___ the answer	 ___	Ach, du bist es. Oh, ___ ___.	 ___	I want to s___ my camera because I need money.	question – why? answer – ___

Illustration: Christian Bartz, Berli

	What people do	Opposites (◄ ►)	By the sea	Context	German/English	Pictures	Prepositions
1	h___ under the bed 	arrive – ___	 ___	She knows a lot – she's really c___ .	wichtig ___	 ___	We have a house b___ the sea.
2	s___ 	sell – ___	 s___	The aquarium is very i___ – there's a lot to see.	Schlafparty ___	 t___	She likes all kinds ___ films.
3	f___ 	everybody – ___	 ___	We don't have a big lunch – just a s___ .	I bin dran. I___ ___ ___ .	 s___	Sorry, but I don't agree ___ you.
4	c___ their emails 	poor – ___	 c___	I'm sad that my holidays a___ ___ .	endlich, schließlich a___ ___	 ___	Don't point your finger ___ me!
5	c___ someone's homework 	over 18 – ___ 18	 o___	The t___ to Cawsand Beach was great!	fast, beinahe ___	 v___	We can't agree ___ a day for our party.
6	h___ things 	slow – ___	 ___	You can play later, but do your homework f___ .	Überprüfung ___	 ___	Let me explain this ___ you.
7	p___ breakfast 	likes – d___	 ___	Are you ready? – No, n___ ___ . Give me 5 minutes.	Handy ___	 ___	He pointed ___ a ship far away on the sea.
8	u___ a mobile phone 	(to) get up late – (to) get up e___	 h___	Don't ask so many questions – i___ do it.	eine Rede halten (to) g___ ___ ___	 ___	She doesn't feel happy ___ the moment.

Illustration: Christian Bartz, Berlin

	Adjectives	The fourth word	Pictures	German/English	Definitions	Two-part verbs	Context
1	The film isn't boring – it's really e___ !	water – much people – ___	 ___	bald ___	Great Britain and Northern Ireland the U___ ___ (___)	(to) run  ___ sb.	The film is in English, but it has German s___ .
2	At 12 o'clock, the sun is very b___ !	angry – (to) shout happy – (to) ___	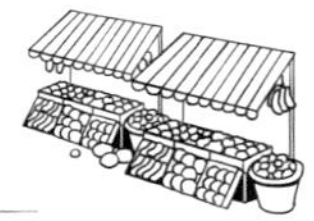 ___	Figur, Person (aus Buch oder Film) c___	a bright hair colour b___	(to) turn the TV  ___	Why are your looking at me l___ ___ ?
3	 It's very s___ .	eyes – (to) see sth. nose – (to) ___ sth.	 ___	Theaterstück ___	another word for the 'middle' the c___	(to) turn  ___	The piano doesn't go t___ the door – it's too big.
4	He has no money. He is really p___ .	good – the best big – ___ ___	 p___	Schlüsselwort ___	not different from sth. the s___ ___ sth.	(to) look 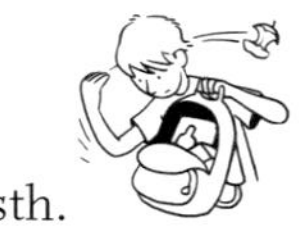 ___ sth.	How did you g___ here? – By bus.
5	Tomorrow's my birthday – I'm so e___ !	9 am – time £35 – ___	 ___	Ausdruck, Redewendung ___	Devon is a c___ .	Let's stop now and go ___ after the break.	Don't jump from the rocks – it's d___ !
6	She has an elephant at home – Really? Is that t___ ?	(to) travel – traveller (to) smuggle – ___	 ___	Nebensatz ___	1000 metres: k___	(to) get  ___ the bus	Cawsand is not a town – it's a v___ .
7	 It's not f___ .	this – these that – ___	 ___	Wortstellung w___ ___	he or she writes books an a___	(to) go  w___	I have to go now. G___ !
8	This exercise isn't too h___ .	(to) hear – ear (to) see – ___	 ___	Viel Glück! G___ ___ !	a part of a film or play s___	(to) sit  ___	I always f___ sad when the holidays are over.

Illustration: Christian Bartz, Berlin

Personal pronouns
Personalpronomen

▸ *pp. 20–23*

1 *Look at **1** and **2** (p. 20) and complete these sentences.*

*Sieh dir **1** und **2** (S. 20) an und vervollständige diese Sätze.*

____’m new here. _____’m from London.

Hey, ______’re at Plymstock School.

_____’s in class 7EB. _____’s new at Plymstock.

_____’s eleven. ______’s in Year 7.

Oh Lucy, look at the time. ___’s 8:25.

Hurry up … _____’re late.

Sam, Lucy, *you*’re in class 7EB.

Sam and Lucy are at Plymstock. *They*’re eleven.

2 *Write the correct **personal pronouns** in the speech bubbles.*

*Schreib die richtigen **Personalpronomen** in die Sprechblasen.*

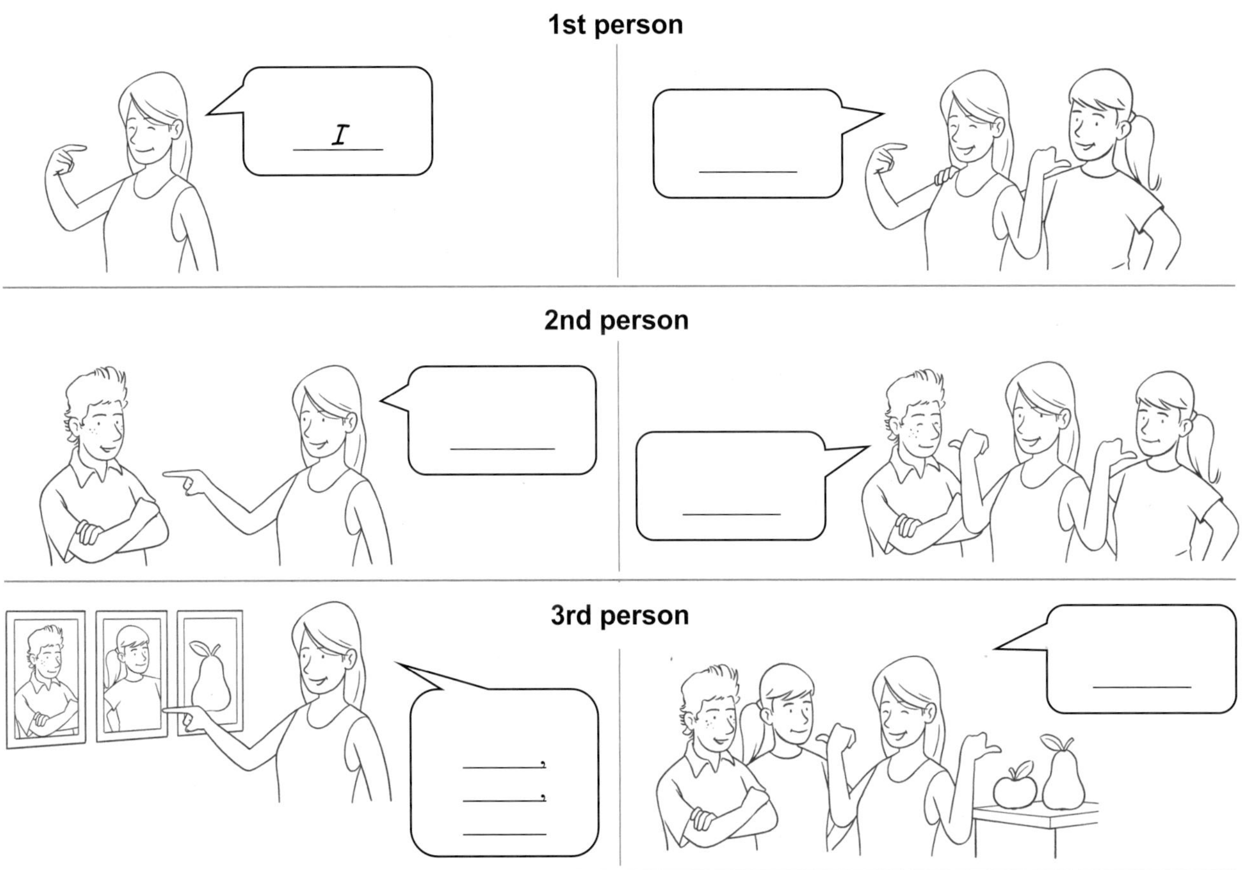

3 *Now look at **Grammar File 1** on p. 156 of your English book.*

*Schau dir jetzt **Grammar File 1** auf S. 156 deines Englischbuches an.*

The verb *be*: long and short forms / statements

▸ pp. 20–23

Das Verb *be* („sein“): Lang- und Kurzformen / Aussagen

1 *Look at **1** and **2** (p. 20) and complete the **short forms** of* **be ('m, …)**.
*Then write the **long forms*** **(am, …)** *next to them.*

*Sieh dir **1** und **2** (S. 20) an und vervollständige die **Kurzformen** von* **be ('m, …)**.
*Dann schreibe die **Langformen*** **(am, …)** *daneben.*

Short forms	Long forms	Short forms	Long forms
I'*m*____	I *am*____	We'____	We ____
You'____	You ____	You'____	You ____
He'____	He ____	They'____	They *are*____
She'____	She ____		
It'____	It ____		

2 a) *Look at **1** (p. 20) again and complete these negative statements.*

*Sieh dir **1** (S. 20) noch einmal an und vervollständige diese verneinten Aussagen.*

My first day at a new school and you ______*'t* there.

Don't go. We ______*'t* late.

You ______*'t* from Plymouth. – No, I'______ .

b) *Write the **long forms** of the negatives next to the **short forms**.*

*Schreibe die **Langformen** der Verneinungen neben die **Kurzformen**.*

Short forms	Long forms	Short forms	Long forms
I'm not	I ______	We aren't	We ______
You aren't	You ______	You aren't	You ______
He isn't	He ______	They aren't	They ______
She isn't	She ______		
It isn't	It ______		

3 *Now look at **Grammar File 2.1** on p. 158.*

*Schau dir jetzt **Grammar File 2.1** auf S. 158 an.*

Illustration: Tobias Dahmen, Utrecht

The verb *be*: questions and short answers

▸ *pp. 28–29*

Das Verb *be* („sein“): Fragen und Kurzantworten

1 *Look at **1** (p. 28) and complete these questions.*

*Sieh dir **1** (S. 28) an und vervollständige diese Fragen.*

_______ you in a football team? – No, ______ ______.

_______ you from Plymouth? – Yes, ___ _____.

_______ your dad from the USA? – No, *he* ______.

2 *Change the questions into statements. Then draw lines to show the difference. (Look at the example first.)*

Verwandle die Fragen in Aussagen. Dann zeichne Linien ein, um die Unterschiede zu zeigen. (Schau dir erst das Beispiel an.)

Example: Is Sam from London?	Is Maya at Coombe Dean?	Are they in Year 7?
Sam is from London.	___________ at Coombe Dean.	___________ in Year 7.

3 *Look at the statements. Then complete the **questions** and **short answers**.*

*Sieh dir die Aussagen an. Dann vervollständige die **Fragen** und **Kurzantworten**.*

statement	question	short answer
I'm a student.	*Are you* a student?	– Yes, *I* ______.
Maya is eleven.	______ Lucy eleven too?	– ______, _______ ________.
Sam and Lucy are in Year 7.	______ Holly in Year 7 too?	– No, ______ _________.
Lucy is from Plymouth.	______ Sam from Plymouth too?	– ______, _______ ________.
The Pascoes are from England.	______ your parents from England?	– ______, *they* ________.

4 *Now look at **Grammar File 2.2** and **2.3** on p. 158.*

*Schau dir jetzt **Grammar File 2.2** und **2.3** auf S. 158 an.*

Cornelsen
English G Access G9 | 1 Handreichungen für den Unterricht
Illustrationen: Tobias Dahmen, Utrecht

can („können“)

▸ *p. 35*

1 *Look at these sentences from **4, 5** and **6** (p. 35). Complete them.*

*Sieh dir diese Sätze aus **4, 5** und **6** (S. 35) an. Vervollständige sie.*

(see) I *can see* a red pencil.

(see) Boris _______ _______ a red pencil.

(spell) I _______ _______ “cupboard”.

(spell) I *can't* _________ “geography”.

(speak) _______ you _______ French? – Yes, I _______. / No, I *can't*.

(count) _______ you _______ to 100? – Yes, I _______.

(work) _______ you _________ with a computer? – No, I _______.

2 a) *Look at this English sentence. Colour the boxes: use green for **can**, red for **spell** and blue for **her name**.*

*Sieh dir diesen englischen Satz an. Male die Kästchen aus: Verwende grün für **can**, rot für **spell** und blau für **her name**.*

My sister	**can**	**spell**	**her name.**
Meine Schwester	*kann*	_______________	_______________.

*– Now complete the German translation and colour the boxes. Use the same colours: green for **kann**, blue for **ihren Namen**, etc.*

*Vervollständige jetzt die deutsche Übersetzung und male die Kästchen aus. Verwende dieselben Farben: grün für **kann**, blau für **ihren Namen** usw.*

– Compare the English and the German sentence. What is different?

Vergleiche den englischen und den deutschen Satz. Was ist der Unterschied?

b) *Which is the correct rule for **can** – **a**, **b** or **c**?*

*Was ist die richtige Regel für **can** – **a**, **b** oder **c**?*

The verb, for example *spell*,
Das Verb, zum Beispiel *spell*,

a comes before *can*.
steht vor *can*.

b stays together with *can*.
bleibt mit *can* zusammen.

c is at the end of the sentence, after the object.
steht am Ende des Satzes, nach dem Objekt.

3 *Now look at **Grammar File 5** on p. 162.*

*Schau dir jetzt **Grammar File 5** auf S. 162 an.*

Illustration: Tobias Dahmen, Utrecht

The simple present: positive statements
Die einfache Form der Gegenwart: bejahte Aussagen

▸ *pp. 42–44*

1 a) *Look at* **3** *(p. 43) and complete these sentences.*

Sieh dir **3** *(S. 43) an und vervollständige diese Sätze.*

"That's Skip. I _______ him in the morning."

"Hey, you ________ a nice bedroom."

"He always ________ the paper there."

"Mink, our cat – she ________ the sofa."

"Dad *likes* games. We ________ at weekends."

"Wow, you __________ lots of games."

Then Maya and Abby *go* for a walk with Skip.

b) *Draw a red box around all the subjects* **(I, you, …)***.*
Draw a blue box around all the verbs **(feed, …)***.*

Male ein rotes Kästchen um alle Subjekte **(I, you, …)***.*
Male ein blaues Kästchen um alle Verben **(feed, …)***.*

c) *Which translation is best:* **a***,* **b** *or* **c***?*

Welche Übersetzung passt am besten: **a***,* **b** *oder* **c***?*

In the afternoon, we play football.

a Es ist Nachmittag, und wir spielen Fußball.

b Nachmittags können wir Fußball spielen.

c Nachmittags spielen wir immer Fußball.

2 a) *Look again at your sentences in* **1a)***.*
Complete the table with the verbs.

Sieh dir deine Sätze in **1a)** *noch einmal an.*
Vervollständige die Tabelle mit den Verben.

Subject + verb

I *feed* ________________

You ________________

He ________________

She ________________

Subject + verb

We ________________

You ________________

They ________________

b) *Some verb forms have an* **-s** *at the end. Mark them in yellow. Then draw a red box around their subjects.*

Manche Verbformen haben ein **-s** *am Ende. Markiere sie gelb. Dann male ein rotes Kästchen um ihre Subjekte.*

3 *Now look at* **Grammar File 6.1** *and* **6.3** *on p. 166.*

Schau dir jetzt **Grammar File 6.1** *und* **6.3** *auf S. 166 an.*

Illustration: Tobias Dahmen, Utrecht

The simple present: negative statements

▸ pp. 48–50

Die einfache Form der Gegenwart: verneinte Aussagen

1 a) *Look at **1** (p. 48) and complete these sentences.*

*Sieh dir **1** (S. 48) an und vervollständige diese Sätze.*

I _________ *like* cricket, Uncle.

You *don't* _______ cricket!

He __________ ________ time for sport.

She __________ ___ to Plymstock, Uncle.

We __________ all _________ in India.

They _________ _________ in South Africa.

b) *Draw a red box around all the subjects* **(I, You, …)** *in your sentences.*
Draw a blue box around all the verbs **(like, …)**.

Male ein rotes Kästchen um alle Subjekte **(I, You, …)** *in deinen Sätzen.*
Male ein blaues Kästchen um alle Verben **(like, …)**.

2 a) *Look again at your sentences in **1a)**.*
Complete the table with the subjects and verbs.

*Sieh dir deine Sätze in **1a)** noch einmal an.*
Vervollständige die Tabelle mit den Subjekten und Verben.

Subject + verb

I	*don't*	*like*
You		

Subject + verb

We		*live*

b) *What is different with the 3rd person singular* **(he, she, it)**?
Mark the differences in yellow.

Was ist anders bei der 3. Person Singular **(he, she, it)**?
Markiere die Unterschiede gelb.

c) *Now complete the rule for* **negative statements** *in the* **simple present**.

Nun vervollständige die Regel für **verneinte Aussagen** *im* **simple present**.

Simple present, negative statements: **I, you, we, they +** _________ **+ infinitive**
he, she, it + _____________ **+ infinitive**

3 *Now look at **Grammar File 6.2** on p. 164.*

*Schau dir jetzt **Grammar File 6.2** auf S. 164 an.*

The simple present: *Yes/No*-questions and short answers

▸ pp. 66–68

Die einfache Form der Gegenwart: Entscheidungsfragen und Kurzantworten

1 a) *Look at **1** (p. 66) and **4** (p. 67) and complete these sentences.*

*Sieh dir **1** (S. 66) und **4** (S. 67) an und vervollständige diese Sätze.*

______ I ________ any good jokes? Yes, of course.

______ you ________ a camera? – Yes, *I* ______.

Mukesh? ________ he *like* it? – Yes, *he* ________.

________ she _______ in a nice house?

– Yes, _______ ______.

________ Plymstock _______ a tennis club?

– No, *it* ________.

____ we __________ maths homework?

_______ you *go* sailing, Abby and Maya?

– Yes, *we* _____ .

What about her brothers?

Do they ______ sailing too?

– Yes, ______ _____ .

b) *What is different with* **he**, **she**, **it**? *Mark the differences in yellow.*

Was ist anders bei **he**, **she**, **it**? *Markiere die Unterschiede gelb.*

2 a) *Look at the examples first. Then complete the **short answers**.*

*Sieh dir zuerst die Beispiele an. Dann vervollständige die **Kurzantworten**.*

Examples: Do you play basketball? – Yes, I do. / – No, I don't.
Does Sam know any good jokes? – Yes, he does. / – No, he doesn't.

Do Abby and Lucy like Sam's jokes? – No, *they* ________________________.

Does Abby know Justin? – No, ________________________.

Do Lucy's friends go to a school club? – Yes, ________________________.

Does Abby live near the sea? – Yes, ________________________.

b) *Now complete these questions and short answers.*

Jetzt vervollständige diese Fragen und Kurzantworten.

_________ you and your family do sport? – ________, *we* ________ ___________.

_________ your mum have any brothers or sisters? – ________, ________ ___________.

_________ your dad like the sea? – ________, ________ ___________.

_________ you go to a school club? – ________, *I* ________ ___________.

3 *Now look at **Grammar File 9.1** on p. 170.*

*Schau dir jetzt **Grammar File 9.1** auf S. 170 an.*

Illustrationen: Tobias Dahmen, Utrecht

The simple present: Questions with question words

▸ pp. 72–73

Die einfache Form der Gegenwart: Fragen mit Fragewörtern

1 *Look at **1** (p. 72) and complete these sentences.* *Sieh dir **1** (S. 72) an und vervollständige diese Sätze.*

__________ ______ you *work* now? – Near Boston harbour. In a TV studio.
__________ ______ you *do* there? – I edit TV programmes.
__________ ______ you _____ work? – I finish at 7 o'clock.
How ______ ______ you ________ the video camera? – It's great, Dad.
__________ ______ Dad *work* so much? – Because he loves his work, Justin.

2 a) *Look at the answers and complete the questions with the right **question words**.* *Sieh dir die Antworten an und vervollständige die Fragen mit den richtigen **Fragewörtern**.*

__________ sport do you do? – I do judo. And I play football.
__________ do you do judo? – In the gym at school.
__________ do you go to judo training? – On Friday evenings.
__________ often do you play football? – We play every day, after school.

b) *Now complete these questions with the right question words and **do** or **does**. (The answers can help you.)* *Jetzt vervollständige diese Fragen mit den richtigen Fragewörtern und **do** oder **does**. (Die Antworten können dir helfen.)*

__________ ________ you want to go? – We want to go to Italy.
__________ ________ you want to go? – In May.
__________ ________ you want to go to Italy? – Because my mum loves Italy.
__________ ________ she love Italy? – Because it's nice and warm there.
__________ ________ you want to do there? – We want to visit Rome and go swimming in the sea.

3 *Now look at **Grammar File 9.2** on p. 170.*

*Schau dir jetzt **Grammar File 9.2** auf S. 170 an.*

Illustrationen: Christian Bartz, Berlin (Judo); Tobias Dahmen, Utrecht (Morph)

The present progressive: positive and negative statements

▸ pp. 86–89

Die Verlaufsform der Gegenwart: bejahte und verneinte Aussagen

---

1 *Look at **1** (p. 86) and complete these sentences.* *Sieh dir **1** (S. 86) an und vervollständige diese Sätze.*

I'____ *look*_______ at rock pools.

Sam _____ *tell*_______ jokes again.

She'____ ______________ a pink top.

It'____ ______________ from my rucksack.

We'____ ______________ back home.

They'____ ______________ tag.

---

2 a) *Which translation is best:* **a**, **b** *or* **c**? *Welche Übersetzung passt am besten:* **a**, **b** *oder* **c**?

Sam is running after the girls.

- **a** Sam läuft immer hinter den Mädchen her.
- **b** Sam läuft gerade hinter den Mädchen her.
- **c** Sam wird hinter den Mädchen herlaufen.

b) *You make the present progressive with …* **a**, **b** *oder* **c**? *Mark the correct answer in yellow.* *Man bildet das* present progressive *mit …* **a**, **b** *oder* **c**? *Markiere die richtige Antwort gelb.*

a *being* + verb **b** *'m/'re/'s* + verb + *ing* **c** verb + *ing*

---

3 *Now complete these negative sentences from **1** (p. 86).* *Vervollständige jetzt diese verneinten Sätze aus **1** (S. 86)*

The others are swimming now. I'*m* ________ ______________. It's too cold for me.

Come on Sam – you __________ *running* fast enough.

Justin __________ ______________ now. I'm filming.

They __________ *smiling*__________ at her. They're making silly faces.

---

4 *Look at the verbs in the box. Where do they go – in group* **A**, **B** *or* **C**? *Sieh dir die Verben im Kasten an. Wohin gehören sie – in Gruppe* **A**, **B** *oder* **C**?

A wear → wearing **B** smile → smiling **C** run → running

arrive • call • come • film • get • go • make • sit • swim

---

5 *Now look at **Grammar File 11.1** and **11.2** on p. 174.* *Schau dir jetzt **Grammar File 11.1** und **11.2** auf S. 174 an.*

Illustration: Tobias Dahmen, Utrecht

The present progressive: questions and short answers

▸ pp. 92, 94

Die Verlaufsform der Gegenwart: Fragen und Kurzantworten

1 *Look at **1** (p. 92) and complete these dialogues.* *Sieh dir **1** (S. 92) an und vervollständige diese Dialoge.*

Are those kids really *sleep*________? – Yes, they are.

_______ you ______________ the fish? – No, we __________. We're watching a film about fish.

What's that diver ________? – It's feeding time, so he's feeding the sharks.

_______ ______ you *push*______ that boy? – What boy?

That blond boy. _______ you ______________ with him? – No, ____________.

2 *Change the questions into statements. Then draw lines to show the difference. (Look at the example first.)* *Verwandle die Fragen in Aussagen. Dann zeichne Linien ein, um die Unterschiede zu zeigen. (Schau dir erst das Beispiel an.)*

Example:		
Are they working?	Is Lucy fighting with Holly?	Are they having fun?
They are working.	________________________ with Holly.	________________________ fun.

3 *Now complete these **questions** and **short answers**.* *Vervollständige jetzt diese **Fragen** und **Kurzantworten**.*

Are you __________________ your homework at the moment? – Yes, I ______. / No, I'___ *not*.

_______ you __________________ fun? – Yes, I ______. / No, I'___ ______.

_______ your dad *help*__________ you? – Yes, he _____. / No, he _________.

_______ your mum *work*__________ in the garden now? – Yes, she _____. / No, she _________.

_________ Morph _________________ cards? – ______________________________.

4 *Now look at **Grammar File 11.3** on p. 176.* *Schau dir jetzt **Grammar File 11.3** auf S. 176 an.*

Illustrationen: Tobias Dahmen, Utrecht

Word order in sub-clauses

▸ pp. 98, 101

Die Wortstellung in Nebensätzen

1 *Find the sentences in* ***1*** *(p. 98). Complete them.* — *Finde die Sätze in* ***1*** *(S. 98). Vervollständige sie.*

I know that *because* ______________________________ in the village.

We can use pictures of Cawsand *when* ______________________________.

2 a) *Read the* ***main clauses*** *below. Colour the boxes: use red for the subjects, orange for the verbs and green for the objects.* — *Lies die* ***Hauptsätze*** *unten. Male die Kästen aus: Verwende rot für die Subjekte, orange für die Verben und grün für die Objekte.*

Main clause (Hauptsatz)			**Sub-clause** (Nebensatz)			
S	**V**	**O**		____	____	____
Maya	likes	Plymouth	**because**	she	loves	the sea.
The students	asked	questions	**when**	Sam and Justin	finished	their talk.

Now look at the sub-clauses in ***2a)****.*
– Colour the boxes with the same colours: red for the subjects, orange for the verbs and green for the objects.
– Write ***S*** *for* ***subject****,* ***V*** *for* ***verb*** *and* ***O*** *for* ***object*** *in the correct boxes.*

Sieh dir nun die Nebensätze in ***2a)*** *an.*
– Male die Kästen mit denselben Farben aus: rot für die Subjekte, orange für die Verben und grün für die Objekte.
– Schreib ***S*** *für* ***Subjekt****,* ***V*** *für* ***Verb*** *und* ***O*** *für* ***Objekt*** *in die richtigen Kästen.*

b) *Complete the rules* ***for word order in English sentences****. Then colour the boxes. Use the same colours as in* ***2a)****.* — *Vervollständige die Regeln für die Wortstellung in englischen Sätzen. Dann male die Kästen aus. Nimm dieselben Farben wie in* ***2a)****.*

Word order in the English main clause:
Die Wortstellung im englischen Hauptsatz:

| *S* | ____ | ____ |

Word order in the English sub-clause:
Die Wortstellung im englischen Nebensatz:

| ____ | ____ | ____ |

3 *Complete the German sentence. Colour all the boxes. Use the same colours as in* ***2****. What is different?* — *Vervollständige den deutschen Satz. Male alle Kästen aus. Nimm dieselben Farben wie in* ***2****. Was ist der Unterschied?*

Morph likes the library because	**he**	**likes**	**books.**
Morph mag die Bücherei, weil	____	________	________.

4 *Now look at* ***Grammar File 12*** *on p. 178.*

Schau dir jetzt ***Grammar File 12*** *auf S. 178 an.*

Vocabulary Action Sheets – Lösungen

	Numbers (1)	Colours	Questions	Animals (1)	Prepositions	Things in Plymouth	German/ English
1	four	black	What	bear	from	tower	Welcome to Plymouth.
2	ten	orange	Are	snake	in	sea	Here we go.
3	five	red	Is	dog	to	boat	Follow me.
4	two	yellow	What's	cat	on	harbour	my favourite animal
5	eight	brown	Can	bird	of	river	there is, there are
6	twelve	blue	Where	rabbit	near	pool	Let me show you ...
7	three	green	How	horse	at	big wheel	Yes, that's right.
8	eleven	pink	Am	rat	for	castle	My name is Justin.

HWG 1

	In a classroom	What we do	Animals (2)	Definitions	In a school bag	Context
1	board	put	frog	colours	sharpener	girl
2	cupboard	give	whale	numbers	pencil	game
3	chair	look	ant(s)	names	rubber	like
4	clock	meet	butterfly	week	pen	place
5	door	open	lion	year	exercise book	that's wrong
6	window	talk	monkey	town	ruler	strange
7	teacher	go	pig	picture	pencil case	card
8	desk	see	guinea pig	classroom	glue stick	Every

HWG 2

	Times and days	Opposites	Subjects	Context	German/English	Pictures	What we do at school
1	What	without	French	birthday	fall asleep	football	learn
2	o'clock	Bye	Science	please	You're late.	shoe	spell
3	half past eleven	short	Religion	Thank you	(I'm) sorry.	swimmer	ask
4	quarter to twelve	there	History	double	I don't know.	yoghurt	read
5	quarter past eleven	answer	Maths	dark	Have a go.	trainers	work
6	Monday	catch	PE	find	Watch out!	toilet	look at
7	Wednesday	don't like	Geography	know	We're finished.	flat	help
8	Thursday	sad	ICT	forget	What's for homework?	page	write

Unit 1.1

	Months	The fourth word	What we do	German/English	Definitions	At school	Context
1	January	their	eat	the next question	home	student	hill
2	March	third	wear	Nice to meet you.	mum	uniform	surprised
3	October	brother	watch	at school	friendly	gym	What
4	June	women	wait for	there aren't any	hour	library	group
5	May	that	act out	we can't	like	breaks	silly
6	February	winner	live	good at art	always	canteen	appointment
7	December	who?	hurry up	at 5 Dean Street	navy	timetable	When
8	September	him	do	corner shop	little	lessons	back

Unit 1.2

	Rooms	Prepositions	Pictures	Definitions	German/English	Food and drink	The fourth word
1	living room	till	hair	water	maybe	bread	its
2	classroom	for	fish	story	mad	potatoes	drink
3	bathroom	into	house	clothes	often	cake	person
4	bedroom	on	tree	toy	of course	cheese	her
5	dining room	for	plate	sleep	near here	sandwiches	watch
6	kitchen	in	tea	single	suddenly	meat	make
7	gym	onto	garden	feed	Why?	milk	us
8	library	at	ship	cream	text	vegetables	sit

Unit 2.1

	Things in a house	Opposites	What we eat	Families	German/English	Pictures	Context
1	armchair	downstairs	breakfast	uncle	run	crab	present
2	lamp	small	dinner	cousin	sit	police officer	would
3	TV	wake up	soup	grandma / grandmother	take	seagull	no
4	sofa	after	scones	aunt	look	rock	away
5	bed	doesn't have	ice cream	twins	go sailing	trophy	down
6	table	never	fruit salad	divorced	jump	basket	cup
7	computer	cold	jam	married	tell	paper	trouble
8	chair	remember	dessert	dead	shout	road	that

Unit 2.2

Vocabulary Action Sheets – Lösungen

Unit 3.1

	What people do	Context	Pictures	Definitions	Activities (1) We do ...	The fourth word	Adjectives	German/ English
1	get up	some	hand	joke	judo	lives	tired	How are you?
2	turn ... on	collect	mouth	sometimes	yoga	stop	thirsty	lunchtime
3	edit	called	bottle	love	job	address	perfect	It's about
4	get	understand	chocolate	voice	gymnastics	tired	sick	What's she like?
5	ride	kits	coin	programme	gardening	on	scary	make friends
6	walk	Try/Take	letter	midnight	jump	traveller	wet	usually
7	grow	area	bike	age	kung fu	bark	free	How do you like it?
8	clean	idea	beach	child	homework	am	boring	Me too

Unit 3.2

	Activities (2) We play ...	Opposites	What we do	Activities (3) We go ...	German/ English	Pictures	Context	The fourth word
1	basketball	quiet	listen to	swimming	imagine	museum	information	everybody
2	guitar	young	send	skating	Come on	ghost	from ... to	call
3	cards	finish	hear	dancing	Listen	attic	have to	children
4	drums	behind	join	running	someone who	moon	ready	pound
5	chess	nothing	visit	shopping	have fun	money	too	in
6	piano	inside	smell	singing	the matter	ticket	taste	part
7	volleyball	later	ask	riding	turn around	table	much	diaries
8	instrument	out of	guess	sailing	it's you	umbrella	sell	because

Unit 4.1

	What people do	Opposites	By the sea	Context	German/English	Pictures	Prepositions
1	hide	leave	ferry	clever	important	face	by
2	sneeze	buy	sand	interesting	sleepover	tourist	of
3	fall	nobody	sun	snack	It's my turn.	sign	with
4	check	rich	coast	are over	at last	rucksack	at
5	copy	under	ocean	trip	almost	village	on
6	hold	fast	aquarium	first	check	planet	to
7	prepare	dislikes	shark	not yet	mobile phone	line	to
8	use	early	holidaymaker	just	give a talk	paper	at

	Adjectives	The fourth word	Pictures	German/English	Definitions	Two-part verbs	Context
1	exciting	many	farmer	soon	United Kingdom (UK)	after	subtitles
2	bright	laugh	market	character	blond(e)	on	like that
3	slow	smell	cart	play	centre	around	through
4	poor	the biggest	pepper	keyword	same as	for	get
5	excited	price	light	phrase	county	on	dangerous
6	true	smuggler	dress	sub-clause	kilometre	off	village
7	far	those	sword	word order	author	with	Goodbye
8	hard	eye	prison	Good luck!	scene	down	feel

LAS 1.1

1 **I**'m new here. **I**'m from London.
Hey, **you**'re at Plymstock School.
He's in class 7EB. **He**'s new at Plymstock.
She's eleven. **She**'s in Year 7.
Oh Lucy, look at the time. **It**'s 8:25.
Hurry up … **we**'re late.
Sam, Lucy, **you**'re in class 7EB.
Sam and Lucy are at Plymstock. **They**'re eleven.

2

I	**we**
you	**you**
he, she, it	**they**

LAS 1.2

1

I'**m**	I **am**	We'**re**	We **are**
You'**re**	You **are**	You'**re**	You **are**
He'**s**	He **is**	They'**re**	They **are**
She'**s**	She **is**		
It'**s**	It **is**		

2 a) My first day at a new school and you **aren't** there.
Don't go. We **aren't** late.
You **aren't** from Plymouth. – No, I'**m not**.

b)

I'm not	I **am not**	We aren't	We **are not**
You aren't	You **are not**	You aren't	You **are not**
He isn't	He **is not**	They aren't	They **are not**
She isn't	She **is not**		
It isn't	It **is not**		

LAS 1.3

1 **Are** you in a football team? – No, **I'm not**.
Are you from Plymouth? – Yes, **I am**.
Is your dad from the USA? – No, **he isn't**.

2 Is Maya at Coombe Dean?
Maya is at Coombe Dean.
Are they in Year 7?
They are in Year 7.

3

I'm a student.	**Are you** a student?	– Yes, **I am**.
Maya is eleven.	**Is** Lucy eleven too?	– **Yes, she is**.
Sam and Lucy are in Year 7.	**Is** Holly in Year 7 too?	– No, **she isn't**.
Lucy is from Plymouth.	**Is** Sam from Plymouth too?	– **No, he isn't**.
The Pascoes are from England.	**Are** your parents from England?	– **No, they aren't**. *oder* **Yes, they are**.

LAS 1.4

1

(see)	I **can see** a red pencil.
(see)	Boris **can see** a red pencil.
(spell)	I **can spell** "cupboard".
(spell)	I **can't spell** "geography".
(speak)	**Can** you **speak** French? – Yes, I **can**. / No, I **can't**.
(count)	**Can** you **count** to 100? – Yes, I **can**.
(work)	**Can** you **work** with a computer? – No, I **can't**.

2 a)

My sister	**can**	**spell**	**her name.**
Meine Schwester	***kann***	***ihren Namen***	***buchstabieren.***

b) Lösung **b** ist korrekt: The verb, for example *spell*, **stays together with *can***.
Das Verb, zum Beispiel *spell*, **bleibt mit *can* zusammen**.

LAS 2.1

1 a) "That's Skip. I **feed** him in the morning."
"Hey, you **have** a nice bedroom."
"He always **reads** the paper there."
"Mink, our cat – she **likes** the sofa."
"Dad **likes** games. We **play** at weekends."
"Wow, you **have** lots of games."
Then Maya and Abby **go** for a walk with Skip.

c) Lösung **c** ist korrekt: **In the afternoon, we play football.** **Nachmittags spielen wir immer Fußball.**

2 a) I **feed**
You **have**
He **reads**
She **likes**
We **play**
You **have**
They **go**

LAS 2.2

1 a) I **don't like** cricket, Uncle.
You **don't like** cricket!
He **doesn't have** time for sport.
She **doesn't go** to Plymstock, Uncle.
We **don't** all **live** in India.
They **don't live** in South Africa.

2 a)

I	**don't**	**like**	**We**	**don't**	**live**
You	**don't**	**like**	**They**	**don't**	**live**
He	**doesn't**	**have**			
She	**doesn't**	**go**			

2 c) **Simple present, negative statements:** **I, you, we, they + *don't* + infinitive**
he, she, it + *doesn't* + infinitive

LAS 3.1

1 a) **Do** I **know** any good jokes? Yes, of course.
Do you **have** a camera? – Yes, **I do**.
Mukesh? **Does** he **like** it? – Yes, **he does**.
Does she **live** in a nice house? – Yes, **she does**.
Does Plymstock **have** a tennis club? – No, **it doesn't**.
Do we **have** maths homework?
Do you **go** sailing, Abby and Maya? – Yes, **we do**.
What about her brothers?
Do they **go** sailing too? – Yes, **they do**.

2 a) Do Abby and Lucy like Sam's jokes? – No, **they don't.**
Does Abby know Justin? – No, **she doesn't.**
Do Lucy's friends go to a school club? – Yes, **they do.**
Does Abby live near the sea? – Yes, **she does.**

b) **Do** you and your family do sport? – **Yes, we do.** *oder* **No, we don't.**
Does your mum have any brothers or sisters? – **Yes, she does.** *oder* **No, she doesn't.**
Does your dad like the sea? – **Yes, he does.** *oder* **No, he doesn't.**
Do you go to a school club? – **Yes, I do.** *oder* **No, I don't.**

LAS 3.2

1 **Where do** you **work** now? – Near Boston harbour. In a TV studio.
What do you **do** there? – I edit TV programmes.
When do you **finish** work? – I finish at 7 o'clock.
How do you **like** the video camera? – It's great, Dad.
Why does Dad **work** so much? – Because he loves his work, Justin.

2 a) **What** sport do you do? – I do judo. And I play football.
Where do you do judo? – In the gym at school.
When do you go to judo training? – On Friday evenings.
How often do you play football? – We play every day, after school.

b) **Where do** you want to go? – We want to go to Italy.
When do you want to go? – In May.
Why do you want to go to Italy? – Because my mum loves Italy.
Why does she love Italy? – Because it's nice and warm there.
What do you want to do there? – We want to visit Rome and go swimming in the sea.

LAS 4.1

1 I'**m looking** at rock pools.
Sam **is telling** jokes again.
She'**s wearing** a pink top.
It'**s coming** from my rucksack.
We'**re going** back home.
They'**re playing** tag.

2 a) Lösung **b** ist korrekt: **Sam is running after the girls.** **Sam läuft gerade hinter den Mädchen her.**

b) Lösung **b** ist korrekt: **You make the *present progressive* with *'m/'re/'s* + verb + *ing*.**

3 The others are swimming now. I'**m not swimming**. It's too cold for me.
Come on Sam – you **aren't running** fast enough.
Justin **isn't filming** now. I'm filming.
They **aren't smiling** at her. They're making silly faces.

4

call → calling	arrive → arriving	get → getting
film → filming	come → coming	sit → sitting
go → going	make → making	swim → swimming

LAS 4.2

1 **Are** those kids really **sleeping**? – Yes, they are.
Are you **watching** the fish? – No, we **aren't**. We're watching a film about fish.
What's that diver **doing**? – It's feeding time, so he's feeding the sharks.
Why are you **pushing** that boy? – What boy?
That blond boy. **Are** you **fighting** with him? – No, **I'm not**.

2 Is Lucy fighting with Holly?
Lucy is fighting with Holly.
Are they having fun?
They are having fun.

3 **Are** you **doing** your homework at the moment? – Yes, I **am**. / No, I'**m not**.
Are you **having** fun? – Yes, I **am**. / No, I'**m not**.
Is your dad **helping** you? – Yes, he **is**. / No, he **isn't**.
Is your mum **working** in the garden now? – Yes, she **is**. / No, she **isn't**.
Is Morph **playing** cards? – **Yes, he is**.

LAS 4.3

1 I know that **because there's a sign** in the village.
We can use pictures of Cawsand **when we make our poster**.

2 b) **Word order in the English main clause:**
Die Wortstellung im englischen Hauptsatz:

S	V	O

Word order in the English sub-clause:
Die Wortstellung im englischen Nebensatz:

S	V	O

3

Morph likes the library because	**he**	**likes**	**books.**
Morph mag die Bücherei, weil	***er***	***Bücher***	***mag*.**

Fachdidaktiken

Doff, Sabine / Klippel, Friederike: Englisch Didaktik. Praxishandbuch für die Sekundarstufe I und II. Cornelsen Scriptor 2007

Haß, Frank (Hrsg.): Fachdidaktik Englisch. Tradition, Innovation, Praxis. Klett 2006

Thaler, Engelbert: Englisch unterrichten. Grundlagen, Kompetenzen, Methoden. Cornelsen 2012

Timm, Johannes-Peter (Hrsg.): Englisch lernen und lehren. Didaktik des Englischunterrichts. Cornelsen 1998

Monografien

Börner, Otfried / Edelhoff, Christoph / Lohmann, Christa: Perspektiven Englisch (Heft 8): Individualisierung und Differenzierung im kommunikativen Englischunterricht. Grundlagen und Beispiele. Diesterweg 2010

Brüning, Ludger / Saum, Tobias: Erfolgreich unterrichten durch Kooperatives Lernen. Strategien zur Schüleraktivierung. Neue Deutsche Schule Verlagsgesellschaft mbH 2006

Green, Norm / Green, Kathy: Kooperatives Lernen im Klassenraum und im Kollegium. Das Trainingsbuch. Kallmeyer 2005

Hallet, Wolfgang: Didaktische Kompetenzen. Lehr- und Lernprozesse erfolgreich gestalten. Klett 2006

Hallet, Wolfgang: Genres im fremdsprachlichen und bilingualen Unterricht: Formen und Muster der sprachlichen Interaktion. Klett Kallmeyer 2015

Hallet, Wolfgang, Ulrich Krämer (Hrsg.): Kompetenzaufgaben im Englischunterricht: Grundlagen und Unterrichtsbeispiele. Klett Kallmeyer 2012

ISB Staatsinstitut für Schulqualität und Bildungsforschung München: ISB Handreichung Sprachen leben – Kompetenzorientierte Aufgaben in den modernen Fremdsprachen. Cornelsen 2011 (Bände 1 und 2)

Mattes, Wolfgang: Methoden für den Unterricht. Kompakte Übersichten für Lehrende und Lernende. Schöningh 2011

Paradies, Liane / Linser, Hans: Differenzieren im Englischunterricht. Cornelsen Scriptor 2010

Rossa, Henning: Mentale Prozesse beim Hörverstehen in der Fremdsprache. Eine Studie zur Validität der Messung sprachlicher Kompetenzen. Peter Lang 2012 (Inquiries in Language Learning, Volume 5. Reihenherausgeber Bongartz, Christiane & Rymarczyk, Jutta).

Rossa, Henning: Was messen Hörverstehensaufgaben? Ansätze zur Konstruktvalidierung von Sprachtestaufgaben als Beitrag zur Qualitätssicherung in der Kompetenzforschung. In: Aguado, Karin;

Schramm, Karen & Vollmer, Helmut Johannes (Hrsg.): Fremdsprachliches Handeln beobachten, messen, evaluieren. Neue methodische Ansätze der Kompetenzforschung und der Videographie. Peter Lang 2010, S. 119–152

Thaler, Engelbert: Lernerfolg durch Balanced Teaching: Offene Lernarrangements. Aufgabenorientiert, spielorientiert, medienorientiert. Cornelsen 2010

Thaler, Engelbert: 10 Modern Approaches to Teaching Grammar. Schöningh 2010

Notizen

Notizen